전망탑의라푼젤

TENBOUTOU NO RAPUNZEL

© MAKOTO USAMI, 2019
All rights reserved.

Original Japanese edition published by Kobunsha Co., Ltd.
Korean translation rights arranged with Kobunsha Co., Ltd.
through JM Contents Agency Co., Seoul.

이 책은 JMCA를 통해 일본의 Kobunsha Co., Ltd.와 독점 계약하여
한국어판 출판권이 블루홀식스에 있습니다.
저작권법에 의해 한국 내에서 보호를 받는 저작물이므로 무단 전재와 복제를 금합니다.

전망탑의 라푼젤

展望塔のラプンツェル

우사미 마코토 장편소설
이연승 옮김

블루홀6

차례

마녀는 탑에 들어가려고 할 때마다

탑 아래에 서서 이렇게 외쳤습니다.

"라푼젤, 라푼젤,

네 머리카락을 내려 주렴!"

라푼젤의 머리카락은 금실로 자아낸 것처럼

길고 아름다웠습니다. 마녀의 외침이 들리면

라푼젤은 땋은 머리카락을 풀어 창문 고리에 묶어서

15미터 아래로 늘어뜨렸고, 그러면 마녀는

그 머리카락을 붙잡고 탑에 올라갔습니다.

〈긴 머리의 라푼젤〉그림 동화

세타 데이지 번역

후쿠인칸쇼텐

일러두기

본문의 각주는 전부 독자의 이해를 돕기 위한 옮긴이 주입니다.

초인종을 여러 번 눌러도 대답이 없다. 안에서 소리가 제대로 들리는지 알 수 없다. 인기척도 느껴지지 않는다.

"이시이 씨, 이시이 씨."

마에조노 시호는 현관 미닫이문을 똑똑 두드렸다. 미닫이문 유리의 금 간 부분이 테이프로 보수돼 있다. 너무 세게 두드리면 깨질 것 같았다.

"안 계시나?"

두 사람은 한 발짝 뒤로 물러나 집 안을 살폈다. 작은 단층집이다. 현관 앞에는 아이를 태우고 다닐 수 있는 오래된 세

발자전거와 킥보드, 아동용 자전거 등이 난잡하게 널려 있다. 비교적 넓은 마당도 어수선한 건 마찬가지다. 빨랫줄에는 가족들의 세탁물이 주렁주렁 걸렸는데 주로 아이들의 옷이 많다. 이 집에는 여덟 살 첫째 아이를 시작으로 총 네 명의 남자아이가 있다.

"어쩌죠?"

시호는 고개를 돌려 유이치에게 물었다.

"조금 더 기다려 볼까요. 금방 오실 수도 있으니."

"그럴까요."

두 사람은 세워 놓은 차 쪽으로 돌아갔다. 유이치가 운전해 온 아동 상담소 차량이다. 시호가 조수석 문을 열었을 때 유이치의 스마트폰이 울렸다.

"죄송합니다."

유이치는 시호에게 양해를 구하고 조금 떨어진 곳에서 전화를 받았다. 전화를 건 사람은 아동 상담소에서 변호를 의뢰하고 있는 변호사였다. 부모의 학대 문제로 일시 보호 중인 열한 살, 아홉 살 자매를 아동 양육 시설에 입소시키고 싶지만 부모가 허락하지 않는 케이스 때문에 상의 중이었다. 부모가 입소에 동의하지 않아도 아동복지법 제28조에 근거해 가정 법원에 신청 후 허가가 나오면 입소할 수는 있다. 병때문에 현재 집에서 요양 중인 자매의 아버지가 아이들을 돌보겠다고 했지만, 온몸에 멍이 들 정도의 학대가 반복돼 도저히 집에서 양육할 수는 없겠다고 판단했다. 현재 법원 신청 절차를 변호사와 협의 중이다.

변호사와 통화를 마치자마자 또다시 스마트폰이 울렸다. 이번에는 아동 상담소에서 걸려 온 전화다. 보건소에서 3세 유아 검진 때 충치가 심한 아이를 발견했고 부모의 방치를 의심해 아동 상담소에 통보했으니 돌아오는 길에 보건소에 들러 줄 수 있겠느냐고 했다. 아이와 부모는 집에 갔다고 하니 나중에 보건소에 들러 자세한 이야기를 들어 보겠다고 했다.

"많이 바쁘시죠?"

유이치가 운전석에 앉자 시호가 입을 열었다.

"네, 뭐."

"항상 바쁘신 것 같긴 하지만."

시호는 유이치에게 다른 일이 생긴 걸 눈치챈 듯했다.

"아무튼 한 시간만 더 기다려 보기로 해요. 그때까지 오지 않으면 오늘은 포기하죠."

"그래요. 그때는 편지를 우편함에 넣어 두고 갑시다."

시호는 시에서 운영하는 '아동 가정 지원 센터' 직원이다. 2004년 개정된 아동복지법에서는 지방 분권의 일환으로 아동 복지 상담 업무의 일차 창구를 도에서 시구동 단위로 옮겼다. 그로써 광역 자치 단체가 소관하는 아동 상담소가 기초

자치 단체 창구와 연대해 아동 복지에 관여하게 됐다.

오늘은 아동 가정 지원 센터와 함께 가정 방문을 나왔다. 이시이 씨의 집은 지금까지도 여러 번 걱정스러운 신고가 들어왔다. 신고 내용은 부모의 고함과 어린아이의 울음소리가 심상치 않다, 왠지 아이들만 집을 지키는 것 같다, 어린애가 얇은 옷을 걸치고 맨발로 밖을 돌아다닌다 등등이다. 그때마다 아동 상담소와 시 지원 센터 직원이 집을 방문했고 아버지나 어머니가 나와 대응했다. 그들은 집에 아이가 많아서 짜증이 날 때 무심코 큰소리를 쳤고 가끔은 손을 들 때도 있었다며 솔직히 털어놓았다. 결국 이시이 씨의 집은 시의 '감시 서포트' 대상에 올랐다.

그리고 이번에 또다시 아동 가정 지원 센터에 신고가 들어왔다. '이시이 씨 집 아이들 중 둘째 남자애가 요즘 보이지 않는다'라는 익명 신고였다. 결국 이시이 씨 집을 담당하는 마에노조 시호의 요청으로 유이치가 동행해 이곳에 왔다.

"둘째 아들이면 여섯 살이었죠?"

유이치가 운전석에 앉으며 물었다.

"네. 이름은 이시이 소타예요."

시호는 막힘없이 대답했다. 담당 가정과 관련한 모든 정보가 머릿속에 들어 있는 듯했다.

"어린이집에도 물어봤는데 최근 사흘간 오지 않았대요."

이시이 씨 집안에서는 둘째와 셋째 아이가 어린이집에 다니고 있다.

"흠. 이유는요?"

"그게, 아무 연락도 없다고 해요. 그런데 원래 그 집 애들은 결석이 잦아서 어린이집에서도 별로 신경을 안 쓴 것 같아요."

부부가 둘 다 야무지지 못한 성격인지 남편은 한번 시작한 일을 좀처럼 지속하지 못하고 아내도 아침에 늦잠을 자서 아이들을 어린이집에 보내지 못하는 듯했다.

"어쨌든 아이의 안위를 확인하는 게 최우선이겠네요."

"네."

거기까지 말하고 두 사람은 말없이 차 앞유리를 바라봤다.

이럴 때 섣불리 이웃집을 방문해 물어볼 수도 없다. 아동 상담소나 시 공무원이 찾아온 게 주변에 알려지면 이웃들이 색안경을 끼고 그 집을 보기 때문이다. '저 집 부모는 아이를 학대하고 있다' 같은 소문이 퍼져 자칫하면 가족들을 곤경에 빠트릴 수 있다.

주택가 너머에는 하얀 탑이 우뚝 서 있다. 전망탑이다. 이곳 가나가와현 다마가와시 출신의 사업가가 지역 관광 명소를 만들고자 세웠다고 한다. 바다 옆에 있어서 정식 명칭은 '베이뷰 타워'라고 하지만 이곳 사람들은 '라멘 타워'라 부른다. 탑을 세운 사업가는 다마가와시에서 라멘집을 하다 전국 체인으로 키워서 부를 쌓았다.

"유이치 씨. 저기 올라가 보신 적 있어요?"

탑 쪽을 보는 유이치에게 시호가 물었다.

"아, 네. 한 번."

"그래요? 전 못 올라가 봤어요. 어때요? 전망이 좋나요?"

"네, 뭐. 그럭저럭."

"후지산도 보여요?"

"아뇨. 제가 갔을 때는 안 보이더군요."

대화를 주고받아도 좀처럼 분위기가 살지 않는다. 유이치
는 길 건너편에 있는 아파트로 시선을 돌렸다. 3층 베란다에
서 여자 한 명이 이쪽을 내려다보고 있다. 빨래를 거는 것도
아니고 그저 난간에 손을 얹고 가만히 서 있다. 멀어서 잘 보
이지 않지만 이시이 씨 집을 살피는 것처럼 보이기도 했다.

"이시이 씨. 또 일을 그만두셨대요."

시호가 힘없이 중얼거렸다.

"그렇군요. 평소에도 신경을 많이 쓰시나 봐요. 시호 씨."

시호는 희미하게 미소 짓고 말을 이었다.

"최근 석 달 정도 수입이 없었대요. 그래도 어떻게든 먹고
사는 건 집이 자가여서겠죠. 부모님께 물려받았다던데."

집이 자가라는 것, 그리고 집안에 일할 수 있는 가장이 있
다는 이유로 그들은 생활 보호 대상자 명단에 오르지 못한다.

유이치는 집을 다시 한번 관찰했다. 콘크리트 기와를 씌운 지붕. 배수 홈통은 군데군데 깨져서 쓸모없어 보인다. 모르타르 외벽은 거무칙칙하게 때가 탔고, 벗겨져 떨어진 부분도 있지만 수선한 흔적은 없다. 마당에 있는 툇마루는 거의 썩어서 무너져 내렸다. 뿌연 창문에 매달린 커튼은 색이 바랬고 다다미방에 달린 격자는 무참히 부러져 있다. 빨래만 없으면 폐가로 보일 정도로 황량하다. 지은 지도 30년은 지났을 것이다.

"그래도 수입이 없으니 힘들겠죠."

"네. 전에는 수도랑 가스가 끊긴 적도 있다고 해요. 어린이집 비용도 못 내는 게 아닐까 걱정하고 있어요. 시에서 지원할 방법이 있을지 찾아보고 있기는 한데."

마에조노 시호는 다마가와시의 공무원으로 복지과와 생활보호과에서 근무한 경험이 있어 이쪽 업무의 사정을 잘 안다. 아동 가정 지원 센터에도 자원해서 들어갔다고 들었다.

그때 검은 승합차 한 대가 집 안으로 들어가는 것이 보였다.

"아, 이시이 씨가 돌아오셨네요."

차 문을 열려고 하는 시호의 팔을 유이치가 붙들었다.

"일단 여기서 좀 지켜보죠."

승합차는 그리 낡아 보이지 않는다. 관리도 잘 돼 있다. 집 안 상태와는 하늘과 땅 차이다. 적어도 자동차는 소중히 다루는 듯했다.

키가 크지 않지만 체격은 건장한 아버지가 차에서 내렸다. 조수석에서는 어머니가 내린다. 두 사람은 동시에 뒷좌석 슬라이드 문을 잡아당겼다. 어머니가 아동용 카시트에서 아기를 안아 올렸고 아버지가 연 문에서는 어린 남자아이 두 명이 뛰쳐나왔다.

"역시 한 명이 안 보이네요."

부모가 슬라이드 문을 닫자마자 시호가 속삭였다. 가족이 집으로 들어가기 전에 가서 말을 걸어야 한다. 두 사람은 서둘러 차에서 내렸다.

"이시이 씨."

유이치의 목소리를 듣고 느릿느릿 걷고 있던 이시이가 뒤돌아봤다.

"안녕하십니까. 아동 상담소에서 나온 마쓰모토 유이치라고 합니다."

"전 아동 가정 지원 센터의 마에조노 시호라고 해요."

이름을 댄 순간 이시이는 불쾌한 표정을 지었다. 어머니는 아이를 품에 안은 채 현관 미닫이문을 열고 안으로 들어가 버렸다. 들어가기 전에 유이치와 시호를 힐끗 째려봤다. 나이는 아직 서른 안팎일 텐데 그보다 훨씬 늙어 보인다. 생활에 찌든 느낌이었다.

"갑작스럽게 찾아봬서 죄송합니다."

"뭐야? 무슨 일이야?"

이시이는 짜증스럽게 말했다.

"아, 저, 자제분을 셋만 데리고 오셨죠? 소타는 어디 있나
요?"

그렇게 따져 물은 사람은 시호였다. 이시이의 눈이 순간
허공을 맴도는 것처럼 보였다.

"잠깐 처가에 맡겼어."

그는 침착하게 대답했다.

"집사람 몸이 요즘 좀 안 좋아서."

"그런가요. 그럼 죄송하지만 처가댁 주소를 알려 주실 수
있을까요?"

유이치가 그렇게 묻자 이시이는 이맛살을 찌푸렸다. 시호
가 재빨리 수첩을 꺼내 받아 적을 준비를 하자 이번에는 시호
를 노려봤다.

"집 주소는 왜? 무슨 상관이야?"

"혹시나 해서 확인해 보려고 합니다. 그게 저희 일이니까요."

"당신들이 무슨 일을 하건 내 알 바 아니야!"

이시이의 얼굴이 분노로 검붉게 물들었다. 가만히 서서 아
버지와 방문객의 대화를 듣고 있던 두 남자아이가 활짝 열린
현관 안으로 사라졌다. 현관 신발 두는 곳에 널브러져 있는

수많은 신발이 보였다. 어머니가 안에서 뭐라고 하자 미닫이 문도 탁 닫혔다.

"걔는 속을 엄청 썩이는 아이야. 집사람이 하도 고생하니 처가에 잠깐 맡겨 둔 거라고. 집사람 몸만 괜찮아지면 금방 다시 데려올 거야. 됐어?"

"어린이집에는 따로 말씀이 없으셨다고 하던데요."

시호가 끈질기게 물고 늘어졌다. 이시이는 조용히 신음했다.

"내일 전화할게."

"요즘 들어 소타가 통 안 보이는 것 같다고 알려 주신 분이 계셔서 저희로서는 소타를 직접 만나 확인해야겠습니다."

"누가 그런 쓸데없는 소리를 하고 다녀? 옆집인가?"

유이치의 목소리를 뒤덮을 기세로 이시이의 노성이 날아 들었다.

"아이를 걱정하는 분이겠죠. 그래서 저희에게……."

"쓸데없는 오지랖이군. 그건 그렇고 당신들은 남의 집안일에 참견이 너무 심해. 우리가 다 알아서 할 건데."

"어쨌든 소타가 지금 어디 있는지 알려 주시겠어요? 두 분께는 폐를 끼치지 않을게요."

어느새 시호도 흥분해 얼굴이 불그레해지고 목소리가 점점 커졌다.

"이러는 것 자체가 폐라니까 그러네. 그냥 좀 내버려 둬!"

"그럴 수는 없어요! 소타를 만나게 해 주세요!"

시호는 비장한 얼굴로 이시이의 팔에 매달렸다. 이시이는 그런 시호를 밀치고 현관으로 가서 미닫이문을 열었다.

"잘 들어, 당신들. 더 이상 우리 집안일에 참견하지 마. 다음에 또 오면 가만 안 둘 거야."

눈앞에서 요란한 소리를 울리며 미닫이문이 닫혔다. 안에서 문을 잠그는 소리가 들린다.

"이시이 씨!"

시호는 포기하지 않고 그 미닫이문을 다시 두드렸다.

"열어 주세요. 이시이 씨!"

유이치는 시호의 어깨에 손을 얹어 시호를 문간에서 떼어 놓았다.

"시호 씨. 오늘은 이만 돌아갑시다."

"왜요? 아이가 무사한지 확인도 못 했는데."

"어쨌든."

유이치는 차까지 시호를 거의 질질 끌고 갔다. 조수석에 그녀를 앉히고 자신도 운전석에 올라탔다. 시호가 마지못해 안전벨트를 매자 시동을 걸었다. 건너편 아파트 베란다에 있던 여자가 다시 집 안으로 들어가는 뒷모습이 보였다.

"정말 이대로 그냥 갈 거예요?"

차가 출발하고 나서도 시호는 울분이 가시지 않은 것처럼 유이치에게 따지고 들었다.

"무슨 일이 있는 게 분명해요. 아이를 정말 처가에 맡겼다면 주소를 알려 줘야죠."

유이치는 대답하지 않고 핸들을 꺾었다. 눈앞에 있던 전망탑이 시야에서 사라졌다.

"아무래도 이시이 씨 부부가 소타를 미워하는 것 같아요. 밥도 제대로 안 챙겨 줄지 몰라요. 그 애 몸무게가 평균을 훨씬 밑돈다더라고요. 어린이집에서 확인했어요."

"그렇군요."

"직권으로 아이를 보호해야 하지 않을까요?"

빨간 신호등 앞에서 차를 멈추고 유이치는 고개를 돌려 시호를 봤다.

"그건 아직 이른 것 같습니다."

"너무 느긋하신 것 아니에요? 아이한테 무슨 일이라도 생기면 어쩌려고요?"

"나흘 전까지는 어린이집에 왔다고 했으니 조금 더 정보를 수집하는 게 좋을 것 같습니다. 아동 상담소에 돌아가서 케이스 회의를 열기로 하죠."

"정보 수집에 회의에! 그러는 동안에도 아이는 계속 위험에 노출돼 있다고요!"

신호가 파란불로 바뀌자 유이치는 가속 페달을 밟았다. 시호는 못마땅한 얼굴로 입을 다물고 똑바로 앞만 쳐다봤다.

　유이치는 시호를 시청에 내려 주고 보건소에 들러 신고했다는 보건소 직원에게 이야기를 들었다. 그 후 상담소에 돌아간 시간은 저녁 6시쯤이었다.

　"아, 유이치 씨도 왔다. 이걸로 오늘 출근한 사람이 다 모였네."

　소장이 웃는 얼굴로 유이치를 맞았다. 모두가 자리에서 일어나 소장 주변으로 모였다.

　"오늘이 스와 씨의 마지막 근무날이에요. 지금까지 고생 많았어요. 다음 직장에서도 마음껏 능력을 발휘하기를 바랄게요."

　가장 젊은 여직원이 커다란 꽃다발을 들고 왔다.

　"스와 씨. 수고하셨습니다. 감사합니다."

　스와 히로코가 꽃다발을 받아 든 순간 상담소의 모두가 박수를 보냈다.

　"정말 감사합니다. 그리고 죄송합니다."

　스와는 깊숙이 고개를 숙였다. 박수를 받고 있는데도 표정이 착잡하다.

　"이렇게 바쁜 시기에 그만둬서……."

　그녀는 말을 잇지 못했다.

"그런 건 신경 안 써도 돼. 스와 씨는 스와 씨의 인생을 사는 거야."

"맞아요. 뒷일은 저희에게 맡겨 주세요. 걱정하실 거 없어요."

그런 말을 듣고 스와는 더욱 몸을 움츠렸다.

"자, 어서 퇴근해. 집에서 남편이 기다리겠다."

소장이 스와의 어깨를 툭 두드렸다. 스와는 손수건으로 눈물을 훔치며 연신 고개를 숙이고 나갔다. 사흘 전 이미 송별회는 마쳤다.

스와가 사라지자 모두 다시 제자리로 돌아갔다. 다들 일이 아직 남아 있는 듯하다. 키보드를 타닥타닥 두드리는 소리가 사무실을 가득 채웠다. 누군가 한숨을 휴 쉬었다.

아동 상담소에서 근무하는 아동 복지사들은 늘 과중한 업무에 시달리고 있다. 스와처럼 중간에 그만두는 사람도 많다. 아이들을 둘러싼 환경이 날이 갈수록 악화하며 한 사람이 담당하는 케이스 숫자도 계속 늘고 있다. 사회의 시선도 곱지 않다. 아동 학대 사건이 발생하면 아동 상담소 직원들이 일을 태만히 한 탓이라고 비난받는다. 학대와 비행 등 아이들에 대한 대응뿐만 아니라 보호자와의 관계 설정도 까다롭다. 심지어 아이를 보호하러 간 상담소 직원을 흉기로 위협하고 하루에 수도 없이 클레임 전화를 걸어 오는 부모도 있다. 그들의 이야기에 귀를 기울일수록 자꾸 시간을 빼앗겨 다른 업무가 점점 쌓여 간다.

평소 높은 긍지와 사명감을 가지고 일하는 케이스 워커* 들도 점차 소모돼 가는 것이다. 노이로제에 걸려 어쩔 수 없이 휴직이나 퇴직을 하게 되는 사람도 적지 않다.

스와 히로코도 아동 복지사로서 그간 아이들을 위해 열심히 뛰었지만 결혼 후 임신을 계기로 직장을 그만뒀다. 남편과 깊이 상의해서 결정한 것이라고 하지만 본인은 아쉬움이 남을 것이다. 조금 전 표정에서는 분투하는 동료들을 남겨두고 떠나는 죄책감도 느껴졌다. 그런 마음을 동료들도 이해할 것이다. '나도 언제까지 여기서 버틸 수 있을까' 하고 생각할지 모른다. 특히 여직원들은 더욱 그렇다.

가정을 꾸린 뒤에도 복지사 일을 이어 가는 여직원 중 한 명은 "정작 저희 집이 방치된 상태예요" 하고 자조하듯 말했다. 오늘도 퇴근 시간이 지났는데 아직 아무도 집에 돌아가려 하지 않았다.

유이치가 재킷을 벗어 의자 등받이에 걸었을 때 과장인 고다 미카가 유이치를 불렀다.

"어땠어?"

* 사회 복지 활동 전문가.

"아이 모습은 확인할 수 없었습니다. 아버지는 아이를 처가에 맡겼다고 하더군요."

"주소는 물어봤어?"

"물어봤지만 알려 주지 않았습니다."

고다는 흐음, 하고 생각에 잠겼다. 40대인 그녀는 초기 대응팀의 리더다. 초기 대응팀은 신고가 들어온 케이스를 가장 먼저 조사하는 부서다.

"어린이집에서는 어땠대?"

"선생님은 뭐래?"

"예방 접종은 했대?"

고다가 잇달아 묻는 질문에 유이치는 대답했다. 시호가 열심히 정보를 수집해 준 덕에 시에서 운영하는 아동 가정 지원 센터에서 대략적인 상황은 파악했다. 이시이 소타는 전보다 조금 마르기는 했지만 학대로 인한 멍 자국 같은 건 눈에 띄지 않는다고 했다. 이시이 씨 집안은 아이를 학대한다기보다는 방치하는 듯하다. 집에서 아이를 신경 쓰지 않는 탓에 아이 혼자 거리를 돌아다니는 버릇이 있다.

"어머니 상태는 어때?"

"오늘은 얼핏 보기만 했는데 육아에 많이 지쳐 보이더군요. 성격도 조용하다고 할까요. 별로 다른 사람과 엮이고 싶어 하지 않는 눈치였습니다."

"그쪽도 지원이 필요할 것 같네. 잠시 아이를 맡아서 어머니를 쉬게 한다든지."

"네. 그렇게 제안해 보겠지만 글쎄요. 왠지 남편이 반대할 것 같습니다."

"다른 아이들은 어땠어?"

"발달에 큰 문제는 없어 보였습니다. 특별히 다친 곳도 없는 듯했고요. 막내도 살이 올라서 괜찮아 보였습니다."

"그럼 당분간 소타의 안위를 확인하는 걸 최우선 과제로 삼아야겠네."

"시호 씨가 주민 기본 대장에서 혹시라도 뭐가 나오는지 확인해 보겠다고 했습니다."

"가서 지역 민생 위원도 만나 봐. 그쪽 정보가 모이면 내일이라도 케이스 검토 회의를 열자. 시호 씨한테도 와 달라고 하고."

"알겠습니다."

그길로 이야기가 끝났다. 뒤이어 전화기가 울리고 담당자가 통화를 시작했다.

그 밖의 다른 직원들은 그대로 컴퓨터 모니터를 바라보고 있다. 모든 사안은 보고서로 정리해야 한다. 전화 통화 기록도 전부 남겨 두는 것이 규칙이다. 이렇게 번거로운 일 처리 또한 워커들의 업무량을 늘리고 있다.

유이치는 자리에 앉아 컴퓨터를 켰다. 옆자리에 앉은 고바야시 히로카즈가 유이치 쪽으로 얼굴을 들이밀었다.

"시호 씨, 열의가 넘치지?"

"뭐 그렇더군."

고바야시는 건성으로 대답하는 유이치의 어깨를 툭 찔렀다.

"나도 예전에 함께 가정 방문을 한 적이 있어. 거기도 참 답이 안 나오는 집이었지. 집 안이 온통 쓰레기 천지였거든. 여름이라 코가 삐뚤어질 정도로 악취가 풍겼고, 고양이가 대여섯 마리 있었는데 걔네들 털과 배설물이 온 집 안에 널려 있더라. 바퀴벌레랑 파리가 들끓는 건 뭐 말할 것도 없고. 그런 곳 한가운데에서 애들 엄마가 술을 마시고 있었어."

고바야시는 호들갑스럽게 얼굴을 찌푸렸다. 그는 유이치와 같은 일반 행정직으로 작년 봄 아동 상담소에 배치됐다. 서른아홉 살로 유이치와 나이가 비슷해서인지 언제나 친근하게 말을 걸어 온다.

"남자인 나도 들어가기 꺼려지는 곳이었는데 시호 씨는 태연하게 집 안에 들어가 고양이 배설물과 구더기가 우글거리는 음식물 쓰레기들까지 척척 밟고 지나가더라고. 얼마나 놀랍던지 원."

유이치는 얼굴을 모니터에 향한 채로 고바야시의 이야기에 귀를 기울였다.

"그러다 시호 씨가 갑자기 바닥에 있는 쓰레기를 치우는가 싶더니, 글쎄 그 안에서 갓난아이를 안아 들었지 뭐야. 딱하게도 아이는 울 기운도 없어 보였어. 기저귀를 얼마나 안 갈아 줬는지 똥이 기저귀 밖으로 비집어 나온 상태였고. 아무튼 시호 씨는 그 아이를 나한테 넘기고 아이 엄마의 손에서 술병을 빼앗았어. 그리고 이렇게 말했지. '어머니. 술 마실 돈이 있으면 아이 분유를 사 주세요. 그러지 않을 거면 저희가 아이를 데려가겠습니다'. 그렇게 말해도 아이 엄마는 게슴츠레한 눈으로 시호 씨를 올려다보기만 했어."

시호와의 무용담을 재미있게 전할 생각이었겠지만 뒤로 갈수록 목소리가 가라앉았다. 고바야시도 바로 얼마 전 아이를 얻었기 때문일 것이다.

그 집 아이는 현재 영아원에서 지내고 있다. 어머니가 음주 문제를 해결하지 않으면 아이는 데려갈 수 없다. 지금 상담 치료를 받고 있다지만 앞으로 갈 길이 멀다. 호적상으로는 남편과 아직 부부 관계라고 하는데 아내와 소원해진 후 남편은 현재 본가에서 따로 살고 있다. 민생 위원의 말로는 남편의 바람기 때문에 아내가 술독에 빠졌다고 했다.

"이 다마가와시란 곳은 갈수록 질이 나빠지는 것 같아. 교권도 무너져서 학교에 비행 청소년들이 우글거린다잖아."

고바야시는 아동 상담소의 담당 구역인 다마가와시에 대

한 푸념을 늘어놓았다.

다마가와시는 그 이름 그대로 다마가와강을 경계로 도쿄와 인접해 있다. 게이힌 공업 지대의 한 모퉁이에 위치했고 특히 바다와 가까운 곳은 예전부터 공장에서 일하는 사람들의 삶의 터전이었다. JR 다마가와역 근처는 다마가와시 행정의 중심지이며 그곳에 시청과 다마가와 아동 상담소가 있다. 바로 옆에 유흥가와 맞붙어 있는 입지이기도 하다. 게이힌 공업 지대의 규모가 점차 커지면서 다마가와역에서 바닷가 남부 지역이 노동자를 상대로 한 유흥 구역으로 급발전한 것이다.

전후戰後 부흥을 목적으로 경마장과 경륜장 같은 공영 도박장이 들어선 것이 이 도시의 특색을 결정했을지 모른다. 고도 성장기에는 집단 취업자들이 이 땅에 모여 서민 마을로 활기를 띠었다. 그렇게 쇼와* 시대를 보낸 다마가와시에는 공업 지대의 굴뚝과 공해 피해, 유흥가를 지배하는 조폭과 깡패들이 연상케 하는 부정적인 이미지 때문에 '위험하다', '무섭다', '더럽다' 같은 이미지가 고착됐다.

이곳 출신의 성공한 사업가가 도시 환경을 정비하려고 전망탑을 세웠지만, 한번 형성된 이미지는 불식되지 않았다.

---

* 1926년부터 1989년까지의 일본 연호.

'라멘 타워'라는 베이뷰 타워의 별칭도 그대로다.

그러다 어느 날 재개발이라는 이름의 마법이 걸렸다. 다마가와역 주변에 복합 상업 시설, 영화관, 패션 빌딩이 속속 들어섰다. 최근 15년 동안 역 주변 풍경은 백팔십도 달라졌다. 현지인 외에 거의 가지 않았던 다마가와역 주변에 외지인들이 놀러 오게 되었다.

그래도 이 도시에 배어든 쇼와의 냄새, 퇴폐적인 분위기는 지금도 건재하다. 역 근처의 백화점과 고급 브랜드 옷가게가 즐비한 거리에서 한 발짝만 안으로 들어가면 술집과 룸살롱, 유흥 업소, 외국인 펍의 네온사인 간판이 깜빡이고 선술집에서는 대낮부터 초로의 남자들이 모여 술잔을 기울이고 있다. 이들이 돌아가는 곳은 간이 숙박소가 늘어선 쪽방촌이나 오래된 빌라, 목조 단층집이다. 그곳에도 재개발의 손길이 이어져 갑자기 대형 아파트가 들어서기도 한다. 새로 유입된 주민들은 술에 취해 비틀거리는 노인들을 못 본 척하며 살아가고 있다.

그리고 바닷가 쪽에는 폐업한 공장과 창고들이 늘어서 있는데 그곳은 역 주변에서 쫓겨난 노숙자들이 찾아와 눈을 붙이거나 불량 청소년들이 모여 술을 마시고 스케이트보드를 타는 곳이 되었다.

추잡하고 혼란스러운 거리. 그곳이 바로 다마가와시 남부 지역이다.

이 지역에는 문제를 떠안은 가정도 많다. 빈곤, 황폐, 폭력. 그 끝은 가정 붕괴다. 아동 상담소는 쉴 틈이 없다.

"결국 악순환이야. 어릴 때 방치됐던 아이들이 부모가 되어서 자기 자식을 제대로 키우겠어? 그런 아이들이 또 어울려 다니며 못된 짓을 하고 다니다가 아이를 낳고 부모가 되는 거지."

고바야시는 못마땅하게 투덜거렸다. 그러고서 입을 다물었지만 유이치는 그의 침묵에서 '얼른 다른 부서로 옮기고 싶다'는 소리 없는 외침을 들었다. 아동 상담소에 온 지 1년도 되지 않은 고바야시는 실제로도 여러 번 그런 말을 입에 담았다.

"너 같은 사람이 왜 이런 곳에 10년 넘게 있는 거야?"

심지어 아동 복지사도 아닌 유이치가 부서 이동을 신청하지 않고 계속 아동 상담소에 머물러 있는 것이 신기하기 짝이 없다는 듯이 그는 고개를 갸웃거렸다. 처음 둘이 함께 술을 마시러 갔을 때 일이다.

"글쎄. 정신없이 업무들을 처리하다 보니 어느새 시간이 이렇게 흘렀다고 할까."

몇 번인가 같은 질문을 받은 적이 있어서 유이치는 별 고민 없이 술술 대답했다. 고바야시는 정말로 이해가 안 된다는 얼굴로 유이치를 바라봤다.

아동 복지 업무에 있어 담당 직원의 전문성은 중요한데, 그렇다고 부서에 자격을 갖춘 직원만 있는 것은 아니다. 일반 행정 업무를 보다가 갑작스럽게 이곳에 배치돼 3, 4년 있다 다시 순환 근무로 떠나는 직원도 많다. 전문성 확보와는 상충되는 게 현실이다. 그러나 근무하다가 중간에 그만두는 아동 복지사가 많은 실정을 고려하면 그렇게 해서라도 머릿수를 채우지 않으면 아동 상담소는 굴러가지 않는다.

"뭐 넌 소장님의 눈에 들기도 했으니."

고바야시는 그렇게 묘한 결론을 내리고 대화를 끝냈다.

전화벨이 울렸다. 베테랑 케이스 워커인 우구모리가 전화를 건 보호자와 통화를 시작했다. 다른 직원들은 얼른 일을 마치기 위해 말없이 모니터를 보고 있다. 저녁 7시가 지나자 하나둘 퇴근했지만 우구모리에게 걸려 온 전화는 아직 끝나지 않았다.

"일시 보호를 납득 못하시겠다면 불복 신청을 하세요."

그는 약간 강한 어조로 말하고 전화를 끊었다. 아동 상담소에서 결정한 일시 보호 조치에 항의하는 전화인 듯했다. 일시 보호는 행정 불복 심사법에 기초해 부모가 불복 신청을 할 수 있다. 그런 사실을 전달한 것이다.

"그럼 난 먼저 실례할게."

고바야시도 지친 얼굴로 자리에서 일어났다. 여기 있는 동안에는 집에서 기다리는 가족을 떠올릴 겨를도 없다. 태어난 지 얼마 안 된 아이에게 갈 수 있게 돼서인지 그는 안도한 표정을 지었다.

"수고했어."

유이치는 가볍게 고개를 숙였다. 혼자 사는 유이치는 특별히 서두를 이유가 없다. 그래서 긴급한 사태가 벌어지면 대부분 먼저 손을 들고 나섰다.

"부려 먹히고 있다니까, 넌. 싫은 내색을 안 하잖아."

고바야시는 친해지고 나서 유이치에게 지적했다.

"네가 빠지면 힘들어지니 소장이 계속 널 붙잡아 두는 거야."

"그런가? 뭐 상관없기는 한데."

유이치가 대충 웃어넘기자 고바야시도 덩달아 어이없는 것처럼 웃었다.

"참 희한해. 정말 일에 열정이 있는 건지, 아니면 그냥 될 대로 되라, 인지 구분이 안 된다니까."

고바야시는 지금도 분명 그렇게 생각하고 있을 것이다. 살집이 있어 통통한 고바야시의 뒷모습이 문 너머로 사라졌다.

다음 날 오전 10시, 아동 상담소 회의실에서 이시이 소타의 케이스 검토 회의가 열렸다. 상담소 과장인 고다와 소타를 담당하는 유이치, 아동 심리사 구스노키 가나코, 그리고 다마가와시 아동 가정 지원 센터에서 나온 마에조노 시호가 참석했다. 우구모리도 참석하려 했지만 산부인과에서 급한 연락을 받고 나갔다. 병원 직원이 말하기를 어젯밤 미검진 분만자가 왔었다고 했다.

"아이 엄마가 아직 10대인데 임신부 검진을 한 번도 안 받았고 아이를 키울 마음도 없다고 하네요."

거기까지만 듣고 우구모리는 곧장 회의실을 뛰쳐나갔다.

"그럼 지금 바로 검토 회의를 시작하죠."

고다는 일분일초가 아까운 것처럼 입을 열었다.

"저……."

시호가 망설이듯 말했다.

"오늘 아침에 어린이집에서 연락이 왔습니다. 소타가 오늘은 어린이집에 나왔다고 해요."

고다가 자료를 보다가 고개를 들고 말없이 뒷이야기를 재촉했다.

"그래서 여기 오기 전에 어린이집에 들렀다 왔습니다."

"아이 상태는 어땠어요?"

고다가 날카롭게 묻자 시호는 살짝 겁을 먹은 듯했다.

"특별히 문제는 없어 보였습니다."

"그렇게만 말하면 모르죠. 좀 더 구체적으로."

"몸에는 상처 같은 게 없었고 딱히 위축된 것처럼 보이지도 않았어요. 다만 아이가 입은 옷은 여기저기 구겨지고 청결하다고 할 수는 없는 상태더군요."

"어린이집에 오지 않는 동안에는 뭘 했대요?"

"그게……."

시호가 대답을 머뭇거렸다. 유이치를 힐끗 한번 보더니 이내 마음먹은 것처럼 입을 열었다.

"아이가…… 별로 말을 하는 것 같지 않더라고요."

"별로라는 게 어느 정도죠?"

고다가 가차 없이 물었다.

"선생님 말로는 단어를 띄엄띄엄 말하는 정도래요. 연결해서 말한 적은 없다고 해요. 그리고 그 단어들조차 필요하니 어쩔 수 없이 말하는 느낌이라고……."

어린이집 교사는 아이가 단순히 말이 없는 건지 아니면 언어 능력이 떨어지는지 판단하기는 어렵다는 견해를 전했다고 한다.

"어떻게 생각하세요?"

고다는 아동 심리사 구스노키에게 물었다.

"여섯 살 아이가 말수가 극단적으로 적다면 걱정스럽네요. 아무래도 검사를 받아 봐야 할 것 같습니다."

"부모가 동의할까요."

그 질문은 유이치에게 향했다.

"어려울 수도 있겠습니다."

유이치가 단호히 대답하자 시호가 유이치를 째려봤다.

"일단 설득해 보지 않으면 모르죠. 제가 어떻게든 해 보겠습니다."

"그렇다고 강요하지는 마세요. 부모와 관계가 안 좋아지면 아이에게도 좋지 않으니."

고다는 그렇게 못을 박았다. 여전히 불만스러워 보이는 시호를 너그러운 표정으로 바라본다.

"어쨌든 아이가 무사한 건 확인했으니 오늘은 이 정도로 하죠. 그런데 어린이집에는 누가 데려왔대요?"

"어머니요. 교사한테 친정에서 데려왔다고 했다는데, 그게 좀 의심스러워요."

"무슨 뜻이죠?"

"아이가 평소에 혼자 집 밖을 자주 돌아다닌다고 하더라고요. 집에서 아이를 신경 쓰지 않으니 그런 것 아닐까요? 부모 역시 아이가 사라져도 찾으려 하는 것 같지 않다고 하고……."

"근거는?"

"혼자 거리를 배회하는 소타를 봤다는 다른 보호자가 몇 명 있다고 해요."

"직접 가서 이야기를 들었나요?"

"아뇨. 이것도 어린이집 선생님께……."

시호의 목소리가 뒤로 갈수록 작아졌다.

"신와초 어린이집이죠? 거기는 일본인뿐만 아니라 여러 나라의 아이들이 다니는 곳이죠. 그곳에 아이를 보내는 부모 중에는 일본어를 한마디도 못하는 분들도 있는 것 같더군요. 일본인 중에도 우리 같은 복지 관련 공무원들을 싫어하는 분들이 계시고."

유이치가 옆에서 시호를 거들었다. 신와초에는 전쟁 전후 대륙에서 넘어온 사람들이 사는 허름한 단층집이 밀집해 있다. 한인 타운을 형성한 지역도 있고 그 근처 상점가에는 고깃집과 한식당, 한국 식료품점들이 즐비하다.

그런 배경 때문에 신와초는 외국인이 모여 살기 수월한 동네가 되었다. 월세도 저렴해서 재일 한국인뿐만 아니라 80년대부터는 동남아시아인들도 대거 유입됐다. 역 근처 술집에 일하러 온 필리핀 여성이 가장 많았고 이후 중동과 남미 사람들도 정착하며 현재 공장에서 일하는 젊은 노동자 중에는 외국인이 많다. 국가별 커뮤니티도 다수 꾸려졌다. 물론 공장일을 하기 위해 일본 각지에서 모여든 일본인도 있다. 떠들썩하고 열기로 가득 찼으면서도 왠지 폐쇄적인 분위기를 발산하는 곳이다.

뒤쪽에는 현대적인 빌딩들이 늘어서 있지만 그 앞에는 저층 목조 주택과 가건물이 어깨를 맞대고 있고, 해안가에 세워진 하얀 베이뷰 타워가 그것들을 내려다보는 독특한 풍경이 펼쳐진다. 역 앞의 활기찬 거리를 산책하다가 무심코 그곳이나 바다와 가까운 폐창고 지역에 처음 발을 들인 사람들은 반드시 당황한다고 들었다.

시호는 다마가와시 북부 출신이다. 북부 지역에는 조용한 주택가가 형성돼 있고 도쿄로 출퇴근하는 회사원이 많아 바다와 가까운 임해부와는 접점이 없는 주민이 대다수다. 시호는 시청에 들어갔다가 다마가와시 남부 지역의 황폐한 모습을 보고 자극받아 복지 업무에 지원했다고 하지만 그래도 그들과 어떻게 관계를 맺어야 할지 잘 모를 것이다.

"그러니까 시호 씨가 추측하기에 소타가 평소 집 밖을 자주 돌아다닌다. 그리고 부모는 그런 아이를 못 본 체하고 있다는 거야?"

"네."

고다가 다시 확인하려고 묻자 시호는 안도한 것처럼 대답했다. 그러더니 몸을 앞으로 뻗어 "이것도 엄연한 학대의 일종 아닐까요?"라고 물었다.

만약 고바야시가 이 자리에 있었다면 '저것 봐' 하고 유이치에게 눈짓하지 않았을까.

"말이 늦는 아이가 겁도 없이 부모 곁을 떠나 여기저기를 배회하고 다닌다니, 좀 이상하긴 하네."

고다는 잠시 생각에 잠겼다.

"발달 장애 가능성도 있어 보입니다. 역시 검사를 받아 보는 게 최선이겠네요."

구스노키의 말을 끝으로 회의실 분위기가 침울해졌다. 최근 아동 상담소에서도 발달 장애 같은 단어를 자주 접하게 되었다. 아이가 성장, 발달하는 과정에서 이해력과 행동에 문제가 생기는 발달 장애는 선천적인 특성으로 알려져 있지만 최근에는 양육 환경이나 학교, 유치원에서의 집단생활 관계 설정, 돌발적인 체험 등이 영향을 미칠 수 있다는 의견도 나오고 있다.

지금껏 가혹한 환경은 제쳐 두고 그저 '교육을 잘못 받았다'고만 판단해 소홀히 했던 아이들의 상태를 점차 깊이 연구하는 추세인 것이다. 따라서 아동 상담소 직원들에게도 관련 지식이 요구됐다.

그러나 검사를 받으려면 부모의 동의가 있어야 한다. 고다가 내린 판단은 유이치와 시호가 어린이집에 가서 소타를 직접 만나 발달 상태를 확인하고 다시 한번 그 집을 방문해 부모를 설득하는 것이었다.

두 사람은 회의실에서 나가 주차장을 향해 걸었다. 유이치는 건물 밖으로 나가자마자 몸을 부르르 떨었다.

"춥네요. 오늘 아침에는 기온이 영하까지 내려갔다고 합니다."

유이치가 느긋하게 말을 걸었지만 시호는 완전히 무시했다.

"이것도 엄연한 방치로 봐야죠? 이런 추운 날씨에 여섯 살 아이 혼자 밖을 돌아다니게 하다니. 그것도 그런 위험한 지역을요. 거기는 학교에 가지 않는 비행 청소년들이 모이는 곳이잖아요."

시호는 쉬지 않고 말했다.

"그러다 나중에 커서 그 아이도 그런 불량 서클에 들어가게 될 게 뻔해요."

유이치가 대답하지 않자 이번에는 직접 따지고 들었다.

"유이치 씨는 그걸로 만족하세요? 고다 과장님이 말씀하신 방식 말이에요. 그 부모를 설득할 시간이 있으면 우선 아이를 일시 보호하고 검사를 받는 게 더 빠르지 않겠어요?"

"흐음, 글쎄요."

"전 아이의 안전이 최우선이라고 생각하는데."

유이치는 주머니에서 자동차 키를 꺼내 만지작거렸다.

"시호 씨는 보호라고 쉽게 말하시는데, 부모와 자녀를 분리하는 건 양쪽 모두에게 큰 타격이 됩니다."

"하지만……."

시호는 상기된 얼굴로 유이치를 봤다.

"그런 부모 밑에서 고생하는 것보다는 낫잖아요."

"그런 부모이긴 해도 부모는 부모입니다. 아이는 갑자기 부모와 떨어지는 것으로 모자라 그전과 전혀 다른 환경에 처하면 당황하고 상처받기 마련입니다. 과장님의 생각은 아이를 최대한 그 집에 두면서 환경을 정비해 보자는 거겠죠. 일시 보호는 최후의 수단이고요."

아동 상담소는 집에서 양육하기 어려운 아이를 일시 보호할 권한이 있다. 부모의 동의를 얻어서 할 때도 있고 아이가 위험한 환경에 처했다고 판단했을 경우에는 부모 동의 없이도 직권으로 아이를 보호하는 경우도 있다.

"저희가 그렇게 느슨하게 구니 아이들의 생명이 위험해지는 게 아닐까요?"

"시호 씨, 희한하게도 말이죠. 아이들은 어떻게든 부모 곁에 있으려고 합니다. 집에서 학대당해도 거짓말을 하면서까지 부모를 감싸는 아이가 있는 걸 보면 역시 가족이라는 건 그 나름의 힘이 있어요."

"그러니까……."

절박함이라곤 없는 유이치의 말을 듣고 시호는 점점 더 초조해지는 듯했다. 그녀의 발밑에서 자갈이 맞부딪히는 소리가 들렸다.

"그렇기 때문에 저희가 있는 것 아닌가요? 거짓말을 강요하는 부모에게서 아이를 구하기 위해."

"뭐 그런 측면도 있겠습니다만."

옥박지르자 코 옆을 긁적거리는 유이치를 힐끗 보고 시호는 입을 다물었다. 더 말해 봐야 소용없다고 느낀 듯하다.

차 앞에 갔을 때 또다시 유이치의 스마트폰이 울렸다.

―유이치 씨.

조금 전에 막 헤어진 고다 과장에게 걸려 온 전화였다.

―미안한데 이시이 소타 일은 잠시 뒤로 미루고.

목소리가 다급하다.

―지금 당장 가 줬으면 하는 곳이 있어. 긴급 신고가 들어와서.

"알겠습니다."

시호가 불안한 눈빛으로 유이치를 봤다.

―후쿠주마치에 있는 어느 가정집에서 부부싸움을 하고 있다는 이웃집 신고가 들어왔대. 부부가 생후 3개월 된 아이를 서로 빼앗으려 한다는데 그대로 두면 아이가 다칠 것 같다고 해.

"지금 바로 가겠습니다."

유이치는 수첩에 주소를 받아 적었다.

―오타 씨가 마침 그 근처에 있어서 가고 있기는 한데 지원이 필요할 거야.

오타 세이코는 보육사 자격증을 가지고 있지만 비상근 직원이다. 아동 상담소에서 근무한 지도 얼마 되지 않아서 그녀 혼자 처리하기는 벅찬 곳인 듯했다. 유이치가 전화를 끊고 고개를 들었을 때 시호와 눈이 마주쳤다.

"시호 씨."

"신와초 어린이집에는 저 혼자 갔다 올게요. 나중에 다시 연락드리겠습니다."

시호는 어떤 상황인지 눈치챈 것처럼 주저 없이 말했다. 전에도 이런 일이 종종 있었다. 긴급 사안이 생겨서 일정이 취소되는 경우가 드물지 않다. 부모와 면담, 변호사 상담, 회의, 사무 처리 등. 그렇게 미뤄 놓은 업무들이 날마다 직원들을 압박하고 있다.

시호는 발길을 돌려 자기 차 쪽으로 걷다가 문득 다시 고개를 돌렸다.

"저기요, 유이치 씨."

"네?"

"이곳에는 왜 이렇게 동네 분위기랑 어울리지 않는 동네 이름이 많을까요? 신와초新和町에 후쿠주마치福寿町, 거기에 고다카라마치子宝町라는 곳도 있잖아요."*

---

* 동네 이름에 포함된 '新和(신화, 새로운 화합)', '福寿(복수, 오래 살며 복을 누림)', '子宝(자보, 소중한 자녀)' 등 긍정적인 의미의 한자는 다마가와시의 이미지와는 상반된다.

시호는 자신의 말에 스스로 웃음을 풋 터뜨리고 다시 발길을 돌렸다.

유이치가 급히 찾아간 집 앞에는 이미 아동 상담소의 경차가 주차돼 있었다. 오타 세이코는 집 안에 있는 듯했고 밖에서도 내부 상황이 어떤지 대략 짐작이 됐다. 그야말로 쇼와 시절 느낌이 물씬 풍기는 단층 판잣집이 다닥다닥 늘어선 지역이다. 화려한 색상의 페인트로 벽과 지붕 함석을 칠했지만 오히려 붕 떠 보였다.

차에서 내린 유이치는 하늘을 찌를 기세로 솟아 있는 전망탑을 힐끗 올려다봤다. 탑 바로 아래에 있는 곳이다. 바닷바람이 느껴졌다.

그때 집 안에서 요란한 고함소리가 들려서 유이치는 서둘러 집으로 달려갔다. 현관문이 활짝 열려 있고 이웃 주민으로 보이는 사람 서너 명이 안을 들여다보고 있다.

"잠깐 실례하겠습니다."

그들을 밀치고 신발을 벗고 안에 들어갔다. 밖에서도 훤히 보이는 거실에서 부부가 서로 마주 보고 험한 말을 내뱉고 있다. 일본어가 아니다. 아마 포르투갈어처럼 들린다. 선이 굵은 부부의 얼굴을 보고 두 사람이 브라질인이라는 것을 깨달았다. 두 사람 사이에 서 있는 오타 세이코가 유이치를 알아보고 안도하는 표정을 지었다.

오타 세이코는 아내의 손에서 필사적으로 아이를 받으려
하고 있었다. 덩치 큰 남편이 아내에게 주먹을 날리자 아내
가 한 손으로 주먹을 막았다.

"어머니, 저한테 아이를 넘기세요!"

오타의 말을 대충 이해했는지 아내가 아이를 넘기려고 하
자 남편이 분노했다. 의미를 알 수 없는 말을 지껄이며 오타
에게도 손을 뻗으려 한다. 유이치는 그가 치켜든 손을 붙잡
아 자기 쪽으로 잡아당겼다. 고개를 돌린 남편의 눈에 핏발
이 서 있었다.

"아버님. 진정하시죠."

이런 느긋한 말이 통할 리 없다. 남편이 이번에는 유이치
에게 덤벼들었다. 마구 날뛰는 남자를 제압하는 건 하늘의
별 따기만큼 어렵다. 유이치는 남편과 함께 바닥에 쓰러졌
다. 좌탁 다리가 부러져 주전자와 식기가 허공을 날았다. 그
틈을 타 오타는 아이를 넘겨받는 데 성공하고 아내의 등을 밀
며 함께 집 밖으로 나갔다.

그 모습을 시야 한구석에서 지켜보던 남편이 짐승처럼 포
효하며 유이치를 밀쳤다. 유이치의 몸이 그야말로 손쉽게 날
아가 벽에 쾅 부딪혔다. 곧장 발차기가 날아올 것 같아서 두
손으로 배를 감쌌다. 밖에서는 구경꾼들이 입을 모아 소리치
고 있다. 일본어도 포르투갈어도 아닌 이국어들이 난무한다.

"방금 경찰 불렀어요!"

오타의 외침을 간신히 알아들었다. 남편은 유이치를 두고 밖으로 뛰쳐나가 아내와 몸싸움을 시작했다. 아내 쪽도 만만치 않다. 잡아먹을 듯이 남편에게 욕설을 퍼붓고 신발을 벗어 남편을 여러 번 후려쳤다. 신발로 어깨와 얼굴을 맞을 때마다 남편이 신음을 내뱉었다. 구경꾼들의 흥분도 최고조에 달해 이제는 그만하라는 건지 더 하라고 부추기는지도 구분할 수 없다.

아내를 향해 가던 남편이 갑자기 홱 돌아섰다. 오타가 아이를 품에 안고 있는 걸 알아챈 것이다.

오타가 "앗!" 하고 나직이 비명을 질렀다. 유이치는 그녀 쪽으로 뻗은 팔을 향해 돌진했다. 맨발로 집에서 뛰쳐나가 남편 뒤에 달려든다. 목에 팔을 감아 넘어뜨리려 했지만 뜻대로 되지 않았다. 조금 전까지 시끄럽게 떠들어 대던 구경꾼들이 네 사람에게서 천천히 거리를 벌린다. 건장한 남편은 꿈쩍도 하지 않았지만 간신히 오타가 도망칠 틈이 생겼다.

그녀가 사람들 사이를 지나 사라진 것을 확인하고 유이치는 몸에서 힘을 풀었다. 순간 볼에 통증이 스치더니 순식간에 눈앞이 새하얘졌다. 남자의 주먹이 꽂힌 것을 이해하기까지 시간이 걸렸다.

멀리서 경찰차 사이렌 소리가 들렸다.

"꼴이 말이 아니네."

유이치의 얼굴을 보며 고바야시가 한숨을 내쉬었다. 늦은 밤 아동 상담소 집무실. 얻어맞은 얼굴이 차츰 열이 나고 부어 오르고 있다. 입가도 찢어져 병원에서 반창고를 붙여 주었다.

남편은 결국 아내와 아동 상담소 직원에게 폭력을 행사한 상해 혐의로 경찰에 체포됐다. 아내는 갈비뼈가 부러져 입원했고 기저 질환인 심장병도 악화해 입원이 길어질 것 같다고 했다.

아이는 일시 보호됐다. 그러나 인원이 꽉 찬 관계로 영아원에서는 아이를 받아주지 않았다. 보호한 아이가 영아일 경우 아동 상담소 부설의 일시 보호소에는 맡길 수 없다. 영아원에서 받아 주지 않으면 갈 곳이 없다. 결국 고다와 우구모리가 사방팔방으로 뛰어 임시로 아이를 맡아 주겠다는 위탁 가정을 찾았다.

오타와 구스노키가 위탁 가정의 양육 부모에게 아이를 데려갔다. 그러나 어렵게 찾은 양육 부모가 아이를 맡아 줄 수 있는 기간은 고작 2주다. 이후 또다시 아이를 받아 줄 곳을 찾아야 한다. 속눈썹이 길고 예쁜 라틴계 여자아이는 분유를 먹고 쌔근쌔근 잠들었다. 그런 아수라장을 뚫고 왔다고 믿을 수 없을 만큼 평온하게 잠든 얼굴이었다.

유이치는 병원에 가서 간단한 진찰과 치료를 받고 경찰서에서 참고인 조사를 받았다. 그것만으로도 해가 짧은 겨울 하루가 다 저물었다. 아동 상담소로 돌아가 양육 부모에게 맡기기 전 아이를 만나고, 고다 과장을 비롯한 다른 직원들과 이번 케이스의 향후 대책을 검토했다. 고다는 점점 더 부어오르는 유이치의 얼굴을 보며 내일은 일을 하루 쉬라고 지시했다.

유이치가 "이시이 소타 일도 있으니 쉴 수 없습니다"라고 해도 고다는 상사의 지시라며 강력히 말했다.

직원들이 전부 퇴근한 뒤에도 유이치는 그날 보고서를 작성하기 위해 남았다. 내일이 휴가라면 그전까지 정리해 둬야 할 일이 있다. 유이치를 안타깝게 여긴 고바야시가 함께 남아 주었다.

"넌 도대체 왜 이런 곳에 계속 있는 거야? 그런 꼴을 당하면서까지."

고바야시는 키보드를 연신 두드리는 유이치에게 지난번과 똑같은 질문을 던졌다.

아동 복지사는 아동 상담소에서 학대, 비행 등의 문제에 대응하는 직책이다. 아동복지법에 기반해 사회 복지사 자격증이나 일정 실무 경험이 있어야 한다. 그러나 전국 아동 상담소에 복지 전문직으로 채용되는 사람은 70퍼센트 남짓이고 나머지 30퍼센트는 일반 행정직 공무원들이 맡고 있다. 다시 말해 30퍼센트의 직원은 자신이 원해서 온 사람이 아니라 위에서 아동 복지사 직책을 지시받아 온 사람들인 것이다.

고바야시처럼 인사이동으로 다른 부서로 옮기고 싶어 하는 행정 직원이 많다. 아이의 생명과 직결되는 아동 상담소 일이 너무 가혹하고 힘들기 때문이다.

"다른 곳에 가 봤자 잘할 수 있을 것 같지 않아. 여기서는 요령이 좀 생겼고 일도 적성에 맞는 것 같고."

유이치가 대답하자 고바야시는 "뭐야, 그게" 하고 웃음을 터뜨렸다.

"그래 봐야 여자는 강하다고 할까. 모성이 있는 생물들에게는 이길 수 없어."

그러더니 고바야시는 "너도 여기 있는 여직원들에게는 꼼짝 못 하는 느낌이고" 하고 자신의 느낌을 전했다.

"그리고 그 시호 씨."

그는 문득 떠오른 것처럼 웃으며 다시 덧붙였다.

"시의 아동 가정 지원 센터 안에서도 유독 튀는 사람일 거야."

그 말을 듣고 유이치는 이시이 소타를 떠올렸다. 오늘은 시호에게 연락이 없었다. 어쩌면 브라질 부부 일을 전해 듣고 유이치가 바쁠까 봐 일부러 연락을 안 했을 수도 있다. 내일 하루 쉬고 날이 밝으면 곧장 그녀에게 연락해 봐야겠다고 생각한 순간 입가의 찢어진 부분이 욱신거리기 시작했다.

휴가를 마치자 시호 쪽에서 먼저 연락해 왔다. 아침 8시가 되기 전 아동 상담소에 출근한 유이치를 마치 기다렸다는 듯이 전화기가 울렸다.

—유이치 씨.

목소리를 듣고 긴박한 상황을 감지했다.

—이시이 소타가 오늘 어린이집에 오지 않았대요.

"집에 있나요?"

—아뇨. 아이가 또 사라졌어요.

폐건물 창고 밖 계단에서 나기사는 덜덜 떨고 있었다. 그 떨림이 카이에게도 전달된다. 카이는 쌍안경을 눈에 대고 동쪽 하늘을 바라보고 있었다.

"나도 볼래."

나기사가 쌍안경으로 손을 뻗었다.

"기다려."

카이는 쌍안경을 옆으로 살짝 치웠다.

"치사해."

"음, 물고기자리랑 물병자리 사이라고 했지?"

"카이, 그런 별자리를 알고 있었어?"

"그럴 리 없지. 잡지에 나왔길래 찾아봤어."

카이는 그 과학 잡지를 어제 서점에서 몰래 훔쳤다.

"아아, 추워."

나기사가 카이에게 몸을 바짝 기댔다.

2월 하순의 새벽 5시 30분. 믿을 수 없는 시간대다. 이렇게 일찍 일어난 게 언제였을까. 카이는 조금씩 밝아 오는 동쪽 하늘을 가만히 응시했다.

"모르겠네, 자."

나기사에게 쌍안경을 휙 건네자 나기사는 부랴부랴 쌍안경을 눈에 갖다 댔다.

"흐음."

쌍안경을 이리저리 움직이다가 엉뚱한 방향을 보고 있다.

"그쪽은 아니야."

"나도 알아. 이런 싸구려 쌍안경으로는 안 보이는 거 아닐까?"

"말도 안 돼. 카부가 사흘 전에 봤다고 했는데."

"당연히 거짓말이지. 걔는 거짓말 선수잖아."

나기사는 다음으로 베이뷰 타워 쪽으로 쌍안경을 향했다.

"있지, 카이. 저 위에 올라가 본 적 있어?"

"없어."

"한 번도?"

나기사가 쌍안경에서 얼굴을 떼고 카이를 지그시 바라봤다.

"입장료가 있잖아. 저런 데 올라가 봐야 뭐가 보일지도 뻔하고. 넌 올라가 본 적 있어?"

"응, 있어. 10년 전에 처음 생겼을 때 바로 가 봤어. 초등학교에 들어간 지 얼마 안 됐을 때였는데 할머니가 데려가 줬어. 바다 너머까지 전부 보이더라. 정말 멋졌어."

카이는 흥 하고 코웃음치고 고개를 돌렸다. 전망탑의 흰색 외벽이 아침 햇빛을 받아 반짝거린다. 나기사는 다시 전망탑을 바라보기 시작했다.

"후지산 꼭대기도 보였어. 구름 너머로. 그때는 정말 좋았는데. 그 뒤로 할머니가 돌아가시고⋯⋯."

그 뒤로 나기사에게 좋은 기억은 없을 것이다. 열여덟 살이 된 지금도 이렇게 폐창고 계단에서 추위에 떨고 있다.

"난 저 전망탑을 보고 있으면 왠지 열 받던데. 꼭 높은 곳에서 잘난 체하며 우리를 내려다보고 있는 것 같아서."

카이의 말을 듣고 나기사는 후훗 웃음을 터뜨렸다.

"저거, 만든 사람이 이 동네 출신이래."

"알아. 어차피 졸부겠지."

"라멘 가게 아저씨였다던데. 톤페이 라멘. 다마가와역 근처에 처음 문을 열었고 지금은 전국 체인이 됐대."

"뭐 라멘이 맛있기는 한데 그래도 짜증 나는 건 어쩔 수 없어. 성공한 후에 도쿄에 으리으리한 본사 건물을 짓고 이곳을 떴잖아. 저런 전망탑 하나만 덜렁 세우고. 쓰레기통 같은 곳에 사는 우리를 깔보고 있을 거야."

"응?"

그때 나기사의 쌍안경이 갑자기 움직임을 멈췄다.

"저 아이는······."

"뭐야?"

"저런 곳에 조그만 남자아이가 있어."

"어디?"

카이는 나기사에게서 쌍안경을 빼앗아 눈에 가져갔다. 나기사가 가리키는 방향으로 초점을 맞춘다. 썰렁해 보이는 골목 몇 군데를 지나 창고 외벽이 움푹 파인 곳에 찰싹 달라붙어 앉아 있는 아이의 모습을 포착했다.

"저기서 뭐 하지?"

"미아인가?"

"이 새벽에?"

주변을 둘러봤지만 어른의 모습은 보이지 않는다.

"가 볼까."

"응."

두 사람은 녹슨 계단을 뛰어 내려갔다. 이 황량한 지역은 카이와 나기사에게는 거의 앞마당 같은 곳이었다. 쭉 늘어선 창고를 지나 구불구불한 골목길을 달려서 곧장 남자아이가 있는 곳에 도착했다.

창고 벽이 움푹 파인 곳에서 차가운 바닷바람을 피하듯 예닐곱 살 정도 돼 보이는 남자아이가 무릎을 껴안고 있었다.

"야."

카이의 목소리를 듣고 고개를 든다. 꾀죄죄한 얼굴에 헝클어진 머리는 제대로 깎지도 않은 것처럼 보인다. 얇은 점퍼 한 장에 반바지, 그리고 맨발에 샌들을 신었다. 볼과 입술에는 핏기가 없고 몸 전체가 희미하게 떨리고 있다.

"불쌍해."

망설이는 카이를 거들떠보지도 않고 나기사가 자신의 숄을 벗어 아이의 어깨를 감싸 주었다.

"너 누구야?"

카이가 마음을 가다듬고 다시 말을 붙였지만 아이는 대답 없이 가만히 있다.

"왜 이런 곳에 있어?"

대답이 없다. 두 사람을 말없이 올려다볼 뿐이다.

"엄마 아빠한테 혼났어?"

역시나 대답이 없다. 카이와 나기사는 서로 마주 보고 한숨을 내쉬었다.

"밤새 여기 있었을까?"

나기사가 카이에게 물었다.

"내가 어떻게 알아."

"이런 데 계속 있다가는 얼어 죽을 거야."

"바보 같은 녀석이네."

"저리로 가자. 일어설 수 있겠니?"

그 말을 듣고 아이는 순순히 몸을 일으켰다.

"말은 알아듣나 보네."

나기사가 아이를 부축하며 발걸음을 떼자 카이도 뒤따라가며 말했다. 이 근처에는 외국인이 많이 산다. 재일 한국인과 브라질, 동남아시아 등지에서 돈을 벌러 온 사람들이 터를 잡은 곳이라 일본어를 알아듣지 못하는 사람도 제법 많다.

카이의 어머니도 필리핀 사람이다. 다마가와역 근처에 있는 필리핀 펍에서 일하고 있다. 아버지는 그 가게를 찾아온 일본인 손님이라고 하는데 카이는 여태껏 만나 본 적이 없다.

"여긴 괜찮을 거야. 이쪽으로 와."

조금 전 두 사람이 있던 철제 계단 옆 폐창고에 들어갔다. 카이가 부서진 문을 밀어 열었다. 골판지 상자로 둘러싼 창고 구석에 남자아이를 앉히고 두 사람도 양옆에 앉았다.

"넌 어디서 왔니?"

"처음 보는 얼굴인데."

이 일대에 사는 아이들의 얼굴은 대부분 알고 있다. 그러나 이 아이의 얼굴은 낯설었다.

"이름이 뭐야?"

어떤 질문에도 대답하지 않는다.

"말을 못 하나?"

"귀는 들리는 것 같은데."

입을 다물고 있지만 두려워하는 기색은 없다. 앙다문 입술 끝에서 강한 의지가 느껴진다.

"가출 청소년이 아니라 가출 어린이네."

나기사가 웃음을 터뜨렸지만 카이는 고개를 절레절레 흔들었다. 다른 지역에서 이렇게 혼자 나다니는 어린아이를 발견하면 난리가 나겠지만 여기서는 간혹 볼 수 있는 광경이다. 부모는 조직 폭력배, 첫째 형은 폭주족 또는 건달, 둘째 형은 중학교를 빼먹고 놀러 다니는 비행 청소년 같은 가족 구성이 다마가와시 남부에서는 드물지 않다. 그런 집의 막내는 초등학교에 다니면서 비행 청소년인 형을 따라다니며 자연스럽게 가정과 멀어진다.

태어날 때부터 범죄자가 되는 길이 닦여 있는 것이다. 오히려 그런 엉망진창인 가정에서 착실한 아이로 자라는 게 이상한 일이다. 비행 청소년들은 무리를 지어 이곳저곳을 어슬렁거린다. 이 아이도 아마 그런 질 나쁜 형들을 따라다니다가 갑자기 길을 잃은 것처럼 보였다.

"어떡할 거야?"

카이는 지긋지긋해하며 나기사에게 물었다. 이 아이를 데려온 것이 벌써부터 후회됐다.

"경찰 아저씨한테 아이 집을 찾아 달라고 할까?"

카이는 스스로 내뱉은 농담에 웃음이 터졌다. 나기사는 그런 카이를 무시했다.

"근데 너, 되게 말랐다."

나기사는 숄 위로 아이를 꼭 껴안으며 말했다.

"밥은 잘 먹고 다니니?"

밥을 제대로 못 먹는 아이 역시 여기서는 드물지 않다. 카이는 혀를 찻 찼다. 술집에서 아침이 다 돼서야 돌아오는 엄마를 허기진 배를 움켜쥐고 기다리던 어린 시절 기억이 떠올랐기 때문이다. 유치원과 초등학교에서는 외모가 보통 일본인과 다르다는 이유로 괴롭힘을 당해 일찌감치 등교를 거부했다.

그러나 진하고 거무스름한 얼굴이 이곳에서 도움이 될 때도 있었다. 다마가와시 남부에서는 아이들 사이의 상하 관계가 뚜렷하고 거기서 혼자 벗어나 살아갈 수는 없다. 중학생이 되어 길을 잘못 든 아이는 선배들에게 '칸파'라는 상납금을 낸다. 선배들의 칸파 요구는 끊이지 않아서 밑에 있는 아이들은 돈을 벌기 위해 안간힘을 쓴다.

부모 지갑에 손대는 정도의 귀여운 행동으로는 절대 메꿀 수 없는 액수다. 게다가 그들의 부모 역시 가난해서 지갑 사정이 어떤지는 아이들도 다 안다. 결국 아이들은 거리에서 날치기를 하거나 사찰의 새전함을 털고, 이윽고 공갈이나 빈 집털이 같은 짓까지 하다가 끝내 경찰에 체포되곤 한다. 그 안에서 카이는 필리피노라 불리며 따돌림을 감수했다. 허세를 부리며 어떤 무리에 들어가 상하 관계에 편승하는 녀석들이 멍청하다는 걸 일찍이 깨달았다.

학교에는 가지 않지만 그런 아이들이 아지트로 삼는 오락실이나 노래방 같은 곳에도 얼씬하지 않고 그저 해안가에서 스케이드보드를 즐기는 건전한 비행 청소년이 되기 위해 노력했다. 묵묵히 연습해 고난도의 기술을 습득한 보더는 아이들 사이에서 인정받으며 불량 서클에도 가입시키지 않는 암묵적인 규칙이 있었다.

그 무렵 어머니가 조폭과 어울린 점과 가끔 필리핀에 돌아가 몇 달간 일본을 떠났던 점도 영향을 미쳤을지 모른다. 고등학교에는 들어갔지만 얼마 안 돼 자퇴했다. 입학금을 대준 어머니의 애인에게 흠씬 두들겨 맞았지만 아무렇지 않았다. 오히려 폭력배에게 맞아 광대뼈가 부러진 상태로 스케이트보드를 열심히 탔다는 이야기가 카이의 영웅담처럼 돌았다.

지금은 가끔 아르바이트로 돈을 벌며 적당히 살아가고 있다. 어머니는 그 조폭 남자에게 버림받은 후 매일 술에 절어 산다. 여러모로 가혹하지만 이곳은 카이에게 익숙한 장소였다.

"배고프니?"

나기사는 질리지도 않게 아이에게 말을 붙였다. 어느새 떨림이 잦아든 아이는 힘차게 고개를 위아래로 끄덕였다.

"뭐라도 좀 먹이는 게 좋을 것 같아."

"왜?"

"불쌍하잖아."

"뭘 먹인다는 거야?"

"윤 씨 아주머니 가게, 지금 열려 있지 않을까?"

나기사는 공장 노동자들을 받기 위해 이른 아침부터 문을 여는 한국 식당을 가리켜 말했다.

"거기서 파는 죽이라면 배부르게 먹을 수 있을 거야. 무한 리필이고."

"대책이 없네. 이런 꼬맹이를 데리고 뭘 하겠다고."

"됐어. 가자."

나기사는 벌떡 몸을 일으켰다.

카이는 아이를 내려다봤다.

"너, 계속 그렇게 말없이 있을래? 이름 정도는 알려 줘야지."

아이는 카이의 말에 대답하지 않고 무표정한 얼굴로 느릿

느릿 일어섰다.

"이름이 없나? 그럼 내가 붙여 주지. 이름이 없으면 불편하니."

카이는 문득 떠오른 것처럼 손에 들고 있던 쌍안경을 눈에 대고 하늘을 바라봤다. 이제는 환하게 밝아진 푸른 하늘이 보였다.

"네 이름은 하레야."

그러자 나기사가 "뭐야. 고작 떠올린 게 그거야?" 하고 깔깔 웃었다.

"한자로 '갤 청晴'. 즉 '맑다'는 뜻."

"하레, 앤 카이라고 해. 한자로 '바다 해海' 자를 쓰는 카이."

카이가 막 태어났을 때 카이의 어머니는 간단한 한자밖에 몰랐다. 그래서 아들 이름을 '카이'라 지었다. 카이라는 발음이 필리핀에서도 통할 거라는 이유였다.

"난 나기사. 물가의 모래사장을 뜻하는 '나기사渚'라면 좋았을 텐데, 아쉽게도 길게 늘여서 쓴 한자야."

나기사는 폐창고를 나가면서 불현듯 "앗!" 하고 소리쳤다.

"'맑은 바다의 모래사장'. 좋다! 우리 셋이 왠지 죽이 잘 맞을 것 같아."

나기사는 그렇게 말하고 아이의 팔을 쭉 잡아당겼다.

카이의 집은 다마가와역 바로 근처에 있다. 유흥업소가 즐비한 환락가에서 한 발짝 안으로 들어가면 나온다. 1층은 바로 얼마 전까지 헌책방이었지만 주인이던 노인이 세상을 뜨자 문을 닫았다. 셔터 옆에는 2층으로 올라가는 좁은 계단이 있고 집 두 칸을 세를 주는 건물이라 2층 복도에 문이 두 개 달려 있다. 그 중 첫 번째 문을 열고 안에 들어갔다.

"들어와도 돼."

시멘트 현관에 우두커니 서 있는 하레를 향해 카이는 들어오라고 했다.

"라이자 아주머니는?"

"엄마는 아직 자고 있지."

일러도 늦은 밤, 손님과 한 잔 더 하기라도 하면 새벽이 되어 돌아오는 어머니를 카이는 이제 기다리지 않았다. 방 두 개는 안에서 연결돼 있지만 어머니 방에서 지내는 시간도 줄었다. 카이는 자기 밥값을 스스로 버는 지금의 생활에 만족했다.

나기사가 크게 하품을 했다.

"오늘은 일찍 일어났더니 졸려. 좀 자도 돼?"

"그래."

"하레, 이리 와."

나기사는 안쪽에 있는 방으로 하레를 데려갔다. 바닥에 깔린 이불 속으로 파고든다. 옆에서 멍하니 서 있는 하레에게 손짓하자 하레도 순순히 나기사를 따라 이불로 들어갔다. 잠시 후 두 사람은 숨소리를 쌔근거리며 잠들었다.

윤 아주머니의 가게에서 하레는 허겁지겁 음식을 입에 집어넣었다. 그야말로 '게걸스럽다'라는 표현이 잘 어울렸다. 죽에 순두부찌개로 모자라 콩나물국밥까지 시켰는데 전부 깨끗이 비웠다. 나기사가 놀란 얼굴로 하레를 봤다.

"걔는 어디 사는 아이니?"

아주머니가 그렇게 물어서 "친척이에요"라고만 대답했다. 아주머니는 그 이상 묻지 않고 "흐응, 잘 먹네" 하고 다른 곳으로 갔다.

배가 부르니 졸린 걸까. 한 이불 속에서 잠들어 있는 나기사와 하레를 보며 카이는 앞으로 어떡할지를 떠올렸다. 조금 전 농담처럼 말했듯이 경찰에 데려가는 건 영 내키지 않는다. 웬만하면 그런 부류들과 엮이고 싶지 않았다. 같은 이유로 시청 같은 시설에도 발길이 향하지 않았다.

하레가 말만 했다면 사는 집으로 데려가겠지만 바랄 수 없어 보인다. 음식을 먹을 만큼 다 먹자 이 고집 센 아이는 다시 입을 꾹 잠가 버렸다. 무슨 말을 걸어도 일절 대답하지 않는다. 그냥 어딘가에 버리고 올까. 그 창고까지 혼자 걸어온 걸 보면 우리가 신경 쓰지 않아도 알아서 집까지 다시 찾아갈 수도 있다.

하지만……. 카이는 나기사의 잠든 얼굴을 보며 생각했다. 그 의견에 나기사가 동조할 것 같지 않았다. 윤 아주머니가 서비스로 준 호떡까지 하레에게 건넨 걸 보면 나기사는 하레를 마치 자기 친동생처럼 여기는 듯하다. 연신 하레가 불쌍하다고 하고 집에 가 봐야 부모가 제대로 돌봐 주지 않을 거라 강조했다.

카이가 "그럼 어떡하게?"라고 물었지만 뾰족한 수는 없어 보였고, 그러다 조금 전 집 계단을 오를 때 나기사는 결심한 것처럼 "하레가 집에 가기 싫어하면 우리가 며칠 돌봐 줘도 되잖아"라고 했다. 카이는 못 들은 척했다.

이대로 하레를 계속 여기 둘 수는 없다. 아직 초등학교도 가지 않은 어린아이다. 아무리 이곳이 무법지대라고 해도 행방불명된 아이를 데리고 있으면 유괴가 되지 않을까. 그건 어엿한 범죄다. 카이의 어린 시절 친구 중에는 소년 분류 심사원이나 소년원에 들어간 아이들이 있다. 그곳에서 출소하기만 하면 또다시 이 코딱지만 한 사회에서 활개 칠 수 있다고 믿는 정신 나간 녀석들이다.

카이는 그런 가치관만은 가지고 있지 않았다. 언젠가는 이곳을 뜰 생각이다. 아이를 방치하거나 학대하는 부모가 없고 하찮은 트집을 잡으며 어린 후배에게 주먹을 휘두르는 선배도 없으며 문신한 조직 폭력배들도 없는 곳으로 떠날 것이다. 그러려면 늘 부담 없는 맨몸이어야 한다.

나기사도 함께 데려갈 것이다. 나기사를 이 쓰레기통 같은 곳에서 꺼내 주고 싶었다. 이불 속에서 나기사가 몸을 뒤척이며 조용히 잠꼬대를 중얼거렸다.

카이와 나기사는 이 집에서 거의 함께 사는 거나 마찬가지다. 어머니는 두 사람에게 전혀 관심이 없는데 그런 의미에서는 괜찮은 어머니라고도 할 수 있다. 마음씨 좋은 필리핀 여자는 "나기사, 나기사"라 부르며 아들의 여자 친구를 귀여워해 줬다. 때로는 함께 필리핀 음식을 만들고 쇼핑하러 나가기도 한다. 간장과 피시 소스로 맛을 낸 필리핀식 볶음국수는 어느덧 나기사의 주특기 요리가 되었다. 집에 가기 싫어하는 걸 보면 나기사는 이 집에서의 생활을 마음에 들어 하는 것처럼 보인다. 중학교 동창인 카이와 함께 있는 시간을 진정으로 즐기고 있다.

어느 날 나기사는 "난 지금이 가장 행복해"라고 수줍음도 없이 진지하게 말하기도 했다. 고작 18년밖에 살지 않은 주제에.

카이는 학교에 잘 가지 않지만 나기사는 빠지지 않고 성실히 학교에 다녔다. 학교가 나기사에게는 도피처였다는 걸 중학교 3학년이 돼서야 처음 알게 됐다. 나기사에게는 세 살 많은 오빠가 있는데, 카이와 친하게 지내던 친구의 형(다마가와 시 바닷가 옆 동네에서는 남자 선후배 사이의 연대가 매우 중요하다)이 나기사의 오빠인 나오야와 다퉜다.

그는 폭주족 집단 하나를 이끌며 이 동네 아이들 사이에서는 꽤나 영향력이 있는 형이었다. 나오야는 다마가와의 하천 부지로 불려가 하마터면 집단 폭행을 당할 뻔했다. 그때 나오야는 여동생을 조건으로 내걸고 용서받았다고 카이의 친구가 알려 줬다.

"나기사는 자기 오빠가 시키는 건 뭐든 다 한대."

친구는 흠집투성이 스케이트보드를 앞에 두고 담배를 뻐끔거리며 웃었다.

"초등학생 때부터."

"말도 안 돼. 거짓말이지?"

"아니, 진짜야. 맨 처음 오빠한테 강제로 당하고 그 뒤로는 계속 오빠의 노리개였대. 지금은 그 오빠의 친구들까지 걔를 마음대로 가지고 노나 봐. 쓰레기 같은 오빠가 자기 살려고 동생을 적진에 던져 버린 거야."

카이는 나기사의 얼굴을 떠올렸다. 예쁘다고는 생각했다. 나기사는 교실에서 늘 혼자였고 가냘프고 힘없는 모습으로 반 아이들과 거리를 두는 것처럼 보였다. 웃는 얼굴을 본 기억도 없다. 그 아이가 그런 비참한 가정환경에서 살아온 걸까.

"그래서, 너희 형도 했대?"

카이는 최대한 아무렇지 않은 척 물었다. 친구는 비열하게 웃으며 말했다.

"당연히 했겠지. 걔는 몸매도 좋잖아."

친구는 형에게 들었다는 나기사와의 잠자리 이야기를 카이에게 자세히 들려줬다.

"이제는 완전 익숙해졌대. 형이 방에 들어가면 곧장 옷을 벗고 다리를 벌린다던데. 울거나 소리치지도 않는대. 말없이 그냥 하고 싶은 대로 하게 내버려 두는 거야."

"그런데 위험하지 않나? 걘 아직 중3이잖아."

"나기사네 오빠가 자기 여동생은 절대 다른 사람에게 말할 리 없다며 괜찮을 거라고 했대. 자기가 이미 단단히 주의를 줬다고. 그러면서 형한테 굽실거리며 걔랑 자고 싶은 사람이 있으면 언제든 자기한테 말하라고 했대. 이제는 뭐 거의 기둥서방이랑 창녀나 마찬가지인 것 같던데, 그 남매."

나기사가 거부하면 오빠가 주먹을 휘둘러 입을 다물게 한다고 했다. 그 오빠는 현재 여자 친구가 있는데도 가끔 생각이 나면 성욕의 배출구로 자기 여동생을 이용한다고 덧붙였다. 그들의 부모는 그런 상황을 모른다. 아버지는 이미 다른 여자와 눈이 맞아 바깥 살림을 차렸고 어머니는 빚을 갚기 위해 밤낮없이 일하니 아이들한테까지 신경 쓸 겨를이 없는 것이다.

카이가 심각한 얼굴로 입을 다물고 있자 친구는 그런 카이를 보고 착각한 듯했다.

"뭐야? 너도 하고 싶어? 우리 형한테 말해 볼까?"

깜짝 놀라 카이가 돌아보자 친구는 싹싹하게 웃어 보였다. 이 녀석도 나기사랑 잤을 것이다. 친구는 카이에게 얼굴을 가까이하고 속삭였다.

"신경 쓰지 마. 걔는 임신도 안 한대."

지금까지 성 노리개 취급을 받는 동안 나기사는 두 번 임신한 적이 있다고 한다. 그때마다 오빠가 아는 무면허 의료업자에게 데려가 낙태를 시켰고 마지막 수술을 받을 때 업자의 서툰 실력 탓에 결국 자궁이 손상됐다. 그렇게 대량 출혈을 일으켜 거의 죽기 직전에 제대로 된 병원에 실려 가 자궁 적출 수술을 받았다.

"그러니까 그런 건 신경 안 써도 된다는 거야. 그걸 하는 동안 거의 죽은 사람처럼 누워 있기만 해서 별 재미는 없지만, 가슴도 크고 거기도 괜찮은 편이라."

역시 이 녀석은 나기사와 잤다고 확신했다.

친오빠에게 심한 짓을 당했을 뿐만 아니라 오랜 기간 수많은 남자의 성노예로 살아온 나기사. 어른의 도움을 받거나 도망치지도 못하고 그저 방치돼 있었던 소녀. 그런 나기사가 부지런히 학교에 다닌 건 그때만큼은 지옥 같은 집에서 잠시나마 벗어날 수 있어서였다.

그날을 기점으로 카이의 가슴속에서 나기사라는 같은 반 친구의 존재가 갑자기 커졌다.

다음 날 카이는 오랜만에 학교에 가서 교실 구석에 말없이 앉아 있는 나기사를 눈여겨봤다. 어떡해야 저 아이를 구해 줄 수 있을까. 학교 선생님에게 말해 봐야 여기서는 아무런 해결책이 되지 않는다. 해결은커녕 오히려 역효과가 날 수도 있다. 쓰레기통 같은 이 학교에는 쓰레기 같은 선생님들만 배치된다. 뭔가를 부탁해도 모르는 체하거나, 죽을 각오로 전한 이야기를 주변에 퍼뜨리거나, 심하면 그 비밀을 소재로 협박당하거나 셋 중 하나다.

도통 좋은 생각이 떠오르지 않았다. 그래도 카이는 지각 과 조퇴를 거듭하며 거의 매일 학교에 나가 나기사를 지켜봤다. 자기가 할 수 있는 건 그것밖에 없다고 생각했다. 나기사는 학교에 오면 그 누구와도 말을 섞지 않고 수업만 들었고, 하교 시간이 되면 어디에도 들르지 않고 곧장 집으로 돌아갔다. 꼭 이 세상에서 자기 자신을 지우고 살아가는 듯했다.

그러다 교실 맨 뒤에 앉아 교과서도 펴지 않고 나기사만 골똘히 쳐다보는 남자애가 있다는 소문이 학교에 퍼졌다. 일본인스럽지 않은 외모와 누구와도 잘 어울리지 않는 고고한 모습이 매력적이었는지 카이는 중학교에 들어간 이후 여자아이들에게 의외로 인기가 있었다. 언제 카이가 나기사에게 고백할지 다들 주목하고 있다는 것도 알고 있었다. 늘 공허하고 쓸쓸해 보이는 나기사와 잘 어울린다는 말을 듣기도 했다.

그래도 중학생 때는 계속 어중간한 사이로 지냈다. 나기사도 카이의 마음을 알고는 있었을 것이다. 소문은 날이 갈수록 퍼져 카이는 어느 날 나기사의 오빠에게 불려가기도 했다.

"내 여동생한테 집적거리지 마."

나오야는 껌을 질겅질겅 씹으며 히죽거리는 얼굴로 위협했다. 카이는 그를 완전히 무시하고 자리를 떠났다.

"야!"

뒤에서 소리쳤지만 위협적이지는 않았다. 오히려 나오야 쪽에서 키가 크고 이목구비가 뚜렷한 혼혈 소년과 맞서는 걸 주저하는 것처럼 보였다. 소심한 인간인 건 알고 있었다. 여동생의 몸을 다른 이들에게 제물로 내놓는 남자니까. 그래도 중학교를 졸업하기 전까지 카이는 꾹 참았다. 바다 옆에 있는 이 황량한 지역에서 상하 관계는 절대적이다. 나오야에게 어떤 뒷배가 있을지 알 수 없었다. 그런 것들과 거리를 두며 사는 탓에 카이는 나오야의 인간관계도 알지 못했다.

졸업식을 마치고 집에 가는 길에 드디어 나기사에게 말을 걸었다. 카이의 부모와 나기사의 부모 모두 졸업식에 오지 않았다. 이 동네에 그런 집안은 수두룩했다. 카이는 제멋대로 수선한 교복을 입은 남학생들이 교정에서 시끄럽게 떠드는 것을 거들떠보지도 않고 곧장 하굣길에 오르는 나기사를 따라갔다.

"나랑 사귀지 않을래?"

조용히 그 말만을 했다.

"싫어."

나기사의 대답은 명확 그 자체였다. 나기사는 그대로 등을 휙 돌리고 가 버렸지만 카이는 포기하지 않았다. 정시제 고등학교에 입학한 나기사를 졸졸 따라다녔다. 얼마 후 나오야가 그 사실을 알게 되어 카이는 스케이트보드를 타던 창고 거리에서 집단 폭행을 당했다. 상대는 만반의 준비를 갖추고 친구를 여러 명 데려왔다. 겁쟁이나 쓸 수법이었다. 결국 피투성이가 되어 다리를 질질 끌며 집에 돌아온 카이를 보고 어머니가 비명을 질렀다. 어머니는 곧장 조직 폭력배인 남자 친구에게 연락했고, 남자는 허세를 부리며 누구에게 당했냐고 카이에게 따져 물었다.

결국 나기사의 오빠와 그 친구들은 조폭 사무소에 끌려가 혼쭐이 났다. 그로써 모든 상황이 매듭지어졌다. 멍청한 조폭들은 자세한 사정을 듣지도 않고 그저 카이가 여자 문제로 다른 남자와 다퉜다고만 생각했다.

"여자는 카이에게 넘기고 두 번 다시 카이를 건들지 마라."

어머니의 남자 친구는 그렇게 못을 박고 흠씬 두들겨 맞은 10대 비행 청소년들을 풀어 줬다. 모든 것이 카이의 계산대로 된 셈이다. 조폭들은 사고 회로가 단순하니 분노하며 날뛸 것을 알고 있었다. 당시만 해도 그 조폭 아저씨는 카이의 엄마에게 푹 빠져 있었다. 그로부터 몇 달 지나 멋대로 고등학교를 자퇴했을 때는 카이가 두들겨 맞았지만.

나기사는 오빠에게 눈엣가시 취급을 당하다가 결국 집에서 쫓겨나 카이를 찾아왔다. 구체적인 이유는 입을 다물었지만 그냥 갈 곳이 없었을 것이다. 늘 누군가의 소유물처럼 취급받던 집에서 해방되자 나기사는 조금씩 변하기 시작했다.

처음에는 카이에게 몸을 바치려고 했다. 자기 몸을 물건처럼 주고받는 것이라고 믿었다.

"됐어."

카이가 무뚝뚝하게 말하며 자신을 품으려 하지 않자 나기사는 신기했는지 카이에게 관심을 보였다.

"그럼 왜 날 도와줬어?"

"딱히 도와준 건 없는데."

"내 몸을 원했던 거 아니니?"

"그런 거 아냐."

70

맞물리지 않는 대화가 반복됐고, 얼마 후 나기사는 몸을 통하지 않고도 다른 사람과 이어질 수 있다는 것을 배웠다.

이 지역에는 지역 복지를 위해 봉사하는 민생 위원과 아동 위원도 있지만 문제를 떠안은 가정이 너무 많은 탓에 해결할 엄두를 못 내는 것이 현실이다. 나기사는 오빠들의 성적 학대를 견디지 못해 지역 아동 위원을 찾아가 호소한 적이 있었다고 한참 시간이 지나서야 카이에게만 털어놓았다. 이런 집에서는 살고 싶지 않고 보호 시설에 넣어 달라고 부탁했다고 한다. 아동 상담소에도 그 이야기가 전해져 나기사는 다마가와시 근처에 있는 아동 상담소에 불려갔다. 아동 복지사라는 사람과 면담했지만 남자 아동 복지사에게 자신이 당한 일들을 자세히 전할 수는 없었다고 했다.

말문이 막혀 펑펑 울며 그저 자신을 보호해 달라고 호소했다. 복지사는 곤란해하는 얼굴로 "부모님과 잘 상의해 보렴"이라거나 "너 같은 아이는 많단다. 힘내렴"이라고 할 뿐이었다.

그러다 아동 상담소에 불려간 것을 오빠에게 들켰다. 며칠이 지난 일요일, 집에 나오야의 친구 다섯 명 정도가 모였고 나기사는 그들에게 끔찍한 짓을 당했다. 알몸이 되어 수치스러운 자세를 강요당했다. 음모를 라이터 불로 지졌고 성기에 이물질을 집어넣었다. 대낮부터 술을 마시고 담배를 피우며 그들은 나기사를 마음껏 농락했다.

열 시간 가까이 계속된 처절한 집단 폭행을 그들은 웃는 민낯으로 저질렀다. 그들에게는 그저 따분함을 달랠 좋은 이벤트였을 것이다. 나기사는 마음을 죽이고 시간이 흐르기만을 기다렸다. 밤이 돼서는 윤간을 당했다. 그때 그들은 폴라로이드 카메라로 찍은 사진을 한 장씩 나눠 가졌다고 나기사는 말했다.

그날 이후 카이도 나기사도 공공기관을 믿지 않는다. 그곳에서 일하는 공무원들은 다마가와시의 참혹한 현실을 보며 얼굴을 찌푸리면서도 마치 반복 작업을 하듯 담당 구역을 돌고 일을 처리한다. 바다 옆 마을의 진정한 비극에는 교묘히 고개를 돌린 채 저녁이 되면 안락하고 편안한 북부의 베드타운 집으로 돌아간다.

여기서 살아가는 사람들은 그 어떤 것에도 기대지 말아야 한다. 자기 일은 스스로 처리해야 한다. 카이와 나기사는 그런 것들을 배웠다. 먼 나라에서 와서 씩씩하게 살아가는 필리핀 어머니는 카이와 나기사의 본보기이기도 했다.

나기사는 늘 밝고 말수가 많은 카이의 어머니 라이자와도 친해졌다.

"나기사, 오늘은 뭐 먹고 싶니?"

"나기사, 이 옷 세탁소에 맡길게. 괜찮지?"

"감기 걸린 것 같으니 감기약 좀 사 올래? 오는 길에 과일

가게에서 망고도 사 오고. 너무 싼 건 안 돼."

나기사는 그런 라이자의 지시를 기꺼이 따랐다. 가끔 자기 집에 돌아갈 때도 있지만 거의 카이의 집에 붙어살았다. 그러는 동안 고등학교를 그만뒀고, 나기사의 어머니는 딸의 선택에 별말을 하지 않았다.

점심 무렵이 되자 나기사와 하레가 일어났다. 비슷한 타이밍에 옆방과 연결된 문이 열리더니 속옷에 카디건을 걸친 라이자가 얼굴을 내밀었다.

"카이, 나기사, 이리 오렴. 손님한테 받은 초밥이 있어."

"정말요? 와!"

나기사는 밤색으로 물들인 머리카락을 뒤에서 하나로 묶으며 말했다.

"응? 저 아이는 누구?"

"친척이에요."

나기사는 새침하게 대답했다.

"그렇구나. 그럼 걔도 데려와."

라이자는 아무렇지 않게 말했다. 일본의 사회 규범보다 여럿이 모여 사는 필리핀의 가족 제도에 익숙한 라이자에게는 지극히 평범한 풍경인 듯했다.

"아, 카이. 가서 라멘 포장해 올래?"

"응."

카이는 집 앞 라멘 가게에 가서 라멘 세 그릇을 주문했다. 예전에 톤페이 라멘에서 일했던 점주는 주방을 향해 기운차게 "라멘 세 그릇!" 하고 외쳤다.

하레는 이번에도 어김없이 엄청난 식욕을 보였다.

"한 그릇 더 시킬 걸 그랬네."

라이자가 미소 지으며 말했다. 나기사는 자기 라멘을 거의 하레에게 주고 환하게 웃었다.

"하레, 이것도 먹으렴."

라이자는 자신의 초밥을 아이 쪽으로 내밀었다. 하레라는 별난 이름도 이제는 입에 붙은 듯하다. 하레는 입을 앙 벌려 초밥을 집어넣고 기쁜 듯이 눈을 깜빡거렸다.

"그렇게 급하게 먹으면 체해. 아무도 안 뺏어가니 천천히 먹으렴."

라이자는 하레의 등을 툭툭 두드려 줬다. 동남아인 특유의 너그러운 성격이 이럴 때는 큰 도움이 된다. 세세한 것에 구애받지 않고 성가시게 캐지도 않는다. 술만 조금 덜 마시면 좋을 텐데 가게에 가면 라이자는 거의 매일 만취해서 돌아왔다. 가끔은 출근 전부터 술을 마시고 갈 때도 있다. 필리핀 펍에 젊은 여자들이 잇따라 유입돼 나이 많은 라이자는 점점 설 곳이 없어지는 듯했다. 조폭 남친과 헤어진 뒤로는 진지하게 만나는 사람도 없다.

"오늘은 아르바이트 안 해?"

나기사가 라이자의 방에서 돌아와 물었다.

카이는 친구 아버지가 경영하는 건축 사무소에서 아르바이트를 하고 있다. 처음에는 단순 작업원으로 시작했지만 미장 감독 아저씨에게 꽤 소질 있다는 평가를 듣고 지금은 전문으로 미장 일을 배우고 있다. 어릴 때부터 알고 지냈던 친구 아버지는 카이에게 나중에 전문 미장이가 돼도 괜찮겠다고 했다.

"이 지역에서 입에 풀칠이라도 하고 살려면 조폭이나 도박꾼이 될 게 아니면 뭔가 기술이 있어야 해."

친구의 아버지는 단호히 말했다.

"그러니 넌 전문 미장 업자가 돼서 돈을 벌어라. 그게 가장 현명할 길이야."

합당한 충고였다. '이곳에서 살아가기' 위한 현명한 선택이다. 다마가와시 바다 옆 마을에서 못된 짓이나 일삼으며 살아가는 녀석들은 사실 놀라울 만큼 세계가 좁았다. 다마가와 역 북부 지역에는 거의 가는 일이 없고, 성인이 되어도 생활 반경이 그리 넓어지지 않는다. 물론 이곳과 다른 바깥세상이 있다는 건 알고 있다. 그러나 그냥 이곳에 머물러 있는 게 편한 것이다. 쓰레기통이니 슬럼가니 하면서도 다른 지역에 가는 걸 두려워한다. 다마가와시 남부의 기류가 통하지 않는 곳에서는 자신이 아무 가치도 없는 인간으로 전락할 것을 훤히 알아서일 것이다.

그러나 카이는 생각이 조금 달랐다. 자신의 인생을 그런 막다른 골목에 밀어 넣고 끝내고 싶지 않았다.

미장 일을 하다 보면 다마가와시 전역뿐 아니라 이따금 인접 요코하마시나 다마가와를 넘어 도쿄까지 가야 할 때도 있다. 세상은 경기가 좋아져서 무엇이든 합리적인 것이 인기가 있었다. 그런 세상에서 바보같이 한 길만 파는 장인은 줄어 전보다 귀한 대접을 받았다. 이쪽 세계에서 솜씨를 연마해 미장 감독 아저씨만큼 이곳저곳 뛰어다니며 일하면 즐거울 것 같았다.

나기사를 이곳에서 데리고 나갈 수도 있을 것이다. 비록 아이는 낳지 못해도 나기사와 행복하게 살 수 있다. 가끔 '그래도 되는 걸까?'라고 자문했지만 답은 나오지 않았다. 이 도시의 열악한 지역성을 고려하면 훌륭한 삶이라 할 수 있겠지만 그게 정말 자신이 바라는 미래인지 고민했다.

"없어. 오늘은 쉬어. 너도 알잖아. 일 있는 날에는 아침 일찍부터 나가는 거."

"아, 그렇지."

"넌?"

"난 오늘은 5시부터."

나기사는 술집에서 설거지 아르바이트를 하고 있다. 처음에는 얼굴이 예쁘다는 이유로 점장이 서빙을 시키려 했지만 거절했다고 한다. 나기사는 사람들 눈에 띄는 일은 하기 싫어했다. 언제 오빠나 그 친구들에게 다시 끌려갈지 모른다며 두려워했다.

이윽고 나기사와 카이의 시선이 천천히 하레에게 쏠렸다.

"얘는 어쩌지?"

카이가 마침내 말을 꺼냈다.

"이대로 여기 계속 둘 수는 없을 것 같은데."

"왜?"

"부모님이 찾지 않나? 보통."

"아직 모를 일이야."

"어쨌든 이렇게 여기 계속 둘 수는 없어. 파출소에 데려가든지……."

그때 불현듯 하레가 고함을 빽 질렀다. 의미를 알 수 없는 괴성이었다. 카이는 흠칫 놀라 어린 남자아이를 돌아봤다.

언뜻 듣기에 "그갸악!" 하는 소리처럼 들렸다. 그러더니 하레는 세차게 고개를 흔들었다. 나기사가 급히 달려가 하레를 껴안았다.

"괜찮아, 하레. 어디에도 안 보낼게. 그러니……."

하레의 두 눈에서 닭똥 같은 눈물이 뚝뚝 떨어졌고 고함소리는 어느새 "우우우! 우우우!" 하는 비통한 흐느낌으로 바뀌었다.

"뭐야, 얘."

"자기를 어딘가에 버릴 걸 아는 거야."

나기사는 하레의 볼을 두 손으로 감쌌다. "그렇지? 하레. 하레는 여기 있고 싶은 거지?"라고 묻는다.

"정말 이해가 안 되네. 네 아들도 아닌데."

그러자 나기사가 고개를 휙 돌려 카이를 노려봤다. 밤색 머리가 말끔한 포물선을 그렸다. 카이는 순간 어깨를 움츠렸지만 말은 멈추지 않았다.

"잘 생각해 봐. 그런 어린아이를 데리고 다니면 우리가 의심받지 않겠어? 심지어 얘는 말도 못 해. 자기 발로 직접 여기에 왔다고 말하지도 못한다고."

"그래도 여기 있고 싶어 하잖아. 너도 보면 느껴지지 않아?"

카이는 요란하게 한숨을 내쉬었다.

"모르겠다, 난."

"괜찮아. 내가 돌볼게."

'여긴 우리 집이야'라는 말까지는 하지 않았다.

하레의 차림새나 체형을 보면 이 아이가 지금껏 어떤 가정에서 살아왔는지 정도는 예상이 된다. 분명 부모가 둘 다 제대로 된 사람들은 아닐 것이다. 허겁지겁 밥을 먹던 모습을 보면 집에서 먹을 것을 제대로 챙겨 주지 않았을 게 뻔하다. 쇄골이 튀어나올 정도로 말랐고 옷도 꾀죄죄하고 낡았다. 말은 또 왜 못하는 걸까. 지적으로 장애가 있는 걸까. 겉보기에 그래 보이지는 않는다. 상대가 무슨 말을 하는지 다 이해하는 듯하고 자기 의사도 몸짓으로 표현할 줄 안다. 그저 입에서 말이 안 나올 뿐일까. 그건 어떤 이유 때문일까.

이것저것 떠올리는 동안 나기사가 지갑을 들고 일어섰다.

"잠깐 나갔다가 올게."

나기사는 카이와 하레를 남겨 두고 집에서 나갔다. 하레는 이글거리는 눈빛으로 카이를 봤다. 이 녀석, 머리는 똑똑해 보인다. 다른 곳에 자신을 보내려는 날 미워하는 걸 보니.

카이는 더 생각하기도 귀찮아서 머리 뒤로 손을 깍지 끼고 벽에 기댔다. 하레도 고개를 휙 돌렸다. 나기사가 돌아온 건 그로부터 약 한 시간이 지나서였다.

"하레, 이리 오렴."

나기사가 손에 들고 있는 비닐봉지를 열었다. 헌 옷 가게에서 아동복을 사 왔다. 카이는 이제 뭐라고 하고 싶지 않았다. 하레는 말없이 옷을 벗었고 나기사가 옷을 갈아입혀 줬다. 포근해 보이는 스웨터와 긴 바지. 카키색 패딩 점퍼까지 있다. 양말은 헌 게 아닌 새것이었다.

"아, 사이즈가 좀 크네."

나기사는 스웨터 소매를 접어 주며 미소 지었다. 하레도 환하게 웃었다.

"잘 어울려! 카이, 얘 좀 봐."

"네 옷 갈아입히기 인형이네."

그러자 나기사는 볼에 바람을 집어넣었다.

"얘는 도망친 거야, 분명."

"그럴지도 모르지."

카이가 크게 반박하지 않자 나기사도 입을 다물었다.

카이와 나기사의 세계가 바닷가 옆 좁은 지역이라면 하레의 세계는 더 작을지 모른다. 짧은 다리로 그리 멀리서 오지는 못했을 것이다. 모진 부모 옆에서 조금이라도 떨어지는 것이 이 녀석에게는 큰 모험이었을 수 있다.

"너 하고 싶은 대로 해."

카이는 최대한 신경 써서 자상하게 말했다.

"응."

나기사가 하레와 다름없을 만큼 앳된 웃는 얼굴로 대답했다.

4시가 되자 나기사는 준비를 마치고 아르바이트를 하러 갔다. 얼마 후 옆방에서 라이자가 출근하는 소리가 들렸다. 다리를 질질 끄는 것처럼 발소리가 무겁다. 어머니의 가슴에 앙금처럼 쌓였을 이국에서의 일상과 피로가 느껴졌다. 돈을 벌려고 일본에 단기 비자로 왔다가 기간이 다 되면 일단 귀국하는 걸 반복한 지 20년 정도 됐다. 이유는 필리핀에 있는 부모님에게 돈을 부치기 위해서다. 카이도 필리핀에 가서 할아버지와 할머니, 그리고 수많은 일가친척들을 몇 번 만났지만 그들에게 친근감을 느끼지는 못했다.

누가 뭐래도 자신은 일본인이라고 생각했다. 그러나 이 나라에 돌아오면 꼭 '필리피노'라 불리며 무리에서 퉁겨져 나갔고 다들 카이의 외모를 신기하게 바라봤다. 이제는 할아버지 할머니 모두 돌아가셔서 이곳에서 돈을 벌 이유도 없는데 어머니가 일본에 계속 남아 있는 이유는 뭘까. 이제는 어머니 스스로도 이유를 잘 모르지 않을까 생각했다.

그러다 언젠가는 어머니가 필리핀으로 돌아가겠다고 할까 봐 두려웠다. 따라가면 안 된다고 생각했다. 그럼 자신은 혼자 힘으로 일본에서 살아가야 한다. 나기사를 만나 새삼 다행이었다.

하레는 우두커니 방 안에 앉아 있었다. 그러다 카이가 미국 스케이트보드 비디오 영상을 보기 시작하자 덩달아 TV 화면으로 눈길을 향한다. 신나는 음악과 함께 드르륵, 드르륵 하고 스케이트보드가 굴러갔다.

"멋지지?"

대답을 기대하지 않고 하레를 향해 물었다.

"저건 알리*. 그리고 저건 힐 플립**."

스케이트보드 기술을 하나하나 설명해 주는 자신을 보며 스스로 구제 불능이라 생각했다. 밖이 점점 어두워졌다. 카이는 TV를 그대로 켜 놓은 채 깜빡 졸고 말았다.

눈을 뜨니 하레가 사라지고 없었다. 집 앞까지 나가도 보이지 않았다.

"집에 갔나."

아무도 없는 골목을 향해 혼잣말을 중얼거렸다. 낯선 옷을 입고 온 아들을 보고 부모는 어떤 생각을 할지, 그리고 저녁을 먹이고 보내는 것이 나았을지를 멍한 머리로 떠올렸다.

밤늦게 돌아온 나기사는 하레가 사라졌다는 말을 듣고도 낙심하지 않았다. 이미 예상했을지 모른다. 나기사는 체념이 몸에 배었다.

"집에 잘 갔으려나."

나직이 그 말만을 입에 담았다.

"잘 갔겠지."

나기사는 가방을 바닥에 내려놓고 싸구려 코트를 벗더니 카이 옆에 앉았다. 카이의 가슴에 얼굴을 갖다 댄다. 카이는

* 보드 뒷부분을 한 발로 세게 눌러서 하는 점프.
** 뒤꿈치로 보드를 돌리는 기술.

손을 뻗어 나기사의 어깨를 감싸 안았다.

"있지, 카이."

"응?"

"우리는 앞으로 어떻게 될까?"

카이는 대답하지 않고 나기사의 머리카락을 어루만졌다.

"예를 들어, 10년 뒤에는……."

"10년 뒤?"

"응. 그때는 뭘 하고 있을까? 그때도 함께 있을까?"

"함께 있겠지."

"정말?"

"응. 그리고 이 동네에서는 나갔을 거야."

"나가다니, 어디로?"

"그건…… 아직 잘 모르겠지만."

나기사는 조용히 쿡쿡 웃음을 터뜨렸다.

"난 어디든 괜찮아. 카이랑 함께라면."

우리는 작은 이 동네에서 나가는 데만도 엄청난 노력을 기울여야 한다. 이런 빌어먹을 땅에서도 마음 편히 훌쩍 떠날 수가 없는 것이다.

카이와 나기사는 버림받은 강아지처럼 서로의 몸을 잠시 맞붙이고 있었다.

창문 너머에서 환한 빛이 보였다. 밤이 되자 불이 들어온

베이뷰 타워다. 톤페이 라멘을 팔아서 부자가 된 노인은 어떤 심정으로 저런 건물을 지었을까.

도쿄의 일등지에 집을 지어 편히 살면서 자신이 세운 전망탑이 고향 거리를 내려다보는 모습을 상상하는 건 즐거운 일일까. 아니면 찜찜한 일일까.

술 취한 사람 몇 명이 고래고래 떠들며 집 앞 길을 지나갔다.

이쿠미는 진찰실에서 나와 대기실 소파에 살짝 걸터앉았다. 크림색 벽지, 조용히 흐르는 클래식 음악, 벽 앞에 있는 관엽식물 화분. 어디를 둘러봐도 편안한 분위기고 신경을 자극할 만한 건 없다. 오히려 그래서 더 신경 쓰였다. 여기 오는 사람들에게는 특별한 배려가 필요하다고 호소하는 느낌이다.

소파에 앉아 기다리는 여자가 한 명 더 있었다. 이곳은 완전 예약제여서 다음으로 호명되기를 기다리는 사람들뿐이다.

"오치아이 이쿠미 씨."

접수대 카운터에서 이름을 불렀다. 이쿠미는 대답하지 않고 일어서서 우선 계산을 마쳤다. 세련된 유니폼을 입은 여직원이 다음 내원 날짜를 확인했다. 예약표를 받아 작게 접어서 가방에 넣었다. 기다리고 있던 다른 여자가 이름이 불려 진찰실 쪽으로 걸어갔다.

저 여자는 나이가 몇 살일까. 아직 젊어 보이지만 서른은 넘었을 것이다. 여느 때와 비슷한 생각들이 떠올랐다. 생각하지 않으려 해도 습관처럼 사고가 작동한다. 이곳에 얼마나 다녔을까. 지금 어떤 단계의 치료를 받고 있을까. 그만하려고 해도 쓸데없는 생각이 줄줄이 이어졌다.

여자가 진찰실에 들어가자 문이 탁 닫혔다.

"오치아이 씨?"

"네."

이쿠미는 퍼뜩 정신을 차리고 고개를 돌렸다.

"그럼 다음 주에 뵐게요. 처방전을 드릴 테니 약도 잘 받아서 드시고요."

"네."

창구 여직원이 품위 있게 미소 지었다. 예쁜 얼굴이지만 나이는 중년에 접어들었을 것이다. 무심코 '혹시 자녀가 있으신가요?'라고 물을 뻔하려다 말았다. 아니, 절대 그러면 안 된다는 걸 알면서도 망상 속에서는 이미 말이 튀어나왔다.

"그럼 몸조리 잘하세요."

"감사합니다."

투명한 파일에 끼운 처방전을 천천히 집어 들고 출구로 향했다. 주차장을 가로질러 약국까지 가는 길에 자기도 모르게 고개를 푹 숙인다. 이 병원에서 나오는 여자들은 진료 목적이 뚜렷하기 때문이다.

불임 치료 전문 병원.

보도를 걷는 사람들이나 도로 건너편 주유소에서 나오는 차량 운전자도 이쪽을 신경 쓰는 것 같지는 않다. 그런데도 늘 고개가 자연스레 움츠러들었다. 전에 다니던 종합 병원에서는 그런 걱정을 할 필요가 없었다. 수많은 환자가 드나드는 탓에 누가 어떤 진찰을 받는지 알 수 없기 때문이다.

그러나 이 불임 전문 병원 바로 옆에는 산부인과가 있다. 무엇보다 그 사실이 고통스러웠다. 배가 부른 여자나 대기실에 설치된 놀이 공간에서 노는 어린아이들이 가만히 있어도 눈에 들어왔다. 병원을 이곳으로 바꾸고 나서 안심하고 있었는데 또다시 쓸데없는 요소들 때문에 스트레스를 받고 있다.

주차장 입구에 있는 약국까지 발걸음을 재촉했다. 약국 안이 한산해서 곧장 약을 받았다. 이미 여러 번 들은 복용 주의 사항을 열심히 귀 기울이는 척한다. 배란 유발제. 이것을 생리 5일째부터 닷새간 먹어야 한다. 그리고 그다음 주에 초음파로 난포 크기를 확인하고 필요할 경우 난포 자극 호르몬 제제를 피하 주사한다. 그로부터 사흘 뒤 또다시 초음파 검사를 받아 배란일을 예측하고 배란 촉진 근육 주사를 맞고 난포 호르몬을 측정한다.

그 뒤로 사흘 동안은 부부 생활을 해야 한다. 타이밍 요법이라는 것으로 이쿠미는 지금껏 여러 번 반복해서 흐름이 전부 머릿속에 들어와 있었다. 버스 정류장 앞까지 걸어가 시간표를 확인했다. 버스가 조금 전 막 출발해서 다음 버스가 오려면 30분이나 남았다. 찬 바람이 부는 벤치에 앉아 기다리고 싶지 않아서 길 건너편에 있는 슈퍼마켓에 들어갔다.

저녁으로 뭘 먹을까. 카트를 밀며 매장을 걸었지만 아무것도 떠오르지 않았다. 직장에 다닐 때는 장 보러 가면 금세 물건을 집어 들었고 메뉴도 쉽게 떠올렸다. 그러나 전업주부가 된 지금은 오히려 멍하니 있는 시간이 길어지고 집중력도 떨어졌다.

결국 바나나와 말린 미역, 시금치 한 다발만 사서 나왔다. 15분을 기다렸다가 버스에 올라탔다. 버스 안도 한산했다. 아직 점심시간도 안 됐는데 이제 집에 가서 뭘 하면 좋을까. 창밖을 보니 어린이집 아이들이 산책하는 모습이 보였다. 선생님이 네다섯 살 정도 되는 아이들을 데리고 일렬로 걷고 있다. 날씨가 좋으니 공원에라도 가는 걸까. 맨 뒷줄에는 두 살남짓 돼 보이는 아이들을 여러 명 실은 상자 모양 유모차를 밀며 걷는 선생님도 보였다.

버스는 그들을 순식간에 앞질러 갔다. 뒤로 흐르는 풍경의 잔상이 이쿠미에 눈에 아로새겨졌다. 이쿠미는 앞을 돌아보고 눈을 감았다.

다마가와역 앞에서 내렸다. 그곳에서도 집 쪽으로 가는 버스는 있지만 걷기로 했다. 그리 먼 거리는 아니다. 적당한 운동도 필요하다고 하니 되도록 걸으려 하고 있다. 정비를 마친 역 앞 광장에서 차와 버스들이 교차로를 지나고 있다. 중앙에는 페가수스 동상이 있고 그 주변을 화단이 둘러싸고 있다. 역 앞은 멋지고 세련된 모습이지만 조금만 안으로 들어가면 쇼와 분위기를 물씬 풍기는 상점가가 남아 있다. 도쿄 변두리 출신인 남편 게이고도 이곳이 친숙한 듯했다.

게이고는 시나가와에 직장이 있다는 이유로 출퇴근하기 편한 이 도시로 이사했다. 그동안 부부 두 사람 모두 다마가와시와는 인연이 없었다.

버블기가 끝난 후 아파트값이 큰 폭으로 하락했다. 특히 다마가와강 너머에 있는 구축 아파트들은 도쿄보다 훨씬 저렴해 이쿠미 부부도 감당할 수 있는 액수였다.

"그쪽은 동네 질이 좀 안 좋지 않니?"

게이고의 부모님은 그렇게 물으며 걱정했지만 애초에 그런 것에 무던한 게이고는 개의치 않았다.

"그런 건 다 옛날이야기예요. 지금은 역 앞부터 시작해 차차 바뀌고 있다고 해요."

직접 와서 살아 보니 체감할 수 있었다. 바닷가 근처에 있는 공장과 창고, 협소 주택이 들어선 곳은 버블의 혜택을 받지 못한 저소득층이 많이 살고 교육 환경도 엉망이라 들었지만 어차피 그런 곳에 이쿠미가 발을 들일 일은 없었다.

그리고 지금은 아이 학교 문제로 고민할 일이 없고 앞으로도 없을지 모른다. 도쿄로 출퇴근하는 게이고에게 이곳은 단지 잠만 자러 오는 곳이라는 인식이다. 앞으로 공장도 많이 폐쇄되고 이전도 많아질 테니 거리 모습이 어떻게 바뀔지 모른다.

부부가 사는 아파트는 역에서 걸어서 20분 거리에 있다. 다마가와강과 가깝다. 경찰서와 시청 건물이 있는 거리 뒤쪽에 유흥가가 있고 근처에는 경마장과 경륜장도 있다. 이쿠미는 뭔가 잡다하고 정신없는 구역을 빠져나갔다. 그래도 전국 체인 카페와 패밀리 레스토랑, 편의점 등이 늘어서 있어 일본 어디에나 있을 법한 평범한 풍경이라고도 할 수 있다.

개를 산책시키는 주부와 지팡이를 짚으며 느릿느릿 걷는 노인, 택배 배달원이 옆을 오간다. 일본 도시들은 하나같이 특징 없는 표정이 돼 버렸다. 굳이 이곳을 상징하는 것을 꼽자면 바다 근처에 지어진 베이뷰 타워일 것이다. 다마가와시 남부에서는 어디서든 볼 수 있다. 다마가와시의 가난한 집안에서 태어난 남자가 맨주먹으로 라멘 체인점을 일구고 부동산업에까지 손을 뻗쳐 막대한 재산을 모았다. 그리고 금의환

향의 의미로 전망탑을 지었다고 한다.

이쿠미도 여기 이사 온 지 얼마 안 됐을 때 게이고와 함께 전망탑에 올라가 봤다. 지어진 초기만 해도 엘리베이터 앞에 줄이 생길 만큼 혼잡했다고 하지만 지금은 그렇지도 않다. 나선계단으로 올라갈 수도 있어서 지역 고등학생들이 시끄럽게 떠들며 헐레벌떡 계단을 오르내리는 모습이 보였다. 그들의 대화를 통해 전망탑이 '라멘 타워'라는 별명으로 불린다는 것도 알게 됐다.

이쿠미는 게이고와 둘이 웃음을 터뜨렸다.

"절묘한 별명이네. 그런데 뭐 하러 이렇게 큰 탑을 지었을까. 자신의 위업을 세상에 알리려고? 그야말로 쇼와 시대를 살아온 벼락부자가 떠올릴 법한 발상이네."

건축 사무소에서 일하는 게이고는 "이 탑은 낡아서 철거할 때도 힘들 거야"라고 감상을 말했다.

그 무렵에는 이쿠미도 도쿄에 있는 직장에 다녔다. 결혼하고 2년 8개월이 지날 무렵이었다. 그로부터 다시 3년이 흘렀다. 불임 치료를 시작한 건 정확히 1년 전. 이쿠미는 올해로 서른일곱 살이 됐다. 나이를 먹을수록 점점 임신도 어려워진다. 이번이 마지막 기회일지 모른다.

베이뷰 타워를 바라보며 완만한 언덕길을 올랐다. 끝에 세워져 있는 건물이 이쿠미 부부가 매입한 아파트 '빌라 캄파넬라Ⅱ'다. '빌라 캄파넬라Ⅰ'도 등을 맞대고 세워져 있다. 그야말로 평범한 쓰리룸 아파트인 것에 비해 지나치게 세련된 이름을 듣고 처음에는 당황했다. 매입하고 나서는 내부를 싹 수리했다. 건축 연수로 따지면 어쩔 수 없는 부분도 많지만 제법 신경을 썼다. 직업 관계상 전문 지식과 기술도 있었기에 인테리어에는 더 공을 들였다. 매수 자금을 절약한 만큼 그쪽에 투자할 수 있었다.

그러나 아이가 태어나면 아이 방으로 쓰려던 방이 지금은 창고가 돼 버렸다.

아파트 입구에 들어서기 전에 도로 반대편을 봤다. 도로를 사이에 두고 맞은편에는 오래된 주택가가 펼쳐져 있다. 도쿄의 베드타운화된, 지금은 특징이라고는 없는 곳이지만 예전에는 공장에서 일하는 사람들이 많이 살았다고 한다. 낡고 좁은 주택들이 빽빽이 지어진 지역에서 어느덧 노인이 된 전직 공장 노동자들은 일하러 가지 않고 대낮부터 공원에 모여 술을 마시거나 경마, 경륜 신문을 탐독한다. 그러나 주택가는 주택가다. 적어도 유흥가나 노숙자들이 모여 사는 곳은 아니다.

엘리베이터를 타고 3층에 올랐다. 303호 문을 열어 집 안에 들어간다.

이쿠미는 왠지 피곤해서 식탁 앞에 털썩 주저앉았다. 거실 베란다 창으로도 저 멀리 베이뷰 타워가 보인다. 아마 이 아파트 꼭대기 층에서 봐도 전망은 별반 다르지 않을 것이다. '빌라 캄파넬라'는 두 건물 모두 8층 높이이고 아래층으로 내려갈수록 집값이 싸다.

이곳에 사는 사람들은 늘 저 전망탑을 보게 돼 있다. 이쿠미는 슈퍼마켓 비닐봉지를 내려놓고 잠시 그 풍경을 우두커니 바라봤다. 움직이지 않고 있으니 시간만 정처 없이 흘렀다.

식욕은 없지만 어차피 약을 먹으려면 배를 채워야 한다. 천천히 몸을 일으켜 옷을 갈아입었다. 파스타를 삶고 시금치와 베이컨을 볶는다. 다 된 음식을 접시에 담으려는 순간 베란다 쪽에서 요란한 아이 울음소리가 들렸다. 뒤이어 걸걸한 남자 어른의 목소리. 아이를 달래는 것 같지는 않다. 화가 난 것처럼 감정 섞인 목소리로 뭔가를 빠르게 외치고 있다.

이쿠미는 프라이팬을 든 손을 멈추고 무심코 귀를 기울였다.

"네가…… 그런 걸……."

"뭐야, 그 눈빛…… 또!"

"지금 누구한테……."

드문드문 끊겨서 들리는 남자 목소리는 날이 잔뜩 서 있다. 그 뒤로 뭔가가 부서지는 소리가 들리고 그것을 뒤덮는 아이의 울부짖는 소리. 이쿠미는 마침내 참지 못하고 베란다에 나갔다. 건너편 집이 내려다보인다. 단층 주택. 마당에는 아이들의 장난감이 널려 있다.

저곳에는 젊은 부부가 어린 자녀 여러 명과 함께 살고 있다. 평소에 아버지가 아이를 자주 꾸짖는데 그 소리가 가끔 이쿠미의 방에까지 들렸다. 평일 대낮에도 목소리가 들리는 걸 보면 아버지가 일을 하는 것 같지는 않다. 어머니도 따로 직업이 없어 보인다. 집 안에 아직 젖먹이가 있는지 늘 포대기를 몸에 두르고 아이를 안고 있었다.

또다시 덜컹 소리가 들리더니 어린아이가 집 문을 밀치고 뛰어나왔다. 그리고 쏜살같이 도로 쪽으로 뛰어간다.

"위험해!"

하마터면 차에 치일 뻔했다. 이쿠미의 외침이 들렸는지 남자아이는 아파트 베란다 쪽을 흘끗 올려다봤다. 그러나 멈춰 서지는 않는다. 등 뒤에 있는 집 문이 열렸기 때문이다.

"그래! 나가! 가서 두 번 다시 들어오지 마!"

아버지가 문밖에 머리만 내밀고 외쳤다. 술에 취한 모습이다. 휘청거리며 문에 몸을 기대더니 현관 앞 계단에 침을 퉤 뱉고 요란한 소리를 내며 다시 문을 닫았다. 남자아이는 언덕길을 뛰어내려가 버렸다.

심장이 두근거려서 가만히 서 있을 수 없었다. 이쿠미는 집 안에 들어가 다시 부엌 식탁 앞에 앉았다. 저긴 대체 어떤 집안일까. 대낮부터 술을 마시고 아이를 내쫓는 집안의 사정이 가늠도 되지 않는다. 이쿠미와 게이고 모두 지극히 일반적인 가정에서 태어났다. 그러나 저 집에서는 매일같이 아이가 가혹한 취급을 당하고 있다. 그것만은 확실했다.

일할 때는 몰랐다. 낮에 집에 없었으니 당연하다. 그러나 지금은 저 집이 걱정돼 견딜 수 없었다. 이 아파트에 전업주부는 나밖에 없는 걸까. 아무도 저 집을 신경 쓰지 않는 걸까. 부모의 호통과 아이 울음소리가 내 귀에만 들린다고? 말도 안 된다. 여름에는 창문을 활짝 열어 놓아서 욕설이 더 크게 들렸다.

어느 날에는 부모가 아이들끼리 집을 지키게 하고 밖에 나가 몇 시간이나 돌아오지 않을 때도 있었다. 조금 전 그 아이인지는 불분명하지만(나이가 비슷한 아이가 몇 명 더 있어서) 마당에 쫓겨나는 모습도 자주 봤다. 아무래도 밥도 제대로 주지 않는 듯 보인다. 이상하다고 생각하는 사람이 아무도 없는 걸까. 아니면 이 일대에서는 일상적인 풍경인 걸까.

게이고에게 이야기해도 "괜히 다른 집 일에 간섭해서 말썽만들 필요는 없잖아"라고 했다. 남편 말이 맞을 수도 있다. 우리는 그저 아파트를 사들여 이곳에 이사 왔을 뿐이다. 다마가와시에는 연고가 없고 이곳과 얽힌 추억이 있는 것도 아니다. 여기서는 최대한 다른 사람들과 엮이고 싶지 않고 더욱이 쓸데없는 행동을 해서 남을 귀찮게 하고 싶지 않았다.

저 아이에게 도움이 필요하다고 해도 그게 내 역할은 아닐 것이다. 저 집의 이웃이나 아이가 다니는 학교, 어린이집, 지역 복지 서비스도 있다. 그런 주변에 있는 어른들이 적절한 조치를 취해 줘야 한다.

접시에 반만 담은 파스타는 이미 완전히 식어 버렸다. 전자레인지로 다시 데운 후 혼자 식탁 앞에 앉았지만 식욕은 더 사라졌다. 간신히 반 정도를 물과 함께 집어삼켰다. 배란 유발제를 봉지에서 꺼내 먹는다. 자신의 난소에 약효가 작용해 숙성된 난자가 배출되는 모습을 떠올렸다. 그러나 상상일 뿐 실제로는 배란 같은 건 일어나지 않을지 모른다. 여자라면 누구에게나 생기는 당연한 몸의 반응인데도.

결혼하면 자연스럽게 아이가 생기리라 믿었다. 이렇게 고생하거나 노력해야 할 줄은 몰랐다. 이쿠미는 몸을 일으켜 남은 파스타를 쓰레기통에 버렸다.

"아아!"

어느 누구에게도 향하지 않은 함성이 터져 나왔다. 더러운 접시를 싱크대에 놓고 수돗물을 튼다. 신경 써서 선택한 정수기 내장 수전에서 물이 폭포수처럼 흘러나왔다. 이쿠미는 싱크대에 손을 갖다 대고 또다시 신음했다.

알고 있었다. 건너편 집이 신경 쓰이는 이유도 이것 때문이다. 나는 뭘 해도 아이를 갖지 못한다. 그런데 저 집에는 많은 아이가 있고 그것도 모자라 그 아이들을 학대하고 있다. 그렇다. 그것은 학대다. 그렇게 볼 수밖에 없다. 자녀를 둔 부모의 의무인 양육을 제대로 하지 않는다. 양육은커녕 먹을 것도 제대로 챙겨 주지 않는 듯하다. 기분 내키는 대로 아이를 혼내고 아이 혼자 밖을 돌아다녀도 괘념치 않는다. 아마 병에 걸려도 집에 그냥 내버려 둔 채로 간호하거나 치료 같은 것도 하지 않을 것이다.

건너편 집에서 부모가 언성을 높이거나 아이가 마당에 나와 울면서 용서를 빌 때면 이쿠미는 속으로 외쳤다.

—그렇게 그 애가 미우면…….

피를 토하는 심정으로 호소했다.

—나한테 아이를 줘.

침대에 걸터앉아 패션 잡지를 펼쳤다. 내용이 하나도 머릿속에 들어오지 않는데 아무렇지 않게 페이지를 넘긴다. '봄을 앞서가자. 밝은 빛깔 겹쳐 입기', '동안 메이크업 레슨'. 기사 제목들이 옆으로 미끄러져 간다. 밤 11시. 게이고는 아직 침실에 들어오지 않았다. 저녁을 먹을 때 마주 앉은 남편에게 "오늘이야"라고만 전했다.

게이고는 "응"이라고 대답했다. 이제는 이 짧은 대화로도 뜻이 통하게 됐다. 배란일이라는 신호. 타이밍 요법에서 가장 중요한 날. 아이를 얻기 위해 섹스하는 날. 불임 치료를 시작한 지 얼마 안 됐을 때는 "굿 타이밍이 왔어!"라며 익살을 부리기도 했다.

분명 잘 될 거라 믿었다. 병원에서 전문의가 봐주는 만큼 좋아지리라 낙관했다. 우선 이쿠미부터 검사를 받았다. 문진부터 시작해 초음파 검사로 난소 모양과 자궁근종, 낭종 유무 등을 확인했다. 난포가 얼마나 자랐는지 확인하고 언제 배란할지를 예측하기도 했다.

생리 사흘째부터 닷새 뒤에는 배란을 관장하는 호르몬이 적절히 분비되는지 채혈 검사로 확인했다. 자궁 난관 조영 검사, 자궁경 검사, 복강경 검사, 호르몬 검사, 휴너 테스트까지 성실히 받았다. 휴너 테스트란 배란일에 부부 관계를 하고 열두 시간 내에 자궁 경부 점액에 정자가 제대로 들어갔는지를 확인하는 검사다.

게이고도 협조적이었다. 이쿠미가 설명하는 진찰과 검사 결과를 듣고 정해진 날짜에 부부 관계를 맺기 위해 일을 일찍 마치고 돌아와 이쿠미를 안았다. 여성의 검사는 생리 주기에 따라 날짜가 정확히 지정되기 때문에 그에 맞추기 위해 이쿠미는 결국 일을 그만두었다.

그때만큼은 게이고도 "꼭 그만둬야 해?"라고 물었다. 이쿠미는 인테리어 코디네이터로 일하고 있었다. 일을 통해서 게이고도 처음 만났다. 일하면서 틈틈이 공부해 자격증까지 취득해 인테리어 사무소에서도 걱정 없이 일을 믿고 맡길 수 있을 만큼 실력을 쌓았다. 동료 중에는 기혼 여성이 있고 그녀들은 결혼 뒤에도 아이를 키우며 일했다. 일에 대한 이쿠미의 애정을 아는 게이고는 그만두는 게 아깝다고 느끼는 듯했다.

물론 이쿠미도 계속 일할 생각이었다. 그러나 그것은 아이가 생긴 이후의 이야기다. 우선 아이를 갖는 것이 최우선이라 생각했다. 불임 치료를 시작해 보니 효과를 지나치게 기대한 나머지 마음의 여유가 사라졌다. 연이어 받는 검사에서 이상 없다는 판정이 나오면 안도하면서도 '그럼 왜?'라는 의문이 가슴속에 싹텄다.

게이고도 검사를 받았다. 문진, 정액 검사, 초음파 검사. 채혈 검사에서는 혈중 아연의 양을 측정했다. 아연은 정자 형성이나 발육에 관여한다고 한다. 게이고도 모든 검사에서 이상 없다는 판정을 받았다.

"그럼 타이밍 요법부터 시작하죠."

의사는 그렇게 말했다. 반년간 다섯 번에서 여섯 번을 하는 게 일반적이라고 했다. 그렇게 해서 결과가 나오지 않으면 다음 단계인 인공 수정으로 간다고 의사는 설명했다. 반년이 지나도 임신 징후는 없었다. 이쿠미는 다니던 종합 병원을 끊고 평판이 좋은 지금의 불임 전문 병원으로 옮겼다.

그곳에서도 같은 상황이 반복됐다.

타이밍을 잘 보고 치료받고 섹스를 한다. 그것의 반복. '이번에야말로'라고 기대한 시점에 생리가 시작됐다. 낙담하고 의기소침해졌다. 내 안에 있는 여성을 부정당하는 것 같았다. 침울해진 이쿠미를 격려하려고 게이고가 1박 여행을 데려가 주기도 했지만 어디를 가든 아이와 함께 온 부부들이 눈에 띄었다.

불임 전문 병원으로 옮기고 나서 복강 세척과 난관 통수 치료를 받았다. 그럼으로써 복강 내 환경이 갖춰져 임신에 성공하는 사례가 있다고 했다. 그동안에는 타이밍 요법을 중단했다. 시간만 속절없이 흘렀다. 사소한 것들이 마음에 걸렸다. 경부 점액 검사에서는 점액 양에 문제가 없지만 게이고의 정자와 상성이 별로 좋지 않다는 말을 들었다.

"그런데 뭐, 정자 운동성이 약간 떨어지는 수준이라 그렇게 신경 쓰지 않으셔도 됩니다."

아무렇지 않은 것처럼 말하는 의사에게 이쿠미는 매달리듯 말했다.

"하지만 그게 제일 큰 문제 아닌가요? 다른 검사에서는 전혀 문제가 없었잖아요. 치료하면 나아질까요?"

"아뇨. 정말 신경 쓰지 않으셔도 됩니다. 정자가 통과하지 못하는 건 아니니까요."

의사는 침착하게 이쿠미를 달래고 타이밍 요법이 잘 되지 않으면 다음 단계인 인공 수정도 있으니 안심하라고 했다.

그로부터 벌써 네 번의 타이밍 요법에 실패했다. 이제 곧 다음 단계로 나아가야 한다. 그러나 게이고는 인공 수정에 그다지 적극적이지 않다. 굳이 그렇게까지 하지 말고 자연 임신을 조금 더 기다려 보자고 했다. 자연 임신은 이제 가망이 없다. 그걸 왜 모를까. 이쿠미는 초조해졌다. 갈수록 나이를 먹고 있다. 자신 안에 있는 난자도 노화되고 있다.

이쯤 되니 인공 수정이든 시험관 아기 시술이든 상관없으니 얼른 아이를 가지고 싶었다. 그런 마음이 남편에게는 전해지지 않는 것 같아 이쿠미는 안달복달했다. 거실에서 게이고의 발소리가 들린다. 이제야 TV 앞에서 몸을 일으킨 듯했다.

불임 치료를 시작하기 전 이쿠미는 달력에 있는 배란일에 동그라미를 쳤다. 기초 체온을 재고 스스로 판단해서 그렇게 했다. 그러자 게이고는 "이건 좀 아닌 것 같아"라고 했다.

"내가 종마라도 된 느낌이야."

그날 이후부터는 표시하지 않았다. 지금은 병원에 다니는 아내의 모습과 대화를 통해 대략 어떤 상황인지는 아는 듯하다. 필사적인 아내를 약간 흰 눈으로 보며 이쿠미가 "오늘이야"라고 하는 날을 기다리고 있다.

침실 문이 조용히 열리고 게이고가 들어왔다. 이쿠미는 무룰 위에 펼쳐 둔 잡지를 닫았다. 침대에 들어오는 것과 동시에 게이고가 방 불을 껐다. 이쿠미 옆에 살며시 눕는다. 두 사람은 잠시 어두운 천장을 올려다봤다.

부부 사이의 은밀한 즐거움이 어느덧 무거운 의식처럼 돼버렸다. 그것은 피차 알고 있다. 그러나 이쿠미에게는 한 달에 한 번 있는 소중한 기회였다. 게이고는 또 다음 달이 있다고 생각할지 모른다. 하지만 병원에 다니며 의사의 조언에 귀 기울이고 약을 복용해 온 이쿠미에게 이 밤의 의미는 무거웠다.

게이고가 그제야 마음을 먹은 것처럼 몸을 포개 왔다. 이쿠미는 눈을 감고 그에게 응했다. 게이고의 손이 잠옷 앞 단추를 푼다. 목덜미에 게이고의 혀가 닿았다. 그러면서 게이고는 한 손으로 이쿠미의 잠옷을 벗겼다. 늘 하던 대로 이쿠미도 몸을 비틀어 맞춰 주었다. 스스로 바지도 벗고 나서 게이고의 혀가 목덜미부터 아래로 내려갔다. 그 움직임에 맞춰 한숨을 내쉰다. 사실 아직 그렇게 느끼는 건 아니었다.

혀가 유두를 툭 건드렸다. 어설픈 애무 후에 게이고의 한 손이 단숨에 속옷을 끌어 내렸다. 아직 준비도 되지 않은 은밀한 부위에 손가락을 집어넣는다. 몸을 뒤로 젖혀 불만을 표했지만 게이고는 얼른 끝내 버리겠다는 듯이 서둘렀다.

허리뼈 옆에 게이고의 하복부가 밀착해 있다. 남편의 그곳이 충분히 단단해진 게 느껴졌다. 조금 더 시간을 들여 줬으면 좋을 것 같았다. 내가 준비되지 않으면 질 좋은 정자를 받아들일 수 없다. 마음만 앞서고 몸이 잘 반응하지 않았다.

그때 느닷없이 게이고가 이쿠미 안으로 들어오려 했다. 아직 물기를 머금지 않은 곳이 남편에게 열리지 않는다. 그래도 이쿠미는 게이고의 움직임에 맞추려고 안간힘을 썼다. 이 기회를 놓치면 다시 처음부터 하거나 아니면 게이고를 설득해 인공 수정에 들어갈 수밖에 없다.

게이고가 억지로 살을 비집고 안으로 들어오려 했다.

무심코 웃 하는 소리가 새어 나왔다. 관능적인 소리와는 거리가 먼 아픔을 참는 소리. 혹은 초조해하는 소리. 그래도 힘껏 몸을 움직이는 게이고를 이쿠미는 바짝 끌어안았다. 뜨거운 덩어리가 안으로 침입해 온다. 조금 더 깊숙이. 더 안쪽으로.

중요한 순간에 맞춰 이쿠미가 대비한 순간, 게이고의 그것이 갑자기 쪼그라들었다. 급속도로 힘을 잃고 열기가 식는다.

"말도 안 돼."

무심코 그런 말이 입 밖에 튀어나왔다. 남편이 허리를 뒤로 빼자 위축된 물건도 흘러내리듯 빠져나왔다. 당황스러웠다.

"저기, 한 번만 더."

게이고가 이쿠미 옆에 털썩 드러누웠다.

"……안 될 것 같아."

실망, 분노, 한심함. 여러 가지 감정이 소용돌이친다. 그래도 꾹 참았다. 아직 이틀이 더 있다. 내일은 반드시.

"여보."

제법 시간이 흐르고 게이고가 입을 열었다.

"응?"

이쿠미는 체념하고 잠옷을 입으며 대답했다.

"조금만 쉬자."

무슨 뜻인지 이해하지 못해 입을 다물었다.

"치료가 잘 안될 때는 과감히 쉬는 것도 하나의 선택지 아닐까?"

말문이 막혔다. 나는 이렇게 노력하는데 남편은 아무것도 모른다. 남의 속도 모르고 게이고는 계속 말을 이었다.

"당신은 조금 지나치다 싶을 만큼 이 일에 집착하고 있어. 스트레스가 쌓이면 호르몬 균형이 깨져서 임신이 더 잘 안된대."

"……."

"대학 동창인 오노데라가 그러더라. 기억나지? 테니스 동아리에 함께 있었던 녀석. 개도 3년이나 아이가 안 생겨서 부인이 불임 치료를 받았는데 결국 하다가 지쳐서 치료를 관두자마자 임신했대."

부글부글 분노의 감정이 들끓었다.

103

"첫째를 얻은 걸로 모자라 별 노력도 안 했는데 2년 후에는 둘째까지……."

"남이야 뭐가 어떻게 됐든 상관없어!"

이쿠미의 외침이 게이고의 목소리를 뒤덮었다. 게이고는 흠칫 놀라 입을 다물었다.

"난, 내 아이를 갖고 싶어! 당신과 내 아이!"

"이쿠미……."

"우리도 이제 서른일곱이야. 결혼한 지는 벌써 6년째고. 이 대로 끝까지 아이를 못 가지는 게 아닐까 내가 얼마나 매일매일……."

한 번 터진 눈물이 멈추지 않았다. 말 중간중간에 흐느낌이 섞인다.

"미안."

게이고가 이쿠미의 머리카락을 어루만지며 말했다.

"당신 기분은 생각도 안 하고 말했네. 하지만, 그러니까…… 난 그렇게까지 아이에 집착하지는 않아. 만약 당신이 날 위해서 아이를 낳으려고 하는 거라면……."

"아이를 원하지 않는다고?"

"아니, 그게 아니라……."

게이고는 말을 고르듯 입을 다물었다.

"당신은 불임 치료를 받기 위해 일도 그만두고 치료에 전념하고 있잖아. 매일매일 온종일 아이 생각뿐이야. 하지만 난 우리 둘만의 삶도 괜찮아. 지금도, 그리고 앞으로도. 그런 내 마음을 당신에게 전하고 싶었어. 지금이 기회일 것 같아서."

"알겠어."

자신이 들어도 섬뜩할 만큼 냉랭한 목소리가 나왔다. 옆에서 게이고의 몸이 굳는 것이 느껴졌다.

"무슨 말인지 알겠어. 하지만 난 이대로 할래. 할 수 있는 만큼 해 볼 거야. 안 그러면 나중에 분명 후회할 테니까."

"알겠어."

게이고가 대답했다.

"당신 원하는 대로 해. 나도 옆에서 최대한 도울게."

"그럼……."

이쿠미는 상반신을 벌떡 일으켰다.

"인공 수정을 해 보고 싶어."

게이고는 나직이 탄식했다. 아내가 다음으로 어떤 말을 꺼낼지 이미 예측했을 것이다.

"그래, 해 보자."

그 말만을 하고 등을 돌렸다.

이쿠미는 어둠 속에서 조용히 안도의 한숨을 내쉬었다. 그동안 타이밍 요법을 오래 해 왔지만 효과가 없었다. 타이밍 요법은 이름 그대로 배란일을 계산해 가장 임신 확률이 높은 시기를 특정 후 남편과 관계를 맺는 것이다. 배란일 예측이 틀릴 수도 있고 의사의 설명에 따르면 매월 임신으로 이어질 질 좋은 난자가 배란된다는 보장도 없다. 그리고 무엇보다 남편의 마음이 점점 뾰족해지는 것을 느끼고 있었다. 요즘은 오늘처럼 잘 되지 않는 날도 더러 있었다.

조금 전 남편의 고백으로 절실히 깨달았다. 남편은 아이를 갖는 일에 그리 적극적이지 않다. 불임 치료도 내 의사를 존중해 맞춰 주고 있을 뿐이다.

그러나 나는 다르다. 이쿠미는 이를 꽉 깨물었다. 내 손으로 내 아이를 안기 전까지는 어떤 역경이 있어도 포기하지 않는다. 옆에서 잠든 남편의 숨소리가 들리기 시작했다. 인공 수정을 할 때는 남편은 정액만 제공해 주면 된다. 괜히 억지로 섹스할 필요도 없다. 그 정액을 세정, 농축 처리를 거친 후 가느다란 카테터를 이용해 자궁강 안에 집어넣는다. 경부 점액과의 상성 등도 상관없다.

분명 잘 될 것이다. 시험관 아기 시술까지 갈 일도 없다. 언젠가 이렇게 아이를 얻기 위해 고생한 기억을 떠올리며 남편과 웃으며 대화할 날이 올 것이다. 그렇게 생각하고 나서야 이쿠미는 마음이 조금 가라앉았다. 남편의 등에 몸을 기댄 채 눈을 감았다.

이쿠미는 테라스석으로 나갔다. 햇볕이 따스하다. 바로 며칠 전까지만 해도 한겨울로 돌아간 것처럼 추웠는데 오늘은 살갗을 어루만지는 바람이 상쾌했다. 대학 시절 친구인 기타니 요코를 만나려고 시부야까지 나갔다. 주치의에게 인공 수정에 도전해 보겠다고 하고 그 단계로 나아갈 준비를 시작했다. 마음에 조금씩 여유가 생겼다.

요즘 들어 요코가 만나자고 해도 특별한 이유 없이 거절했다. 곰곰이 생각해 보면 불임 치료를 시작한 1년 전부터 이 절친한 친구를 만나지 못했다. 이쿠미가 먼저 연락하자 요코는 반가워하며 기뻐해 주었다.

"대체 무슨 일인가 했어. 일도 그만둔 것 같았고."

변함없이 밝게 말하는 요코를 보며 마음이 누그러졌다. 어느새 나 자신을 몰아가고 있었다는 것을 새삼 깨달았다. 평소처럼 밥을 먹고 수다를 떨면 기분도 풀릴 것이다. 지금껏 그런 것을 거부해 온 스스로를 비웃고 싶은 심정이었다.

오랜만에 도쿄에 다녀오겠다는 이쿠미의 말을 듣고 게이고도 안심한 듯했다.

"재밌게 놀다 와."

오늘 아침 집을 나갈 때 남편은 그렇게 말해 주었다.

약속 시각보다 조금 일찍 도착했다. 카페에 들어서자마자 요코에게 휴대폰으로 전화가 왔다.

―미안. 조금 늦을 것 같아.

면목 없이 말하는 요코에게 "괜찮아. 기다릴게"라고 했다.

요코는 아라카와구 마치야에서 조림 반찬을 제조, 판매하는 가게를 운영하고 있다. 4년 전만 해도 의료 기기 업체의 영업 사원으로 열심히 뛰는 커리어우먼이었는데, 부모님과 함께 가게를 꾸려 가던 오빠가 암으로 세상을 뜨자 일을 그만두고 가업을 이었다. 이쿠미는 친구의 단호한 결정에 놀랐고 요코답다며 감탄했다. 아직 미혼인 요코는 만날 때마다 "남편감을 모집 중이야"라고 하면서 웃음을 자아냈지만 아직 좋은 남편감은 찾지 못한 듯했다.

몸에 간장 냄새가 뱄다고 투덜거리면서도 열심히 가업을 이끌어 가고 있다. 오늘 늦는 이유도 다시마조림이 익는 데 오래 걸려서라고 했다.

테라스석 테이블에는 젊은 여자들이 많이 앉아 있었다. 요코와 이곳에서 먼저 만나 요코가 추천한다는 이탈리안 레스토랑에 가기로 했다. 주문받으러 온 웨이트리스에게 블렌딩 커피를 부탁하고 책을 펼쳤다. 조금 전 들른 서점에서 사 온 책이다. 좋아하는 작가의 신간이 나와서 무심코 집어 들었다. 요즘 들어 독서에서 멀어져 있었다. 학창 시절부터 독서를 좋아하던 나였는데.

뒷자리에 여고생 네 명이 앉아서 수다를 떨고 있었다. 조금만 있으면 이번 학기도 끝일 것이다. 이런 시간에 여기 있는 걸 보니 기말고사라도 보고 온 걸까. 시끄러운 목소리에 정신이 산만해졌다.

"아, 왔다, 왔어! 여기야, 루나!"

또 한 명이 카페에 들어오자 여고생들이 환호성을 질렀다. 가게 테라스를 열고 교복 차림의 여학생이 깔깔 웃으며 다가왔다. 이쿠미는 고개를 들어 그 아이를 봤다. 믿을 수 없을 정도로 짧은 치마. 가녀린 어깨에 닿은 갈색 생머리. 등에 멘 가방과 손가방에 모두 수많은 스트랩과 인형 액세서리들이 치렁치렁 달려 있다.

늦게 온 아이가 테이블에 앉자 더 시끄러워졌다. 이쿠미는 그 자리에 앉은 것을 후회했다. 그러나 다른 빈자리는 없다. 요코가 얼른 와 주기를 바라며 책에 집중하려 했다.

"오늘 밤에도 갈 거야?"

"당연하지. 사키, 너도 같이 가자."

"흐음. 고민되네. 지난번 같은 아저씨가 오면 짜증 날 것 같은데."

"일단 노래방에 가서 고민하면 되지."

"변태 아저씨가 올 게 뻔해. 노래방에만 갈 거라고 하면서 결국 어떻게 해볼 생각밖에 없을 거야."

"잘 구슬리면 돼. 용돈만 받고 바이바이 하는 거야."

자연스럽게 등 뒤에서 들리는 대화에 정신이 향한다. 아무래도 원조 교제 이야기를 하는 듯하다. 이렇게 예쁜 아이들이 대체 왜.

"뭐야. 그러면서 아야, 넌 정작 끝까지 가잖아."

"응? 정말? 호텔까지 가는 거야?"

"그래, 루나. 너 몰라? 아야랑 마오가 그걸로 돈을 얼마나 버는데."

"우와. 그냥 좀 만지게만 해 주는 줄 알았는데."

"아니야, 아니야. 고작 그 정도로 루이뷔통이랑 프라다 가방 같은 걸 살 리 없지."

주변 사람들이 듣건 말건 신경 쓰지 않고 이런 이야기들을 한다는 것이 믿기지 않았다. 밝은 봄날의 카페 테라스석에서.

아이들은 누가 돈을 얼마나 벌었다든지, 어떤 남자를 노리는 게 좋은지 등을 논했다. 마치 동아리 활동이라도 하는 듯하다. 중간에 한 아이의 휴대폰이 울렸다. 즉석 만남 사이트에서 만난 남자가 전화를 걸었는지 아이는 연기 섞인 달콤한 목소리로 대화를 나누며 상대를 차분히 애태우고 마지막에 차갑게 내쳤다. 그 일 때문에 자리의 분위기가 한층 달아올랐다. 마치 게임을 하는 듯했다.

원조 교제가 오래전부터 사회 문제가 됐다는 인식은 있었지만 그만큼 국가에서 대책을 마련했다고 믿었다. 지금도 이렇게 여고생들의 용돈 벌이 수단으로 꿋꿋이 남아 있는 걸까.

이쿠미는 자신이 그동안 얼마나 사회에서 유리돼 있었는지를 새삼 깨달았다.

"근데 실수는 안 해."

"실수라니?"

"임신 말이야."

그 말을 순간 이쿠미는 얼굴이 화끈 달아올랐다.

"응? 아야, 너 임신했어? 그 변태 아저씨 아이를?"

꺄아 하고 요란한 웃음소리가 터졌다. 이쿠미의 시야 끝에서 아야라는 이름의 아이가 허리를 뒤로 젖히며 웃고 있다.

"말도 안 돼. 그럴 리 없지."

그때 "그런데 말이야" 하고 누군가가 목소리를 낮춰 말했다. 모두가 테이블 위에서 이마를 맞댄다. 마시다 만 소다수 컵을 옆으로 치웠다.

"4반의 가이바라 사오리 말인데, 걘 이미 임신을 여러 번 했대."

"뭐?"

낮지만 열기를 머금은 경탄의 목소리.

"원조 교제를 하다가?"

"응."

"정말? 가이바라가? 걘 우리랑 다르게 그런 거랑 거리가 멀게 생겼잖아. 성적도 좋고."

"그게, 꼭 그렇지도 않은가 봐. 엄청나게 한다던데?"

"왜일까? 걘 명품 가방도 필요 없을 테고, 선생님도 걔한테
는 관심 없지 않아?"

"그렇지? 근데 걘 그렇게 몸을 써서 돈을 벌어야 하는 이유
가 있대. 그게 뭐냐면……."

더욱 작아진 목소리에 온 신경을 집중하느라 이쿠미는 이
제 책 내용이 아예 머릿속에 들어오지 않았다.

아이들이 이야기하고 있는 동급생은 현재 20대 남자와 사
귀고 있는데 그 남자에게 돈을 대준다고 했다. 남자 친구가
밴드 활동을 하기 위해 돈을 요구하는 모양이었다. 아이들은
그 밴드의 이름도 언급했다. 인디에서는 그럭저럭 이름 있는
밴드인 듯했다. 보컬인 남자 친구에게 가이바라 사오리는 홀
딱 반했고 그에게 미움받고 싶지 않다는 일념으로 돈을 갖다
바치고 있다. 메이저 데뷔를 위해 적자여도 공연을 하거나
스튜디오를 빌려서 데모 테이프를 만드는 데 돈이 필요하다
고 했다.

"걔는 정말 그 말을 믿는데? 거짓말일 게 뻔하잖아."

"그치? 게다가 그 보컬한테 돈을 갖다 바치는 여자가 한둘
이 아니래. 노래를 잘하고 얼굴도 반반하니까."

"그렇게 말하는 너도 갖다 바치는 거 아니야?"

또다시 간드러진 웃음소리가 터졌다.

"말도 안 돼! 난 마사토밖에 없거든."

칸나라는 아이가 남자 친구 이름을 꺼냈고 그 뒤로 한참 놀림을 당했다.

"그래서, 가이바라가 그것 때문에 원조 교제를 한다는 거야? 그 추잡한 아저씨들이랑 끝까지 간다고? 설마 피임도 안 하는 건 아니겠지?"

"콘돔 없이 하면 돈을 두 배로 주는 부자 변태 아저씨가 있대. 만에 하나 임신하면 낙태 비용이랑 위자료까지 준다던데."

"말도 안 돼."

"돈을 얼마나 주는지 모르겠지만 콘돔도 없이 하다니. 난 절대 싫어."

"응. 상상만으로도 소름 끼쳐."

아이들이 가볍게 말하는 '임신', '낙태' 같은 단어가 이쿠미의 머릿속에서 윙윙대며 메아리쳤다. 이쿠미는 마침내 참지 못하고 자리에서 일어섰다.

여고생들은 테이블을 둘러싼 채 원조 교제 이야기를 꽃피우고 있다. 카페에서 나가기 전 그 아이들을 힐끗 봤다. 팔팔하고 생기 넘치는 몸을 가진 아이들. 그 몸을 한껏 활용해 중년 남자들에게 돈을 뜯어내는 소녀들.

이 아이들은 분명 매달 충실하게 배란을 할 것이다. 그 왕성한 생명력에 이쿠미는 강렬한 질투를 느꼈다. 싱싱한 난자들이 착상되지 않고 매달 죽어서 배출된다는 사실에.

문득 머리가 핑 돌았다.

"이쿠미, 너 안색이 왜 그래?"

요코가 포크로 파스타를 집어 들며 이쿠미의 얼굴을 빤히 봤다.

"혹시 몸이 안 좋니?"

"아니, 괜찮아."

시치미를 떼며 샐러드 잎상추를 입에 가져갔다. 자극적인 드레싱이 혀를 톡 쏜다.

"정말?"

"응."

요코는 그제야 안심한 듯 미소 지었다. 카페에서 도망쳐 나와 가게 앞에서 요코를 기다렸다. 우두커니 서 있는 이쿠미를 보며 요코는 뭔가 이상하다고 느낀 게 틀림없었다.

"치료는 좀 어때?"

가끔 연락을 주고받으며 불임 치료를 받고 있다는 이야기는 대충 전했다. 이쿠미는 불임 치료와 일을 그만둔 게 어떻게 연결되는지 이해하지 못하는 요코에게 자세히 설명해 줬다.

"그렇구나. 그 치료에 시간을 그렇게 뺏기는지 몰랐어."

"응. 그래서 풀타임으로 일하는 건 역시 힘들 것 같아서."

"전에 다니던 직장이 바쁜 곳이었지?"

이쿠미는 인테리어 코디네이터라는 일이 적성에 맞았다. 어릴 때부터 방 구조를 바꾸고 디자인을 떠올리는 걸 좋아했다. 그래서 대학을 다니며 자격증을 취득해 사무소에 취직했다. 요코의 말대로 일은 바쁘고 고되었지만 보람을 느꼈다.

사정을 잘 이야기해 휴가를 길게 썼다면 병원에 다니며 일을 할 수도 있었을 것이다. 그러나 그 회사는 불임 치료에 대한 이해가 없었다. 남자가 많은 직장이었고 여자는 결혼하면 아이를 낳는 게 당연하다는 인식이 팽배했다. 상사에게만은 치료를 받는다고 알렸지만 그 후 얼마 지나지 않아 사무소 안에 이쿠미의 사적인 이야기가 쫙 퍼졌다.

"오, 그런 치료가 있어? 산부인과에서 그런 것도 하나?"

"구체적으로 어떤 치료를 받아?"

"왜 애가 안 생기는 걸까?"

"이쿠미 씨 때문만은 아닐 거야. 남편 쪽에 문제가 있는 거 아니야? 주간지에서 그런 글을 본 것 같은데."

상사나 동료들에게 뚜렷한 악의가 있었던 건 아닐 것이다. 그러나 결과가 나오지 않는 현실과 맞물려 사소한 말이 가시가 되어 마음에 박혔다. 그런 상황을 버티지 못했다.

요코 앞에서도 이런 이야기는 하지 않았다. 조금 전 들은 여고생들의 대화도.

"그래서, 너는 좀 어때?"

이쿠미는 마음을 다잡고 최대한 밝게 물었다.

"나? 난 똑같아. 매일매일 커다란 냄비랑 씨름하고 있어."

"연애 쪽은?"

그러자 요코는 "아아" 하고 하늘을 올려다봤다.

"그쪽은 별 기대 안 해. 나이 든 부모님과 늘 함께 있고 손님도 전부 연배 있는 분들만 와서."

요코는 "이대로 있다가는 나도 푹 조려질 것 같아" 하고 웃음 섞어 말했다.

"그래서……."

이쿠미는 조금 주저했다.

"넌 그런 상태로도 괜찮아?"

이쿠미가 무슨 말을 하려는지 요코는 금세 눈치챘다.

"결혼 말이지? 뭐 지금 상태로는 어렵겠지. 엄마 아빠도 내가 회사에 다닐 때는 잔소리했는데 지금은 별말 안 해서. 오빠가 죽고 나서 가게를 접으려 했는데 내가 돌아왔으니 그걸로 충분하다고 생각하시는 것 아닐까?"

"하지만 네가 미혼이면 '카기야'를 이을 후계자가 없어지잖아."

카기야는 요코가 하는 반찬 가게 이름이다.

"글쎄."

요코는 방울토마토를 입에 넣고 잠시 생각에 잠겼지만 그렇게 심각해 보이지는 않는다.

"그건 그때 가서 생각하면 되지 뭐."

이쿠미가 이해할 수 없다는 표정으로 있자 요코는 포크를 내려놓고 몸을 앞으로 내밀었다.

"결혼이니 출산이니 후계자 같은 게 그렇게 중요한 걸까?"

순간 말문이 막혔다.

"그런 건 전부 남자들의 가치관이야. 스스로는 원한다고 착각하지만 그냥 주변의 강요에 휘둘리는 거라 생각해."

―구체적으로 어떤 치료를 받아?

―왜 애가 안 생기는 걸까?

예전 직장 동료들의 말이 머리에 떠올랐다. 남성 위주의 사회에서 열심히 일하던 요코. 스스로 결단해 그곳을 떠나 가업을 물려받은 친구의 말이 묵직히 다가왔다.

이쿠미는 '하지만' 하고 생각했다.

"그래. 결혼과 후계 문제 같은 건 네 말처럼 남자들의 가치관일지도 몰라. 그런데 아이를 낳는 건 달라."

이쿠미는 힘주어 말했다.

"그건 여자만 할 수 있는 일이잖아. 신체 구조가 그렇게 되어 있는걸. 아이를 낳아서 키울 수 있게 짜여 있는 거야. 그것만큼은 남자의 가치관이라 할 수 없어."

두 사람은 잠시 말없이 서로를 마주 봤다. 요코는 나와 생각이 다르리라는 건 알고 있다. 무엇보다 오랫동안 알고 지내 온 사이니까. 남편감을 모집 중이라고 하면서 실제로는 가업을 물려받을 때 이미 결혼하지 않기로 결심했을지도 모른다. 요코다운 유연한 사고방식을 발휘해. 또 자신이 집안의 희생양이라고 생각하지도 않을 것이다. 그런 면들이 바로 요코의 힘이라고 느꼈다.

"응. 그럴지도 모르겠네."

요코는 천천히 입을 뗐다. 빠르게 돌아가는 머리로 친구의 속내를 꿰뚫어 본 것이다.

"이번에 인공 수정을 하기로 했어."

"그렇구나. 잘 됐으면 좋겠다."

두 사람은 조용히 미소 지었다.

다마가와역에서 내렸을 때는 이미 완전히 해가 져 있었다. 게이고는 늘 퇴근이 늦으니 서두를 필요는 없다. 오늘은 시나가와에서 반찬을 사 왔다.

역 앞 밤거리 풍경은 낮과 사뭇 달랐다. 문 닫은 백화점 쇼윈도 앞에는 쇼윈도를 거울 삼아 춤 연습을 하는 젊은이들이 있다. 쇼핑센터 테라스에는 스케이트보드를 타는 10대 소년들이 모여 있다. 도로 가장자리 돌을 뛰어넘는 화려한 퍼포먼스를 선보이자 환호성이 터졌다. 공공장소가 밤에는 다른 용도로 사용되는 듯했다.

막차가 출발할 무렵에는 지하도에 노숙자들이 모여서 그곳을 숙소로 삼는다고 게이고가 알려 줬다. 이쿠미는 그런 시간까지 역 앞에 있어 본 적이 없었다. 버스를 타려고 종종걸음으로 교차로에 있는 버스 정류장까지 걸었다.

이제는 스케이트보드 공원이 돼 버린 테라스 쪽에서 드르륵, 드르륵 하고 바퀴 굴러가는 거슬리는 소리가 들렸다. 문득 고개를 돌려 보니 땅바닥에 주저앉은 관중들 속에 어린아이가 있는 것을 발견했다.

"저 아이……."

뒷모습이 왠지 낯익었다. 이쿠미는 걷던 길을 되돌아가 테라스 쪽으로 향했다. 역사에 있는 대형 시계는 저녁 7시 15분을 가리키고 있다. 10대 청소년이면 모를까 어린아이가 돌아다닐 만한 시간은 아니다. 어디를 둘러봐도 아이의 일행 같은 어른은 보이지 않았다.

형들이 스케이트보드를 타는 모습을 가만히 지켜보던 남자아이는 등 뒤에 다가온 이쿠미를 눈치챘는지 일어서서 고개를 돌렸다. 아직 초등학교에도 들어가지 않은 나이대로 보인다. 아이는 이쿠미를 보고 경계하는 표정을 지었다.

이 아이, 우리 집 건너편에 사는 그 아이 아닐까. 늘 멀리서 힐끗거리기만 해서 이목구비까지 전부 기억하는 건 아니다. 그러나 직감이 그 아이가 맞는다고 알렸다. 늘 아버지에게 혼나고 어머니는 신경도 쓰지 않아 바깥을 어슬렁거리는 아이. 3월이라고 하지만 해가 떨어지면 제법 추울 텐데 점퍼도 없이 목이 늘어진 맨투맨 티셔츠 한 장만 입었다. 아마 이것도 형에게 물려받은 옷일 것이다. 가슴에 인쇄된 캐릭터는 거의 지워져 있다.

이쿠미는 아이의 눈높이에 맞춰 허리를 숙였다.

"애, 너 여기서 뭐 하니?"

아이는 이쿠미를 빤히 쳐다보기만 하고 대답하지 않았다.

"시간이 늦었는데 집에 안 가도 돼?"

역시 대답이 없다. 바로 옆에 앉아 있는 소녀가 이쿠미를 힐끗 봤다. 그때 남자아이의 배에서 꼬르륵 소리가 들렸다.

"배고프니?"

왜 그런 말을 했는지 스스로도 이해할 수 없었다. 이쿠미는 시나가와역에서 들고 온 쇼핑백에 손을 넣어 서둘러 안을 뒤졌다. 삼각김밥 두 개가 든 팩을 꺼낸다.

"이거……."

남자아이를 향해 내민다.

"먹을래?"

아이는 한걸음 뒤로 물러섰다. 눈길을 이쿠미의 얼굴에 향한 채로 또다시 한 걸음 물러선다. 그러더니 등을 휙 돌려 달려가 버렸다. 소녀가 아이의 이름을 부르고 곧장 일어서서 뒤를 쫓았다.

이쿠미는 어둠 속으로 사라지는 아이와 소녀를 어안이 벙벙한 얼굴로 바라봤다. 천천히 삼각김밥이 든 팩을 아래로 내린다. 스케이트보드를 한 손에 받치고 있는 소년이 그런 이쿠미를 쳐다봤다.

난 대체 뭘 하려 했을까. 저 아이가 맞은편 집 아이일 리 없는데. 두 아이는 아마 남매일 가능성이 크다. 둘이 이곳을 지나다가 잠깐 멈춰 서서 스케이트보드 타는 아이들을 구경하고 있었을 것이다. 쓸데없는 오지랖을 부리고 말았다. 처음 보는 아줌마가 말을 걸어서 얼마나 놀랐을까. 모르는 사람이 느닷없이 내미는 음식 같은 걸 받아먹을 리도 없다. 저 아이는 다른 집 아이다. 다른 집 아이.

"이쿠미."

그때 뒤에서 누군가 이쿠미를 불렀다. 천천히 고개를 돌린다. 게이고가 눈앞에 서 있었다.

"여기서 뭐 해?"

게이고는 아내가 손에 들고 있는 작은 팩을 봤다.

"아, 별거 아니야."

그 말을 입에 담은 순간, 갑자기 눈에서 눈물이 주르르 흘렀다. 나 자신이 가장 놀랐다. 왜 우는 걸까. 삼각김밥 팩을 천천히 다시 봉지에 넣으며 이상해서 웃었다. 웃고 있는데 눈물이 한줄기 더 흐른다. 게이고가 바로 다가와 이쿠미의 팔을 붙들었다.

"가자."

남편이 이끄는 대로 집을 향해 걸었다.

"오늘은 일찍 마쳤네."

"응."

베이뷰 타워에 불이 켜져 있다.

"나, 조금 전에 처음 보는 아이한테 먹을 걸 주려고 했어. 왠지 그냥 내버려 둘 수 없어서. 정말 바보 같지? 그 애가 우리 집 건너편에 사는 아이라고 착각했거든. 부모가 아이에게 신경을 안 쓰는 것 같아서, 배가 고플 거라고 내 멋대로 착각하고……."

"이쿠미."

게이고가 중간에 말을 잘랐다.

"당신도 알지? 도로 건너편에 있는 이시이 씨 집. 그 집 아이가 맨날 혼나는 것 같아서 안타까웠어. 그런데 내가 도와봐야 무슨 소용 있을까? 어차피 내 아이도 아닌데. 그 애가 정말 부모가 내놓은 자식이라 해도 내가 나서면 그 집 부모는 괜한 참견 말라면서 화를 내겠지."

한 번 터진 말이 멈추지 않는다. 멈출 수 없었다.

"어느 집 아이인지 몰라도 나라면 절대 이런 시간대에 아이를 밖에 내보내지 않을 거야. 그런 차림새로 두지도 않을 거고. 매일 좋아하는 음식을 만들어 주고……."

"이쿠미!"

게이고가 우뚝 멈춰 섰다. 이쿠미는 흠칫하며 그만 입을 다물었다.

"이제 그만해."

"응?"

"이제 그렇게 혼자 마음고생 하지 마. 그래. 인공 수정을 하자. 할 수 있는 만큼 해 보자. 당신이 말한 대로. 하지만……."

게이고는 숨을 한껏 들이마셨다.

"그렇게 해서도 안 되면 포기하자."

"그래."

이번에는 순순히 대답할 수 있었다.

"응, 할 수 있는 만큼 해 보고."

"지난번에도 말했지만 난 전혀 상관없어. 당신과 둘이 살아갈 수만 있다면."

"응."

두 사람은 천천히 발걸음을 뗐다. 하얗게 빛나는 베이뷰 타워가 거리를 내려다보고 있었다.

책상 위에 올려둔 스마트폰이 울렸다. 컴퓨터로 보고서를 작성하던 유이치는 손을 멈췄다. 스마트폰 화면에는 마에조노 시호의 이름이 표시돼 있다.

"여보세요."

—안녕하세요. 아동 가정 지원 센터의 시호예요. 바쁘신데 죄송해요.

시호는 정중하게 운을 뗐다.

"아뇨, 괜찮습니다. 무슨 일이죠?"

이시이 소타 문제로 함께한 이후 시호는 유이치에게 직접 전화를 걸어 올 때가 많아졌다. 지금도 두 사람은 여전히 이시이 소타 일로 바쁘게 뛰어다니고 있다. 소타는 자주 자취를 감췄고, 당황하는 시호를 아랑곳하지 않고 다시 태연히 집에 돌아왔다. 부모의 태도도 변화가 없다. 멋대로 여기저기 돌아다니는 둘째 아들은 눈에도 들어오지 않는 듯했다.

그런 상황에 화를 내고 한탄하면서도 시호는 그 밖의 많은 안건을 맡고 있다. 그녀 역시 혈기 왕성한 건 변함없다.

—조금 전 신경 쓰이는 전화가 걸려 와서요.

"신경 쓰이는 전화?"

유이치는 모니터 화면에서 눈을 뗐다.

―얼마 전부터 담당하고 있는 싱글맘한테 걸려 온 전화인데요.

시호는 그 싱글맘의 이름이 쇼지 나나라고 했다. 그녀에 대해서는 아동 상담소에도 보고가 들어왔다. 지난 케이스 검토 회의 주제에 올라서 유이치는 기억하고 있었다.

임신 중 남편과 이혼했다고 했다. 아이가 태어난 후 혼자서 아이를 키웠다. 남편은 양육비를 보내지 않았고 부모와도 사이가 소원해진 탓에 그녀는 홀로 육아에 내몰려 지친 상태였다. 아이는 아직 세 살배기 딸인데 그런 사정 때문에 육아 노이로제에 걸려 일도 못 하고 있었다.

그녀는 시의 아동 가정 지원 센터 창구에 여러 번 상담하러 왔고 그때마다 시호가 대응했다. 가장 시급한 문제가 생활 안정이라고 판단한 시호는 그녀를 복지과에 데려가 생활 보호 대상자 명단에 올려 주었다. 그렇게 일단 생활비 걱정은 사라졌다. 앞으로 침착하게 아이를 키우다가 상황이 나아지면 일자리를 찾으라고 격려했다고도 한다.

그녀의 상태가 아직 불안정한 탓에 앞으로도 아동 상담소에서 상황을 주시하며 협조하기로 했다. 고다가 유이치에게 가정 방문을 지시했지만 아직 찾아가지는 않았다.

―나나에 씨한테 방금 전화가 왔는데…….

시호의 목소리가 조금 절박해져서 유이치는 통화에 집중했다.

―이제는 죽고 싶다는 거예요.

"네?"

―그런데.

황급히 덧붙인다.

―지금까지도 몇 번인가 그런 이야기를 하신 적이 있어서…….

시호가 말하기를 쇼지 나나에는 아직 정신적으로 미성숙한 부분이 있는 것 같다고 했다.

"다른 사람에게 기대고 의지하고픈 마음이 그런 말로 나오는 거겠죠."

전화를 받고 깜짝 놀라 집에 찾아가니 그녀는 집 안에서 TV를 보고 있었다고 한다.

―왜 그런 전화를 걸었냐고 물으니 갑자기 울음을 터뜨리더라고요.

"확실히 정서 불안이군요."

―일부러 그렇게 소란을 부려서 누군가 달려와 줬으면 하는 거예요.

시호는 "하지만" 하고 말을 이었다.

―이번에는 뭔가 조금 다른 느낌이에요. 지금 당장 죽으러 간다고 했어요. 그래서 유이치 씨와 상의하려고…….

유이치는 잠시 생각에 잠겼다.

"들어 보니 그냥 둬서는 안 될 것 같습니다. 지금 바로 집에 가 보죠."

―그게…… 지금 집에 없는 것 같아요. 휴대폰으로 건 걸 보니 밖인 듯해요.

"어딘지는 모르나요?"

―안 알려 주더라고요. 다만 유이카랑은 함께 있는 것 같았어요.

유이카는 나나에의 딸 이름이다.

―휴대폰으로 계속 전화를 걸고 있는데 받지를 않아요. 이번에는 정말 뭔가 하려는 게 아닐지…….

시호는 걱정스러운 듯 말했다. 마음 같아서는 지금 당장 달려가고 싶지만 아동 문제를 맡은 지 얼마 되지 않아 그래도 될지 망설이고 있는 것이다. 시호는 스스로 판단이 잘 안 선다고 했다.

"일단 과장님과 상의해 보죠. 다시 연락 드리겠습니다."

유이치는 자리에서 일어섰다.

"빨리 집에 가 봐."

고다는 주저 없이 그렇게 말했다. 시호에게도 전하고 유이치는 아동 상담소를 나왔다. 시호도 곧장 그녀의 집으로 가겠다고 했다. 처음 가는 곳이라 차에 올라타 시호에게 들은 주소를 내비게이션에 입력하고 있을 때 건물 안에서 고다가 뛰어나왔다.

"목적지가 바뀌었어! 후쿠주마치 3번지에 있는 암벽!"

그러더니 그녀는 재빨리 조수석에 올라탔다. 유이치는 서둘러 차를 출발했다. 고다가 힘주어 말했다.

"방금 경찰서에서 연락이 왔어. 해안가 암벽에 웬 여자와 아이가 우두커니 서 있대. 젊은 여자랑 어린아이. 그 옆을 지나던 사람이 뭔가 이상하다 싶어서 경찰에 신고했나 봐."

"쇼지 나나에 씨가 맞나요?"

유이치는 핸들을 쥐고 앞을 바라본 채로 물었다.

"모르지. 일단 가서 확인하기 전까지는."

"시호 씨는?"

"알려 줬어. 그쪽도 거기로 가겠대."

고다는 거기까지 말하고 입을 다물었다. 아동 상담소에서 후쿠주마치까지는 차로 15분 거리다. 창고가 늘어선 살풍경한 곳을 지나 해안가 암벽으로 차를 몰았다. 신고가 들어온 곳이 어딘지 금세 알 수 있었다. 경찰차와 시청 차량이 그 앞에 세워져 있다. 고다가 초조한 것처럼 안전벨트를 풀고 차에서 내리자 유이치도 서둘러 그 뒤를 쫓았다. 뛰어가면서 해안가 끝에 선 이들을 관찰한다. 아이와 엄마처럼 보이는 사람은 없다. 경찰 두 명과 마에조노 시호, 그리고 초로의 남성 한 명뿐이다.

"수고 많으십니다."

고다가 가서 말을 걸자 네 사람이 돌아봤다.

"쇼지 나나에 씨는?"

"그게……."

경찰과 시호가 달려왔을 때는 이미 자취를 감춘 상태였다고 했다.

"제가 집에 가서 경찰에 신고하고 다시 돌아와 보니 사라지고 없더군요."

신고자로 보이는 남자는 "휴대폰이 없어서……"라며 주뼛거렸다.

"어떤 느낌이었습니까?"

신고자는 기억을 되짚으며 더듬더듬 모녀의 모습을 설명했다. 그가 본 두 사람이 쇼지 나나에와 유이카라는 보장은 없다. 그저 어떤 여자가 세 살 정도 돼 보이는 여자아이와 함께 있었다는 것뿐이다.

"엄마가 이런 곳에 아이를 데려올 일은 거의 없으니까요. 주변을 구경하는 것 같지도 않았고 뭔가 상념에 잠긴 것처럼 줄곧 바다만 보고 있었습니다. 그 모습이 신경 쓰여서……."

"이 주변을 둘러봤지만 그런 모녀는 없었습니다."

경찰이 옆에서 덧붙였다. 고다는 안심하고 어깨를 축 늘어뜨렸다.

"고생하셨습니다."

"제가 괜한 소동을 일으킨 것 같네요."

신고자는 숱이 적은 머리를 긁적였다.

"아뇨. 잘하셨어요. 혹시라도 무슨 일이 생기면 그때는 돌이킬 수 없으니까요."

"그럼 철수할까요?"

경찰 두 명이 입을 모아 말했다. 신고자는 다시 한번 사과하고 자리를 떠났다. 경찰차도 멀어져 갔다.

"이제 어쩌죠?"

시호가 고개를 돌려 고다에게 물었다.

"뭐, 모처럼 나왔으니 나나에 씨 집에 들렀다 가 볼까."

"알겠습니다."

나나에가 전화를 걸었을 당시 상태에 대해 시호가 간략히 설명했다. 평소처럼 푸념을 늘어놓거나 도움을 요청하는 느낌이 아니고 왠지 공허하고 자포자기한 것 같은 말투여서 신경 쓰였다고 했다.

"이제는 정말 지쳤다는 느낌이었어요."

"서두르죠."

차로 돌아가려는 고다와 유이치를 힐끗 보더니 시호는 돌아서서 바다 쪽을 봤다.

"그럼 전 잠깐 해안선 쪽을 확인하고 갈게요."

"그래요. 부탁해요. 나나에 씨 집 앞에서 만나죠."

쇼지 나나에는 경마장과 다마가와 강둑 사이에 있는 다세대 주택에 살고 있다. 세 사람은 각자 차 두 대에 나눠 타고 그곳을 떠났다. 그런데 차를 출발하고 채 3분도 되지 않아 고다의 스마트폰이 울렸다. 스마트폰을 귀에 갖다 댄 고다의 안색이 변했다.

"지금 바로 갈게!"

고다는 유이치에게 다시 바닷가 쪽으로 차를 돌리라고 했다. 시호가 창고 거리를 빠져나갈 때쯤 쇼지 나나에를 발견한 것이다. 나나에는 딸과 함께 바다에 들어가 이미 허리까지 바닷물에 잠겨 있는 상태라고 했다.

고다는 다급한 목소리로 경찰에도 연락했다.

"어디죠?"

"창고가 끊기고 암벽이 바다를 향해 계단식으로 된 곳 있지? 거기래."

거기까지만 들어도 어딘지 알 수 있었다. 보트에 짐을 내리는 하역장이 있는 곳이다. 유이치는 가속 페달을 밟았다.

그곳에 도착하니 시호가 타고 온 시청 차량이 비스듬하게 세워져 있었다. 자지러지는 아이 울음소리가 들린다. 차를 세울까 말까 하는 사이에 고다가 먼저 문을 열어 밖으로 뛰쳐나갔다. 그대로 해안가 암벽 너머로 사라진다. 유이치가 암벽 끝까지 가자 시야에 돌계단이 보였다. 거친 돌이 섞인 콘크리트 블록을 쌓아 올린 투박한 구조다. 가장 밑부분은 바다에 잠겨 있고 파도가 돌계단 아래를 때리고 있다. 바다에 들어가려는 나나에로 보이는 젊은 여자를 시호가 뒤에서 붙들고 있었다. 돌계단 중간쯤에는 여자아이가 서서 큰 소리로 울고 있다. 세 사람 다 몸이 흠뻑 젖었다.

고다가 유이카 쪽으로 손을 뻗었을 때 순간 시호가 나나에에게 떠밀려 돌계단에 엉덩방아를 찧었다. 구속에서 풀려난 나나에는 자기 딸의 손을 붙잡고 바다에 뛰어들었다. 첨벙 소리가 나더니 두 사람의 모습이 시야에서 사라지고 대신 검고 긴 머리카락이 수면에 퍼졌다. 유이카의 울음소리가 불길하게 뚝 끊겼다.

시호가 가늘고 날카롭게 비명을 질렀다.

돌계단을 내려갈 시간이 없다. 유이치는 절벽 위에서 바다에 몸을 던졌다. 살을 에는 듯한 냉기. 양복이 물기를 머금어 단숨에 무거워진다. 수심이 깊은 곳이다. 수면에는 플라스틱과 스티로폼 쓰레기가 밀려오고 두 사람의 몸은 보이지 않는다. 물 위로 한 번 떠올라 숨을 들이마시고 다시 잠수했다.

가라앉아 가는 선명한 빛깔. 그것을 향해 손을 뻗쳤다. 그리고 무거운 덩어리를 필사적으로 끌어당겼다.

우선 나나에. 그 뒤로 어머니에게 꼭 안긴 유이카. 두 사람 다 눈을 감고 있다. 유이치는 두 사람을 힘껏 끌어당겨 얼굴을 물 밖으로 내밀었다.

"여기!"

누군가 손을 뻗고 있었다. 유이치가 돌계단을 향해 두 사람을 밀고 낚시꾼으로 보이는 남자가 힘껏 끌어 올렸다. 유이카가 힘없이 울음을 터뜨렸다. 그 모습까지 보고 유이치는 힘을 잃고 뒤로 벌러덩 넘어졌다. 두 팔과 두 다리를 버둥거리며 물 위로 떠오르려 하지만 몸은 점점 더 가라앉는다. 바닷물을 잔뜩 들이마셨다. 옆을 지나가던 또 한 명의 남자가 바다에 뛰어들어 유이치의 팔을 붙잡고 그대로 돌계단 위로 끌어올렸다.

그 누구도 입을 열지 않았다. 점점 커지는 유이카의 울음소리를 유이치는 가만히 들었다. 숨을 헐떡이며 바다에서 나오자 단숨에 추위가 온몸을 덮쳤다. 입술이 닿지도 않을 만큼 이가 덜덜 떨렸다. 남자 두 명이 힘을 합쳐 나나에를 계단 위로 옮기고 있다. 아래에서 보니 몸이 이리저리 흔들리며 영 불안한 모습이다. '설마 숨이 끊어진 걸까' 하는 불길한 상상과 함께 절망적인 기분이 들었다.

"어머니!"

고다가 나나에의 뺨을 찰싹찰싹 때리며 외쳤다. 남자들은 암벽에 손을 얹고 숨을 고르며 그 모습을 불안하게 지켜보고 있다. 유이치도 마음을 가다듬고 돌계단을 기어올랐다. 시호가 가방에서 스마트폰을 꺼내 구급차를 불렀고, 신고를 마치자 그녀도 무릎이 풀려 그 자리에 주저앉고 말았다. 분홍색 패딩이 물에 젖어 몸에 착 달라붙어 있다.

"어머니!"

고다가 또다시 외쳤다. 그러자 나나에가 희미하게 눈을 떴다. 그리고 울고 있는 딸 쪽을 바라봤다.

"나……."

"엄마!"

유이카가 총알처럼 엄마 품에 파고들었다. 나나에는 그제야 자신이 무슨 짓을 저지르려 했는지 떠올린 듯했다. 그녀는 아이를 품에 안고 절규했다.

"죽고 싶어! 죽게 해 줘!"

순간 고다가 거칠게 나나에의 따귀를 짝 때렸다. 주변 사람들이 깜짝 놀라 몸이 굳었다.

"어머니……."

고다는 낮은 목소리로 말했다.

"어차피 인간은 언젠가 죽습니다."

멀리서 경찰차와 구급차 사이렌 소리가 들려왔다.

"하지만 아이들은 죽기 위해 태어난 것이 아닙니다."

그러자 나나에가 미친 사람처럼 울부짖었다. 그런 그녀의 가슴에 유이카가 꼭 안겨 있었다.

다마가와 남부 경찰서 안에서 경찰관이 창고에 치워 둔 팬 히터를 가져와 조사실에 넣어 줬고 고다와 시호, 유이치는 히터를 둘러싼 채 몸을 녹였다. 세 사람 다 고등학생들이 입을 법한 감색 트레이닝복 차림이다. 사정을 전해 들은 아동상담소 소장이 일시 보호소에 있는 트레이닝복을 가져다주었다. 보호소에는 언제든 아이를 맡을 수 있도록 나이에 맞춘 옷이 몇 벌씩 보관돼 있다. 고다와 시호는 중고생용 트레이닝복이 딱 맞았지만 키가 큰 유이치는 팔다리가 조금 짧았다. 그러나 그런 우스꽝스러운 모습을 보고도 웃을 여유는 없었다.

얼마 전 브라질인 부부의 싸움에 휘말려 참고인 조사를 받았던 유이치가 또다시 경찰서를 찾아오자 얼굴을 알아본 경찰관이 딱한 표정으로 유이치를 봤다.

"이번에는 다친 곳이 없어서 다행이네요."

그는 동정 섞어 그렇게 말했다.

바닷가에서의 소동 이후 나나에와 유이카는 구급차에 실

려 병원으로 갔다. 아동 상담소 직원 우구모리가 그곳으로 달려가 두 사람과 함께 있다. 그가 보고하기를 두 사람 다 생명에는 지장이 없다고 했다. 다만 나나에는 아직 정신적으로 극히 불안정해 앞으로 며칠은 병원에서 입원 치료를 받아야 한다고 했다. 유이카는 만약의 상황에 대비해 검사를 받고 의사가 동의하면 아동 보호 시설에 잠시 들어가 있을 듯했다.

구조를 도운 낚시꾼과 행인을 포함한 다섯 명은 다마가와 남부 경찰서에 가서 참고인 조사를 받았다. 중간에 합세한 남자 두 명은 일찍 집에 돌아갔고 물에 빠진 생쥐 꼴인 아동 상담소와 센터 직원 세 사람만 경찰서에 남았다.

그래도 원장이 가져다준 옷으로 갈아입자 마음이 조금은 가라앉았다. 여직원이 끓여 준 따뜻한 코코아를 셋이 함께 홀짝였다. 각자의 발 옆에는 물에 젖은 옷이 담긴 비닐봉지가 있었다.

"아아, 이제야 살겠네."

고다가 중얼거렸다.

"시호 씨의 기지 덕분에 무사할 수 있었어. 나나에 씨의 전화를 받고 곧장 대응하지 않았다면 그 모녀는 목숨을 잃었을 거야."

시호는 힘없이 고개를 가로저었다. 아직 충격에서 벗어나지 못한 것처럼 보인다. 아동 학대와 관련된 일을 하다 보면 일상생활에서는 거의 보기 힘든 광경을 목격하거나 위험한 상황을 맞닥뜨릴 때가 종종 있다. 특히 이 다마가와시 남부 지역에는 비참한 상황에 처한 가정이 많다. 아이의 생명을 지킨다는 대의명분 앞에서 스스로를 소모해 가는 직원도 많았다.

시호 역시 큰 뜻을 품고 이 어려운 일을 맡고 있겠지만 실제 현장에서 망설여지는 경우가 왕왕 있을 것이다. 특히 오늘 같은 일은 아동 상담소 직원도 좀처럼 경험하기 힘들다. 고다도 그 점이 걱정되는지 위로하는 눈빛으로 시호를 바라봤다.

"고다 과장님 말에 나나에 씨의 마음이 흔들린 것 아닐까요?"

시호가 코코아 잔을 빤히 보며 말했다.

"저도 뜨끔하더라고요."

"응? 그래?"

조금은 기운을 차린 듯한 시호에게 고다는 미소로 화답했다.

"네. 아이들은 죽기 위해 태어난 것이 아니라는 말이 정말 무겁게 다가왔어요."

그러자 고다는 쑥스러운 것처럼 고개를 숙였다.

"근데 그런 상황에서는 그런 말을 안 하는 게 나았을지도 몰라. 나도 모르게 입 밖에 튀어나왔어."

고다는 "프로로서 실격이지" 하고 장난스럽게 말했지만 시호는 정색했다.

"아뇨. 그런 상황이니 더욱 그런 말이 필요했다고 봐요. 자기가 힘들다고 아이까지 함께 저세상에 데려가는 게 어딨어요?"

아무래도 평소의 시호로 돌아간 듯했다.

"그렇지."

고다가 두 손으로 머그잔을 들고 동의했다.

"그런 걸 보면 나도 모르게 감정이 앞서게 돼. 우리 아이들이 떠올라서."

고다는 두 명의 중학생 자녀가 있는 어머니이기도 하다.

"그게……."

시호가 보기 드물게 주저하면서 말을 골랐다.

"그게 과장님의 신념인가요?"

"신념?"

"그러니까, 이런 일을 시작하고 또 계속하시는 이유랄까……."

"그렇게 거창한 건 아니야."

고다는 시호를 똑바로 바라봤다.

"난 그저 아이들을 좋아해서 아이들에게 힘이 돼 주고 싶을 뿐이지. 아이들은 조건 없이 사랑받고 행복하게 살 권리가 있다고 생각하니까."

"그런가요……."

시호는 웬일인지 약간 실망한 것처럼 어깨를 움츠렸다. 유이치는 속으로 '이 사람은 일을 계속해 갈 이유를 찾고 있구나' 하고 짐작했다. 시에서 운영하는 아동 가정 지원 센터에서 일할 확고한 이유를 찾고 싶은 것이다. 지나치게 고민하다가 스스로 미로에 빠져든 것처럼 보이기도 했다.

고다도 비슷하게 느꼈는지 말을 이었다.

"난 말이지. 아마미오시마섬 출신이야. 규슈에서 일하는 남편을 만나 결혼을 계기로 여기 왔는데, 처음 왔을 때는 정말 충격이었어."

고다는 콧바람을 홍 내쉬었다.

"섬에도 아이들이 많은데 거기서는 어른들이 아이를 모두 보물처럼 대하며 힘을 합쳐 키우거든. 자기 아이와 남의 아이 구분 없이 돌보고, 혼내고, 밥을 먹이고……."

"그럼 이 다마가와시의 실태가 정말 충격이었겠네요."

시호와 고다의 조용한 대화를 유이치는 잠자코 들었다.

"우선 내가 일하면서 아이를 키우잖아. 그런 상황에 적응을 못 해서 한때는 정말 패닉에 빠졌던 시기도 있어. 일에 이리저리 쫓기고, 남의 아이 때문에 내 아이들에게 신경을 못 쓰니……. 한때는 남편과 헤어져 다시 섬으로 돌아갈까 고민

한 적도 있어."

유이치도 고다 과장의 입에서 이런 이야기는 처음 들었다. 고다는 손에 든 코코아 잔을 빤히 들여다봤다.

"그래도 말이지. 그럴 때 버팀목이 된 건 내가 태어나고 자란 섬의 모습, 모두가 아이들을 아끼고 사랑해 아이들이 반짝 반짝 빛나던 섬의 풍경이었어. 지금도 변함없이 그렇게 아이를 키우는 곳이 있으니 거기에 조금이라도 다가갈 수 있으면 좋겠다고 생각해서……. 모범이 있다는 걸 깨달은 거야."

유이치는 살며시 시호의 얼굴을 훔쳐봤다. 무슨 생각을 하는지 헤아릴 수 없지만 고다의 이야기에 열심히 귀 기울이고 있다. 고다는 허리를 쭉 펴고 밝게 말했다.

"우리 엄마는 사탕수수 공장에서 일했고 집안일에는 서툴렀지만 음식 솜씨만큼은 수준급이었어."

시호는 진지한 얼굴로 고다의 말에 말없이 맞장구만 쳤다.

"그런 엄마가 입버릇처럼 하던 말이 있어. '우리 딸, 집안에서 엄마의 역할이 뭐라고 생각하니? 그건 말이지. 밝은 웃음과 맛있는 밥을 제공하는 것이란다. 그것만 잘 알아 두렴'."

시호는 멍하니 고다를 바라봤다.

"뭐 그게 내 신념이라고 하면 신념이겠네. 내 자식들에게도 그렇게 해 왔고 다른 집 아이들에게도 최소한 그것만큼은 해 주고 싶어."

"웃으며 지낼 수 있는 공간과 허기를 채우는 밥, 말인가요?"

"그래! 그게 바로 섬 생활이었어. 그 두 가지만 있으면 아이들은 언제나 싱글벙글하는 법이거든. 엄마 말이 맞는 것 같다고 지금도 가끔 생각해. 그러니 우선 거기서부터 시작하자고 마음먹은 거고."

"아아."

시호도 힘차게 몸을 일으켰다.

"그래서였구나. 그래서 과장님이 아이들의 식당을 만들려고 열심히 뛰어다니셨군요. 저희 센터장님께 들었어요."

"응. 지금은 여기저기서 접할 수 있지만 예전만 해도 아이들에게 공짜로 밥을 주는 식당 같은 건 다들 만들지 못할 거라고 했어. 내가 무리하게 섬의 방식을 들여온 셈이지. 이런 도시, 그러니까 사람과 사람 사이의 관계가 희박한 곳에. 이곳 아이들은 가정에서 그런 당연한 것들조차 못 받고 있으니까. 남의 집에서 밥을 얻어먹어도 상관없다. 그게 바로 섬사람들의 감각이야."

고다는 자못 유쾌한 것처럼 웃었다. 그러더니 유이치를 힐끗 쳐다봤다.

"외지인인 내 억지를 들어준 사람이 바로 이곳에 살던 현지인, 유이치 씨야."

그러자 시호가 깜짝 놀라 유이치를 봤다.

"유이치 씨가 지인을 소개해 줘서 어린이 식당을 해 보겠다는 사람이 나타났거든. 그 뒤로는 일이 척척 진행됐고, 지금은 사람이 많아져 누가 처음 시작하자고 했는지도 모를 정도야. 고마운 일이지."

"어린이 식당은 저도 알고 있어요. 가 본 적도 있고요. 그런데 그곳을 운영하는 분이 유이치 씨의 지인일 줄은 꿈에도 몰랐어요."

"그건 뭐, 어쩌다 보니 일이 잘 풀린 겁니다."

유이치가 변함없이 담담하게 말하자 시호가 믿을 수 없다는 것처럼 유이치를 빤히 쳐다봤다.

그때 고다의 가방 속에서 스마트폰 벨소리가 들렸다. 고다의 얼굴이 즉시 업무 모드로 바뀐다. 그녀는 스마트폰을 꺼내 구석에 가서 짧게 대화하고 다시 돌아왔다.

"아동 상담소에서 왔어. 시설에 자리가 날 때까지 유이카는 일시 보호소에 맡길 거래."

"아이 상태는 좀 어떻습니까?"

유이치가 묻자 고다는 이맛살을 찌푸렸다.

"여전히 정신없이 울기만 한대. 엄마를 계속 찾으면서."

고다는 스마트폰을 가방에 집어넣으며 "어떻게든 엄마와 함께 살 수 있게 궁리해 봐야 할 것 같아"라고 했다. 그러자 그 말에 시호가 반응했다.

"잠깐만요."

시호는 빈 잔을 옆에 있는 철제 책상에 탁 내려놓았다.

"나나에 씨와 유이카를 함께 두면 또 비슷한 일이 반복되지 않을까요? 전 아이를 아직 엄마 곁에 보내서는 안 된다고 봐요. 생명의 위험이 있어요. 일단 보호 시설이나 위탁 가정에 맡기는 게……."

"그건 최후의 수단이야."

고다는 딱 잘라 말했다.

"돌아가서 소장님과도 상의해 봐야겠지만 이번에는 경찰도 엮였으니 요대협을 만들어 어떻게 할지 생각해 봐야겠어."

그러자 시호는 불만스러운 얼굴로 입을 다물었다.

요대협이란 '요寿보호 아동 대책 지역 협의회'의 줄임말로 지자체에서 아동을 지키기 위해 만든 네트워크다. 구체적으로는 학대를 받아 보호나 양육 지원이 필요한 아이를 위해 각 지자체가 아동복지법에 기초해 설치한 협의회를 뜻한다.

참가 기관은 아동 상담소, 어린이집, 유치원, 학교, 교육 위원회, 보건소, 민생 위원, 병원, 경찰, 사회 복지 협의회, 아동 보호 시설 등 다양하다. 이들이 서로 정보를 공유하고 역할을 분담해 연계된 지원을 펼친다. 조정 기관은 지자체지만 도입된 지 얼마 안 돼서 해결해야 할 과제도 많다. 그런 현실을 아는 시 공무원 시호는 답답하게 느낄지도 모른다.

"어쨌든 시에 요청해서 최대한 빨리 개별 케이스 회의를 열도록 할게."

"네. 저도 요대협 담당자와 이야기해 볼게요."

시호는 마지못한 듯이 대답했다.

"어쨌든 부모와 자식이 함께 살게 하는 게 기본 원칙이니까."

고다는 그렇게 못을 박았고 시호는 대답하지 않았다.

"아무리 아이의 안전이 확보되지 않는다고 해도 마냥 보호하는 게 아이의 행복을 위한 것이라고 할 수는 없어."

고다는 시호를 타이르듯 말을 이었다.

"때로는 분리 불안이 학대보다 더 아이에게 심한 타격을 줄 때도 있고."

유이치도 옆에서 귀를 기울였다. 시호의 얼굴에서는 어떤 감정도 읽히지 않는다.

"아이는 가정과 부모에게서 분리되면 트라우마가 생기기 마련인데, 그러면 말이지. 사회와 부모뿐만 아니라 자기 자신도 믿지 못하는 사람이 돼 버려. 아이가 느낄 그 상실감과 마음의 상처를 배려하지 않으면 근본적인 해결책이 될 수 없는 거야."

시호는 고개를 떨구고 가만히 생각에 잠겼다. 속으로 그렇게 어물쩍거리는 동안 사라지는 생명도 있다고 반론하고 있을 것이다. 그런 시호의 마음이 유이치의 눈에는 훤히 보였다. 시호처럼 열의 넘치는 공무원이 이상과 현실 사이에서 흔들리는 모습을 유이치는 최근 11년간 수없이 목격했다.

그때 마침 경찰이 들어와 "이제 돌아가서도 됩니다"라고 했다.

감색 트레이닝복 차림의 세 사람은 각자 비닐봉지를 손에 들고 천천히 조사실에서 나갔다.

"어떻게 생각해?"

시호를 차에 태워 보내고 아동 상담소로 돌아가는 길에 고다가 유이치에게 물었다.

"네?"

"시호 씨."

유이치는 "글쎄요. 고민 중이려나요"라고만 대답했다. 고다는 창밖을 보며 옅게 미소 지었다.

"다른 걸 떠나 과장님이 나나에 씨에게 한 말에는 감동받은 것처럼 보이더군요."

"괜한 말을 했어. 나도 모르게 감정이 앞서서."

"나나에 씨에게 좋은 영향을 주지 않았을까요. 시호 씨 말처럼."

"있지, 유이치 씨."

고다는 차 흔들림에 잠시 몸을 맡기고 있다가 입을 열었다.

"유이치 씨는 어떻게 그렇게 항상 침착할 수 있어?"

"글쎄요. 왜일까요."

고개를 갸웃거리는 유이치를 보며 고다는 웃음을 픗 터뜨렸다.

"유이치 씨는 참 신기한 사람이야. 이런 가혹한 현장에서도 아주 초연하게 자기 할 일을 다 하는 걸 보면. 물론 우리에게는 소중한 인재지만."

유이치가 아동 상담소에 배치된 뒤로도 많은 직원이 상담소를 떠났다.

"인사이동 요구도 없고. 대체 이유가 뭐야?"

바로 옆에서 그렇게 묻자 유이치는 말문이 막혔다. 고바야시에게도 비슷한 질문을 들었다. 고다는 처음부터 대답을 기대하지 않았는지 얼마 안 돼 화제를 바꿨다.

"그건 그렇고, 아무튼 이런 계절에 이렇게 물에 흠뻑 젖을 줄 누가 알았겠어. 그래도 나나에 씨를 구해 줘서 고마워. 유이치 씨가 바다에 뛰어들지 않았다면 그 두 사람은 익사했을지도 몰라. 유이치 씨가 망설임 없이 뛰어들어서 정말 다행이었지. 원래 수영을 잘했어?"

"아뇨."

유이치는 상사를 힐끗 보고 말했다.

"전 수영을 못 합니다."

"뭐?"

고다는 어안이 벙벙해진 채 잠시 말을 잇지 못했다.

"수영을 못 한다고?"

다시 한번 확인한다.

"네. 학창 시절에 수영 수업은 맨날 땡땡이쳐서 풀장에 제대로 들어가 본 적도 없죠. 물이 무서웠거든요. 그런데 막상 위급한 상황이 닥치니 그런 건 잊게 되더군요."

"당신이란 사람은 정말……."

고다는 어이없어하는 얼굴로 중얼거리고 진심으로 우스운 것처럼 소리 높여 웃었다.

사흘이 지나 요대협의 개별 케이스 회의가 열렸다.

아동 상담소에서는 소장과 고다, 유이치, 아동 심리사인 구스노키가 참석했다. 여러 기관이 모여서 회의할 때 주로 중심을 잡는 쪽은 지자체, 구체적인 지원책을 내는 건 아동 상담소로 자리매김이 돼 있다.

사회는 사무국을 담당하는 다마가와시의 직원이 맡았다. 우메모토라는 중년 공무원 옆에는 시 아동 지원 센터 직원 네 명이 나란히 앉았다. 그중에 시호의 얼굴도 보였다. 케이스의 개요를 설명한 사회자는 우선 쇼지 나나에가 입원해 있는 병원 의사에게 상태를 물었다.

"현재 정서는 많이 안정됐습니다."

"자살 욕구는 어떻습니까?"

"죽고 싶다는 말을 더는 하지 않고 있습니다. 평소에는 거의 천장을 올려다보며 멍하니 있을 때가 많습니다."

정신과 담당의가 대답했다. 그는 장기간의 입원 치료는 필요 없고 곧 퇴원해도 될 것 같다고 덧붙였다.

"센터 쪽에서는 어머니를 면담했나요?"

그 질문에는 시호가 대답했다.

"네. 유이카를 만나고 싶다고 했습니다."

"직접 아이를 키울 마음이 있다는 뜻일까요?"

아동 상담소 소장이 옆에서 말을 보탰다.

"네. 퇴원하면 바로 딸을 데리러 갈 거라고 했어요."

"딸을 어머니에게 보내도 괜찮을까요?"

"아뇨."

사회자가 묻자 시호가 즉시 부정했다.

"그건 위험하다고 생각합니다. 그분은 아이와 함께 동반 자살을 기도한 분이에요."

"네. 저도 조금 더 상태를 지켜보는 게 좋을 것 같습니다. 지금까지도 불안정한 모습을 자주 보였고요."

아동 지원 센터의 다른 직원이 동조하자 시호는 기세가 붙었다.

"센터 쪽에 전화를 걸거나 직접 찾아와 육아에 불안감을 느낀다고 하소연하셨죠. 정말 막다른 곳에 몰린 느낌이었어요."

"그럼 딸을 조금 더 보호소에서 보호해야 할까요?"

아동 상담소의 구스노키가 현재의 유이카의 상태를 전했다. 지금도 매일 엄마를 찾으며 울고 있다고 했다.

"일시 보호는 당분간 어쩔 수 없겠지만 가급적 빠른 시일 안에 엄마와 함께 살게 하는 편이 좋을 것 같습니다."

구스노키는 아직 아무것도 이해 못하는 나이대의 아이가 강제로 부모와 떨어지면 정신면에서 발달이 늦어질 수 있다고 지적했다. 부모에게 버림받았다고 느끼고 그 이유를 '내가 나쁜 아이니까'라고 생각하는 경우도 있다고 했다. 보호를 맡은 사람에게도 마음을 열지 않으며, 그런 상태로 성장하면 남과 잘 어울리지 못하고 친밀한 관계를 맺는 것을 어려워한다. 그러면서 느닷없이 잘 알지도 못하는 사람에게 집착할 때도 있다. 이런 현상을 '애착 장애'라고 부른다고 했다.

쇼지 나나에는 퇴원시켜서 정신과에 다니게 한다. 보건사와 민생 위원에게 그녀를 지켜봐 달라고 부탁하고, 상황이 개선되면 딸과 함께 사는 방법도 고려한다. 그러나 나나에의 치료가 길어지면 유이카는 어쩔 수 없이 아동 보호 시설에 들어가야 할 것이다.

일시 보호 중에는 엄마와 만나게 하지 않고 보호 조치가 풀린 후 천천히 면담 기회를 마련해 보호자와의 관계 재구축을 목표한다. 모녀를 여러 번 만나 보고 딸을 엄마 곁으로 돌려보낼 시기를 결정하자는 것으로 모두의 의견이 모였다.

다음으로 이시이 소타 케이스 검토로 넘어갔다. 소타는 현재 집에 돌아와 있다. 그러나 집에서 야단을 맞거나 부모가 신경 쓰지 않으면 또 훌쩍 집을 나가 거리를 어슬렁거리는 상황이 반복되고 있다. 언젠가는 순찰 중이던 경찰이 아이를 발견해 보호하기도 했다.

"아이가 어디 있었습니까?"

그렇게 묻자 경찰이 몸을 일으켰다.

"고다카라마치의 길거리에 있었습니다. 늦은 밤 시간에 돌아다녀서 아이를 보호한 후 아동 상담소에 통보했습니다."

"고다카라마치의 어디 부근이죠?"

"그게⋯⋯."

경찰은 자료로 시선을 향했다.

"4번지네요."

"거긴 아이 혼자 다닐 만한 곳이 아닌데."

"네, 맞습니다. 노숙자들이 많이 모이는 곳이고 1번지와 2번지에는 작은 공장과 주택이 모여 있지만 그곳도 치안이 별로 좋지는 않습니다."

"비행 청소년들이 모여 노는 곳이기도 하죠? 학교에 가지 않거나 퇴학당한 아이들이."

아동 상담소 소장이 확인했다.

"네."

"그런 곳을 드나든다는 말인가요? 여섯 살짜리 아이가?"

"심지어 제가 데려갈 때도 울거나 겁먹지도 않더군요. 뭐랄까, 초연하다고 할까요. 뭘 물어도 대답도 안 하고."

경찰은 약간 화가 난 것처럼 말했다.

"부모는 대체 뭐 하는 거죠?"

사정을 잘 모르는 교육 위원회 직원이 물었다.

"아이가 사라져도 신경 쓰지 않는 것 같았습니다."

교육 위원회 직원에게 대답한 사람은 소타가 다니는 어린이집 부원장이었다.

"저희 쪽에도 영 말씀이 없으세요. 아이가 집에 있을 때는 어린이집에 보내는 것 같지만, 없어지면 또 없어지는 대로 걱정하지 않는 것 같더군요. 저희로서는 말도 없이 아이가 어린이집에 나오지 않으면 연락은 하지만, 부모님의 대답이 영 미덥지 못한 게……."

부원장은 어린이집 쪽에서는 확실히 대처하고 있다는 걸 교육 위원회 직원에게 어필하는 듯했다.

"아이가 말은 왜 안 하는 걸까요? 발달 장애 검사를 받아 보게 한다는 건 어떻게 됐습니까?"

아동 상담소 소장이 물었다.

"보호자가 허락하지 않고 있습니다."

유이치가 짧게 대답했다.

"이유는 물어보셨나요?"

"물었지만 그냥 내버려 두라고만 하는 상황입니다."

"ADHD 경향이 있나요?"

"그건 아닙니다."

"말이 늦는 걸 보면 전반적인 발달 장애일 수도 있겠습니다. 부모님을 좀 더 설득해 주세요."

고다가 옆에서 말을 보탰다.

"알겠습니다."

"말이 느린 게 아니라 단지 말하고 싶지 않은 것일 수도 있죠."

구스노키가 문득 떠오른 것처럼 말했다.

"조금 전에 말씀드린 애착 장애의 일면으로 입을 다물고 있을 가능성도 있습니다. 한마디로 어른들을 믿지 못하는 겁니다."

"그렇군요. 그저 마음을 닫고 있을 뿐일지도 모르겠네요."

유이치는 신중히 대답했다. 경찰이 아이를 찾아 보호했을 때 유이치는 소타와 오랜 시간에 걸쳐 차분히 면담했다. 물론 그때도 아무리 말을 걸어도 입을 열지는 않았다.

그 아이는 사려 깊은 눈을 지녔다. 날카로운 눈빛으로 상대를 관찰했다. 가혹한 환경에 있어서 그런지 머릿속에서 어른을 두 종류로 나누는 것처럼 보였다. 자신에게 해를 입힐 사람인가, 아닌가. 그 아이에게는 오직 그뿐이다. 자기 자신을 지키기 위해 기른 슬픈 능력일 것이다.

"저……."

시호가 조용히 끼어들었다.

"혹시 누군가가 소타를 보살피고 있는 게 아닐까요?"

"그게 무슨 말이죠?"

고다가 즉시 물었다. 시호는 평소와 다르게 자기 의견에 별로 자신이 없어 보였다.

"아, 이건 그냥 제 직감인데요. 그 아이는 말을 하지 않고 혼자 돌아다니면서도 어디선가 밥은 얻어먹는 듯해서……."

"그러고 보니 고다카라마치에서 발견했을 때도 뭔가를 허겁지겁 먹고 있더군요."

경찰이 허공을 보고 기억을 더듬으며 말했다.

"아니, 보살핀다고 할 수준은 아닐지도 모르죠."

시호는 마음을 가다듬고 다시 말을 이었다.

"고다카라마치 4번지 일대에는 주로 저소득층 가정이 모여 있는데 서로 도우며 살아가거든요. 인심도 후한 편이고요. 홀쩍 동네에 찾아온 아이를 자기 아이처럼 귀여워해 줬을 수도 있지 않을까요?"

"어른들은 그럴 수 있겠지만 그래도 걱정입니다. 거긴 비행 청소년들도 많은 곳이라."

이 거친 도시에서는 초등학교, 중학교 때부터 이미 아이들 사이의 상하 관계가 확실히 형성된다. 철들 무렵부터 그런 위계질서에 자연스럽게 편입되는 것이다. 학교를 빼먹고 밤 늦게까지 밖에서 놀며 경범죄를 저지르기도 한다. 그러면서 점점 더 어두운 세계에 발을 들여놓는다. 정해진 코스다.

"요새는 고다카라마치도 다국적화됐으니."

더 혼란스러운 지역이 되고 말았다. 어쨌든 말도 제대로 못 하는 여섯 살 아이가 발붙일 곳은 아니다.

참석자들이 암담한 얼굴로 침묵에 잠겼다. 여기서 아이들의 건전한 육성을 생각하면 먼저 환경을 바꿔야 한다. 매번 회의 때마다 그런 결론에 도달한다. 유이치는 이따금 하늘에서 계속 내리는 눈을 빗자루로 쓰는 것과 비슷한 일이라고 생각했다. 그래도 아동 상담소와 아동 가정 지원 센터의 존재 의의는 있을 것이다.

아이들은 소리 없이 비명을 지르고 있다. 예컨대 소타처럼 말을 못 하는 아이도.

소타와 마주 앉았을 때 느낀 그 아릿한 감촉을 떠올렸다. 자기방어, 그리고 주변을 향한 은밀한 적개심. 고작 여섯 살 아이에게서 꼭 세상을 혼자 살아가기로 결심한 사람 같은 차가운 격정이 느껴졌다.

그 뒤로 두 건의 케이스를 더 검토하고 회의가 끝났다.

다른 직원들과 함께 아동 상담소로 돌아와 보니 난리가 나 있었다. 일시 보호소에서 보호 중인 아이의 부모가 상담소에 찾아온 것이다.

열한 살 남자아이의 허벅지에 생긴 심한 화상을 보고 학교에서 아동 상담소에 통보했다. 학교에 가 아이에게 직접 이야기를 듣고서 어머니의 재혼 상대에게 반복적으로 학대당하고 있던 것이 밝혀졌다. 학교 보건 교사가 몸의 다른 곳들을 확인하자 등에도 담뱃불로 지진 듯한 상처가 여러 개 있었다. 아이가 말하기를 허벅지에 생긴 화상은 화가 난 아빠가 엄마가 쓰는 다리미를 갖다 대서 생긴 거라고 했다.

"아버지가 왜 그런 행동을 했을까?"라고 묻자 아이는 자신이 약속을 어길 때마다 아빠가 자주 그렇게 벌을 준다고 대답했다.

"아팠지?"

보건 교사가 치료해 주면서 묻자 아이는 그제야 "아팠어요" 하고 처음으로 눈물을 흘렸다고 한다. 그전까지 분명 꾹 참아 왔을 것이다. 그런 자초지종이 학교를 통해 전달됐다.

아동 상담소는 곧장 직권 보호를 발동해 학교에서 일시 보호소로 아이를 데려갔다. 부모에게 연락하니 아이 엄마는 이해하고 동의했다고 한다. 그러나 일하러 간 의붓아버지에게 그 사실을 전하자 화를 내며 보호소에 들이닥친 것이다.

"야! 마사키 얻다 뒀어! 지금 바로 데려갈 테니 데려와!"

"지금은 보호소에 입소한 아이를 만나실 수 없습니다. 조만간 다시 연락드릴 테니 오늘은 이만 가 주십시오."

일시 보호소의 남자 직원인 셋쓰가 단호히 말했다. 공사장 작업원 옷을 입고 온 아버지는 얼굴을 벌게져서 셋쓰에게 따지고 들었다.

"헛소리하지 마! 지금 당장 데려와!"

"너무하시네요. 학교에서 곧장 아이를 데려가다니. 이건 유괴 아닌가요?"

어머니도 옆에서 가세했다.

"그러니까 앞으로의 일은 나중에 상의하시죠."

"시끄러워! 데려오라고 했지!"

셋쓰의 멱살을 움켜잡는 아버지와 셋쓰 사이에 유이치가 끼어들었다.

"진정하십시오, 아버님."

소장도 옆에서 아버지의 손을 붙들었다. 그러나 남자는 점점 더 흥분했다.

"부모한테 한마디 말도 없이 아이를 데려가다니! 그런 더러운 짓거리가 어딨어!"

"그 화상을 보고 그냥 내버려 둘 수는 없었습니다. 등에도 오래된 화상 자국이 여러 개 있었고요."

"그게 뭐! 그게 우리 집 훈육 방식이야! 원래 말귀를 못 알아먹고 거짓말하는 녀석들한테는 따끔한 맛을 보여 줘야 해! 우리 아버지도 나한테 그 정도는 했어!"

학대는 악순환이기도 하다. 침을 튀기며 고래고래 소리치는 남자에게서 죄책감이라곤 찾아볼 수 없었다. 훈육이라는 이름의 나쁜 관습이 계속해서 이어져 내려오는 것이다.

어쨌든 일시 보호소에서 보호 중인 아이는 보호자와 면회가 제한된다고 설명했다. 긴급 대피격으로 보호 조치된 아이들은 웬만해서는 일시 보호소에서 나가지 않는다. 학교에도 못 간다. 등하굣길에 부모가 몰래 데려갈 수도 있기 때문이다. 배움의 기회를 잃고 자유롭지 못한 생활을 강요당하는 탓에 보호소에는 원칙적으로 두 달만 있을 수 있다.

면담실로 장소를 옮겨 보호 중인 아이는 데려갈 수 없다고 거듭 말했다. 우리가 아이를 왜 보호했는지, 앞으로의 절차는 어떻게 진행되는지도 정중히 설명했다. 남자는 납득하지 못하고 설명 도중에 여러 번 화를 냈다. 아내는 남편에게 꼼짝 못 하는 듯 보였다. 어쩔 줄 몰라 하는 아내에게 남편이 호통을 치자 여자는 울음을 터뜨렸다.

"이게 다 네가 애를 똑바로 키우지 않아서 이렇게 된 거잖아! 대체 아이가 얼마나 못 배워먹었길래 그렇게 말을 안 들어!"

"아니야. 나도 최선을 다하고 있어."

아내는 손수건에 얼굴을 묻고 오열하기 시작했다.

"도대체가 말을 들어 먹어야지 원."

부부가 나누는 대화를 듣고 현재 아이가 처한 상황을 대략 짐작할 수 있었다. 아무래도 이 남자는 훈육이라는 구실로 아이를 계속 학대하고 있을 거라고 유이치는 추측했다. 베테랑 케이스 워커인 소장과 고다도 그것을 꿰뚫어 본 듯했다.

"어쨌든 지금은 아이를 만나게 해 드릴 수 없습니다. 오늘은 이만 돌아가 주세요."

몸을 일으켜 의연하게 말하는 고다 앞에서 남자는 마지못해 고개를 끄덕였다.

"그래. 오늘은 이만 가 주지. 어차피 다음에 또 올 거니까."

남자는 아내를 일으켜 세우고 질질 끌고 가듯 함께 면담실에서 나갔다.

"면담일은 상의해서 결정합니다. 오늘처럼 불쑥 찾아오셔도 대응 못 해드려요."

고다가 두 사람의 뒷모습을 향해 말했다.

"뭐라고?"

남자가 고개를 휙 돌렸다.

고다는 겁먹지 않고 남편 옆에서 목을 잔뜩 움츠린 아내를 향해 말했다.

"어머니. 다음에 오실 때는 아이 갈아입을 옷 좀 챙겨서 와 주세요."

남자가 이를 부드득 갈았고 여자는 힘없이 고개를 끄덕이고 면담실을 나갔다.

고다는 힘을 소진한 것처럼 의자에 털썩 주저앉아 "하아" 하고 요란하게 한숨을 내쉬었다. 소장이 그녀의 어깨를 툭툭 두드리고 사라졌다.

"아이 상태는 좀 어때?"

고다는 피로에 찌든 얼굴을 두 손으로 감싸며 셋쓰에게 물었다.

"울거나 칭얼거리지는 않더군요. 뭐가 뭔지 모르는 것처럼 멍하게 있습니다."

반복적으로 학대당한 아이는 자신의 감정을 표현하는 횟수가 줄고 표정도 빈약해진다. 부디 그런 게 아니기를 유이치는 속으로 빌었다.

셋쓰는 "오늘은 숙직이니 잘 지켜보겠습니다" 하고 면담실을 나갔다.

"과장님. 오늘 일은 제가 보고서를 작성해 두겠습니다."

유이치가 그렇게 말하자 고다는 어렴풋이 미소 지었다.

"응, 부탁해."

일시 보호는 시작에 불과하다. 앞으로 아이의 생명을 지키기 위해 조사, 진찰, 부모 면담, 검토 회의, 여러 기관과의 조정 등 할 일이 산더미처럼 많다. 오늘처럼 보호한 아이의 부모가 찾아와 거칠게 항의하거나 저항하는 경우도 드물지 않다. 그러나 케이스 워커들은 어떻게든 부모와 관계가 단절되지 않도록 늘 노심초사해야 한다.

아이가 돌아갈 곳은 결국 집이다. 그러기 위해서는 부모가 바뀌어야 한다. 아동 상담소의 의견과 조언을 듣게 하려면 최대한 부모와 원만한 관계를 구축해야 한다. 아이를 빼앗겼다고 생각하는 부모에게 어떤 험한 소리를 들어도 상대를 이해하고자 노력해야 한다.

이곳에서는 비슷한 일이 수없이 반복된다. 학대 초기 대응팀을 이끄는 고다는 고생이 이만저만 아닐 것이다.

"그럼 미안하지만 난 먼저 가 볼게."

"고생하셨습니다."

유이치가 집무실로 돌아가자 고바야시가 모니터에서 고개를 들고 히죽 웃었다.

"또 야근? 넌 무슨 일이든 다 맡으려고 나서니 뭐 당연한가."

160

"괜찮아. 어차피 집에 가 봐야 아무도 없고."

"결혼은 대체 왜 안 하는 거야?"

그 물음에 유이치는 어정쩡하게 미소 짓고 컴퓨터를 켰다.

"유이치 씨는 결혼을 왜 안 하세요?"

똑같은 질문을 시호에게도 받았다.

"네?"

유이치는 당황해 옆을 걷는 시호를 돌아봤다. 이시이 소타의 집을 방문하고 돌아가는 길이었다. 집 앞까지 차를 몰고 갔지만 아이 아버지에게 "거기에 차 대지 마"라고 한 소리 들었다.

그래서 조금 떨어진 곳에 차를 세웠다. 아버지는 누가 봐도 초조해 보였고 소타에게 발달 장애 검사를 받아 보게 하자는 제안도 딱 잘라 거절했다.

"지금 우리 아들이 장애아라는 거야?"

아버지는 현관에 나와 버럭 소리쳤다.

"아뇨, 그게 아니라 아이가 혼자 여기저기 돌아다니는 행동을 보면 그럴 가능성도 한번 생각해 보셔야 할 것 같아 드리는 말씀입니다."

"말도 늦어지는 것 같으니 일단 제대로 진찰을 받아 보고……."

"쓸데없는 짓 하지 마!"

"그럼 아이를 한번 만나 볼 수 있을까요?"

"다시 처가에 맡겼어."

유이치와 시호는 눈빛을 교환했다. 두 사람은 이곳에 오기 전 소타의 외조부모가 도쿄에 산다는 이야기를 듣고 그들이 소타를 맡을 가능성은 낮을 것이라 추측했다. 망설이는 아이 어머니에게 끈질기게 연락처를 물어 직접 확인했다. 아무래도 아이가 집에서 사라지면 이 남자는 아이를 찾아보지도 않고 이렇게 둘러대는 듯했다. 그러나 정면에서 거짓말을 지적해 봐야 분개하고 반발만 할 것이다. 유이치가 그렇게 결론 내린 순간 시호가 입을 열었다.

"아버님. 소타의 외조부모님은 손자를 벌써 1년 넘게 못 만났다고 하시던데요."

"뭐?"

아니나 다를까 남자의 안색이 싹 바뀌었다.

"지금 무슨 헛소리를 하는 거야? 나 몰래 처가에 전화했어?"

"네, 확인했어요."

시호도 발끈한 것처럼 되받아쳤다.

"댁들은 일을 원래 그런 식으로 해? 남의 집안일에 파고들어서 들쑤시는 게 취미야?"

162

"저희는……."

말이 슬슬 격해지려는 시호를 제지하고 유이치가 앞으로 나섰다.

"죄송합니다. 기분 상하셨다면 사과드립니다. 하지만 이게 저희 일이고 전부 아드님을 위해서 이러는 것이지 이시이 씨의 집안에 풍파를 일으킬 생각은 결단코 없습니다."

"자꾸 귀찮게 굴지 말고 그냥 가."

아버지는 마당에 우뚝 서서 목소리를 깔고 말했다. 이제는 상대하기도 싫다는 것처럼 보인다. 전에도 몇 번 그와 대화를 나누며 깨달은 사실인데 이 남자는 매사 뭔가에 잘 집중하지 못한다. 머리끝까지 화를 내도 시간이 지나면 자포자기한다. 그래서 본인 일도 오래 이어 가지 못하고 육아 역시 내팽개친 것이 아닐까. 그때 집 안에서 어린아이 울음소리가 들렸다.

"저, 그래서 소타는 지금 어디에?"

"내가 어떻게 알아!"

아버지는 감정 섞어 외쳤다.

"아이들은 원래 밖에서 놀잖아!"

"그럼 돌아오면 연락해 주시겠습니까? 소타를 직접 만나 확인하고 싶어서요."

"당신이 뭔데 확인해?"

그는 마당 흙바닥에 침을 퉤 뱉었다.

"어차피 만나 봐야 걔는 말도 안 해."

"그래서 검사를 받아 보게 하자는 겁니다."

"말을 못 하는 게 아니야. 그냥 심통을 부리느라 말을 안 하는 거지. 난 다 알아."

"그러니 그 부분도 검사를 통해 정확히 확인을……."

아무리 설득하고 부탁해도 남자는 절대 '그래'라고 하지 않았다. 두 사람을 매섭게 노려볼 뿐이다.

"그럼 밤에는 분명 돌아오겠죠?"

시호가 다그치듯 묻자 아버지의 눈이 순간 허공을 맴돌았다.

"설마 부모님도 모르는 곳에서 혼자 밤을 새우거나 자는 건 아니죠?"

시호는 남자의 눈치 따위 보지 않고 계속 캐물었다.

"그럴 리 있나."

목소리에서 힘이 약간 빠진 느낌이다. 유이치는 놓치지 않았다.

"저희로서는 아이의 얼굴을 직접 보고 확인하는 게 원칙입니다. 죄송하지만 아버님 이야기만 믿고 일을 처리하는 건 위에서도 납득하지 않아서요. 모쪼록 부탁드립니다."

유이치는 깊숙이 고개를 숙였다. 시호는 흠칫 놀라며 유이치를 보더니 자신도 한 박자 늦게 허리를 숙였다.

"홍."

남자의 표정이 경멸로 가득 차 있다.

"당신들도 일이니까 어쩔 수 없이 이러는 거지? 속으로는 개한테 관심 따위 없잖아."

"그렇지 않아요!"

시호가 고개를 번쩍 들고 소리쳐서 유이치는 옆에서 말렸다. 아이가 집에 오면 연락해 달라고 한 번 더 호소하고 두 사람은 집을 뒤로했다.

집을 나서자마자 푸념을 늘어놓을 것이라 예상했지만 시호는 발걸음을 떼며 심각한 얼굴로 생각에 잠겼다. 그러더니 느닷없이 "유이치 씨는 결혼을 왜 안 하세요?"라고 물은 것이다.

유이치가 말없이 있자 시호도 그 이상 묻지는 않았다. 대답을 기대하고 물은 것도 아닌 듯했다.

"전 자주 그런 말을 듣거든요. 결혼도 안 하고 아이도 없는 주제에 네가 부모 마음을 알겠냐고요. 저 같은 새파란 여자한테는 훈계 듣고 싶지 않다고도."

"그건 아닌 것 같은데."

유이치가 느긋하게 반응하자 시호는 더 상처받은 듯한 표정을 지었다.

"아이도 없는 제가 남의 아이를 걱정해 봐야 진심이 전해지지 않겠죠."

시호는 힘없이 한숨을 내쉬었다.

"제가 부모들을 잘 설득하는 것도 아니고요. 말하다 보면 저도 모르게 감정이 섞여요. 동료들은 이런 제가 얼마나 한심할까요."

심지가 굳은 줄 알았던 그녀로서는 보기 드문 약한 모습이었다.

"저희 센터장님도 그러더라고요. 시호 씨는 처음부터 부모를 가해자처럼 대한대요. 그런 마음이 금방 상대에게도 전달될 거라고……."

"부모가 가해자고 아이는 피해자라는 식으로 말이죠?"

시호는 자신의 발끝을 바라보며 힘없이 고개를 끄덕였다.

"절대 그럴 의도는 없는데 말이죠. 전 그저 불쌍한 아이를 돕고 싶은 마음에……."

"불쌍한 아이?"

"네. 특히 이곳 다마가와시 바다 옆 마을에 사는 아이들은 비참한 환경에서 살잖아요. 시 공무원이 된 뒤로 제가 접한 실태들이 너무 충격적이라……."

다마가와역 북쪽의 '뉴타운'이라 불리는 주택가에서 태어나고 자란 사람들에게 이곳은 별세계처럼 느껴질 수 있을 것이다.

"그건 좀 과장 같은데."

유이치는 하늘을 올려다보며 웃음을 터뜨렸다. 바다 쪽에서 흰 연기를 내뿜는 공장 굴뚝이 보였다.

"그야 뭐, 물론 결코 좋은 환경이라 할 수는 없겠지만 그렇다고 불쌍하다는 건, 글쎄요."

"부모들이 아이를 제대로 양육하지 않고 심지어 어떨 때는 힘을 써서 아이가 말을 듣게 하잖아요. 그런 건 부모의 교만 아닌가요?"

시호는 볼에 바람을 넣고 화가 난 것처럼 말했다.

"우리 인류는 아이들에게 가장 좋은 것을 줘야 할 의무가 있어요. 맞죠?"

그러더니 과거 UN 총회에서 채택된 '아동 권리 선언'을 입에 담았다.

"제가 시 공무원이 되어 사회 복지 사무소에 처음 배치됐을 때……."

고개를 숙인 채 걸으며 말을 잇는다.

"부부가 두 분 다 몸이 좋지 않아서 일을 못 하는 가족을 만난 적이 있어요. 생활 보호 대상자로 지정돼 있었고 아이가 두 명 있는 가정이라고 생각했죠. 하지만, 아니었어요."

유이치는 말없이 이야기에 귀를 기울였다.

"실제로는 아이가 세 명 있었어요. 지적 장애가 있는 첫째 아이가 집 안 방에 거의 감금돼 있었죠. 심지어 그 아이는 출생 신고도 하지 않은 상태였어요. 유이치 씨도 아실지 모르겠지만…….”

듣고 보니 짚이는 바가 있었지만 입 밖에 꺼내지는 않았다. 그 아이는 열두 살이 돼서야 처음 호적을 취득했고 지금은 아동 심리 치료 시설에서 생활하고 있다.

“보건소는 물론 복지 사무소, 아동 상담소와 교육 위원회까지 전부 그 아이의 존재 자체를 모르고 있었어요. 여자아이였는데, 걔는 엄마 아빠, 형제 외에 그 어떤 사람과도 말을 해 본 적이 없다고 하더라고요. 그게 말이나 되나요?”

“그래서 그 아이는 피해자고 불쌍한 아이다?”

“아닌가요?”

시호는 도발적인 눈빛으로 유이치를 봤다.

“뭐 그게 맞겠죠.”

유이치는 금세 꼬리를 내렸다.

“그런데, 글쎄요. 그 아이 스스로는 어떨까요? 자기 자신을 불쌍한 아이라고 생각할까요?”

시호가 고개를 들어 눈을 크게 떴다.

“그리고 지금은 시설에 있다지만, 그래도 역시 가족과 함께 살고 싶지 않으려나요.”

“그럴 수도 있겠지만 그렇다고 집 안에 갇히는 것보다는 훨씬 낫잖아요.”

"네. 시호 씨의 생각이 옳겠죠. 하지만 옳은 것이 꼭 그 아이에게 최선이라 단언할 수는 없죠."

"그럼 그 아이에게 최선이 대체 뭔가요?"

시호는 잠시 망설이다가 감정이 실린 목소리로 물었다.

"당연히 가족과 함께 사는 것 아닐까요. 지난번에도 말했지만 아무리 열악한 환경에 있어도 아이들은 날 때부터 부모의 사랑을 바라는 유전자를 갖고 있습니다. 온몸이 멍과 상처투성이인 아이도 보호사들이 찾아가면 자기가 넘어져서 다친 거라고 우기곤 하죠. 진실을 입에 담는 순간 부모와 떨어지게 될 거라 본능적으로 느끼는 거예요."

"날 때부터 아이들에게 부모의 사랑을 바라는 유전자가 새겨져 있다면……."

시호는 멈춰 서서 턱을 살짝 들었다.

"부모들에게 아이를 사랑하는 유전자는 없나요?"

유이치는 흐음, 하고 신음했다.

"유이치 씨는 아이가 집 안에 갇혀 있을 때가 더 행복했다고 보시는 거예요?"

"어렵군요. 하지만 그런 관점도 가지는 게 중요할지도 모르죠. 불쌍하다는 건 남의 시선에서 보는 감정이니까요. 센터 장님이 그때 하신 말씀도 그런 뜻이 아니었을까 싶습니다."

시호는 눈을 부릅뜨고 입술을 꾹 깨물었다.

"뭐 저도 그런 쪽은 아직 연구 중입니다."

"유이치 씨는 왜 현 공무원이 되신 건가요?"

"흐음⋯⋯."

잇달아 질문을 퍼붓는 시호 앞에서 유이치는 머뭇거렸다.

"그냥 공무원이 되고 싶었습니다. 공무원은 안정적이니까요. 굶어 죽을 걱정도 없고."

그러자 시호는 실망과 경멸이 뒤섞인 표정을 지었다.

"그럼 그냥 우연히 아동 상담소에 들어가셨나 보네요."

"네. 뭐 그런 셈이죠."

"알겠어요."

시호는 차를 향해 걷기 시작했다. 유이치도 황급히 그 뒤를 쫓았다.

하레가 스케이트보드를 타고 지면을 박찼다. 자기 몸집만 한 보드를 능숙하게 다루며 콘크리트 땅을 미끄러져 간다. 물론 나이 많은 형들처럼 화려한 트릭을 선보이지는 못하고 그저 일직선으로 달릴 뿐이지만 얼굴은 환하게 반짝이고 있다. 머리카락이 바람에 흩날리고 신난 것처럼 들뜬 목소리를 내고 있다.

"하레! 돌아오렴!"

나기사가 외쳤다. 그 소리를 듣고 중심을 바꿔 턴을 한다.

"우리 하레, 이제 잘하네."

"더 연습하면 우리 크루에 끼워 줄게."

카이가 도로 옆 돌계단 장애물 위에서 풀쩍 점프했다.

"하레는 그냥 평평한 길만 달려도 돼."

나기사가 제자리에 서서 말했다.

뒤에서 환호성이 들렸다. 누군가가 '카발레리얼*'이라는 기술에 성공한 듯하다. 두 그룹이 모여서 일대일로 트릭 대결을 펼치고 있다.

"애들은 빨리 달리기만 해도 재밌어하니까."

"그래?"

나기사가 땅바닥에 주저앉자 카이도 그 옆에 앉았다. 두 사람 앞을 하레가 보드를 타고 여러 번 왔다 갔다 했다.

"뭐야, 쟤. 잘 타네."

카이와 같은 크루에 있는 오모토 야스나리라는 친구가 다가와 말했다.

"누구야?"

카이는 어깨를 으쓱하며 대답했다.

---

* 공중에서 360도 방향을 바꿔서 착지하는 기술.

171

"글쎄. 나도 몰라."

"모른다고? 너랑 붙어 다니던데?"

"그냥 계속 따라오더라고."

"아, 그렇구나."

야스나리는 더 캐묻지 않고 웃으며 다른 곳으로 가 버렸다.

하레는 지금도 이따금 자취를 감췄다가 다시 나타난다. 여전히 매일 배고파 보이고 차림새도 후줄근하지만 나기사는 하레를 귀여워했다. 카이도 이제는 깊이 생각하지 않기로 했다. 카이와 나기사를 둘러싼 주변 환경도 조금씩 변화하고 있었다.

심심풀이로 시작한 스케이트보드를 진지하게 타는 아이들이 늘었다. 다양한 트릭에 성공하는 모습을 비디오카메라로 찍어 스포츠용품점에 주면 그중에서 실력이 뛰어난 극히 소수의 아이들의 영상이 스포츠용품 회사의 눈에 들었고, 그러면 그 영상과 사진이 광고로 쓰이거나 전문 잡지 등에 실려 용돈 정도의 돈을 벌 수 있었다.

영상에 거의 스치듯 짧게 나와도 친구들 사이에서는 영웅 취급을 받았다. 그러나 시간이 갈수록 스케이트보드에 푹 빠져 사는 카이를 건축 사무소 사장은 달가워하지 않았다.

"인마, 생각 좀 하고 살아라. 언제까지 어린애처럼 굴래?"

사장은 아르바이트가 아닌 정직원으로 고용해 줄 테니 본

격적으로 미장 기술을 전수받으라고 했다. 대신 일을 시작하면 보드 같은 걸 탈 시간이 없을 거라 못을 박았다. 카이는 사장의 제안에 한 치의 망설임도 없이 "아뇨. 전 아르바이트로 충분해요"라고 대답했다가 하마터면 한 대 쥐어박힐 뻔했다.

프로 스케이트보드 선수가 될 마음은 없었다. 그저 각오가 아직 서지 않았다. 자신이 일본인인지 필리핀인인지 아직 잘 구분이 안 되는 것처럼 확실히 결정할 수 없었다. 아무것도 아닌 자신은 그냥 길거리에서 스케이트보드나 타는 게 어울리지 않을까 하는 생각도 들었다. 하레가 화려한 트릭이 아닌 그저 평지를 빨리 달리는 것에 심취해 있는 것처럼.

아르바이트가 없는 날에는 주로 스케이트보드를 타는 친구들과 창고 거리에 모였다. 그곳에 가면 누군가는 꼭 보드를 타고 있었다. 카이는 머리를 비우고 보드를 타고 친구들과 농담을 주고받는 시간을 잃고 싶지 않았다.

그중에서도 야스나리는 유독 마음이 잘 통하는 친구였다. 비슷한 시기에 보드를 타기 시작해 실력도 엇비슷했다. 재일 한국인인 야스나리는 주택이 빽빽이 들어선 코리아타운에 살았다. 야스나리泰成라는 일본 이름이 있고 외모도 일본인 그 자체지만 그 역시 일본인 사회에 완전히 섞이지 못하는 뭔가를 지닌 채 버거워하고 있었다.

차별당하며 가난 속에서 고생스럽게 살았던 재일 1세 할아버지가 평소 일본인을 나쁘게 말하는 걸 듣고 자랐다고 하지만 정작 야스나리는 무척 마음씨 좋은 녀석이었다. 학교에서는 가끔 놀림과 멸시의 대상이 됐지만 애초에 재일 한국인이 많은 지역이라 그런지 대수롭지 않게 넘겼다.

"나한테 김치 냄새가 난다는 녀석한테 넌 낫토 냄새가 난다고 하니 놀라서 입을 틀어막더라. 그날 아침에 정말 낫토를 먹고 온 거야. 걔는 졸업할 때까지 낫토라는 별명으로 불렸어."

그는 가끔 자못 즐겁게 웃으며 자신의 경험담을 들려줬다.

야스나리는 그렇게 일본인들의 편견을 잘 받아넘겼지만 안타깝게도 재일 한국인 친구들에게도 따돌림을 당했다. 야스나리의 할아버지는 전쟁이 끝난 후 소주를 밀조해 한몫 챙겼고 한국인과 조선인들을 상대로 고리대금업을 하던 시절도 있었다고 하는데 이 지역 공장 노동자들의 못된 버릇인 '음주', '도박', '과소비'에 빠져 결국 모아 둔 돈을 전부 탕진하고 말았다고 한다.

지금은 늘 때가 찌든 러닝셔츠를 입고 땀을 뻘뻘 흘리며 일해서 돈을 벌고, 또 어느 날에는 길가에서 도박을 하며 다른 동포들에게 돈을 뜯어낸다고 했다. 한마디로 재일 한국인 사회에서도 그는 눈엣가시 같은 존재였던 것이다.

야스나리는 스케이트보드를 타며 드문드문 카이에게 그런

이야기를 들려줬다.

나기사가 카이네 집으로 오게 된 경위도 야스나리에게는 털어놓았다. 나기사가 친오빠에게 당한 이야기를 듣자 야스나리는 얼굴이 파랗게 질렸다.

"말도 안 돼."

야스나리는 그렇게 중얼거리고 입술을 깨물었다.

"어떻게 그럴 수가 있지? 그럼 나기사는 앞으로 무슨 일이 있어도 엄마가 될 수 없는 거야?"

야스나리가 그런 질문을 던질 줄은 몰랐다. 핏줄을 유독 각별하게 생각하는 민족이어서일까. 카이는 친구의 옆얼굴을 빤히 쳐다봤다.

얼마 뒤 그 이유를 야스나리의 입을 통해 직접 듣게 되었다. 그의 어머니는 남편과 결혼하기 위해 한국에서 일본으로 넘어왔지만 이곳에서의 삶에 좀처럼 적응하지 못했다. 야스나리를 낳은 후 건강을 잃었고, 딸을 하나 더 낳고 싶어 했지만 그 뒤로 10년간 아이를 얻지 못했다. 10년 만에 염원하던 임신에 성공한 후에도 정신적으로 불안정해 매일매일 울거나 소리치며 위태로워 보였다고 한다.

그래서인지 아이는 태어난 지 고작 나흘 만에 죽었다. 딸이었다. 아이의 몸에 자그마한 치마저고리를 입혀 조막만 한 관에 넣어서 화장했다. 장례식 내내 어머니는 반미치광이처럼 울부짖었다고 한다. 그리고 그 일을 겪은 후 그녀의 상태는 더욱 안 좋아졌고 기이한 행동이 점차 눈에 띄게 되었다.

어느 날 갑자기 고향에 돌아가겠다면서 짐을 싸고 정처 없이 전철에 올라탔다. 한국에는 이제 그녀를 맞아 줄 부모 형제도 없는데 "여기는 내가 있을 곳이 아냐!"라며 부르짖었다고 한다. 또 어떤 날에는 야스나리에게 "네 동생이 사라졌으니 찾아오렴"이라고 지시하기도 했다. 걔는 이미 죽었다고 아무리 설명해도 어머니는 납득하지 않았다.

그런 그녀의 태도에 시아버지와 남편이 한탄이라도 하면 한국어로 고래고래 소리를 지르며 말싸움을 했다.

"여자들한테 아이를 낳는 건 우리가 상상하는 것보다 훨씬 숭고하고 대단한 일인 것 같아. 엄마는 아예 다른 인종이라고들 하잖아."

야스나리는 치마저고리를 입힌 어린 딸을 끝까지 관에 넣지 못했던 어머니의 무서운 집념을 보며 놀랐다고 했다.

"갓 태어난 딸을 잃은 날부터 엄마의 시간은 멈춰 버렸어. 내가 바로 앞에 있어도 난 눈에 들어오지도 않을걸."

충동적이고 난폭한 할아버지와 아버지, 그리고 아들을 무시하는 엄마. 야스나리는 집 안에 있어도 늘 발붙일 곳이 없었다.

카이에게 속을 터놓고 이야기할 수 있는 친구는 야스나리

뿐이었다. 카이와 야스나리 둘 다 어디에도 속하지 못했고, 그래서 뚜렷한 정체성 없이 둥둥 떠다니며 그때그때의 상황에 맞춰 살아갔다.

중학교를 졸업한 야스나리는 가끔 할아버지의 폐지 수거 일을 도우며 스케이트보드에 몰두했다. 고통으로 가득 찬 집과 학교라는 틀에서 벗어나 보드를 타고 씽씽 달렸다.

눈앞에서 야스나리가 또다시 콰당 넘어졌다. 그 모습을 보고 카이는 웃음을 터뜨렸다.

"난 프로 스케이트보드 선수가 될 거야!"

야스나리가 땅바닥에 벌렁 드러누운 채 외쳤다.

"뭐? 네가 프로가 될 수 있으면 아무나 다 되겠다!"

뒤에서 누군가가 큰 소리로 야스나리를 놀렸다.

"하레, 따라와!"

카이는 모자를 뒤집어쓰고 암벽을 향해 스케이트보드를 달렸다. 하레는 빌린 보드를 주인에게 돌려주고 그 뒤를 쫓아왔다. 한 박자 늦게 나기사도 따라왔다. 카이는 바다 바로 앞에서 보드에서 내렸다. 탁하고 걸쭉한 바다에서 기름 냄새가 풍겼다.

우뚝 솟은 굴뚝 너머 운하에 커다란 석양이 지고 있었다. 카이는 옆에 선 하레를 내려다봤다. 하레도 얼굴이 붉게 물든 채 말없이 바다를 바라보고 있다. 이 녀석은 속으로 무슨 생각을 할까. 멋대로 여기저기 돌아다니며 웃지도 울지도 말하지도 않고 그저 우리 옆에 붙어 있다. 우리에게 뭔가 끌리는 게 있는 걸까. 지금 이 순간 이 녀석은 즐거울까, 아니면 슬플까.

지금껏 이런 생각을 떠올린 적은 없었다. 아마 하레 자신도 잘 모를 것이다. 내가 누구인지. 뭘 하고 싶은지. 아직 이렇게 어린 꼬맹이니까.

"와! 무지 예쁘다!"

나기사가 달려와서 소리쳤다. 세 사람의 그림자가 암벽 위에 길게 늘어진다.

"오늘의 저녁해는 내일은 지지 않아."

카이가 그렇게 말하자 나기사는 의아한 듯이 카이를 봤다.

"그게 무슨 말이야?"

"매일매일 다른 석양이 지고 있어. 태양이 똑같이 지구를 한 바퀴 도는 것뿐이지만 매일 달라."

"헤에."

나기사는 우스운 것처럼 키득거렸다.

"같다고 생각하는 게 잘못된 거야."

"듣고 보니 맞는 말 같아. 오늘 우리도 내일이 되면 없잖아. 내일은 다른 세 사람이 여기 서 있겠지."

나기사는 들뜬 얼굴로 그렇게 말하고 "맑은 바다의 모래사장······" 하고 조용히 속삭였다.

변화는 다른 곳에서도 일어나고 있었다. 라이자가 오랫동안 일한 필리핀 펍에서 해고됐다. 그래도 먹고살아야 하니 다시 다른 펍에 들어갔지만 그곳은 공장 노동자들을 상대로 하는 싸구려 술집이라 전에 일하던 곳에 비해 수준이 많이 떨어졌다. 필리핀 사람이라고 해서 특별 대우를 받는 것도 아니고 이왕이면 필리핀인이 아닌 일본 여자가 좋다는 말도 들었다고 했다. 젊을 때는 예쁘고 쾌활해서 가게의 분위기메이커로 귀한 대접을 받았던 필리핀 여자는 이제는 그저 시끄럽고 시들어가는 중년 여자로 전락해 있었다.

이따금 술에 취한 영감들이 팁을 쥐여 주며 몸을 요구했지만 라이자는 그럴 때마다 단호히 거절했다.

"젠장! 너 같은 건 어차피 업소에서도 안 받아 줄 테니 용돈이라도 벌게 해 주려 했건만."

어떤 영감은 그렇게 심한 말도 내뱉었다고 한다.

"너 따위가 주는 용돈 필요 없어! 이 변태 영감탱이야!"

라이자는 그렇게 받아쳐 줬다고 웃으며 말했다. 눈가에 잡힌 자글자글한 주름 속에서 파운데이션 가루가 보였다.

수입이 줄자 라이자는 예전보다 더 술에 의지하게 됐다. 손님에게 술을 권하는 것보다 자신이 마시는 양이 늘어 손님들도 그녀를 멀리했다. 가게에서도 잔소리를 들으며 성격은 점점 거칠어졌다. 카이는 곤드레만드레 취한 어머니를 데리러 종종 가게까지 가야 했고, 그때마다 가게 주인에게 싫은 소리를 들었다.

"이제는 돌아가자, 카이. 필리핀으로 돌아가자."

카이의 등에 업혀 집에 돌아오면서 라이자는 울고 있었다. 그러나 카이에게 어머니의 나라는 '돌아가는' 곳이 아니었다. 다마가와시에서 살 것인가, 다른 곳에서 살 것인가. 둘 중 어느 쪽이건 지금처럼 여유롭게 지낼 수는 없을 것이 분명했다. 카이는 슬슬 어머니와 나기사를 먹여 살릴 걱정을 하고 있었다.

건축 사무소 사장에게 고개를 숙이며 전문 미장 업자가 되고 싶다고 했다. 사장은 일단 아르바이트생 상태에서 일할 기회를 늘려 주었다.

"네 근성을 아직 믿을 수 없어서 말이다."

그런 말을 듣고 푸념할 수는 없었다.

카이의 집 1층에 있던 망한 헌책방은 파워스톤*을 파는 가게가 됐다. 나이가 불분명한 여자가 취미로 가게를 운영하는 듯했다. 그녀는 머리에 터번을 두르고 아프리카 민속 의상

---

* 몸에 지닌 사람에게 특수한 힘을 준다는 속설이 있는 광물.

차림으로 가게에 나왔다. 밤이 되면 파워스톤 가게는 점집으로 변했고, 그 시간에는 손님이 꽤 많았다. 그래서 한가한 낮에는 나기사가 부탁을 받아 가게를 봐주게 되었다.

"정말 한가하네. 파리만 날리고 있잖아. 뭐 우리한테는 좋은 일이지만."

가게 안쪽에 있는 작은 다다미방에 나기사와 하레가 나란히 앉아 있을 때가 많았다. 계절이 슬슬 봄에서 여름으로 바뀌고 있지만 하레의 정체는 아직도 밝혀지지 않았다. 나기사는 일부러 고개를 돌리고 있는 것 같기도 했다. 하레가 어떤 아이인지 알아 버리면 친동생처럼 예뻐하는 하레를 놓아줘야 할지도 모른다고 생각하는 듯했다.

카이는 미장 감독에게 이곳저곳을 끌려다니며 일을 배웠다. 가끔은 하루 날을 잡아 현 밖에 나갈 때도 있었다. 1층에 있는 파워스톤 가게에서 일을 마친 나기사가 하레와 함께 2층 집에 올라가면 두 사람과 교대하듯 라이자가 출근했다. 그리고 나기사는 하레와 둘이 저녁을 먹고 하레가 계속 집에 있는 날에는 그대로 한 이불을 덮고 잤다.

하레는 나기사를 잘 따랐지만 여전히 말은 하지 않았다.

카이가 일 때문에 집을 비우고 하레도 집에 오지 않은 어느 날 새벽, 나기사는 라이자를 데리러 갔다. 라이자가 일을 마치고 돌아오는 길에 넘어져서 일어나지 못하고 있다는 연락을 받은 것이다. 서둘러 뛰어간 나기사의 눈에 라이자는 쓰러진 게 아닌 그저 술에 취해 거리에 드러누워 있는 것처럼 보였다. 가게 직원이 발견하기 전에 지나가다 라이자를 본 행인이 이미 경찰을 부른 상태였다.

아무리 힘을 써도 축 늘어져서 잠든 라이자를 데려갈 방법이 없었다. 묻는 말에 제대로 대답도 못 하는 걸 보니 넘어질 때 머리를 다쳤을 가능성도 있어 보였다. 경찰이 만약의 사태에 대비해 구급차를 불러 나기사는 병원까지 함께 갔고 결국 크게 다친 곳은 없는 것으로 판명됐다. 시간이 흐르자 취기가 가신 라이자는 병원에서 정신을 차렸다.

경찰은 라이자와 나기사의 관계를 캐물었다. 모녀도 아닌 두 사람이 왜 함께 사는지를 궁금해했다. 술집에서 일하는 필리핀 여자와 미성년자 소녀. 경찰이 의구심을 품는 것도 당연했다.

라이자는 서툰 일본어로 대충 넘기려 했지만 뜻대로 되지 않았다. 나기사도 경찰이 납득할 만한 이유를 찾지 못한 채 입을 다물었다.

결국 나기사의 친어머니가 경찰서에 호출됐다. 그녀는 초췌한 모습으로 아침놀에 물든 거리를 걸어왔다.

"이 아이가 댁의 딸이 맞습니까?"

"네, 맞아요."

"왜 딸과 다른 집에 살죠?"

"그게…….."

어머니의 시선이 허공을 맴돌았다.

"저분이."

경찰은 망연자실하게 한쪽 의자에 앉아 있는 라이자를 가리켰다.

"아들의 여자 친구라고 하던데요. 그래서 같이 산다던데 맞습니까?"

나기사의 어머니가 멍한 눈으로 라이자를 바라보자 스팽글로 뒤덮인 미니 원피스에 얇은 카디건을 걸친 라이자가 피식 웃음을 터뜨렸다.

카이가 집에 돌아왔을 때 집 안에서는 라이자 혼자 코를 드르렁드르렁 골며 자고 있었다. 나기사는 친어머니를 따라 집에 돌아갔다고 했다. 경찰은 결국 문제가 있는 것으로 결론 내고 나기사를 아동 위원의 보호 대상 명단에 올렸다.

나기사의 어머니는 청소년 범죄를 담당하는 경찰에게 앞으로 두 번 다시 딸을 그 집에 보내지 말라는 말을 들었다고 했다. 그러나 다음 날이 되자 나기사는 곧장 파워스톤 가게에 일하러 왔다.

"일을 그만둘 수는 없잖아요."

나기사는 상황을 확인하러 온 아동 위원에게 말했다.

"그럼 일이 끝나면 확실히 집에 돌아가렴."

아동 위원은 그렇게 약속을 받았다.

"나중에 보러 올 거야."

중년의 여자 아동 위원은 검은 뿔테 안경을 밀어 올리며 으름장도 놨다.

"앞으로 또 말썽 부리면 다마가와 남부 경찰서 소년과에 보고할 거다."

"내가 중학생 때는 힘들 때 제대로 상담도 안 해 줬으면서."

나기사는 카이에게 그렇게 투덜거렸지만 이제 와서는 어쩔 수 없는 일이었다. 나기사는 당시 겪은 끔찍한 일들을 다시 입에 올릴 마음이 없는 듯했다. 카이는 혹시라도 나중에 나기사가 또다시 친오빠의 먹잇감으로 전락하지 않을까 늘 노심초사했다.

"괜찮아. 이제는 예전의 내가 아니니까."

그런 카이 앞에서 나기사는 힘주어 말했다.

"지금 내 곁에는 카이가 있고 하레도 있어. 오빠 마음대로는 안 될 거야."

나기사는 작은 하레의 머리를 쓰다듬었다. 다시 훌쩍 집에 찾아온 하레는 불안해하는 얼굴로 카이와 나기사를 올려다봤다.

"하레."

카이는 문득 떠올라 입을 열었다.

"앞으로는 네가 나기사를 따라다니면서 나기사를 지켜."

"아! 그거 좋겠다!"

나기사가 들뜬 목소리로 외쳤다. 하레가 폴짝폴짝 뛰며 나기사를 뒤따라갔다.

나기사의 오빠는 여전히 무직 상태로 친구들과 어울리며 음주와 흡연, 약물에 빠져 살았다. 전과는 다른 그룹에 들어갔는지 두 팔 윗부분에 천사 문양 타투를 새겨 넣었다고 한다. 평소 생활비와 타투 비용은 어머니에게 뜯어내는 듯했다.

나기사가 마지못해 집에 돌아가는 건 그런 어머니를 동정하기 때문이었다. 몇 달 만에 만난 어머니는 전보다 더 초라하고 무기력해져 있었다.

"우리 엄마가 갚고 있는 빚은 대부분 아빠가 진 빚이야. 그런 빚을 왜 굳이 갚아야 해? 아빠를 찾아가서 직접 갚게 하거나 이혼 서류에 도장을 찍는 게 나아."

나기사는 씩씩거렸다. 카이를 만난 후 늘 밝은 라이자에게 긍정적인 영향을 받고 하레를 돌보면서 나기사는 강해졌다.

"경찰이나 아동 위원 아줌마를 찾아가서 상의해 봐야 도움도 안 돼. 부부의 일에는 개입할 수 없대. 그럼 내 일에는 대체 왜 개입하는 건데?"

나기사는 어느 날 파워스톤 가게 주인에게 자신의 미래를 점처 달라고 했다. 큼지막한 자수정 결정체를 응시하던 여주인은 긴 목을 쓱 들어 올리며 미소 지었다.

"넌 좋은 엄마가 되겠구나."

나기사는 그 말을 들은 순간 얼굴을 잔뜩 일그러뜨렸다. 여주인의 점괘는 완전히 빗나갔다. 나기사의 눈에 차츰차츰 눈물이 고이자 여주인도 자신이 뭔가 실수했다는 것을 깨달은 듯했다. 그녀는 안쓰러워하며 나기사에게 잘 맞는 스톤으로 팔찌를 만들어 주었다. 나기사를 지킬 강력한 힘이 깃든 스톤이라고 했다. 투르말린과 비취로 만든 것이었는데 비취에는 산스크리트어가 새겨져 있었다. 나기사는 팔찌를 보고 기분이 풀린 듯했고 그날 이후 하루도 빠짐없이 팔찌를 차고 다녔다.

"카이, 너 요새 무슨 일 있어? 보드 타러 오지도 않고."

길에서 카이를 만났을 때 야스나리가 물었다. 야스나리는 평소처럼 스케이트보드를 한 손에 들고 있었고 카이는 일을 마치고 돌아가는 길이라 머리에 수건을 감았고 작업복 차림이었다. 야스나리는 그런 친구의 모습을 신기한 듯 머리부터 발끝까지 훑어봤지만 별말 하지는 않았다.

"조만간 갈게."

"그래. 와."

카이는 자기 방 벽에 세워 둔 보드를 떠올렸다. 직접 파랗게 색칠하고 흰색 라인을 넣은 보드를.

이후 근처 자판기에서 캔 커피를 사서 야스나리에게 한 캔 건넸다. 두 사람은 길가에 쪼그려 앉아 말없이 캔을 땄다. 야스나리는 커피를 한 모금 마시고 잠자코 있다가 잠시 후 입을 열었다.

"난 말이지. 역시 한국인들이 싫어."

"갑자기 무슨 소리야?"

카이가 농담 섞어 가볍게 물어도 야스나리는 웃지 않았다.

"재일도 한국인은 한국인이야."

카이는 말없이 그의 이야기에 귀를 기울였다.

"감정을 있는 그대로 다 표출하잖아. 게다가 시끄럽고. 짜증 나."

야스나리는 비슷한 말을 전에도 한 적이 있었다. 걸핏하면 흥분해서 말싸움을 벌이고 감정 기복이 심한 가족들의 모습에 야스나리는 영 익숙해지지 않는 듯했다.

"평범한 대화를 할 때도 목소리가 엄청 크고 자주 다퉈. 뭔가 자제를 못 하는 느낌이야."

"그게 한국인들의 국민성 같은 거 아니야?"

카이는 다른 관점에서 보면 솔직하고 꾸밈이 없으며 인간미가 느껴진다고 볼 수 있다고 했다. 그러나 정작 한국에 뿌리를 둔 야스나리는 별로 납득하지 못하는 듯했다.

"혹시 무슨 일이라도 있었어?"

"아니, 아무 일도 없어. 평소랑 똑같아."

야스나리는 힘없이 미소 지었다.

"평소처럼 할아버지랑 아빠가 말다툼을 벌였고 옆집에 사는 할아버지가 말리러 왔어. 그 뒤로는 셋이 말다툼을 했고."

방 한구석에서 그런 광경을 멍하니 지켜보는 야스나리의 모습이 눈에 선했다.

"다음 날 집 밖에 나가니 이웃에 사는 일본인이 조선인들은 역시 시끄럽다고 썩 나가라고 하더라."

그럴 때 조선인이 아니라고 일일이 되받아치기도 성가시다. 이 역시 야스나리가 전에 투덜거리며 했던 말이다.

재일 한국인들은 일본에서 차별과 멸시를 당하면서도 긍지를 가지고 살아간다. 이 나라에 건너온 지 오래되어 이제는 거의 일본 사회 속에 다 녹아든 것처럼 보여도 그들은 엄연히 존재하고 있다. 재일 한국인의 역사는 길고, 그 안에서 소용돌이치는 감정은 복잡하고도 뿌리 깊다.

"어머니는?"

카이는 조심스럽게 물었다.

"엄마는 더 문제야. 요새는 교회에 틀어박혀서 울면서 하나님만 외치고 있어."

다마가와시 남부에는 작은 교회가 여러 개 있었다. 교회라고 해 봐야 건물이 으리으리한 건 아니고 그야말로 판잣집 같은 곳도 있다. 그런 곳이 한국과 필리핀, 브라질 등 각국 사람들이 모여 소통하는 커뮤니티 공간이 되었다. 야스나리의 어머니는 살아 있는 아들은 보지 않고 지금도 죽은 딸을 위해 통곡하고 있는 듯했다. 밑바닥에서 솟아오르는 감정에 몸을 맡긴 채.

비극에 휘말린 그녀는 자신의 감정에 빠져 주변을 보지 못하게 된 것이다. 그리고 불행한 사람은 건강한 아이를 낳지 못한 야스나리의 어머니뿐만이 아니었다. 귀여운 여동생을 잃은 건 야스나리에게도 큰 트라우마가 됐다. 임신해서 점점 배가 불러 오는 어머니 옆에서 생명의 신비와 기대감에 잔뜩 부풀었던 열한 살 아이. 이후 그를 덮친 상실과 비통. 늘 온화했던 어머니에게서 격렬하게 발산되는 감정은 아이에게 공포 그 자체였을 게 분명하다. 야스나리의 어머니는 그걸 깨닫지 못하고 있다.

"아이고! 아이고!" 하며 울부짖는 어머니 곁에 차마 다가서지도 못하고 얼어붙은 채 바라보던 어린 남자아이는, 결국 자기 자신의 감정을 억압했다. 야스나리는 사라진 여동생을 찾아오라는 어머니의 말에 동네를 방황하며 돌아다녔고, 어느 날은 다른 집 갓난아기를 훔쳐 와야겠다고 진지하게 생각한 적도 있었다고 고백했다. 어머니의 격정이 가라앉았으면 해서. 오직 그것만을 위해.

그러다 야스나리는 자신을 둘러싼 모든 상황에 이제는 진절머리가 났고 결국 자신의 출신과 가족까지 싫어진 게 아닐까.

카이는 마른 입술에 침을 묻히고 입을 열었다.

"그럼……."

이제는 더는 가볍게 말할 수 없었다.

"넌 일본인이 되고 싶은 거야?"

야스나리는 대답 대신 다 마신 커피 캔을 찌그러뜨려서 휙던졌다. 캔이 건너편에 있는 쓰레기투성이 도랑에 떨어졌다.

사실 알고 있었다. 야스나리는 자신의 뿌리인 나라에 적응하지 못하고 있다. 국민성이나 관습 등 모든 면에서 거부 반응을 일으킨다. 큰 소리로 떠들고 웃고 화를 내고 때로는 울고불고하는 가족들에게 동화되면 편할 텐데 그러지 못하고 있다. 할머니의 기일에 일가친척이 모두 모여 밤늦게까지 이어지는 '제사'라는 의식도 이해하지 못한다. 일본에서 나고 자라 지금껏 단 한 번도 조국에 가 본 적 없는 그에게는 당연한 일일지 모른다.

무엇보다 불행한 것은 야스나리 자신은 일본인들에게 더 친근함을 느끼지만 정작 일본 쪽에서 그를 밀어내고 있는 현실이다. 겉보기에 좋고 매끄러운 일본 사회는 한 꺼풀만 벗거내도 그 밑에 거칠거칠한 뭔가가 있어 야스나리처럼 예민하고 감수성이 풍부한 소년의 마음에 쉽게 상처를 낸다.

카이는 야스나리와 자신이 줄곧 비슷한 고민을 안고 있다고 생각했다. 그러니 마음이 맞는 거라 믿었다. 하지만 아니었다. 지금은 이렇게 옆에 앉아 같은 풍경을 바라보고 있지만 언젠가는 그와 결정적으로 멀어질 순간이 올 것 같았다.

야스나리와 헤어져 집에 돌아갔다. 2층에 오르기 전 파워스톤 가게 안을 들여다봤다. 나기사가 혼자 앉아 있었다.

"아, 카이! 오늘은 일찍 왔네."

나기사는 환하게 웃으며 카이를 반겼다.

"응, 하레는?"

"오늘은 안 왔어."

"그렇구나."

"라이자 아줌마는 지금 주무셔. 오늘은 가게에 안 나갈 거래. 몸이 안 좋다고."

나기사는 가게 안쪽에서 나와 걱정스럽게 말했다. 결국 필리핀에서 함께 온 친한 친구가 라이자를 질질 끌고 병원에 데려갔다. 의사는 오랜 음주 때문에 간이 상했다며 금주를 지시했지만 일단 가게에 나가면 술을 마시지 않고는 못 배기는 듯했다.

계단을 올라 집 안에 들어가 옆방으로 이어지는 문을 열었다. 방 안이 퀴퀴한 냄새로 가득 차 있다.

"엄마."

어두운 방 안을 응시했다. 싱크대에 더러운 식기들이 난잡하게 널려 있다. 안쪽 좁은 방에 억지로 쑤셔 넣은 세미 더블 침대 위에 라이자가 잠들어 있었다. 홑이불 밖으로 삐져나온 얼굴이 푸석푸석하다. 이제는 연갈색이라고 하기도 어려운 거무칙칙한 피부, 축 늘어진 팔뚝 살, 바싹 마른 입술. 이 나라의 모든 것들이 어머니의 육체를 공격하며 노화를 부르고 있다. 남쪽 섬나라에서 온 무구한 여자의 몸을.

"엄마."

라이자의 눈꺼풀이 꿈틀 움직였다. 힘겹게 눈꺼풀을 든다. 눈앞에 있는 사람이 자기 아들이라고 알아차리기까지 시간이 걸렸다.

"카이."

순간 지금까지 내내 두려워했던 말이 불쑥 입 밖으로 튀어나왔다.

"엄마. 필리핀으로 돌아가는 게 어때?"

라이자는 아들이 자신을 향해 던진 말이 머릿속에 미처 스며들기도 전에 눈물을 흘렸다.

"카이, 넌?"

"난 안 가. 여기 남을 거야. 엄마는 가. 난 괜찮아. 나기사도 있고."

라이자는 누운 자세 그대로 팔을 뻗었다. 카이가 그 팔을 향해 다가간다. 어머니가 팔로 아들의 목을 감쌌다.

"우리 착한 카이."

라이자는 조용히 흐느꼈다.

전자음이 귀를 찔렀다. 깜빡이는 원색 빛과 와, 하고 치솟는 환호성.

"BGM이 죽이지?"

"네."

카이는 가볍게 고개를 끄덕였다. 퇴근길에 사무소 선배를 따라 번화가에 있는 오락실에 들렀다. 연장자들은 일을 마치면 한잔하러 갈 때가 많지만 미야모토라는 이름의 이 스물한 살 선배는 술이라고는 한 방울도 못 마셔서 술자리에 참석하지 않았다. 마시다 보면 술이 세진다는 말을 들어도 고개를 절레절레 흔들기만 했다.

"뭐야. 왜 이렇게 깐깐해."

선배들이 장난치며 헤드록을 걸어도 그는 대부분 카이를 끌어들이며 변명했다.

"전 카이랑 같이 가려고요. 얘는 미성년자라."

"바보. 미성년자라고 해서 술을 안 마실 것 같아? 이 동네

193

애들은 어릴 때부터 술병을 끼고 산다고."

"그렇지? 카이"라고 물어서 카이는 "맞아요" 하고 동의했다.

대체로 나쁜 술버릇은 부모에게서 자식, 형에게서 동생으로 전해진다. 이 거친 도시에서는 싸움에 져서 집에 돌아가면 대낮부터 집에서 술을 마시는 아버지와 아버지 친구들에게 놀림을 당하고, 가서 복수하고 오라며 볼기짝을 맞는다. 심지어 그럴 때마다 '기운주'라고 하며 컵에 소주를 따라서 줄 때도 있다. 초등학교 고학년 때부터 이런 일이 일상다반사로 일어나니 알코올에 대한 거부감이 일찍이 사라지는 것이다.

골목길에서 술에 취해 드러누워 있는 중학생들도 보기 드물지 않다. 그 옆에서는 초등학생 동생들이 줄넘기나 술래잡기를 하며 즐겁게 뛰어논다.

카이도 학교에 가지 않았던 중학생 때 친구들과 어울려 종종 술 담배를 했지만 특별히 잘 맞는다거나 즐겁다고 느낀 적은 없었다. 스케이트보드를 시작한 뒤로는 술에 취해 비틀거리면 트릭을 선보일 수도 없으니 자연스럽게 술을 멀리했다.

그래서 미야모토의 방패막이 되었을 때도 전혀 신경 쓰이지 않았다. 담배 연기 때문에 눈이 따가운 술집에서 아저씨들의 이야기를 듣는 것보다 미야모토와 오락실에 가는 게 훨씬 나았다.

"자, 여기서 무기를 사는 거야. 그럼 스테이지가 확 올라가."

미야모토는 슈팅 게임에 열중하고 있다. 카이는 그의 말을 거의 한 귀로 듣고 흘리면서 적당히 맞장구쳤다. 가게 안쪽에서 갑자기 시끄럽게 메달이 짤랑거리는 소리가 들리더니 사람들의 환호성이 터졌다.

문득 그곳으로 고개를 돌리자 크레인 게임기 너머에 서 있는 하레가 보였다. 누군가가 조종 중인 크레인 기계를 빤히 응시하고 있다. 집게에 매달린 인형이 출구에 닿기 직전 떨어지자 크레인을 조종한 사람과 주변 친구들이 아쉬워했다. 하레도 덩달아 어깨를 축 늘어뜨려서 카이는 그만 웃고 말았다.

크레인 게임을 하던 무리들이 분풀이로 게임기를 발로 퍽 걷어차고 오락실을 떠났다.

"하레."

카이가 부르자 하레가 카이를 알아보고 반가워하는 표정을 지었다.

"뭐야. 너도 하고 싶어?"

조금 망설이더니 고개를 끄덕인다. 카이는 작업복 주머니에서 동전을 꺼냈다.

"해 봐."

투입구에 동전을 넣어 주자 하레가 게임기 레버에 달려들었다. 서툰 손놀림으로 크레인을 조작하지만 처음이라 그런

지 조종이 막무가내다. 크레인 집게가 허무하게 허공을 가른 후 원위치로 돌아갔다.

"비켜 봐."

카이는 하레를 옆으로 밀고 동전을 넣었다.

"뭐 가질래?"

하레는 망설임 없이 노란 곰 인형을 가리켰다.

"기다려."

초등학생 때 한창 크레인 게임에 빠진 적이 있었다. 게임을 하려고 가끔 어머니의 지갑에도 손을 댔다. 어머니는 눈치 못 챘는지 아니면 눈치채고도 모르는 척한 건지 별말 하지 않았다. 딱히 경품을 갖고 싶었던 것은 아니었다. 전리품은 모두 친구에게 주거나 바다에 던졌다. 그리고 얼마 안 돼 게임에 질려 버렸다.

절묘한 기술로 레버를 조작하자 크레인이 정확한 방향으로 움직였다. 옆으로 누워 있는 노란 곰 인형이 크레인 집게에 붙들려 허공에 떠오른다. 게임기 유리에 얼굴을 붙이고 있던 하레가 "우!" 하고 흥분한 듯 소리쳤다. 잠시 후 곰 인형이 무난히 출구에 떨어졌다. 하레가 게임기 밖으로 나온 곰 인형을 안아 들었다. 환한 표정을 보며 역시 어린애라고 느꼈고 뒤이어 그게 당연하다는 생각이 들어 웃음이 터졌다.

그때 곰 인형을 꼭 껴안고 있는 하레의 목덜미를 누군가 뒤에서 붙들었다. 그대로 가볍게 들어 올리자 하레가 반항하며 버둥거린다. 카이는 비열한 웃음소리를 듣고서야 그쪽으로 시선을 돌리고 흠칫했다. 나기사의 오빠 나오야였다.

"야. 얘가 나기사가 가끔 데려오는 그 꼬맹이냐?"

나오야는 히죽거리며 카이에게 물었다. 키가 작아서 올려다보는 그를 카이는 무표정한 얼굴로 봤다. 그 뒤에서 친구들이 하나둘 나와 하레를 붙잡고 있는 나오야 옆을 지나 카이를 향해 다가왔다. 머리를 박박 민 녀석, 팔에 문신을 한 녀석 등 평범한 사람이라면 피하고 싶을 무리들이다. 누군가를 괴롭히고 싶어 안달이 난, 질 나쁜 녀석들이라는 걸 한눈에 알 수 있었다.

나오야는 누가 봐도 그중에서 가장 말단으로 보였다.

그들은 나오야가 뭘 하든 신경 쓰지 않는 듯했지만 우두커니 서 있는 카이에게는 관심을 보였다. 리더처럼 보이는 남자가 평범한 일본인과 달리 이목구비가 뚜렷하고 피부가 거무스름한 카이를 힐끗 쳐다봤다.

"얜 누구야?"

나오야에게 묻는다.

"내 여동생이랑 사귀는 놈."

"오."

남자가 히죽 웃었다. 티셔츠 아래로 울퉁불퉁한 근육이 보인다. 자신의 몸이 상대에게 어떤 위협을 주는지 잘 알고 그것을 즐기는 눈치다.

"나기사랑?"

은색 피어스가 박힌 얇은 입술로 말하는 남자에게 카이는 분노를 느꼈다. 그로서는 그저 친구 여동생의 이름을 입에 담았을 뿐인데 왠지 나기사가 더럽혀진 느낌이었다.

"얘, 필리피노 아니야?"

카이가 침묵하고 있자 나오야가 대신 그렇다고 대답했다.

이 리더는 이름이 메미다라고 하는데 원래 요코하마에 살던 사람이라고 나기사가 알려 줬다. 고향에서 어떤 사고를 저지르고 이곳에 이사 왔으며 힘과 통솔력이 뛰어나 여기서도 금세 불량 조직을 결성했다. 마치 게임하듯 사람들에게 시비를 걸고 다른 그룹들을 때려눕히고 있다고 한다. 협박과 강도질로 푼돈을 버는, 전형적인 타락한 요즘 불량배 무리다. 세상에 믿을 사람은 동료밖에 없다는 식의 폐쇄성도 갖췄다. 한마디로 이 도시에 만연한 선후배의 관계성을 잘 이용하는 셈이다.

카이는 입을 다물고 남자를 마주 봤다.

이 도시에 속하지 않은 사람이 발산하는 음산하고 섬뜩한 기운. 그런 기운이 먹구름처럼 펼쳐져 주변을 변질시키는 게 느껴졌다. 다마가와시 바닷가 마을은 외진 곳이지만 그 안에 일정한 질서가 있어서 조직 폭력배와 건달, 폭주족들이 힘의 균형을 이루고 있다. 이곳에서 태어나고 자란 사람들에게는 익숙한 '평화'라고도 할 수 있는 상태지만 메미다에게는 그런 것들을 송두리째 파괴하려는 이질성이 느껴져 신경이 곤두섰다. 그리고 이런 외지인에게 말 잘 듣는 강아지처럼 길들여진 동네 바보들에게 분개했다.

"뭐야? 너, 설마 일하냐?"

나오야가 작업복을 입은 카이의 모습을 보며 조롱했다. 목덜미를 붙잡힌 하레가 버둥거리자 나오야는 그제야 떠올린 것처럼 아이를 내동댕이쳤다. 바닥에 엉덩방아를 찧을 때 하레의 손에서 떨어져 바닥을 굴러간 곰 인형을 메미다가 부츠를 신은 발로 퍽 걷어찼다. 인형은 맥없이 차도로 날아가 지나가던 차에 부딪혔다.

바닥에 쓰러진 하레는 차도에서 바퀴에 밟혀 사정없이 찌부러지는 곰 인형을 망연자실하게 바라봤다. 마치 가면을 쓴 것처럼 얼굴에 표정이 없다. 순간 카이의 가슴속에서 뭔가가 불끈 고개를 들었다. 분노도 연민도 아닌 감정. 굳이 따지자면 욕구다. 지금 눈앞에 쓰러져 있는 어린아이에게 이 세상은 상식이 통하는 곳임을 알려 주고 싶은 욕구. 아이가 절망이라는 이름의 감옥 속에 갇혀 버리기 전에 그것을 알려 주고 싶었다.

이름을 모르고 말도 못 하는 아이에게 왜 이런 감정이 드는지 스스로도 이해하지 못했다. 그래도 한 번 고개를 든 감정은 카이를 뒤흔들었다. 오랫동안 침묵하던 싸늘한 기계가 천천히 피스톤이 움직여 증기를 발생시키듯 그 욕구는 카이를 뜨겁게 달궜다.

"너, 우리랑 같이 다닐래?"

메미다가 느닷없이 물었다.

"뭐?"

카이보다 더 놀란 사람은 나오야였다. 설마 자신들의 리더가 카이를 스카우트하려 할 줄은 꿈에도 예상하지 못 했을 것이다.

"얘는 안 돼. 얼간이야."

그러자 메미다가 나오야를 날카롭게 노려봤다. 나오야는 단번에 입을 다물었다.

"같이 갈 거지?"

메미다가 거듭 물었다. 카이는 천천히 눈을 깜빡였다.

"안 가. 너희하고 어울리기 싫어. 멍청이들의 주먹질 따위에 끼어들 시간 없어."

순간 주변의 온도가 쓱 내려가는 것 같았다. 메미다 뒤에 있는 녀석들이 위압적으로 몸을 뒤로 젖히는 게 보인다. 메미다는 히죽 웃었다.

"이야, 보기보다 배짱 있네."

그는 갑자기 파이팅 포즈를 취하더니 두 주먹을 휙 뻗어 카이의 눈앞에서 멈췄다.

손가락에는 글자가 새겨져 있었다. 두 번째와 세 번째 마디 사이에 한 글자씩. 주먹을 쥐면 하나의 단어가 되는 형태다. 오른손에는 'LOVE', 왼손에는 'HATE'라는 글자로 보였다.

"사랑과 증오다."

글자를 빤히 쳐다보는 카이에게 메미다가 알려 줬다.

"이야, 보기보다 머리에 든 게 있네."

카이가 그렇게 되받아치자 메미다의 등 뒤에 있는 남자들이 인상을 팍 썼다.

"야, 인마. 까불지 마. 너 죽고 싶어?"

그러자 메미다는 남자들을 손으로 제지하고 크큭 하고 섬뜩하게 웃었다.

"재미있는 녀석이네."

그는 부드러운 목소리로 말을 이었다.

"언젠가는 후회하게 될 거다. 오늘 내 제안을 거절한 걸."

메미다는 발길을 돌려 가게 안쪽으로 향했다. 덩치 큰 남자들이 모두 카이를 째려보며 그 뒤를 따른다. 그때 미야모토가 통로 반대편에서 다가왔다. 우르르 몰려가는 무리를 보며 놀라서 길을 비켜 준다.

"뭐야? 저 녀석들은."

미야모토는 하레를 부축해서 일으키는 카이 옆으로 다가와 물었다.

"글쎄요. 격투 게임이라도 하러 온 걸까요."

"격투 게임이라. 난 그런 거 안 해. 도통 뭐가 재밌는지 모르겠어. 치고받고 하는 게."

"그렇죠."

"가자. 집에 가서 드래곤 퀘스트라도 해야겠다."

미야모토는 하품을 참으며 말했다.

그는 카이 뒤를 졸졸 쫓아오는 하레를 힐끗 봤지만 아무것도 묻지 않았다. 오락실 밖으로 나가자 차도 위에서 흙투성이가 돼 초라하게 널브러져 있는 곰 인형이 보였다. 카이는 미련이 남은 것처럼 인형을 바라보는 하레의 손을 잡아끌었다.

"됐어. 저런 건 그냥 잊어버려."

그러자 하레는 카이가 붙잡은 손에 힘을 주어 화답했다.

그날 이후 며칠 동안 하레의 모습을 볼 수 없었다.

"걔는 어디서 왔을까?"

카이는 새삼스레 나기사에게 물었다.

두 사람은 장대비가 장마처럼 쏟아지는 날 파워스톤 가게 앞에 우두커니 앉아 있었다. 비가 오면 카이는 대부분 일을 쉬었다.

사정없이 쏟아붓는 빗줄기가 처마를 때리고 부서진 배수관에서 빗물이 콸콸 뿜어져 나왔다. 이런 날에 파워스톤을 사러 오는 광기에 사로잡힌 손님은 없을 것이다.

나기사는 며칠 전 부모님과 함께 있는 하레를 봤다고 했다.

"어디서?"

나기사는 생긴 지 얼마 안 된 대형 파친코 가게 이름을 댔다.

"그곳 주차장."

"그렇구나."

"별로 훌륭한 분들 같지는 않더라."

"그렇구나."

대충 예상은 했다.

"하레가 아버지를 따라 차에서 내리니까 엉덩이를 걷어차며 차로 다시 돌려보냈어. 차 안은 뭔가 어수선하고 잡동사니 같은 게 가득 차 있었고. 크고 네모난 차였는데."

"흐음."

"어머니는 차 뒷자리에서 아기에게 젖을 먹이고 있었어. 하레가 아버지에게 혼나는 모습을 멍하니 보고만 있더라."

풍경이 눈앞에 그려졌다. 길을 지나던 나기사가 조금 떨어진 도로에서 그 모습을 가만히 지켜보는 장면도.

"그 뒤로 부모님은 하레에게 아기를 맡기고 곧장 파친코

가게에 들어갔어."

"하레한테 다가가 위로라도 해 줬어?"

카이가 묻자 나기사는 고개를 흔들었다.

"그럴까 고민하기도 했는데, 그냥 모르는 척했어."

나기사의 심정이 이해됐다. 그런 현실을 목격해도 어차피 해줄 수 있는 건 없다. 일회성으로 다정하게 말을 걸어 봐야 소용없다. 이 지역에는 동정은 아무것도 해결하지 못한다는 철칙이 존재한다. 도와줄 수 없으면 모르는 척하라. 또 나이 어린 아이들에게도 자존심은 있다. 특히 하레처럼 감정을 쉽게 드러내지 않는 아이들은 더더욱 그럴 것이다.

하레는 얌전해 보이지만 인내심이 강하고 꿋꿋한 녀석이라는 것이 시간이 갈수록 느껴졌다. 하레는 비바람을 건디며 나긋나긋 휘어지는 대나무 같은 아이다. 아마 제일 마지막 순간에 뚝 부러지는 것을 원치 않을 것이다. 그러면 그동안 심하게 휘어졌던 반동으로 주변의 모든 것을 쓰러뜨려 버릴 수 있기 때문이다. 하레는 강인하게 살아가는 법을 이미 스스로 터득한 느낌이 들었다.

그때 갑자기 계단 쪽에서 쿵 소리가 들렸다. 라이자가 내려왔을까. 라이자는 아직 가게를 그만두지 않았다. 어젯밤에는 평소보다 일찍 집에 왔는데 몹시 취해 있었다. 어쩌면 만취한 탓에 또 손님과 시비가 붙어서 쫓겨났을 수도 있다.

라이자 역시 하레처럼 꿋꿋해서 일본에서 열심히 버티며 살고 있다.

"이젠 엄마 아빠도 없는 고향에 가고 싶지 않아. 할아버지, 할머니, 조카와 사촌들도 지금껏 내가 보낸 돈으로 잘 먹고 잘살았으면서 돌아간다고 하니 아무도 반기지 않더라."

어디에서나 튕겨져 나온 라이자는 결국 어디에도 속하지 못한 채 변함없이 살아가고 있다. 몸만 시들고 상했다.

그때 또다시 계단 쪽에서 쿵 소리가 들렸다. 나기사가 고개를 들었다.

"라이자 아줌마가 일어난 건가?"

나기사는 훌쩍 일어나 가게 밖으로 나갔다. 비는 아직도 퍼붓고 있다. 가게 앞을 지나는 사람들은 우산에 몸을 바짝 붙인 채 고개를 숙이고 걷고 있다.

밖에 나갔던 나기사의 짧은 비명이 들렸다. 순간 비를 맞아서라고 생각했다.

"카이!"

그러나 심상치 않은 목소리를 듣고 카이는 벌떡 몸을 일으켰다. 마침내 그날이 왔다고 느꼈다. 라이자가 쓰러져 숨이 멎는 그림이 머릿속에 선명히 그려진다. 지금껏 수도 없이 그려 온 불길한 그림이라 그날이 와도 의외로 냉정할 수 있지 않을까 생각했다. 예측한 미래이기 때문이다.

그러나 아니었다. 나기사가 품에 안고 있는 사람은 몸집이 더 작았다.

흠씬 두들겨 맞아 축 늘어진 아이, 하레였다.

"하레!"

하레는 부어오른 눈꺼풀을 간신히 떠서 두 사람을 봤다. 그리고 다시 눈을 감았다. 눈 주변에 시퍼런 멍이 잡혔고 머리 어딘가가 찢어졌는지 피가 흐르고 있다. 티셔츠와 바지도 진흙투성이가 되어 군데군데 찢어져 있다. 나기사가 하레의 티셔츠를 살짝 걷어 보고 숨을 집어삼켰다. 카이도 볼 수 있게 하레의 몸을 옆으로 민다. 살갗 안쪽에서 피가 터진 듯한 부분은 누가 봐도 얻어맞아서 생긴 멍 자국이다. 여기까지 비를 맞으며 간신히 걸어왔는지 온몸이 흠뻑 젖어 있었다.

나기사는 말없이 하레의 몸을 안고 계단을 올라갔다. 카이도 뒤따랐다.

"카이! 뜨거운 물! 수건도!"

녹슨 전기 포트의 전원 스위치를 누르고 설거지통에 물을 채웠다. 서랍을 뒤져 안에 있는 수건을 전부 끄집어낸다. 추위 때문에 하레의 입술은 보랏빛을 띠고 있었다. 내놓기만 하고 거의 켜지 않던 석유난로도 켰다. 서두르는 바람에 손가락이 미끄러지기만 하고 스위치가 눌리지 않아 카이는 여러 번 혀를 찼다. 나기사는 목욕 수건을 난로 앞에 깔고 하레를 그 위에 눕혔다. 하레는 나기사가 하는 대로 가만히 있었다.

"하레. 누나 말 들리지? 어디가 아파?"

대답할 리 없는데도 나기사는 계속 말을 붙였다. 그동안에도 손을 쉬지 않고 하레의 옷을 벗긴다. 갈비뼈가 드러난 마른 몸이 상처투성이라 더 왜소해 보였다. 나기사는 꼼꼼하게 하레의 몸을 확인했다.

"다행히 부러진 데는 없는 것 같아."

이럴 때 냉정할 수 있는 나기사를 카이는 진심으로 존경했다. 자세히 보니 안에서 출혈을 일으킨 부분이 검푸른색에서 점차 칙칙한 노란색으로 변하기 시작했다. 이건 오늘이 아닌, 전에 맞아서 생긴 상처일 것이다. 하레는 며칠 동안 학대당한 것이다. 그러다 오늘은 얼굴을 심하게 맞아 결국 견디지 못하고 도망쳤다는 걸 알 수 있었다. 저항하지 못하는 아이를 때리며 즐기는 사람의 모습이 떠올라 카이는 온몸에 소름이 돋았다.

나기사는 입술을 꾹 깨물고 아무 말도 하지 않았다. 진지한 눈빛으로 하레의 몸 이곳저곳을 만지더니 장기에도 손상이 없는 것을 확인했는지 안도의 한숨을 내쉬었다.

이후 뜨거운 물을 적신 수건으로 하레의 몸을 닦고 카이가 가져온 어른용 속옷과 티셔츠를 입혔다. 부어오른 얼굴은 여전히 차마 볼 수 없는 지경이지만 그나마 조금 전보다는 나아졌다. 하레의 표정도 다소 풀린 느낌이 들었다.

카이는 옆방에 가서 약통을 가져왔다. 라이자는 아직 잠들어 있다.

소독약과 연고뿐이지만 일단 응급처치를 했다. 머리에 난 상처는 어딘가에 부딪쳐서 생긴 듯 보였는데 살갗이 찢어지기는 했어도 꿰매야 할 만큼 상처가 깊지는 않았다.

"하레. 입 벌려 봐. 아."

나기사의 말에 따라 하레는 입을 벌렸다.

"입안도 괜찮네."

안심했는지 목소리가 누그러진다.

"이렇게 험한 꼴을 당하고도 여기까지 오다니. 우리 불쌍한 하레."

나기사는 헐렁한 옷을 걸친 하레를 꼭 껴안았다. 문득 카이는 나기사가 앞으로 자기 아이를 이렇게 힘껏 껴안는 일은 영원히 없으리라는 걸 떠올렸다. 카이는 하레 옆에 살며시 무릎을 꿇고 앉았다.

"하레, 누가 이랬어?"

하레는 카이를 똑바로 봤다. 꾹 다문 입술 색이 아까보다 조금 나아졌다.

"당연히 부모님이겠지. 누가 이런 짓을 했겠어."

옆에서 나기사가 하는 말을 무시하고 다시 하레에게 물었다.

"혹시 지난번에 오락실에서 만난 녀석들이야?"

그러자 하레는 고개를 흔들었다.

"그럼 모르는 녀석? 그냥 지나가던 못된 형이 홧김에 널 때린 거야?"

그 말에도 고개를 흔든다.

"아는 사람이구나?"

카이를 바라보는 하레의 눈동자가 순간 흔들렸다.

"혹시 아빠야? 아빠한테 맞았어?"

그러자 고개를 푹 숙인다. 대답이 나왔다고 느꼈다. 나기사가 말없이 싱크대에 가서 가스레인지에 불을 붙였다.

"이번이 처음이야?"

하레는 이제는 체념한 것처럼 힘없이 고개를 흔들었다.

"그렇구나."

그다지 보기 드문 일도 아니다. 오히려 이 동네에서는 흔하다 할 수 있다. 생활력과 자격 없는 부모들이 내키는 대로 자신의 아이를 일상적으로 학대한다. 또 그런 것을 허락하는 분위기가 만연했다. 그렇게 버림받은 아이들은 스스로 살아갈 틈새를 찾는 수밖에 없다.

"하레. 누나가 맛있는 국 끓여 줄게."

나기사가 등을 돌린 채로 말했다. 하레가 처한 상황을 누구보다 잘 알고 있을 나기사도 하찮은 위로나 어설픈 해결책을 입에 담지 않았다.

열여덟 소년과 소녀는 무력했다.

파와 당면, 생강을 넣은 국물을 하레는 맛있게 홀짝였다.

"아, 비가 그쳤네."

나기사가 창문을 열었다.

"무지개다! 무지개가 떴어!"

갑자기 어린아이처럼 신이 나서 떠든다. 그러자 하레도 국그릇 너머로 바깥을 봤다. 몸을 움직이면 아픈지 얼굴을 찌푸린다. 나기사가 하레 옆으로 가서 활짝 연 창문을 손으로 가리켰다.

"저 탑 보이니?"

마지막 한 방울까지 국물을 다 마신 하레가 고개를 끄덕였다. 베이뷰 타워 너머에 아름다운 무지개가 걸린 풍경이 카이의 눈에도 들어왔다.

"저기에는 말이지. 예쁜 누나가 살고 있어. 라푼젤이라는 누나인데, 금빛의 긴 머리카락을 가졌대."

하레는 진지한 얼굴로 귀를 기울였다.

"그 누나는 불쌍한 아이를 보면 자기 머리카락을 내려서 탑 위로 끌어올려 준다고 해."

"그건 동화잖아. 안데르센 동화."

카이가 장난스럽게 끼어들었다.

"그림 동화거든."

나기사가 카이를 한 번 째려보고 다시 하레를 돌아봤다.

"라푼젤이 분명 도와줄 거야. 저 탑 꼭대기에 올라가면 그 뒤로는 아무도 데려갈 수 없어. 저긴 불쌍한 아이들이 행복해지는 장소야."

또다시 끼어들려 하는 카이를 눈빛으로 제지하고 나기사는 말을 이었다.

"그러니 걱정 안 해도 돼. 우리 하레도 언젠가 저기 올라갈 테니까. 라푼젤은 널 다 보고 있어. 그리고 언젠가 긴 머리카락을 내려줄 테니 그걸 붙잡고 올라가면 돼."

나기사는 하레의 손에서 국그릇을 받아 들고 하레의 머리를 쓰다듬었다.

"우리 착한 하레."

―우리 착한 카이.

어머니가 한 말을 카이는 기억하고 있었다. 다 큰 아들을 어린아이처럼 대하는 유치한 말이지만 그 말을 들으면 어째선지 안심이 됐다. 여자의 말에는 이토록 다른 사람을 치유하는 힘이 깃들어 있는 걸까.

하레는 곤히 잠들었다. 지금은 안전한 장소에 있다는 걸 알고 안심한 얼굴이다. 카이와 나기사는 편안히 잠든 하레의 얼굴을 내려다봤다. 창밖에 떠 있던 무지개는 어느덧 색이 옅어지며 사라지고 있었다.

"왜 그런 거짓말을 했어?"

카이는 나무라는 투로 물었다. 나기사가 즉흥적으로 떠올렸을 이야기를 하레가 진지하게 듣는 걸 보며 놀랐다. 역시 이 아이는 아직 어린아이라는 걸 새삼 느꼈다. 그런 이야기를 믿을 만큼.

"난 말이지……"

나기사가 무릎을 세워서 턱을 올려놓고 입을 열었다.

"그렇게 스스로 되뇌었어. 오빠들한테 심한 짓을 당할 때 계속 시야 속에 그 전망탑이 보였거든."

순간 말문이 막혔다. 나기사는 쓸쓸하게 미소 지었다.

"바보 같지? 초등학생 때 학교 도서관에서 〈긴 머리의 라푼젤〉이라는 동화를 빌려 읽었어. 그래서 저 전망탑에 라푼젤이 살고 있다는 상상을 한 거야. 그리고 언젠가 라푼젤이 이런 지옥 같은 곳에서 날 끌어 올려 줄 거라고 믿었어. 나를 향해 금빛 머리카락이 천천히 내려오는 모습을 상상하니 왠지 행복한 기분이 들더라."

오빠와 그 친구들에게 끔찍한 짓을 당하던 초등학생은 그런 동화 속 이야기에 의지한 채 살아갈 수밖에 없었던 것이다.

"아무리 울고 소리쳐도 아무도 날 도와주지 않을 때는 비록 거짓이어도 행복한 이야기를 떠올려야 한다고 생각해."

나기사는 고개를 기울여 카이의 어깨에 기댔다.

"생각보다 효과가 좋았어. 정말 라푼젤이 날 구해 주러 올 것 같아서 힘이 솟았거든. 그때는 정말 매일매일 죽고 싶었어. 그러니 하레한테도 저 전망탑 이야기를 해준 거야. 얘도 나랑 똑같으니까."

나기사는 또다시 "바보 같지?" 하고 미소 지었다.

두 사람은 말없이 무지개가 파란 하늘에 녹아드는 풍경을 지켜봤다.

"저기, 나기사."

카이가 부르자 나기사는 카이의 어깨에 머리를 기댄 채 "응?" 하고 나직이 대답했다.

"조만간 여기를 뜨자. 미장 기술을 배우면 어디서든 입에 풀칠은 할 수 있을 테니까."

"날 데려가 줄 거야?"

"응. 평생 함께 있자."

"하지만……."

나기사는 잠시 말을 머뭇거렸다. 손목에 찬 파워스톤 팔찌를 만지작거린다. 초록색 비취가 햇빛을 받아 반짝였다.

"난 아이를 못 낳는걸."

"괜찮아. 그런 건."

나기사는 소리 없이 울음을 터뜨렸다. 따스한 눈물이 카이의 어깨를 적셨다.

나리타공항 벨트 컨베이어 위에 두 사람의 여행용 캐리어가 실려 왔다. 게이고가 나란히 늘어선 두 가방을 내렸다. 어젯밤 호텔에서 짐을 쌀 때 뚜껑이 잘 닫힐지 걱정될 정도로 짐이 많았다. 쇼핑한 물건과 기념품으로 가득 차 있었다.

"피곤해?"

게이고가 묻자 이쿠미는 미소 지으며 고개를 흔들었다.

"근데 빨리 집에 가고 싶어."

"나도."

"내일부터 바로 일이잖아. 괜찮아?"

이쿠미의 질문에 게이고는 "흐음" 하고 신음했지만 이내 밝게 웃었다.

"잘 힐링하고 왔으니 괜찮을 것 같아."

두 사람은 나란히 도착 로비로 나가 게이세이선 전철 승강장으로 향했다.

5월 연휴를 전부 써서 부부 동반 이탈리아 여행을 다녀왔다. 해외로 떠나는 건 신혼여행 이후 처음이었다. 게이고가 여행을 처음 제안했을 때 이쿠미는 놀랐지만 순순히 따르기로 했다.

남편다운 배려라고 느꼈다. 그동안 불임 치료에 매달리며 지친 아내의 기분을 전환시켜 주고 싶었을 것이다. 주치의에게 연휴에 해외여행을 다녀오겠다고 하자 그도 "그거 좋네요" 하고 찬성했다.

주치의는 이런 말도 덧붙였다.

"남편분과 푹 쉬다가 오십시오. 분명 좋은 결과가 생길 겁니다."

그 말 또한 이쿠미의 등을 떠밀었다. 사실은 쓸데없이 돈을 쓰고 싶지 않았다. 지금까지 불임 치료에 든 비용이 50만 엔을 넘었다. 앞으로 얼마가 더 들지도 알 수 없다. 자신의 수입이 없는 만큼 한 푼이라도 절약하고 싶었다.

지금까지 인공 수정에 한 번 실패했다. 아직 비관할 정도는 아니지만 최악의 경우 시험관 아기 시술도 고려해야 한다. 거기 드는 비용은 지금까지와 차원이 다를 것이다. 남편 앞에서 그 이야기를 꺼내게 될 상황이 두려웠다. 공연한 입씨름을 하고 싶지 않았고 남편의 제안에 맞춰 여행을 가는 게 왠지 주치의의 말처럼 뭔가 좋은 계기를 만들어 줄 것 같았다. 그것은 현대 과학 기술로도 만들 수 없는 신이 주는 선물

일 것이다.

　모든 일정은 전적으로 게이고에게 맡겼다. 건축 기사인 게이고는 늘 건축물을 구경하고 싶어 했다. 신혼여행 때는 독일과 프랑스에 있는 성들을 답사했고 이번에는 이탈리아 북부에 가게 됐다. 우선은 피렌체 시내를 둘러본 뒤 전철을 타고 피사로 향했다. 게이고가 계획에 넣어 둔 피사의 사탑을 구경한 후 3일째 되는 날 이번 여행의 백미인 리오마조레라는 어촌에 도착했다.

　바다와 인접한 곳에 네모난 집들이 알록달록한 빛깔로 수놓아진 아름다운 마을이었다. 세계 유산에도 등재된 곳이다. 건물과 배를 형형색색으로 칠한 건 고기잡이를 나간 남자들이 돌아올 때 표식으로 삼으라는 배려였다고 한다.

　그곳에서 이틀을 보냈다. 도시의 건물이 아닌 이런 한가로운 어촌 마을을 선택한 건 역시 아내의 기분을 누그러뜨려 주고 싶은 게이고의 배려일 것이다. 항구에서 보트를 타고 서로 겹치듯 지어진 일곱 빛깔의 집을 봤고 언덕길과 돌계단을 걷기도 했다. 해산물도 종류가 풍부했는데 특히 바닷가 레스토랑에서 먹은 바닷가재는 맛이 일품이었다.

　"저것 봐. 우리 동네의 랜드마크 타워가 보여."

　전철이 다마가와역에 접근해 바다 쪽으로 베이뷰 타워가 보이자 게이고가 말했다.

"한 번 올라가 보고 싶네."

그런 말을 할 수 있었던 것도 다 마음에 여유가 생긴 덕분일지 모른다.

"그래? 근데 저곳에서 보는 풍경은 산타 마리아 델 피오레에서 본 전망과는 전혀 다를걸."

게이고는 피렌체 대성당의 이름을 대며 장난스럽게 말했다.

"근데 그거 알아? 베이뷰 타워를 세운 사업가가 얼마 전에 죽었대."

"응? 그래? 몰랐어. 그럼 저 전망탑은 어떻게 돼?"

"개인 소유물이라 아내가 물려받는다고 해."

그러면서 상속받을 때 아내가 전망탑을 다마가와시에 기부하고 싶다는 의사를 밝혔지만 시 쪽에서 거절했다는 이야기도 들려줬다.

"저런 건 아마 유지 관리비가 엄청날 거야. 뭐 거액의 유산을 남기고 떠났다 하니 당분간은 개인이 직접 관리 운영하겠지만 앞으로 어떻게 될지는 모르지."

집에 도착하자 이쿠미는 옷을 대충 갈아입고 천천히 짐을 풀기 시작했다. 게이고는 나중에 해도 되지 않냐고 했지만 일상 풍경 속에 커다란 여행의 흔적이 남아 있는 게 아무래도 마음에 걸렸다.

"다음에는 카파도키아에 가 보자. 4세기부터 기독교 신도 들이 살기 시작했다는 지하 도시래."

"그래."

그 말을 끝으로 대화가 끊겼다.

지금 남편은 내가 아이와 불임 치료에서 최대한 고개를 돌리기를 바라고 있는 게 아닐까. 그러지는 않을 거라 믿지만 나도 모르게 깊은 생각의 터널에 빠져드는 자신을 혐오했다. 게이고는 몸을 일으키더니 부엌에 가서 커피를 끓이기 시작했다.

"당신 것도 끓였어. 조금 앉아서 쉬지그래?"

머그잔 두 개를 들고 소파의 앉은 게이고의 말에 이쿠미도 그제야 손을 멈췄다. 거실 바닥에 활짝 열린 캐리어가 그대로 놓여 있다. 게이고는 피렌체의 적갈색으로 통일된 가옥과 리오마조레에서 본 귀여운 집들에 대해 이야기했다. 이탈리아인들의 너글너글한 성격이 그런 색채 감각을 낳는다고 하며 시간이 없어 피렌체의 우피치 미술관에 가지 못한 게 못내 아쉽다고도 했다.

남편의 이야기를 들으면서 이쿠미는 속으로 딴생각을 하고 있었다. 5박 6일의 여행 동안 두 번 관계를 맺었다. 어쩌면 이번에는 아이가 생길지도 모른다. 게이고는 편안한 몸과 마음으로 이쿠미를 잘 리드해 줬고 끝까지 거침없이 교감을 나눴다.

이쿠미도 남편의 사랑을 오롯이 받아들였다. 이국에서 사랑을 나눈다는 해방감 때문인지 평소보다 더 흥분하기도 했다. 자신 안에 방출된 게이고의 사랑의 씨앗은 지금 정확히 자궁벽에 착상해 있을 것이다. 부디 그랬으면 하고 바랐다.

"당신도 가고 싶은 곳이 있으면 말해. 이번 여행사 괜찮았지? 또 거기에 부탁하면 될 것 같아."

아무래도 남편은 나와 같은 기대를 품고 있는 것 같지는 않다. 아니면 그저 모르는 척하는 걸까. 이쿠미는 머그잔을 입에 가져갔다. 예상보다 더 쓴맛이 느껴져서 얼굴을 살짝 찌푸렸다.

귀국 일주일이 지나 생리가 시작됐다. 몹시 의기소침해지는 자신을 보며 놀랐다. 최대한 자제하려 했지만 역시 기대가 지나쳤던 모양이다. 그 사실을 게이고에게는 알리지 않았다. 일일이 그런 보고를 듣기가 짜증스러울 것이고 무엇보다 자신이 비참해질 것 같았다. 평소처럼 생활하자고 마음을 다졌다.

요가를 시작하려 한다는 이야기만 게이고에게 전했다.

"오, 괜찮은데?"

남편은 토스트를 우물거리며 대답했다. 두 번째 인공 수정 날이 다가오고 있었다. 이번에야말로 성공하고 싶었고 그것은 게이고도 마찬가지일 것이다. 인공 수정 시도 횟수는 많아도 다섯 번에서 여섯 번이라고 들었다. 그 뒤로는 몇 번을 반복해도 임신은 어렵다고 한다. 즉 그렇게 해서도 안 되면 그다음에는 시험관 아기 시술밖에 없다는 뜻이다.

타이밍 요법을 처음 시작할 때부터 생활 습관을 고치려고 노력했다. 주치의에게도 여러 조언을 들었다. 규칙적으로 생활할 것, 적당한 운동과 체온 유지. 그중에서도 특히 체온을 따뜻하게 유지하는 건 여성 호르몬 활성에 필요한 혈류 개선으로 이어진다고 했다.

이쿠미는 평소에도 일찍 자고 일찍 일어났다. 운동과 체온 유지에도 신경 썼다. 그러나 앞으로 더 적극적으로 해 보고자 마음먹었다. 요가는 체질 개선으로 이어진다. 인터넷에 올라온 불임 치료 경험자들의 체험담을 읽어보면 요가를 시작해 효과를 보았다는 사람이 적지 않았다. 호흡법을 익히고 명상하면서 스트레스가 풀린다고도 했다. 그 밖에도 몸을 천천히 움직이면 기분이 좋아진다, 자세 교정이 된다, 체온이 저절로 오른다 등등 효과가 한두 가지가 아니었다.

무엇보다 집 안에 가만히 있는 게 싫었다. 집을 나가는 건 장을 볼 때나 치료받으러 갈 때뿐이라 기분이 점점 침울해졌다.

"언제부터?"

"응?"

"언제부터 다니려고? 요가."

아침 식사를 마친 게이고가 TV 뉴스를 보며 물었다. 연휴 동안 도쿄 디즈니랜드에 새로 생긴 테마파크에 젊은이들이 몰려들고 있다는 소식이 나오고 있다. 올봄 시부야 카페에서 본 듯한 갈색 생머리에 미니스커트를 입은 여자들이 눈에 띄었다.

"아⋯⋯."

이쿠미는 접시를 치우면서 잠시 생각했다.

"언제부터 할지는 아직 안 정했어. 일단 체험 수업부터 한 번 받아 보게."

쇼핑몰 문화 센터에서 운영하는 요가 교실에 나갈 거라는 사실만 정했다. 사실 이쿠미도 주저되는 마음이 더 컸다. 이렇게 남편에게 전하며 결심을 단단히 굳히고 싶었다. 남편이 출근한 후 이쿠미는 스스로 의욕을 북돋우며 미리 찾아 둔 요가 교실 전화번호로 전화를 걸었다.

─괜찮습니다. 언제든 환영합니다.

체험 수업을 받아 보고 싶다고 하자 전화를 받은 여자가 상냥하게 말했다. 목소리의 주인공이 강사인지 아니면 접수창구 여직원인지는 알 수 없었다.

"저, 여자만 수업을 듣는 반도 있나요?"

─물론이죠. 낮 시간대에는 거의 여자분들이에요.

쾌활하고 싹싹한 여자의 말에 이끌려 결국 그날 오후 첫 번째 시간에 수업을 받아 보기로 했다. 복장은 티셔츠에 레깅스나 트레이닝복을 입고 와도 괜찮다고 했다.

이 요가 교실에 임신부들을 위한 요가 수업도 있다는 걸 알고 있었다. 순산을 위한 요가를 배우는 수업이다. 배가 불룩한 상태에서 요가 자세를 취할 수 있을까. 아마 그 수업을 듣는 여자들은 전부터 요가를 해 온 사람들일 것이다. 굳이 임신하려고 요가를 시작한 건 아니겠지만 그것이 어떤 효과를 낳았을 수도 있다. 아주 작은 효과일지라도.

요가 교실에 가기로 결심하기 전까지 인터넷에서 미리 봐둔 정보를 전부 머릿속에 넣어 두었다.

불임에 효과적인 요가는 몸속 호르몬의 균형을 바로잡는게 주된 목적이다. 체형을 가다듬고 정신적으로 안정되면 임신 확률이 높아진다고 한다. 구체적으로는 체온을 올리는 자세, 난소 기능을 활발하게 하는 자세 등이 소개됐다.

조금 전 전화했을 때는 평소 몸이 차서 체온을 높이고 싶다고만 하고 불임으로 고민 중이라는 이야기는 하지 않았다. 도쿄에는 불임에 특화된 요가 교실도 있지만 그렇게까지 하고 싶지는 않았다. 요가를 시작한다고 해서 금방 임신하지도 않을 것이다. 그리 쉬운 일이 아니라는 걸 지금껏 몸소 깨달았다.

그러나 아무것도 하지 않는 것보다는 낫다. 작은 계기여도 좋으니 만들고 싶었다. 자연 치유력에 가까운 뭔가를 얻을 수만 있다면 그걸로 충분하다. 게다가 편하게 지낼 수 있는 친구도 필요했다. 누군가와 속을 터놓고 이야기하면 기분 전환이 되어 정서도 안정될 것이다.

시간에 맞춰 학원에 도착한 후 우선 접수처에서 간단한 문진을 받았다. 역시 조금 전에 통화한 사람은 접수처 여직원인 듯했다. 나이와 직업, 혼인 여부, 몸 상태와 그와 관련된 고민. 여자가 워낙 싹싹하게 물어서 이쿠미는 무심코 "이제 슬슬 아이를 갖고 싶어서요"라고 덧붙였다.

"아, 그렇군요."

여자도 가볍게 받아 주었다.

"좋아요."

여자의 싱긋 웃는 얼굴을 보니 마음이 더 열렸다.

"저희 교실에 그런 분들이 많이 오세요. 요가를 하면 긴장이 풀려 좋은 결과로 이어지죠."

장삿속 같은 느낌도 없잖아 있지만 마음이 끌리는 건 어쩔 수 없었다.

"정말요?"

이쿠미는 내친김에 물어보는 척하며 상반신을 앞으로 뻗었다.

"네."

여자는 힘차게 고개를 끄덕였다. 그러더니 그 뒤로도 술술 설명했다.

요가는 호흡법이 있는 느긋한 운동으로 자율신경 기능을 향상시킨다. 요가를 하면 생기는 자율신경 자극 작용을 통해 호르몬 분비가 촉진되거나 자궁과 난소의 혈액순환이 원활해진다. 불임의 원인으로 꼽히는 자궁전굴이나 후굴 문제도 개선할 수 있다. 요가 자세와 복식 호흡에는 우리 몸속 장기의 위치를 정상화하는 효과가 있기 때문이다.

"특별히 불임을 치료하려고 노력하지 않아도 자연스럽게 임신하기 쉬운 몸 상태로 변해 가는 거예요. 어쨌든 요가를 배워서 손해 볼 건 하나도 없답니다."

그 뒤로 여자가 '속는 셈 치고 한번 해 보세요'라고 할 줄 알았지만 다행히 그런 말까지 하지는 않았다. 대신 그녀는 또다시 싱긋 미소 지었다.

거의 인터넷에서 찾아본 내용을 다시 듣는 수준에 그쳤지만 실제로 눈앞에서 들으니 어깨에 들어간 힘이 풀리며 '몸 상태가 나아지는 것만으로도 충분하지 않을까'라는 생각이 들었다.

탈의실에 가서 옷을 갈아입고 플로어링이 깔린 레슨실에 들어갔다. 젊은 여자보다 어느 정도 연배 있는 여자들이 압도적으로 많아 왠지 안심됐다. 제일 뒷자리에 요가 매트를 깔고 수업을 받았다. 강사는 슬림한 체형의 40대 여자였는데 목소리에 생기가 넘치고 몸도 유연했다. 오늘 처음 온 이쿠미를 향해 자신의 이름을 후지나미라고 소개했다. 연장자가 많은 만큼 무리한 자세는 시키지 않는 무난한 수업이었다. 그래도 10분 정도 하니 땀이 흘러내렸다.

"아야야야."

"선생님. 이건 좀 힘든데요."

스스럼없이 여기저기서 그런 소리가 터지며 분위기가 화기애애했다. 수강생들은 하나같이 살집이 있고 여기저기 군살이 많아서 후지나미의 시범대로 자세를 취하기가 어려워 보였다. 수업은 강아지 자세, 고양이 자세, 병아리 자세로 이어졌다.

엎드려서 몸을 뒤로 젖히는 활쏘기 자세를 취할 때 후지나미가 이쿠미에게 다가와 소곤거렸다.

"이 자세가 장기, 특히 자궁과 난소에 자극을 줘서 기능이 활발해진답니다."

아무래도 이쿠미의 문진표를 읽어본 듯했다.

그렇게 한 시간 동안 수업을 받자 개운해졌다. 몸보다 마음이 가벼워진 기분이었다. 효과 따위 없어도 상관없다는 생각마저 들었다. 이렇게 상쾌한 기분을 느낀 건 오랜만이었다.

수업을 마치고 접수창구에 가서 정식 회원으로 등록했다. 일주일에 한 번만 나오기로 하고 입회비와 한 달 치 수업료를 냈다. 함께 수업을 들었던 아주머니 무리가 이쿠미 뒤를 지나갔다.

"어머. 등록하는 거예요? 잘 부탁해요."

그중 한 명이 잽싸게 이쿠미를 알아보고 말을 걸었다. 앞으로 몇몇이 모여 쇼핑몰 안에 있는 카페에서 차를 마시고 돌아갈 거라 했다. 이쿠미에게도 함께 가자고 했지만 역시 그건 거절했다.

"그럼 다음에 같이 가요."

여자들은 기분 상한 내색도 없이 교실을 나갔다. 자동문을 지나갈 때 누군가의 말에 요란하게 웃음이 터진다. 연령대가 전혀 다른 사람들과 교류하는 건 한 번도 생각해 본 적 없었다. 요즘은 또래 여자들에게만 눈길이 갔다. 임신할 수 있는 나이대의 여자들에게만. 그러나 그것이 나 자신의 세계를 좁히고 있음을 깨달았다.

후지나미 강사가 나와서 다음 주부터 어떤 식으로 수업이 진행되는지 설명해 줬다.

"어렵게 생각하지 마세요. 머리를 비우게 되는 것도 요가의 장점이랍니다."

바로 그것이 지금 필요하다고 느꼈다.

두 번째 인공 수정이 열흘 앞으로 다가왔다.

베란다에 나가 가만히 밖을 바라봤다. 오늘은 안개가 살짝 껴서 베이뷰 타워가 뿌옇게 보인다. 문득 건너편 집으로 시선이 향했다. 오늘따라 인기척이 없고 별다른 소리도 들리지 않는다. 아침 7시도 되지 않았으니 다들 아직 잠들어 있을 수도 있다.

참새가 지붕 위에 앉아 지저귀고 있다. 이쿠미는 그 소리에 귀를 기울였다. 수컷이 암컷을 부르고 있는 걸까. 앞으로 둥지를 틀고 알을 낳을까. 그런 생각을 어렴풋이 떠올렸다.

잠시 후 침실 문이 활짝 열렸다. 이쿠미는 베란다 문을 열고 집 안으로 들어갔다. 게이고가 말없이 이쿠미에게 작은 용기를 건넸다.

"고마워."

그 말만큼은 매번 해주자고 결심했다.

용기는 불임 치료 전문 병원에서 받아 온 것인데 지금 이 안에는 게이고의 정액이 들었다. 오늘이 이쿠미의 배란일인 것이다. 이는 정확히 예측됐다. 사흘 전 초음파 검사로 난포 크기와 자궁 내막 두께를 측정했고 배란 진단약을 사용한 검사도 했다. 그러니 틀림없다.

그리고 배란일인 오늘 인공 수정을 해야 한다. 그러려면 먼저 남편의 정액을 채취해야 하고, 따라서 게이고는 출근 전 혼자 침실에 틀어박혀 자위를 했다. 그렇게 받은 신선한 정액을 병원에 가져가야 했다.

이쿠미는 정액이 든 용기를 토트백 밑바닥에 소중히 넣었다. 시험관처럼 생긴 길쭉한 플라스틱 용기에 뚜껑이 달렸고 겉에 붙은 스티커에 매직펜으로 이쿠미의 이름이 적혀 있다. 혹시라도 병원에서 남의 것과 바뀌지 않도록 세심한 주의를 기울였다.

게이고는 말없이 욕실로 향했다. 문이 여닫히고 샤워기 물소리가 거실에 들린다. 이쿠미는 서둘러 부엌에 갔다. 아침 식사 준비는 새벽에 일어나 대충 마쳤다.

게이고가 침실에서 정액을 채취하는 동안에는 베란다에 나가 있기로 했다. 내가 부엌에서 일하는 소리를 들으면 게이고의 신경이 분산될 것 같아서다. 샤워를 마치고 나온 게이고는 식탁에 식기를 내려놓는 이쿠미 뒤를 지나 다시 침실로 사라졌다. 다음으로 문이 열렸을 때는 이미 출근 준비를 전부 마친 상태였다.

"아침 먹어."

최대한 평소와 다르지 않게 말했다. 게이고는 일단 의자에 앉았지만 앞에 놓인 토스트와 베이컨 에그, 샐러드 접시를 보자 맥이 풀린 듯한 표정을 지었다.

"난 괜찮아. 오늘은 영 식욕이 없네. 커피만 끓여 줄래?"

이쿠미는 서둘러 커피메이커 전원 스위치를 눌렀다. 말없이 마주 앉은 두 사람 사이에서 커피메이커가 작동하는 소리만 들린다. 묘하게 어색한 분위기지만 어쩔 수 없다. 일하러 가기 전 혼자 자위하는 남편에게 미안한 마음은 있지만 그 마음을 일일이 전하기도 부자연스러웠다. 이건 우리 두 사람의 공동 작업이라고 스스로 되뇌었다. 섹스하는 것과 똑같은 행위. 아이를 얻기 위한 신성한 의식.

탁 소리가 들리고 커피메이커 전원이 꺼졌다. 게이고의 잔에 커피를 따라 눈앞에 내려놓았지만 남편은 손을 뻗지 않았다. 그런 남편을 못 본 척하고 이쿠미는 젓가락을 들었다. 이쿠미도 식욕이 없었지만 애써 밝게 말했다.

"그럼 먼저 먹을게. 오늘은 중요한 날이니 체력을 보충해 둬야지."

이쿠미가 "잘 먹겠습니다" 하고 손을 맞대는 모습을 게이고는 말없이 바라봤다.

뭔가 하고 싶은 말이 있는 게 분명해 보였다. 이런 건 이제 진절머리난다거나, 불쾌하다거나. 남편의 입에서 그런 부정적인 말이 나올까 봐 두려워서 이쿠미는 부지런히 식사에 집중했다. 게이고는 그제야 잔을 들고 천천히 커피를 다 마셨다.

"이번에는 분명 잘 될 거야. 느낌이 좋아."

억지로 베이컨 에그를 입에 넣고 우물거리며 말해 봤다. 남편은 대답하지 않는다. 적어도 '그래' 정도는 해 줬으면 좋으련만.

게이고는 빈 커피잔을 식탁에 내려놓더니 곧장 몸을 일으켰다.

"갈게."

"벌써?"

집에서 나가기에는 아직 이른 시간이다. 그러나 게이고는 출근용 가죽 가방을 집어 들고 등을 돌렸다. 이쿠미는 서둘러 현관까지 뒤따라갔다.

"다녀올게."

"응, 잘 다녀와."

게이고는 돌아보지 않고 신발을 신고 문을 열었다. 문이 닫히기 직전 남편의 얼굴이 얼핏 보였다. 다른 말은 없었다. 게이고는 꼭 수치스러운 행위라도 한 것처럼 도망치듯 집을 떠났다.

엘리베이터를 기다리지 않고 계단으로 내려갈 것이다. 집을 나서니 마음이 편해졌을까. 이쿠미는 자신에게 주어진 일을 다 마쳤다고 생각해 한숨을 내쉬고 부엌으로 돌아갔다. 의자에 털썩 앉아 먹다 만 음식이 담긴 접시와 남편이 손대지 않고 그대로 둔 접시를 번갈아 봤다. 이런 살벌한 아침도 인공 수정만 성공하면 끝이다. 이쿠미는 마음을 가다듬고 다시 밥을 먹기 시작했다.

운명의 하루가 시작됐다.

집에서 채취한 정액은 두 시간 안에 병원에 가져가야 한다. 병원에서 채취할 수도 있지만 그건 게이고가 딱 잘라 거부했다. 예약제로 운영되는 '채정실'이라는 방 이름에도 혐오감을 드러냈다.

"종마를 넘어 거의 수컷 연어 수준이네. 그런 데 혼자 앉아서 정액을 짜낸다고 상상하니 끔찍해."

그 말에는 아마 진심이 담겼으리라. 남자의 몸은 잘 모르지만 분명 긴장해서 잘 안되지 않을까. 타이밍 요법 때도 섹스를 끝까지 이어 가지 못한 게이고를 떠올리자 역시 집에서 하는 편이 나을 것 같았다. 지금은 남편의 기분까지 신경 쓸 여력이 없고 어쨌든 신선한 정액이 중요했다.

병원 접수처에 정액이 담긴 용기를 내밀었다. 직원은 별 반응 없이 사무적으로 용기를 받아 들었다. 그렇게 배웠는지 아니면 자신의 재량으로 그러는지 알 수 없지만 담담한 태도가 고마웠다.

"그럼 잠시 앉아서 기다려 주세요."

직원은 정액을 채취한 시간을 묻고 문 안쪽으로 들어갔다.

처음에는 시간을 물었을 때 당황했지만 이제는 당황하지 않는다. 이쿠미는 평소대로 소파에 살짝 걸터앉았다. 침착하게 잡지를 손에 들었지만 몇 장 펼쳐보고는 다시 서가에 돌려놓았다.

지금쯤 남편의 정액은 배양액과 섞여 원심 분리기에 들어갔을 것이다. 그렇게 배양액으로 세척한 후 정액의 점도를 높이는 것이다. 점도가 높아지면 정자 운동률이 향상한다고 한다. 동시에 잡균이나 사멸한 정자를 어느 정도 제거할 수도 있다. 그런 상세한 정보는 게이고에게 알려 주지 않았다. 그에게는 불쾌한 이야기일 것이다. 자신의 정자가 물건 취급을 당한다고 느낄지 모른다.

그러나 적어도 이쿠미에게는 소중한 생명체다. 이쿠미는 기도하는 심정으로 십여 분을 보내고 이름이 불려 처치실에 들어갔다. 처치용 침대에 누울 때도 이제는 창피하지 않았다.

"그럼 시작하겠습니다."

침착한 의사의 목소리. 눈을 꼭 감는다.

인공 수정 시술 자체는 어이가 없을 정도로 간단하다. 카테터를 자궁 경관에 통과시켜 자궁 안쪽 깊숙이 남편의 정액을 심는다. 불과 몇십 초면 끝난다. 통증도 없다.

"네. 끝났습니다."

드러난 하체에 간호사가 담요를 덮어 주고 허리 아래에 딱

딱한 쿠션 모양의 뭔가를 집어넣었다. 그대로 허리를 든 자세로 15분 정도 가만히 있는다. 그동안 이쿠미는 계속 눈을 감고 있었다. 남편의 품에 안긴 건 아니지만 이것도 부부의 결합이라 스스로 되뇌었다. 부부가 서로 사랑을 나눈 결과로 자연스럽게 아이를 얻는 것이라 믿었다.

처음 인공 수정을 하겠다고 했을 때 주치의가 했던 말이 떠올랐다.

"인공 수정이 특별한 치료는 아닙니다. 그저 임신의 입구가 조금 열리는 걸 도울 뿐이죠. 인공 수정 이후 수정, 착상은 자연 임신과 아무것도 다를 바가 없습니다."

그 이야기를 게이고와 함께 들었으면 좋았을 텐데.

자궁 속으로 방사된 정자가 난자를 찾아 헤엄치는 모습을 상상한다.

"이쿠미 씨. 다 됐습니다."

사무적인 간호사의 목소리에 신비로운 생명의 영상이 머릿속에서 지워졌다. 이쿠미는 천천히 몸을 일으켰다. 시술 후 특별히 안정이 필요하다는 말은 못 들었지만 지금 남편의 정자가 몸속에 있고 사랑스러운 생명이 잉태될지 모른다고 상상하자 신중할 수밖에 없었다.

이틀이 지나 병원에서 배란 후 상태를 체크한다. 난포에서 배란이 잘 이뤄졌는지 확인하는 작업이다. 그 뒤 몇 번에 걸

처 황체 호르몬을 보충한다. 착상률을 높이기 위한 요법이
다. 그런 흐름도 완벽하게 머릿속에 넣어 두었다.

접수처에 가서 계산을 했다. 전에도 받은 주의 사항이 적
힌 팸플릿을 건네받았다. 수영이나 온천은 가급적 삼가라.
격렬한 운동은 스스로 조절해 가면서 하라. 인공 수정 이후
에도 부부 생활에는 제한이 없다.

물론 격렬한 운동 같은 건 할 생각도 없었다. 부부 생활도.

인터넷에서 읽은 후기 중에는 인공 수정 시술을 받은 그날
섹스를 했다고 적힌 글이 꽤 있었다. 병원에서의 생식 활동
에만 의지하지 않고 부부 관계를 추가함으로써 새로운 생명
을 둘이서 탄생시켰다는 숭고한 기분을 느끼기 위해서라고
쓴 부부도 있었다.

그러나 게이고에게 그런 건 바랄 수 없다. 남편은 인공 수
정 자체에는 협조적이지만 속으로 뭔가 찜찜함을 느끼고 있
는 게 확실하다. 아내의 이야기에 귀를 기울이고 잘 풀리지
않을 때는 위로해 주지만 그 이면에 자신은 적극적으로 관여
하고 싶지 않다는 뜻이 엿보였다.

설마 아내를 임신시키지 못함으로써 남자로서의 가치가
떨어진다고 생각하는 걸까. 아니면 의학 기술에 의지하는 현
상황이 불만스러운 걸까.

언젠가 게이고는 할 수 있는 만큼 다 해 보고 그래도 안 되

면 포기하자고 했다. 지금 게이고의 태도를 보면 벌써부터 포기를 전제로 자기 할 일만 소화하는 느낌이 강했다.

나는 포기하지 않는다. 이쿠미는 병원 문을 나서며 다짐했다.

절대 포기할 수 없다. 여자로서의 가치, 남자로서의 프라이드. 그런 건 아무래도 상관없다. 나는 내 손으로 아이를 안고 싶다. 오직 그뿐이다.

"요가를 하면 조금은 살이 빠질 줄 알았는데 하나도 안 빠져."

"아, 근데 몸은 좋아지지 않았어? 이가라시 씨. 얼굴이 엄청 좋아졌는걸."

"요가를 마치고 이렇게 차 마시면서 케이크를 먹잖아. 살이 빠질 리 없지."

그 한마디에 까르르 웃음이 터졌다. 이쿠미도 살며시 미소 지었다.

요가를 시작한 지 한 달 반. 마침내 함께 수업을 듣는 수강생들의 초청에 응했다. 연령대는 다양하다. 50대, 60대 여자가 가장 많아 다섯 명은 있는 듯하다. 그다음으로는 70대가 한 명. 에비하라라는 77세 여자는 나이보다 훨씬 젊어 보였다. 요가를 12년이나 했다고 하니 그 덕분일 것이다. 자세도 좋았다.

그리고 40대가 두 명. 젊은 수강생도 있지만 그녀들은 수업이 끝나면 곧장 집에 돌아가 버린다. 이런 무리에는 끼고 싶지 않은 듯했다.

요가 교실이 들어선 쇼핑몰 내부 카페. 케이크 종류도 다양하다. 이쿠미를 포함해 아홉 명이 남아 수다를 떨고 있다. 이쿠미는 빗줄기가 카페 밖 유리창을 때리고 물방울이 선을 그리며 흐르는 모습을 가만히 바라봤다. 웃음소리가 터질 때마다 의식은 다른 여자들 쪽으로 향하지만 금세 유리창으로 다시 시선을 돌렸다.

'벌써 장마구나' 하고 막연하게 생각했다. 이렇게 계절이 바뀌고 세월은 흐른다. 두 번째 인공 수정도 결국 실패로 끝났다.

"아쉽군요."

의사는 그렇게 말하고 "그러나 비관할 일은 아닙니다"라고 곧 말을 이었다. 인공 수정으로 임신한 사람의 약 80퍼센트는 세 번째, 그리고 90퍼센트는 다섯 번째까지 가서야 성공한다고 했다. 그러나 어디까지나 임신한 환자의 경우일 뿐 시술받은 사람의 거의 절반은 임신에 이르지 못하는 것이 현실이다.

비관하지는 않았다. 주치의에게 세 번째 시술을 받겠다고 즉시 말했다. 의사도 그럴 거라 예상했는지 지극히 당연하게 다음 일정을 잡았다. 문제는 게이고인데 다행히 그도 이해해 주었다. 아마 이쿠미의 열의를 보며 어쩔 수 없이 동의했겠지만 그래도 협조해 주는 건 똑같다. 이쿠미는 안도하고 가슴을 쓸어내렸다.

아직 두 번밖에 안 했다. 포기도 비관도 하지 않는다. 오늘 이 자리에 온 것도 기분 전환을 위해서였다. 모처럼 요가 교실에 등록해 다른 사람들을 알게 됐는데 친목도 없이 다니는 건 역시 쓸쓸하다. 시야를 더 넓혀 일상생활을 즐겨야겠다고 생각했다.

사람들의 이야기를 듣다 보니 요가 교실에 다니는 이들은 대부분 다마가와역 북쪽의 뉴타운이라 불리는 지역에 사는 듯했다. 한마디로 현지 토박이가 아니고 다른 지역에서 이곳에 옮겨 온 사람들이다. 그 점은 이쿠미도 마찬가지라 이야기가 잘 통할 것 같았다. 에비하라 씨도 전에는 메구로구에 살았다고 했다.

나이가 지긋한 여자들은 손자 이야기를 하며 들뜬 모습을 보였다. 손자가 어느 유치원에 다닌다, 학원은 어디를 다닌다 같은 이야기다. 그런 화제가 나와도 특별히 불쾌하거나 쓸쓸하지는 않았다. 이제는 감정을 다스리는 법도 익혔다는 뜻이다. 인공 수정에 도전하면서 내 마음도 확실히 매듭지어진 느낌이었다. 그리고 마음을 굳게 먹지 않으면 시술을 이어 갈 수도 없다는 걸 깨달았다. 기대와 실망을 반복할 때마다 그 감정 그대로 흔들리다 보면 누더기가 되고 만다.

최대한 편하게 생각하자고 나 자신을 타일렀다. 이것도 다 아이를 얻기 전까지의 일, 어머니가 되기 전까지의 과정이라고 생각하면 하나도 힘들 게 없다.

"우리 애도 그 유치원에 다녀요."

그전까지 말없이 이야기를 듣고 있던 40대 여자가 끼어들었다.

"올해부터요. 이곳저곳 알아보다가 결국 그곳으로 정했죠. 원아 수가 적어서 선생님들이 잘 봐주실 것 같아서요."

"어머, 그렇구나."

손자 이야기를 하던 연장자들이 일제히 그 히가시야마라는 여자를 향해 고개를 돌렸다.

"아직 어리지?"

"네."

히가시야마는 기품 있게 미소 지었다. 조금 전 마흔여섯이라고 하는 걸 들었다.

"결혼해서 18년 만에 겨우 딸을 얻었어요. 그전까지 오랫동안 불임 치료를 받았죠."

순간 이쿠미는 고개를 번쩍 들어 히가시야마를 마주 봤다.

"어머, 그렇구나! 잘됐네!"

"18년이라니. 정말 고생했겠어. 다행이야."

연장자들이 입을 모아 말했다.

불임 치료를 경험한 사람을 처음 만났다. 그전까지는 인터넷에서 경험담만 읽었다. 이쿠미는 다소 무례하게 느껴질 만큼 히가시야마의 얼굴을 빤히 쳐다봤다.

"18년간 어느 병원에 다녔어?"

연장자가 거침없이 물어도 히가시야마는 기분 나빠 하는 기색 없이 대답했다.

"온갖 곳을 다 돌아다녔어요."

말투가 경쾌하다.

"좋은 선생님이 있다는 말을 듣고 홋카이도까지 가기도 했죠."

"뭐? 홋카이도까지?"

모두 호들갑스럽게 놀라워했다. 히가시야마는 아무래도 이런 상황에 익숙해 보였다.

"네. 그런데 18년은 역시 길더라고요. 막판에는 정말 녹초가 돼서."

"그럴 만도 해."

모두 맞장구를 친다.

"그래서 결국 포기했어요. 남편과 상의해 이제는 그만하자고 했죠. 그때는 요코하마에 살았는데……."

이쿠미는 다른 여자들과 함께 몸을 앞으로 내밀었다.

"그 무렵 스트레스 때문인지 몸이 안 좋아져서 원형 탈모증까지 생겼어요. 이제 임신은 됐고 내 몸이나 챙기자고 생각해 근처 한의원 선생님을 찾아갔죠. 그랬는데……."

히가시야마는 청중들을 한 번 휙 둘러봤다.

"선생님이 그러시더라고요. 지금 히가시야마 씨 몸속에 있는 장기들이 엄청나게 차다고요. 그러더니 '이런 상태로는 몸이 늘 안 좋을 것이고 자궁도 차갑습니다. 결혼했죠? 아이를 원하지 않습니까?'라고……."

물론 원한다고 대답했다. 그러자 그 의사는 한약을 처방해 줬다.

"그 후 채 두 달도 안 돼서 아이가 들어섰지 뭐예요."

"오!"

주변 사람들이 재미있는 이야기를 들었다는 듯이 크게 감탄했다.

"역시 한약이 잘 듣는다니까."

이후 그녀들은 한약 이야기로 한바탕 이야기꽃을 피웠다. 대화 내용은 이쿠미의 머릿속에 거의 들어오지 않았다. 그리고 대화가 슬슬 다음 화제로 옮겨 갈 때쯤이었다.

"저……."

지금까지 잠자코 듣고만 있던 이쿠미가 입을 열어서 모든 사람이 침묵하고 이쿠미를 주목했다. 이쿠미는 히가시야마를 향해 말했다.

"그 선생님에 대해 알려 주실 수 있나요?"

"뭐라고?"

"당귀작약산이야."

이쿠미는 기뻐하는 목소리로 말했다.

"냉증과 생리 불순에 효과적이래."

게이고가 얼굴을 살짝 찌푸렸다. 못 본 척하고 말을 잇는다.

"그리고 이건 향소산."

이쿠미는 한의원에서 처방받은 약들을 봉투에서 꺼내 보여줬다.

"이건 몸에 기가 모자라는 '기허'라는 증상에 효과가 있대."

"기허?"

"기는 곧 에너지를 뜻해. 즉 몸속에 에너지를 채워 주는 거야."

그러자 게이고는 이제는 노골적으로 수상쩍어하는 표정을 지었다.

히가시야마에게 전해 들은 요코하마의 한의원을 찾아가 진료를 받았다. 남편에게는 다녀와서 보고했다. 그것 역시 게이고가 탐탁지 않게 생각하는 요인 중 하나일 것이다. 그러나 한방에 의존하려는 아내에게 반대할 것 같아서 먼저 상의하기가 망설여졌다.

이쿠미는 게이고가 알아들을 수 있게 요가 교실에서 만난 히가시야마 씨에 대한 이야기, 그녀 역시 불임으로 고생했다는 이야기, 그리고 이 한의원에 다닌 지 얼마 안 돼 임신했다는 이야기까지 자세히 들려줬다. 게이고는 도중에 말을 자르지 않고 잠자코 이야기를 들었지만 표정은 여전히 굳어 있었다.

어떻게 이런 얼굴로 침묵할 수 있는 걸까. 이 좋은 소식을 처음 접했을 때 나처럼 흥분하지 않는 이유가 뭘까. 이쿠미는 이야기하면서 점점 마음이 조급해졌다. 내 설명이 잘 전달되지 않는다면 히가시야마를 직접 함께 만나 체험담을 들려주는 방법도 있다. 아니면 다음에 진료받을 때 게이고와 같이 한의원을 찾아가는 것도 좋을 것이다. 그럼 남편의 마음도 돌아설 게 분명하다. 이런 놀라운 치료법을 만난 행운을 함께 나눌 수 있을 것이다.

"정말 그런 걸로 임신이 될 거라 생각해?"

이쿠미를 이야기를 다 들은 게이고의 소감은 싸늘했다.

"하지만 히가시야마 씨는……."

"그런 건 우연이야."

게이고는 쌀쌀맞게 말했다. 그러더니 심각한 얼굴로 팔짱을 낀다.

"하긴, 요가를 하는 사람이라면 한의학에 의지할 만도 하네."

"그렇지? 그러니……."

"그게 아니라."

입을 열기도 전에 게이고가 말을 가로막았다.

"요가 교실과 요코하마에 있다는 그 한의원이 연결돼 있는 거 아니야?"

이쿠미는 무슨 뜻인지 이해하지 못하고 한순간 입을 다물었다.

"그러니까, 이런 말 하기 좀 그렇지만 둘이 한통속이 아니냐는 거야."

"말도 안 돼. 그런……."

"그 히가시야마라는 사람도 수상해. 그런 식으로 사람들한테 영업하는 게 목적 아니야?"

이번에는 정말 말문이 막혔다.

"어쨌든 한의원에는 안 가는 게 좋을 것 같아. 인공 수정 시술만으로 충분하잖아. 불임 치료 전문 병원에서 주는 약과 한약이 어떤 상호 작용을 일으킬지도 모르고. 만약 부작용이라도 생기면."

"한의사 선생님과 상담해서 처방받았으니 괜찮아. 불임 치료와 병행해 한약을 먹는 사람도 많대."

별일 아니라는 걸 알려야겠다는 생각에 최대한 미소 지으며 말했지만 뜻대로 되지 않았다. 이렇게 드러내 놓고 반대할 줄은 예상하지 못했다.

"18년이나 불임 치료를 받는데 그 선생님을 만나자마자 임신한 거야."

"그러니까 그건 우연이라니까."

언성이 높아지려는 것을 필사적으로 참았다. 최대한 냉정하게 이야기해야 한다.

"만약 정말로 불임에 효과가 없어도……."

이쿠미는 숨을 크게 들이마시고 말을 이었다.

"몸 상태를 바로잡는 의미에서도 괜찮을 것 같아. 여자한테 냉증은 좋지 않다고 하잖아."

"당신, 평소에 냉증이 그렇게 심했어?"

게이고는 감정 섞인 목소리로 물었다.

"평소에 생리 불순 같은 것도 없었잖아. 일반 병원에서 관련 검사도 이미 다 했고."

"대체 뭐가 그렇게 마음에 안 들어?"

마침내 감정이 폭발했다.

"비용이 문제라면 걱정 안 해도 돼. 한약도 보험이 되니까."

"돈 얘기는 한마디도 안 했어."

게이고도 화를 드러냈다.

"그런 모호한 정보에 휘둘리는 당신이 걱정돼서 그래. 요가 다음으로 한약. 그다음은 뭔데? 수상한 영양제나 민간요법 같은 거에 매달릴 거야?"

입술이 파르르 떨리는 게 느껴졌다.

"요가는 당신도 괜찮다고 했잖아."

"그래. 기분 전환 삼아 괜찮을 것 같았어. 하지만 당신이 그런 쪽으로 향할 줄은 몰랐어."

"그런 쪽이라니? 히가시야마 씨는 우리를 신경 써서……."

"그만해!"

결국 먼저 큰 소리를 낸 사람은 게이고였다.

"당신은 지금 정상이 아니야. 요즘 들어 계속 이상해지고 있다고. 인공 수정은 나한테도 힘든 일이야. 출근 전에 자위하고 정액을 당신한테 바치는 게 정상적인 상황이라고 생각해?"

남편의 말을 듣고 마침내 눈물이 뚝뚝 떨어졌다.

"사람들이 인공 수정을 보고 뭐라고 하는지 알아? 병원 내 섹스래. 당신은 병원 안에서 내 정자와 섹스를 하는 거야. 남편 없이 성립하는 섹스."

"어떻게 그런 말을……."

게이고는 창백한 얼굴로 부엌 의자에 털썩 주저앉았다. 고개를 떨구고 식탁 위에 팔꿈치를 올리더니 두 손으로 얼굴을 감싼다.

"여보, 이제 그만하자. 이번에도 안 되면."

"싫어!"

그 말만은 확실히 했다.

"인공 수정으로 안 되면 시험관 아기 시술도 할 거야."

게이고는 파묻고 있던 얼굴을 들었다. 얼굴이 몹시 초췌해 보인다. 그렇게 싫었구나. 지금껏 불임 치료는 우리 두 사람의 공동 작업이라고 믿었다. 그러나 남편의 생각은 달랐던 것이다. 이쿠미는 소리 없이 남편에게 따져 물었다.

"여보……."

쥐어짜 내는 목소리. 놀랍게도 게이고는 희미하게 미소 지었다.

"대체 언제까지 내가 정액을 제공해야 해?"

갈라진 입술에 맺힌 미소가 금세 사라진다.

"이젠 지쳤어."

그러더니 그는 천천히 몸을 일으켜 서재로 쓰는 방으로 걸어갔다.

"그럼 날 안아 줘!"

이쿠미는 남편의 뒷모습을 향해 소리쳤다.

"병원 내 섹스가 싫으면 나랑 제대로 된 섹스를 하면 되잖아!"

게이고가 흠칫 놀란 것처럼 멈춰 섰다. 그러나 돌아보지 않고 다시 발걸음을 뗀다. 멀어지는 남편에게 한약이 잔뜩

든 봉투를 집어 던졌다. 봉투에서 나온 당귀작약산과 향소산 봉지가 바닥에 떨어졌다.

인공 수정 치료 횟수가 늘수록 부부 관계는 줄고 있다. 그 문제로 지금껏 남편을 비난한 적은 없다. 그러나 오늘이 돼서야 비로소 남편의 진심을 깨달았다. 남편은 이제 나라는 존재 자체에 관심이 사라진 것이다.

이쿠미는 바닥에 무릎을 꿇고 앉아 떨어진 한약들을 주웠다. 그러는 순간에도 눈물은 멈추지 않았다.

"나⋯⋯."

난 대체 뭘 하고 있는 걸까. 이제는 남편에게 사랑받지도 못하면서 사랑의 결실을 맺고 싶어 하다니 우스운 일이다. 정말 우스웠다. 그래도 애써 웃으려 하는데 은색 약 봉투 위에는 눈물만 뚝뚝 떨어졌다.

현관문이 여닫히는 소리가 들렸다.

베란다 난간에 몸을 기대고 있던 이쿠미는 고개를 돌리지 않았다.

"여보, 안에 있어?"

캄캄한 방에 게이고가 들어오는 게 느껴졌다. 전등 스위치를 탁 누르자 거실 불이 켜진다.

"거기서 뭐 해?"

베란다 문을 열고 게이고가 등 뒤에서 말을 걸었다. 이쿠미는 대답하지 않고 건너편 집만 뚫어지게 내려다보고 있었다.

"여보!"

게이고가 베란다 밖으로 나와 이쿠미의 어깨를 붙들었다. 거칠게 흔들다가 다시 손을 뗀다.

"어땠어?"

느닷없이 목소리가 자상해진다. 이제 슬슬 세 번째 인공 수정 결과가 나올 때라는 걸 떠올렸으리라. 미지근한 바람이 불어 이쿠미의 머리카락을 스치고 지나갔다.

오늘 생리를 시작했다. 또 실패한 것이다. 이제는 실망도 분노도 미련도 없었다. 그저 적막한 심정이었다. 요가와 한약도 결국 효과가 없었다.

왠지 자신이 남편을 받아들이지 못하고 있다는 생각이 들었다. 다른 남자와는 잘 될까. 불임으로 고생하는 부부가 사이가 안 좋아져 이혼 후 다른 사람과 재혼하니 얼마 안 돼 아이가 생겼다는 체험담을 읽은 적이 있다.

아이를 갖고 싶다는 이유만으로 남편과 헤어져야 하는 걸까. 그런 말도 안 되는 주객전도가 있을까.

"안으로 들어와."

결과를 들으면 게이고는 이제 그만하자고 할 것이다. 얼마 전 말다툼 후 그래도 세 번째 인공 수정을 하고 싶다고 했을 때 남편은 특별히 반대하지 않았다. 지난 두 번과 마찬가지로 순순히 정액을 채취해서 건네주었다.

그리고 이쿠미는 남편이 병원 내 섹스라고 부른 인공 수정에 임했다. 그 밖에는 임신 가능성이 없었다. 역시 남편은 자신을 안아 주지 않았다. 인공 수정을 포기하면 다시 부부 관계를 회복할 수 있을까. 왠지 그럴 것 같지도 않았다.

우리 두 사람 사이에는 결정적인 어긋남이 있다. 불임 문제만 없었다면 작은 갈등 수준에서 끝났을 것이다. 그러나 그것은 지금 거대한 균열이 되어 무시할 수 없을 정도로 둘 사이를 떨어뜨려 놓고 있다.

이제는 아무래도 좋았다. 이대로 남편과 사이가 냉랭해져도 어쩔 수 없다고 생각했다.

"자, 어서."

게이고는 인공 수정 결과를 예측했는지 이쿠미의 팔을 붙잡고 집 안에 데려가려 했다. 그러나 이쿠미는 그 손을 뿌리쳤다.

"안 돼. 아직 안 돼."

"뭐가?"

"저 집을 감시해야 해."

그러자 남편은 입을 다물었다. 뭐라고 대답해야 좋을지 망설이는 듯하다.

"무슨 일인데?"

게이고가 조심스럽게 물었다.

"저 집 아이가 불쌍해. 얼마 전 아빠가 아이를 심하게 때리는 걸 봤어."

숨을 크게 들이마시는 소리.

"이쿠미……."

"요즘 들어 그런 일이 몇 번 있었어. 지금까지는 그냥 내버려 뒀는데 이젠 별 이유도 없이 아이를 때리고 있는 거야."

"여보. 그런 건."

"그러니 감시 중이야. 자기 기분 내키는 대로 아이를 때리다니, 그런 부모가 어딨어?"

"그럼 경찰서나 시청 복지과에 신고하면 되잖아. 왜 당신이."

"아니!"

이쿠미는 단호히 외쳤다.

"내가 보고 있다는 걸 저쪽도 알고 있어. 오늘도 말이지. 아빠가 마당에서 아이를 붙잡고 팔을 치켜들었는데 순간 뜨끔한 얼굴로 이쪽을 올려다봤어. 그 틈을 타 아이는 재빨리 도망쳤고. 통쾌했어. 움직임이 되게 날랜 아이야. 아무튼 그 뒤로 아이 아빠는 날 한번 노려보고 다시 집 안에 들어갔어."

남편이 한 발자국 뒷걸음질 쳤다. 베란다 유리문에 등이 닿는 소리가 들린다.

"내가 아이를 낳지 못해도 다른 아이의 생명을 구할 수 있다면 마찬가지 아니겠어? 이 세상에 태어나야 할 우리 아이 대신 다른 아이의 생명을 살린다고 생각하면."

"여보. 제발 부탁이니……."

목소리를 짜내는 남편을 이쿠미는 천천히 돌아봤다.

"내 말이 맞지? 아이를 많이 만들어 놓고 그 아이를 죽이는 부모가 있어. 아무리 노력해도 아이를 가지지 못하는 사람이 있다는 건 알지도 못하고."

게이고는 등을 베란다 유리문에 붙인 채 조용히 탄식했다.

"또 실패야. 이유가 뭘까. 우리는 왜 부모가 될 수 없는 걸까."

이쿠미는 담담히 말했다. 그리고 입을 걸어 잠근 남편을 연민하듯 미소 지었다.

"그럼……."

남편의 목에서 바짝 마른 목소리가 새어 나왔다.

"이제 앞으로 두 번 남았네. 앞으로 두 번 더 해 보고 실패하면 그만두자. 이제는 충분하잖아. 우리는 할 만큼 했어."

이쿠미의 얼굴에 들러붙어 있던 미소가 서서히 무너지기 시작했다.

"어쨌든 저 집은 계속 감시해야 해."

"작작 좀 해!"

게이고는 집 안으로 들어가 베란다를 향해 소리쳤다.

"저 집안 일이 우리랑 무슨 상관있다고!"

"당신은 시험관 아기 시술까지는 안 해도 된다고 생각하지?"

유리문 너머에서 게이고가 턱을 살짝 움직였다.

"응. 나도 그렇게 생각해. 인공 수정으로 충분해. 시험관 아기 시술까지는 안 해도 될 것 같아."

그러자 게이고의 입이 반쯤 벌어졌다.

"그래도 아이는 가졌으면 좋겠어. 난 엄마가 되고 싶어."

이쿠미가 단호히 말하자 게이고는 섬뜩한 듯 눈을 가늘게 떴다.

"아이를 입양하는 방법도 있겠지? 예를 들자면."

이쿠미는 몸을 빙 돌려 베란다 난간에 손을 얹었다.

"부모에게 학대당하는 가엾은 아이를."

"그만해……."

게이고가 또다시 뒷걸음질 쳤다. 이번에는 부엌 식탁에 허리가 부딪힌다.

"말도 안 돼. 당신은 지금 제정신이 아니야."

게이고는 거기까지 말하고 도망치듯 방 안으로 사라졌다.

이쿠미는 베란다에 우두커니 서서 어둠을 응시했다. 주황색 불이 켜진 맞은편 집은 쥐 죽은 듯이 조용했다.

이시이 소타의 어머니는 살짝 열린 미닫이문 틈새를 통해 조용히 대답하고 있다. 소타의 아버지는 얼마 전 새 일자리를 구해서 낮에 방문하면 어머니 혼자 나왔다. 그러나 잔뜩 경계하는 눈치로 유이치와 시호의 질문을 대충 흘려넘기고 있다. 아마 남편이 그렇게 하라고 시킨 것 같았다.

전에 왔을 때는 소타를 만나지 못했다. 밤이 돼도 연락이 없었다. 아동 상담소의 요청에 성실히 응하는 부모는 거의 없으니 밤에 유이치가 혼자 집을 다시 찾았고 그때는 소타가 집에 돌아와 있었다. 아버지는 낮에 만났을 때보다 더 고압적인 태도로 유이치를 내쫓았다.

부모가 협조적이지 않으니 결국 소타의 상태는 어린이집을 통해 들을 수밖에 없었다. 그러나 요즘은 어린이집 쪽도 주춤하는 모양새다. 전에 어린이집에서 소타의 옆구리에 있는 멍 자국을 발견했다고 아동 상담소에 통보한 적이 있다. 아동 상담소 측은 즉시 사진을 찍어 달라고 부탁하고 어린이집에 뛰어갔지만, 소타가 말을 하지 않아 어떻게 생긴 상처인지 알 수 없었다. 어린이집에 아이를 데리러 온 소타 어머니에게 물으니 아이가 밖에서 놀다가 집에 돌아오니 멍이 생겨 있었다고만 했다.

이후 유이치가 아동 상담소에 돌아가기도 전에 소타의 아버지가 아동 상담소에 전화를 걸어 와 거칠게 항의했다. 분노의 화살은 어린이집 쪽에도 향해 아버지는 그곳에도 찾아가 난동을 부렸다. 그는 어린이집에서 아이의 멍 자국을 고자질한 거냐며 길길이 날뛰었다고 한다. 어린이집은 요대협의 일원으로 당연한 일을 한 것이지만 아버지가 자꾸 협박하듯 으름장을 놔서 태도가 점차 소극적으로 변해 가고 있다.

어린이집에서는 평소에도 부모들의 클레임 때문에 고생하고 있다고 털어놓았다. 아이 몸에 생긴 멍 사진을 찍어 아동 상담소에 전달했다는 이야기가 퍼지면 또 어떤 위협을 당할지 몰라 걱정하는 듯했다.

유이치가 찾아갔을 때도 어린이집 원장은 얼굴을 잔뜩 찌푸린 채 말했다.

"소타 아버지뿐만이 아닙니다. 아이 몸에 난 상처를 발견해 아동 상담소에 통보한다는 소문이 다른 부모들에게 퍼지면 여러모로 곤란해져요."

"보호자들과 관계가 나빠지면 어린이집 운영에도 차질이 생깁니다."

원장은 그런 변명을 되풀이했다. 여러 문제를 떠안은 집안의 아이가 많은 이 어린이집의 특성을 고려하면 원장의 심정이 전혀 이해되지 않는 건 아니었다. 원장은 과거 어떤 부모가 자신의 집까지 찾아와 협박한 적도 있었다고 덧붙였다.

"거기에 소타는 말도 안 하지 않습니까. 부모에게 학대당했다고 아이가 직접 털어놓든지 해야 하는데 그러지도 않으니 저희로서는 어쩔 도리가 없죠."

책상을 사이에 두고 맞은편에 앉은 원장이 몸을 움츠렸다.

"선생님들이 고생하시는 건 알지만 어린이집은 법률상 아동 상담소에 협조하게 돼 있다고 전해 주세요."

유이치가 그렇게 말하자 원장은 고개를 들었다. 당황과 초조함이 뒤섞인 표정이 역력했다.

"그런 정론이 통하는 분들이 아니에요."

유이치는 원장의 소리 없는 호소를 알아들었다. 원장은 말 없이 깊은 한숨만 내쉬었다.

소타의 어머니는 이제는 좀 가 달라는 듯이 미닫이문을 잡아당겼다. 등 뒤로 보이는 방 안에서 어린아이의 모습이 언뜻 보인다. 그 아이가 소타인 것은 조금 전 확인했다. 거스러미처럼 일어난 다다미 위에서는 갓난아이가 기어 다니고 있다.

"소타가 오늘 어린이집에 가지 않았죠?"

시호가 문에 손을 얹은 채 물었다.

"열이 좀 나서요."

어머니는 짧게 대답했다.

"그런가요. 걱정이네요. 병원에는 가 보셨나요?"

그렇게 묻는 시호를 슬쩍 째려보고 어머니는 "이제 갈 거예요"라고 나지막이 말했다.

"얼마 전에 이시이 씨 집에서 아이가 폭력을 당하고 있는 것 같다는 신고가 들어왔습니다."

유이치는 일부러 태연히 말했다. 어머니는 겁먹은 표정을 지었다. 또다시 문을 닫으려 해서 시호가 막아 세웠다.

"그런 일은 없었어요."

어머니는 고개를 푹 숙인 채 중얼거렸다. 기운을 짜내며 말을 잇는다.

"근데 누가 그러던가요?"

"익명 신고였습니다."

유이치가 무뚝뚝하게 대답하자 어머니는 입술을 깨물었다.

조금 전 확인한 소타의 몸에 멍이나 상처는 없었다. 그것을 확인한 것만으로도 다행이다.

"그럼 다음에 다시 찾아뵙겠습니다. 그때까지 몸조리 잘하시기를."

그렇게 인사하고 다시 집 안쪽을 힐끗 쳐다봤다.

"소타, 바이바이."

"또 올게."

시호와 번갈아 인사했지만 소타에게서 대답은 없었다. 떠나는 아동 상담소 직원들을 멍한 얼굴로 바라보고 있다. 소타는 얼마 전 일곱 살 생일을 맞이했을 터였다.

유이치와 시호는 나란히 문 쪽으로 향했다. 손질되지 않은 앞마당에 날아온 씨앗이 자라 분꽃이 피어 있다. 시호가 주민 기본 대장을 확인해 보니 이 집을 사들인 조부모는 몇 년 전 잇달아 세상을 뜬 상태였다.

시호는 소타의 할아버지라는 사람이 술에 취해 길가에서 잠들었다가 차에 치여 숨졌다고 유이치에게 알려 주었다. 집안 사정을 어느 정도 엿볼 수 있는 죽음이다. 소타의 아버지도 소타와 비슷한 환경에서 자랐을 것이다.

— 말귀를 못 알아먹고 거짓말하는 녀석들한테는 따끔한 맛을 보여 줘야 해! 우리 아버지도 나한테 그 정도는 했어!

언젠가 소타의 아버지가 일시 보호소에 들이닥쳐서 한 말이 모든 상황을 여실히 말해 준다. 그 말은 유이치의 머릿속에도 깊이 새겨졌다. 어쩌면 이 지역에서는 특별히 눈에 띄는 양육 환경이 아닐 수도 있다.

"어떻게든 소타가 검사를 받게 할 수는 없을까요?"

시호가 옆을 걷다 불쑥 말했다.

"그 아이가 말만 해 준다면 상황이 많이 바뀔 텐데 말이죠."

"그렇겠죠. 그런데 병원에서 검사나 치료를 받는 것 정도로는 어렵지 않을까요."

"그게 무슨 뜻이에요?"

시호는 고개를 번쩍 들어 유이치를 봤다. 날카롭게 찌르는 듯한 눈빛. 시호의 가슴속에 떠돌고 있을 분노를 유이치는 너그럽게 받아들였다.

"아마 소타도 언젠가 입을 열게 될 겁니다. 아이도 그 시기를 기다리고 있을 거예요."

"유이치 씨가 그걸 어떻게 알아요? 그럼 소타가 일부러 말을 못 하는 척하고 있다는 말인가요?"

"아뇨. 그게 아니라."

유이치는 허공을 보며 신중히 말을 골랐다.

"아마 의식적으로 그러는 건 아닐 겁니다. 정신적인 뭔가가 몸에 작용해서 말을 가로막고 있다고 할까……. 뭐 일종의 자기방어 반응일 수도 있겠죠."

그러자 시호는 어이가 없다는 듯 고개를 흔들었다.

"도대체 무슨 말씀을 하시는 건지 하나도 모르겠어요."

또다시 따지려고 드는 시호를 신경 쓰지 않고 유이치는 갑자기 방향을 틀었다.

"응? 어디 가세요?"

시호가 황급히 뒤따라오며 물었다. 유이치는 이시이 씨 집 부지 바로 앞에 있는 도로를 가로질렀다.

"저기 보이십니까?"

유이치는 손가락을 들지 않고 눈짓으로 맞은편에 있는 아파트를 가리켰다. 3층 베란다에 여자가 나와서 이시이 씨의 집 쪽을 내려다보고 있다. 전에도 한 번 본 적이 있는 여자다.

"저분, 저희가 올 때마다 저곳에서 맞은편 집을 내려다보고 있는 것 같더군요."

"저분이 익명 신고를 했을까요?"

"글쎄요. 근데 이야기는 들어보는 게 좋을지도."

유이치는 그 아파트를 향해 성큼성큼 걸어갔다. 베란다에 나와 있던 여자가 다시 집 안에 들어가는 모습이 보였다.

"괜찮을까요? 이웃들에게 저희의 신분이 밝혀져도."

"뭐 문제가 생길 수도 있겠죠. 그래도 궁금하니."

"네? 저기요. 유이치 씨."

유이치는 맞은편 아파트 입구를 지나 안으로 들어갔다. 시호도 어쩔 수 없이 따라간다. '빌라 캄파넬라Ⅱ'라는 세련된 이름이 붙었지만 지은 지 상당히 오래돼 보이는 건물이다. 현관에 자동 잠금 장치도 없어서 입구 홀까지 어려움 없이 들어갔다.

이런 아파트 중에는 버블기 무렵 투자 목적으로 세워졌다가 나중에 가치가 떨어진 물건이 많은데 이곳 역시 그런 아파트일지 모른다고 유이치는 짐작했다. 입구에 있는 우편함을 확인했다. 8층까지 있고 모든 층에 집이 다섯 가구씩 있는 소형 아파트다. 다마가와역 너머에 속속 들어서는 타워 아파트 등과 달리 입주 세대도 대부분 알려져 있다. 베란다에 나와 있던 여자의 집은 3층 한가운데에 있었다. 밖에 걸린 이름판에는 '오치아이'라고 적혀 있었다.

엘리베이터를 타지 않고 계단으로 올라갔다. 뒤에서 시호가 체념한 얼굴로 따라온다. 303호 앞에 가서 초인종을 눌렀다. 반응이 없다. 다시 한번 눌러 본다. 시호가 몸을 살짝 움직이는 게 느껴졌다. 집에 있으면서 없는 척하는 걸까 생각했을 때 문 너머에서 인기척이 들렸다. 조용히 자물쇠를 푸는 소리가 들리고 문이 살짝 열렸다.

"누구세요?"

여자는 도어체인을 풀지 않고 그렇게 물었다.

"아, 다마가와 아동 상담소에서 나온 마쓰모토 유이치라고 합니다."

유이치는 여자가 잡고 있는 문 안쪽 손잡이를 보며 말했다. 집 안이 어두침침해서 여자의 얼굴이 잘 보이지 않는다.

"이 집 맞은편에 있는 이시이 씨 집에 대해 몇 가지 여쭙고 싶은 게 있는데 잠시 괜찮을까요?"

"맞은편 집이요?"

여자는 불안한 것처럼 되물었다.

"네. 베란다에 나가서 보시던 그 집 말입니다. 그 집에 사는 아이의 상태가 궁금해서요."

"전 몰라요."

여자는 즉시 대답했다.

"바로 맞은편에 있으니 가끔은 아이들을 보셨을 것 같아서."

"아이라니, 전 모른다니까요."

여자는 완고한 태도를 무너뜨리지 않았다.

"그럼 혹시 어떤 소리가 들리거나 하지는 않았습니까? 아이의 울음소리라거나. 뭐든 괜찮으니 신경 쓰이는 점이 있었다면 알려 주셨으면 합니다."

"소리 같은 건 못 들었어요. 이제 그만 돌아가 주세요."

여자는 그 말을 끝으로 문을 닫아 버렸다.

유이치는 고개를 돌려 시호와 마주 봤다. 시호는 망연자실한 얼굴로 고개를 절레절레 흔들었다.

"원래 말을 꺼내는 건 어려운 법이야."

유이치의 보고를 들은 고다 과장이 말했다.

"유이치 씨가 추측한 대로 소타는 말을 못 하는 게 아닐 수도 있어. 하지만 자기가 입을 한번 열면 그때부터 뭔가 문제가 생길 수 있다고 아는 거겠지. 본능적으로."

"그럼 의도적으로 입을 다물고 있는 게 아니라 말로써 의사를 전달하는 걸 무의식중에 거부하는 거겠죠? 말을 안 하는 그 자체가 무언의 신호 같은 걸까요."

구스노키 가나코가 골똘히 생각하는 얼굴로 말을 받았다.

"한창 말을 배울 나이에 언어에 대한 불신을 가졌을지도 모릅니다. 내가 뭘 말해도 들어 주지 않는다. 모든 말이 부정된다. 그러니 입을 걸어 잠그고 자기 안에 틀어박힌 거죠."

"그게 편하니까……."

유이치가 조용히 중얼거리자 고다와 구스노키가 깜짝 놀란 것처럼 고개를 들었다.

"전에도 말했지만 유이치 씨는 가끔 참 냉정해. 오싹할 만큼."

고다가 살짝 비난하는 어조로 말했지만 유이치는 반응하지 않았다. 구스노키가 헛기침을 하며 분위기를 가다듬었다.

"조금 전 사카모토 리미 양 문제에서도 결국 아이 입을 통해서 이야기를 듣지 못했죠. 그 아이는 일부러 입을 다물고 있는 거겠죠?"

바로 조금 전 고다와 구스노키는 어떤 여자 중학생을 만나고 왔다. 아이가 아버지에게 성적 학대를 당하고 있다며 친구에게 고백했다고 했다. 친구는 어떡해야 좋을지 몰라 부모와 상의했고, 결국 그 친구의 어머니가 망설인 끝에 아동 상담소에 통보한 경위였다. 이런 케이스는 통보가 들어온 직후 긴급 수리 회의가 열려서 유이치도 대략적인 정보는 알고 있었다.

오늘 사카모토 리미를 직접 면담실에 불러 이야기를 들었다. 그러나 무엇을 물어도 아이는 아버지와 관련 없는 일이라 잡아뗐다. 상황이 이쯤 되면 마냥 숨길 수도 없어서 "친구가 많이 걱정하더라"라고 하니 아이는 "걔는 거짓말쟁이예요"라며 되레 친구를 비난했다고 한다.

그러다 아이는 끝내 울음을 터뜨렸고 이런 소문이 퍼지면 더 이상 학교에도 못 갈 거라며 괴로워했다. 성적 학대 의혹이 있는 아이와 면담하는 방법에 대해 연수받았던 구스노키가 관점을 바꿔 다시 물었다.

"엄마를 좋아하니?"

그러자 아이는 "네" 하고 고개를 끄덕였다.

"아빠는?"

"좋아해요."

"어떤 점이 좋은데?"

그러자 아이는 "자상한 부분이요" 하고 즉시 대답했다고 한다.

"싫은 점도 하나쯤은 있지 않을까? 그게 뭔지 가르쳐 줄래?"

아이는 생각에 잠겼다. 고다와 구스노키는 아이가 입을 열 때까지 끈기 있게 기다렸다. 이럴 때 유도 질문을 던져서는 안 된다.

"……딱히."

잠시 후 리미는 고개를 돌린 채 말했다.

"더 이상 파고들면 그 아이는 친구들한테서 고립돼 정신적으로 버티지 못할 것 같다는 느낌이 들었어."

고다가 깊숙이 한숨을 내쉬며 말했다.

리미는 일시 보호소에 들어가는 것과 산부인과 검진을 받아 보자는 제안도 거부했다고 한다.

"유이치 씨가 가서 아이 아버지한테 직접 이야기를 들어볼래?"

고다는 자신이 어머니 쪽을 맡겠다고 했다. 유이치가 고개를 끄덕이자 고다는 관자놀이를 꾹 누르며 얼굴을 찌푸렸다. 요즘 들어 편두통에 시달린다고 했다.

"참 어려운 일이야. 이런 사례에서 사실을 밝혀내는 건."

아동 복지사의 자질 중 하나로 소통 능력이 꼽힌다. 상담하는 아이의 말뿐만 아니라 안색과 표정, 시선, 몸짓, 목소리 톤, 그 밖의 모든 분위기를 관찰해 아이가 현재 떠안고 있는 문제를 알아내야 한다. 아동 복지사만의 감성이라고도 할 수 있다. 그러나 베테랑인 고다도 모든 것을 파악하는 건 역시 어려워 보였다.

"아주 어렸을 때부터 학대를 받았을 가능성도 있습니다."

구스노키는 신중하게 말을 골랐다.

"그리고 그런 아이는 자신이 당하는 일이 '좋지 않은 것'이라는 걸 알지 못한 채 성장하죠. 리미 양도 중학생이 되고서야 뭔가 이상하다고 깨달은 게 아닐까요."

"그래서 친구에게 상의했다?"

"그 아이 나름대로 SOS 신호를 보낸 겁니다."

"응. 그래서 나도 앞으로 한 발짝 남은 것 같기는 해."

세 사람은 각자 책상으로 돌아가 서류를 작성하기 시작했다. 성적 학대는 집 안에서 아주 은밀하게 이뤄지는 경우가 많아서 좀처럼 겉으로 드러나지 않는다. 성적 학대를 받은 아이는 '내 몸이 더럽혀졌다'라고 생각해 그 누구와도 상의하지 못하고 힘들어한다. 불쾌한 일을 당한 기간의 기억이 통째로 날아가거나 감각을 다른 곳으로 보내 통증과 혐오감을 느끼지 않으려 하는 '해리' 증세가 나타날 때도 있다.

웃음을 잃고 사람을 대하는 걸 두려워한다. 시간이 갈수록 학대자가 시키는 대로 따르게 되고, 학대자는 그런 아이의 태도를 이용한다. 성적 학대가 비열하기 짝이 없는 행위이고 '영혼의 살인'이라 불리는 이유다.

이번 사안은 최대한 긴급하게 처리해야 한다. 학교 수업이 끝날 때쯤 시호가 전화를 걸어 와 이시이 소타 문제로 상의하고 싶다고 했지만 유이치는 당분간 그 일은 미뤄야겠다고 솔직하게 전했다. 시호는 발끈한 것처럼 "알겠어요" 하고 퉁명스럽게 전화를 끊었다.

아동 상담소는 늘 만성적인 인력 부족에 시달리고 있다. 지자체 창구로 들어오는 사안은 아동 상담소가 주도해 구체적인 지원책을 세워야 한다. 가장 이상적인 건 지자체에 설치된 관계 기관이 보호자의 청취 역할에 집중하고 나머지 지원은 아동 상담소와 협력하는 것이지만 현실은 여의찮다.

일단 직원 한 사람이 떠안고 있는 케이스가 너무 많았다. 긴급 통보가 들어와 "갈 수 있는 사람?" 하고 물어도 눈을 내리까는 직원이 대부분이다. 그럴 때 유이치는 항상 "네. 제가 가겠습니다" 하고 나섰다. 가정이 있는 여자 케이스 워커들과 달리 시간상으로 여유가 있기 때문이다. 휴일 근무나 야간 전화 당번도 도맡아 하는 유이치를 보며 고바야시는 늘 혀를 내둘렀다. 그렇게 담당하는 사안은 점점 더 늘어만 간다.

다음 날 아침, 사카모토 리미의 아버지를 만나러 가려는데 일시 보호소에 있는 셋쓰에게서 전화가 왔다. 보름 전 일시 보호했던 남자 고등학생이 보호소를 나가고 싶다며 소란을 부리고 있다고 했다. 유이치는 곧장 일시 보호소로 향했다.

오카베 다이시는 자기를 보호해 달라며 제 발로 아동 상담소를 찾아온 아이였다. 명문대 출신인 아버지에게 같은 대학 의학부에 들어가라는 압력을 받으며 공부를 강요당하는 고등학생이었다. 학원을 빼먹거나 집에서 자율 학습을 소홀히 하면 아버지에게 손찌검을 당한다고 했다. 아이를 면담한 아동 복지사는 아이가 육체적, 정신적으로 궁지에 몰려 있다며 학대에 해당한다고 판단했다.

이야기를 전해 들은 아버지는 불같이 화를 냈지만 아이의 의지가 확고해 당분간 일시 보호소에서 지내게 됐다. 아이는 자신은 엄연히 하고 싶은 다른 일이 있어 아버지가 원하는 미래의 모습을 받아들이기 어렵다고 했다.

그런 아이가 지금 다시 보호소에서 내보내 달라며 떼를 쓰고 있다는 것이다. 어느 정도 예상은 했다. 다이시는 어쨌든 아버지 곁에서 도망치고 싶어 이곳에 왔다. 일시 보호소가 어떤 곳인지 잘 알지도 못한 채로.

"이렇게 통제가 심한 곳일 줄은 몰랐어요."

유이치를 만나자마자 다이시는 그렇게 말했다. 일시 보호된 아이들은 기본적으로 보호소 안에서만 생활한다. 학교에도 가지 않고 보호소 안에서 교육을 받는 게 원칙이다. 교원자격을 가진 직원이나 전직 교사, 대학생들이 봉사 활동을 나와 공부를 봐준다. 학교에서 프린트 등 교재를 받아 오지만 교육권이 완전히 보장됐다고 할 수는 없다.

외부와 격리된 채 규칙적인 생활을 해야 하고 친구를 만날 수도 없다. 그런 자유롭지 못한 생활에 진저리를 내며 도망치는 아이도 있다. 특히 비행 문제로 보호된 중고등학생들에게 일시 보호소에서 탈출하는 건 식은 죽 먹기다.

유이치도 한밤중에 불려 가 밤새도록 아이를 찾아 온 동네를 돌아다닌 적이 몇 번 있었다. 그런 식으로 친구 집에 있거나 편의점에 머물러 있는 아이들을 데려왔다.

"학교에 가고 싶어요."

다이시는 호소했다.

"여기 있으면 숨 막혀요. 저 혼자 공부도 뒤처지는 것 같고요."

고등학교 2학년인 다이시가 불만 가득한 얼굴로 말하자 셋쓰가 아이를 달랬다.

"여기 오래 있지는 않을 거야. 아버지와 이야기만 잘 되면……."

"집에는 절대 안 갈 거예요! 아빠는 두 번 다시 보고 싶지 않아요!"

다이시 정도 되는 아이들을 상대하는 건 어린아이들과 달리 나름의 고충이 있다.

셋쓰는 유이치를 힐끗 보며 눈짓했다.

"소장님께는 네가 뭘 원하는지 알려 드렸어. 아마 이곳에서도 학교에 다닐 수 있을 거야."

유이치가 퉁명스럽게 말하자 셋쓰가 조마조마하게 쳐다봤다.

"여기서 학교에 다니라고요? 이런 갑갑한 곳에는 있고 싶지 않아요. 제대로 된 시설에 보내 주세요."

"부모님은 네가 집에 돌아오기를 바라고 계셔. 시설 입소 자체에 동의하지 않으셨지."

부모님의 뜻에 반해 시설 입소를 원한다면 가정 법원의 승인을 받아야 한다고 다이시에게 설명했다. 고등학생 정도 되는 아이 앞에서는 뭔가를 숨기거나 속이는 건 통하지 않는다. 모든 것을 있는 그대로 털어놓고 이해를 구해야 한다. 다이시는 초조해하며 유이치의 말을 들었다.

"그럼 지금 바로 그 절차를 밟아 주세요."

"그렇게 쉬운 일이 아니야."

유이치는 딱 잘라 말했다.

"넌 사립 고등학교에 다니지? 부모님이 수업료를 내지 못하겠다고 하면 지금까지 다니던 학교에는 다닐 수 없어. 공립 학교로 전학해야 해."

그러자 다이시는 절망 섞인 표정을 지었다.

"세상은 네가 원하는 대로만 돌아가지 않아."

"제길!"

"우리는 부모님과 대화를 계속하고 있어. 네가 뭘 원하는지도 전달했고. 어떻게든 설득할 수 있을 것 같기는 해."

"알 바 아니에요!"

다이시는 언성을 높였다.

"전 부모님과 연을 끊고 싶어요. 그럴 결심으로 이곳에 왔어요. 아버지 마음대로 제 인생을 조종하게 내버려 두고 싶지 않다고요!"

"부모님과 연을 끊고 싶다면 가정 법원에 제소해 친권 상실 심판을 받을 수밖에 없지."

"유이치 씨."

옆에서 대화를 듣고 있던 셋쓰가 보다못해 끼어들었다. 유이치는 그를 무시하고 말을 이었다.

"하지만 너 같은 경우는 받아들여지지 않을걸. 아쉽게도."

"뭐라고요? 저 같은 사례는 어엿한 교육 학대에 해당한다고 다른 분이 말했어요!"

"잘 들어. 부모와 연을 끊는 게 그렇게 쉬운 일이 아니야. 네 경우에는 아직 부모님과 관계를 개선할 여지가 있다고 판단할 거야."

"없어요! 그런 거! 그럼 어떡해야 친권이 상실되는데요?"

머리 회전이 빠른 고등학생은 모든 것을 다 이해하며 화를 내고 있다.

"넌 지금 부모님께 신세를 지며 학교에 다니고 있어. 생활 전반을 부모님께 의존하고 있지."

"그렇다고 해서 아버지가 제 인생을 마음대로 해도 되는 건 아니잖아요!"

"그건 그래. 하지만 우리 여기서 주로 다루는 학대는 그런 게 아니야. 넌 아직 생각이 얕아."

"유이치 씨."

또다시 셋쓰가 끼어들며 유이치의 재킷 소매를 잡아당겼다.

"넌 이제 열여덟 살이야. 네 인생은 스스로 결정해야 해. 부모님과 정면으로 맞부딪혀 네 의견을 주장하고 설득할 수도 있어."

"했어요! 이미 수도 없이 했다고요! 그런데 아버지는 전혀 들은 척도 하지 않았어요. 손부터 올리셨다고요. 엄마는 아버지가 그러는 게 다 저를 위한 거라고만 했고요."

"그걸로는 부족해. 네가 한 일이라고는 여기로 도망친 것뿐이야."

"그만하세요, 유이치 씨."

마침내 셋쓰가 얼굴을 붉히며 두 사람 사이에 끼어들었다. 그가 내민 손을 유이치는 조용히 뿌리쳤다.

"도망쳤다고요?"

다이시가 눈을 가늘게 떴다.

"도망친 아이를 도와주는 게 아저씨 같은 사람들이 하는 일 아니에요?"

"그래. 하지만 싸울 수 있는 사람은 직접 싸워야지. 남에게 떠넘기지 말고 네 인생을 네 손으로 거머쥐는 거다. 너한테는 그 선택지가 있어. 어린아이들은 그러지 못해도."

다이시는 이글거리는 눈빛으로 유이치를 응시했다.

"부모님과 결별하고 싶다면 해. 직접 만나서 부모님께 네 의사를 전해."

아동 상담소로 도망쳐 온 고등학생과 케이스 워커가 우뚝 서서 서로 대치하고 있다.

"알겠어요."

오랜 침묵 끝에 다이시가 입을 열었다.

"아버지한테 한 번 더 말해 볼게요."

"그래."

유이치는 안도하고 어깨에 힘을 풀었다.

"부모님의 마음이 가라앉으면 그 기회를 만들어 보마. 그건 우리한테 맡겨."

다이시는 고개를 끄덕이고 학원이 있는 쪽으로 걸어가 이내 사라졌다.

"유이치 씨, 너무 심했어요."

셋쓰가 한숨을 요란하게 내쉬며 핀잔을 줬다.

"네, 그렇죠. 죄송합니다."

유이치는 꾸벅 고개를 숙였다.

사카모토 리미의 아버지 히로아키는 고개를 돌린 채 입을 한일자로 다물고 있다. 마을에 있는 작은 공장에서 선반공으로 일한다는 그는 지금껏 몇 차례의 면담 요청에 응하지 않았다. 어머니는 아동 상담소에 몇 번 찾아와 고다와 구스노키를 만났지만 남편이 딸에게 성적 학대를 저지른다는 이야기는 단호히 부인했다.

"뭔가 찜찜하기는 해. 이쪽이 할 말을 예상해서 선수 치듯 부인하는 모습이."

고다는 고개를 갸웃거렸다. 아동 복지사로서의 촉이 어떤 상황을 감지한 듯했다.

유이치는 아침에 회사에 출근하는 히로아키를 찾아가거나 직장에 연락하며 끈질기게 접근해 마침내 아동 상담소에 오겠다는 말을 받아냈다.

"리미가 친구에게 상당히 구체적으로 이야기한 것 같더군요."

히로아키는 아무런 반응을 보이지 않았다.

"어릴 때부터 아버지가 몸을 더듬거나 입을 맞추곤 했답니다."

그러자 히로아키가 고개를 천천히 돌려 정면을 봤다.

"그게 뭐 어쨌다는 거지? 사랑하는 딸에게 누구나 그 정도는 하지 않나?"

우람한 체구의 남자는 위협하듯 어깨를 들썩였다.

"이불 속에서 딸의 하반신을 만지는 것 말인가요? 고작 서 너 살에 불과한 아이의?"

히로아키는 유이치를 노려봤지만 입을 열지는 않았다.

"초등학교 고학년이 돼서도 한 이불을 덮고 잤고 목욕도 함께 했다더군요."

"우리 가족은 원래 그래. 개도 싫은 내색은 하지 않았고. 가 끔은 아내랑도 같이 했다고."

"그런가요. 리미에게는 동생이 있다죠. 세 살 차이 나는 동 생이. 그 애한테는 그러지 않았다고 아내분과 따님이 똑같이 증언하던데요."

남자는 흐음, 하고 신음했다.

"그게 뭐 어쨌다는 거지? 둘째는 남자애니까 자립심을 길 러 주려고 그런 거야."

"리미가 초등학교 5학년 때 아버지에게 성폭행을 당했다 고 친구에게 털어놓았다더군요. 그때 이런 건 가족이라면 누 구든 하는 거라고 하셨다고."

"리미가 정말 그런 말을 했다고?"

히로아키가 버럭 소리쳤다. 유이치는 담담히 말을 이었다.

"친구가 그렇게 들었다고 했습니다. 다만 이곳에 리미를 불러 물었을 때는 부인하더군요. 자기는 친구에게 그런 말을 한 적이 없다고 했습니다."

"그것 봐."

히로아키는 의기양양해졌다.

"나도 리미에게 다 들었다고. 그 친구가 헛소문을 퍼뜨리는 바람에 자기가 아주 곤란해졌다고 말이야."

"하지만 그 친구는 리미에게 유일한 절친이었습니다."

"당신이 그걸 어떻게 알아?"

히로아키가 매섭게 눈을 부라렸다. 시야가 좁고 후안무치한 남자의 일면이 보이는 듯하다. 여기서 기죽는 모습을 보이는 건 좋지 않다. 위협적인 보호자를 상대하는 방법은 이미 충분히 익혔다.

"그 친구는 이렇게 말했습니다. 자기는 학교에서 리미와 항상 함께 있다고요."

"흥."

히로아키는 코웃음을 쳤다.

"그건 걔 주장일 뿐이지. 우리 딸은 걔 때문에 힘들어하고 있어."

"그 일로 따님과 대화하셨겠죠? 리미가 뭐라고 하던가요?"

"그러니까……."

히로아키는 성가신 것처럼 팔짱을 끼고 천장을 올려다봤다.

"걔가 자기 험담을 하고 다닌다고 했어. 그게, 그러니까 내가…… 딸과 그런 짓을 했다는 못된 소문을 퍼뜨리고 다닌대."

아무래도 이 남자는 조리 있게 말하는 기술은 없어 보인다.

"그렇다면 대체 어디서 그런 이야기가 나왔을까요? 만들어낸 것치고는 너무 지독한 이야기인데요."

"그래. 그래서 나도 그 아이를 고소할까 지금 고민 중이야."

"네, 아버님의 심정을 이해합니다. 고소해도 이상하지 않을 사례로 보이네요."

"그렇지? 조만간 변호사를 찾아가서 상의해 봐야겠어. 우리 딸은 아직 어려서 그런 쪽으로 무지해. 순진무구한 아이라고. 그런 아이를 두고 그런 질 나쁜 헛소문을 퍼뜨리다니."

그는 기뻐하며 다리를 다시 포갰다.

"그렇다면 그게 지어낸 이야기라는 것을 증명해야 합니다. 마침 잘됐네요. 따님을 산부인과에 데려가 진찰을 받아 보게 해도 될까요? 리미에게 어떤 일도 없었다는 걸 저희도 확인하고 싶습니다. 통보가 들어온 이상 저희도 확인은 해야 하니까요. 부탁드립니다."

유이치는 연기하듯 고개를 깊숙이 숙였다. 히로아키는 순간 당황했다.

"진찰? 그런 걸 왜 받아야 하지? 아버지인 내가 하는 말이 제일 정확하지 않나?"

"혹시 뭐 불편하신 점이라도?"

유이치는 태연히 물었다. 사실 이런 방식은 정당하지 않다. 다른 케이스 워커라면 절대 쓰지 않을 방식이다.

"아니면 아버지인 내가 딸의 몸을 가장 잘 알고 있다. 혹시 그런 뜻일까요?"

만약 소장이나 고다 과장이 옆에 있었다면 기절초풍했을지 모른다.

"아니, 그러니까."

"그럼 그렇게 알고 절차를 진행해도 될까요? 리미를 설득해서 병원에 데려가 주십시오."

"잠깐. 아무리 그래도 그건……."

"현재로서는 그게 가장 좋은 방법입니다. 어차피 재판이 열리면 진단 결과를 증거로 제출해야 할지도 모르고요."

거짓말이다. 그러나 유이치의 으름장에 히로아키는 부자연스러울 만큼 식은땀을 뻘뻘 흘렸다.

"아버님은……."

유이치는 손에 든 볼펜 끝을 히로아키에게 들이밀었다.

"아무것도 모르는 어린아이의 몸이 자신의 지배하에 있다고 착각하신 게 아닐까요?"

날카롭게 따져 묻자 히로아키는 마침내 완전히 자제력을 잃고 말았다.

"그런 건……."

시선이 허공을 떠돈다. 그는 혈색이 좋지 않은 혓바닥으로 갈라진 입술을 축였다.

"절대로 그런 일은 없었다고 단언하십니까? 그 정도 각오가 없으면 다른 사람을 재판정에 세울 수도 없습니다."

순간 쿵 소리와 함께 히로아키가 앉아 있던 의자가 쓰러졌다. 그가 몸을 일으키려다 휘청이면서 책상에 손을 짚을 때 의자가 쓰러진 것이다.

"나, 난 이만 가 봐야겠어."

히로아키는 간신히 그 말만을 남기고 문 쪽으로 발걸음을 뗐다.

"간단하지 않나요?"

유이치는 그의 뒷모습을 향해 말을 던졌다.

"그냥 진찰을 받기만 하면 끝입니다. 그것만으로 아버님의 주장이 증명되는 거예요. 어린 시절부터 성적 학대를 받아 온 아이의 몸에는 엄연한 흔적이 남아 있으니까요."

히로아키는 또다시 몸을 한 번 휘청이고 면담실을 빠져나갔다. 유이치는 말없이 의자에 앉아 있었다.

오카베 다이시와 부모의 면담은 나흘 만에 진행되었다. 아버지는 여전히 벌레 씹은 얼굴로 별로 말을 하지 않았다. 실력 행사에 나선 아들의 의사가 확고한 것을 깨닫고 분노와 곤혹감을 느끼는 듯 보였다.

대화는 주로 어머니와 다이시 사이에서 이뤄졌다. 어머니는 아들의 건강을 염려해 일시 보호소에서 어떻게 지내는지 물었고 아들의 입에서 별문제가 없다는 말을 듣고 안도하는 듯했다. 다이시가 현재 학교에 가지 못하고 공부도 뒤처지는 것 같다고 하자 아버지는 그제야 참지 못하고 집에 돌아오라고 재촉했다. 그리고 다이시는 그것을 완고히 거부했다.

다이시의 입에서 아동 보호 시설에 들어가고 싶다는 말이 나왔을 때는 역시나 아버지의 안색이 변했다. 어머니는 책상에 엎드려 울음을 터뜨렸다. 유이치는 우구모리와 그 자리에 함께 있었다. 이후 아버지와 아들 사이에 언성이 높아지지 않을까 걱정했지만 다이시는 매우 침착했다. 오히려 화를 내며 초조해하는 건 아버지였다.

"그러다 공부에 소홀해지기라도 하면 어떡하려고 그래?"

"시설에서 학교에 다닐 거예요."

"집에 돌아와라!"

"싫어요."

두 사람의 말싸움은 평행선을 달렸다. 우구모리와 유이치는 중간에 끼어들지 않고 말없이 부자의 대화를 들었다.

"그래. 알겠다."

아버지가 마침내 낮은 목소리로 말했다.

"그래, 마음대로 해라. 넌 아직 이 세상의 엄혹함을 몰라.

앞으로는 지금까지처럼 학원도 못 다니게 될 거다. 그래도 게이메이대학 의대에는 반드시 들어가야 해. 그게 조건이야."

그는 최후통첩을 하듯 몸을 뒤로 젖히고 팔짱을 꼈다. 그러나 다이시는 위축되지 않았다.

"전 의사가 되고 싶은 마음이 없어요. 이미 여러 번 말씀드렸잖아요. 전 공업 디자이너가 될 거예요."

그러더니 다이시는 직접 조사한 디자인 전문대학의 이름을 댔다. 팔짱을 낀 아버지가 주먹을 꾹 움켜쥐는 게 보였다. 만약 이곳이 집이었다면 아마 아들을 한 대 후려갈겼을 것이다.

"그런 곳에 다닐 거면 등록금은 한 푼도 못 준다."

"괜찮아요. 졸업하면 제가 일해서 돈 벌 거예요. 일하면서 다닐 수 있는 학교도 있고요."

다이시가 그야말로 밝고 씩씩한 얼굴로 선언하자 아버지는 놀라서 입을 떡 벌렸다. 그러더니 엉거주춤 허리를 일으켜 아들의 멱살을 잡으려 했다. 우구모리와 유이치는 말리지 않았다.

"그만 좀 해요!"

그때 어머니가 버럭 소리쳤다. 아들을 향해 뻗은 남편의 손을 막아 세운 사람은 가냘픈 어머니였다. 아버지는 그 손을 뿌리치려 했지만 그녀는 안간힘을 다해 남편에게 매달렸다.

"다이시가 하고 싶은 대로 좀 내버려 둬도 되잖아요!"

"당신은 가만있어!"

"아뇨! 다이시가 집에 돌아오지 않으면 나도 더 이상 그 집에 있을 이유가 없어요! 나도 집을 나갈 거예요!"

순간 남편과 아들 모두 허를 찔린 것처럼 몸이 굳었다. 어머니의 말이 멈추지 않는다.

"지금껏 꾹 참으며 당신과 함께 살아온 것도 전부 다이시를 위해서였어요. 다이시가 집을 나가면 나도 같이 나갈 거예요. 시설 같은 곳에도 못 보내요. 어디 원룸이라도 얻어서 살게 하는 게 훨씬……."

"이 여자가 정말 보자 보자 하니까."

"그리고 아이 학비도 내가 벌어서 내줄 거예요. 그 정도는 해줄 수 있어."

지금까지 남편 옆에서 위축돼 있던 여자가 허리를 쭉 펴고 선언했다.

"알겠지? 다이시. 그러니 여기서 조금만 참고 기다리렴. 아빠랑 이야기해서 따로 살 준비만 되면 널 데리러 올게."

"엄마……."

아버지는 눈에 띄게 당황했다. 엉거주춤하게 서 있다가 다시 천천히 의자에 앉는다. "아", "으" 같은 신음만 내며 조금 전까지 기세등등한 모습은 찾아볼 수 없다.

"저……."

우구모리가 그제야 끼어들었다.

"상황이 조금 달라진 것 같은데, 다이시는 일단 보호소에 돌려보내고 두 분은 집에 가서 상의하시는 게 어떨까요?"

아버지는 머릿속이 새하얘졌는지 아무 대답도 하지 않았다.

"그렇게 할게요."

어머니가 몸을 일으켜 우구모리와 유이치에게 깊숙이 고개를 숙이고 등을 돌렸다. 문 앞까지 가서 고개를 돌려 "얼른 와요" 하고 남편을 불렀다. 남편은 아내가 시키는 대로 일어서서 아내를 뒤따라갔다.

복도를 걸어가며 "진심이야?"라고 묻는 남편의 목소리가 들렸다. 아내가 뭐라고 대답하지는 들리지 않았다.

다이시 쪽을 보니 다이시는 어깨를 살짝 으쓱했다.

"아버지 눈에는 정말 아무것도 안 보였던 것 같네요. 나만 안 보이는 줄 알았는데."

"그런 것 같네."

우구모리가 대답하고 조용히 다이시에게 보호소로 돌아가라고 했다.

"그리고 지금까지 저 혼자만 참고 있는 줄 알았어요."

다이시는 마지막으로 그렇게 말하고 면담실을 나갔다. 우구모리는 책상 위에 있는 자료를 챙기고 벽시계를 보더니 "아! 이러다 연수회에 늦겠어" 하고 몸을 일으켰다.

우구모리는 다마가와시와 이웃 요코하마시의 합동으로 아동 학대 업무를 담당하는 직원들의 연수 강사를 맡게 됐다고 했다.

"미안하지만 다이시 일은 대신 좀 정리해 줄래?"

"알겠습니다."

우구모리는 면담실을 나가며 유이치를 향해 "아마 그 가족은 잘 될 거야"라고 했다.

"저도 그렇게 생각합니다."

유이치도 동의했다. 아동 상담소에서는 가끔 부모들에게 문제가 있는 가정을 상대로 육아 지원의 일환으로 교육 모임을 연다. 교육 프로그램을 통해 아동 심리사와 대화를 나누며 부모 스스로 바뀌게끔 유도하는 것이다.

그러나 다이시의 부모는 그럴 필요가 없어 보였다. 아버지가 지금껏 자식을 위해 해 온 일이 아이에게는 고통이었다는 걸 충분히 이해했을 것이다. 그 깨달음에 도움을 준 사람은 다름 아닌 그의 아내였다. 집안에서 바뀌 갈 수 있다면 가장 좋다. 다이시는 조만간 이곳을 떠날 것이다.

유이치는 마지막으로 면담실의 불을 끄고 나갔다.

다이시는 학습실에서 공부하고 있다. 한결 차분해진 모습이다.

그런 다이시를 확인하고 유이치는 복도를 걸었다. 미야케 도모히코라는 초등학교 4학년 남자아이를 아동 양육 시설에 보내기 위해 일시 보호소에 나왔다. 가방을 멘 도모히코는 셋쓰와 보육 교사들의 배웅을 받으며 긴장한 얼굴로 나왔다.

"바이바이, 도모히코. 앞으로도 몸 건강히 잘 지내렴."

담당 보육사 이가우에가 그렇게 말을 걸자 아이의 표정이 더욱 굳었다.

"괜찮아. 와카타케원에는 새로운 친구들이 많을 거야."

"응. 적응도 금방 할 거고."

일시 보호소에는 앞마당이 없다. 배웅 나온 이들은 입을 모아 작별 인사를 하며 출구까지 따라왔다. 유이치는 도모히코의 손을 잡아끌며 한 손에 아이가 갈아입을 옷이 든 가방을 들고 차로 향했다.

"자, 타라."

애써 가볍게 말을 걸었다. 도모히코는 출구에서 손을 흔드는 사람들을 한 번 더 돌아보고 차에 올라탔다. 가방을 뒷좌석에 두고 안전벨트를 메어 줬다.

"출발한다."

유이치는 천천히 차를 출발했다. 환경이 잇달아 바뀌는 아이들에게는 그 사실을 한 번씩 일깨워 주는 편이 좋다. 작별 의식이라고 하면 조금 과장일 수 있지만 아이들도 삶의 터전이 바뀌는 고비고비를 제대로 인식하는 게 중요하다고 생각했다.

"저기서 이가우에 선생님이 손을 흔들고 있네."

창문을 열어 주자 도모히코는 창밖에 얼굴을 내밀고 힘차게 손을 흔들었다.

"고맙습니다! 선생님! 안녕히 계세요!"

아이가 큰 소리로 외쳤다. 울지는 않는다. 유이치는 백미러로 그 모습을 끝까지 확인하고 간선도로로 나섰다.

"앞으로 30분은 걸릴 거야. 졸리면 한숨 자도 돼."

"네."

원래 활발한 성격인 도모히코는 이미 마음의 정리를 마쳤는지 뒷좌석에서 유이치에게 이런저런 질문을 던졌다. 와카타케원에는 어떤 장난감이 있어요? 게임기는 있나요? 잠은 어디서 자요? 아침에 몇 시에 일어나요? 놀이터는 있어요? 놀이터에는 어떤 놀이 기구가 있나요? 4학년은 총 몇 명이에요? 간식은 줘요? 케이크도 먹을 수 있어요? 학교는 어디로 가요? 학교 갈 때는 누구랑 가요?

질문 속에 부모에 관한 이야기는 일절 나오지 않는다. 아이의 부모는 이혼했고 아버지가 아이를 맡아서 키웠다. 건설 현장 일용직 작업원이던 아버지는 어느 날 몸을 다쳤고 이후 여러 직업을 전전했다. 아이를 대신 맡아 줄 가족이 없었던 탓에 도모히코는 거의 방치 상태였다. 매일 같은 옷을 입고 학교에 갔고 제대로 씻지도 못해 머리와 몸에서 악취가 풍겼다. 학교의 신고로 아이를 일시 보호 조치했고 아버지에게 생활 개선을 촉구하고 있지만 아직 재결합할 상황은 아니다. 아버지도 도모히코의 시설 입소를 받아들여 도모히코는 결국 와카타케원으로 가게 되었다.

와카타케원은 다마가와시 북서쪽, 즉 뉴타운이라고 불리는 지역을 빠져나간 곳에 있다. 바닷가에서 멀고 게이힌 공업 지대와도 떨어져 있어 베이뷰 타워도 보이지 않는다. 교통편이 좋지 않은 탓에 대규모 주택 개발에서 소외된 곳이라 목가적인 분위기를 느낄 수 있다. 물론 재개발이라고 부를 정도는 아니지만 아파트가 들어서면서 인구는 제법 늘었다. 땅값이 저렴해 도쿄에 있는 대학의 부설 캠퍼스가 몇 군데 만 들어지기도 했다.

뒷자리에서 계속 재잘거리는 도모히코에게 이것저것 대답해 주며 차를 달려 와카타케원에 도착했다.

"자, 다 왔다!"

"네."

도모히코는 순순히 대답하고 차에서 내렸다. 미리 연락해 부원장과 보육사가 아이를 마중 나와 있었다.

"네가 미야케 도모히코구나. 어서 오렴."

베테랑 보육사가 짐을 받아 들고 도모히코를 안내했다. 유이치도 그 뒤를 따랐다. 2층 철근 콘크리트 건물이 'ㄷ'자 모양으로 앞마당을 둘러싸는 형태로 지어져 있다. 도모히코의 방은 2층의 이층 침대가 두 개 있는 방이었다. 4인실이라고 했다.

"같은 방을 쓸 아이들은 지금 밖에서 놀고 있으니 나중에 소개해 줄게."

"저도 같이 놀아도 돼요?"

"아직, 아직. 일단 다 둘러보고."

유이치는 보육사의 안내를 받으며 시설 내부를 둘러봤고 유이치도 함께했다. 식당과 조리실, 샤워실, 레크리에이션실, 학습실, 보건실, 직원실과 원장실.

"원장 선생님께 인사드리자."

원장실 문을 똑똑 두드리고 보육사가 말했다.

"들어오세요."

원장의 목소리가 들렸다. 도모히코의 손을 잡아끌며 안에 들어간 보육사가 "어머" 하고 목소리를 높였다.

"죄송합니다. 손님이 계셨네요."

"아뇨, 괜찮아요."

와키사카 원장이 허리를 숙여 도모히코에게 말을 걸었다. 도모히코는 진지한 얼굴로 원장에게 대답하고 있다. 와키사카는 유이치를 알아보고 안에 들어오라고 눈짓했다. 원장 선생님이 머리를 쓰다듬자 도모히코는 긴장했는지 표정이 살짝 굳었다.

"자, 그럼 이제 방에 가서 짐을 정리하자."

보육사와 함께 원장실을 나가는 도모히코와 교대하듯 유이치가 원장실에 들어갔다. 소파에 앉아 차를 마시고 있던 사람이 고개를 돌리더니 놀라며 말했다.

"어라? 유이치 씨."

시호였다.

"응? 시호 씨. 여기는 무슨 일로."

시호는 자신이 담당했던 여섯 살 여자아이의 어머니에게 부탁받아 아이의 상태를 확인하러 왔다고 했다. 어머니는 현재 병원에 입원해 있는 탓에 아이를 만나러 오고 싶어도 못 오는 상태라 아동 가정 지원 센터에서 친분이 있는 시호에게 전화로 대신 부탁한 것이다.

"어머니에게 보여 드리려고 사진을 잔뜩 찍었어요."

"그렇군요. 잘하셨네요."

"시호 씨랑 유이치가 함께 일하는구나."

와키사카 원장이 유이치에게도 차를 내어 주며 말했다.

"네. 신세를 지고 있답니다."

"화과자 하나 더?"

와키사카의 권유에 시호는 손을 저으며 거절했다.

"괜찮아요. 감사합니다."

"그래."

와키사카는 유이치에게 시호 옆에 앉으라고 하고 앞에 찻잔을 내려놓았다. 자기도 정면에 있는 소파에 털썩 주저앉는다. 뚱뚱한 체격의 원장이 앉자 소파가 깊숙이 가라앉았다.

"애는 단 걸 전혀 안 먹으니."

원장이 유이치를 가리키며 말했다.

"선생님. 단 걸 자주 드시면 당뇨병에 걸릴 수 있습니다. 벌써 예비군이십니다."

유이치가 차를 홀짝이며 말하자 와키사카는 껄껄 웃음을 터뜨렸다.

"이게 내 삶의 낙인데 어쩌겠나."

두툼한 손가락으로 접시에 있는 화과자를 하나 더 집어 입에 넣는다.

"좀 어때? 올봄에 아이들 방을 전면 리모델링했는데, 바뀐 게 좀 눈에 들어오던가?"

"네. 침대도 새것이라 편해 보이더군요."

"그렇지? 벽도 도배를 새로 해서 밝아졌어."

"그러네요. 제가 있을 때만 해도 어두침침하고 허름한 느낌이었는데 말이죠. 침대는 늘 삐걱거렸고."

"제가 있을 때……?"

시호가 화들짝 놀라 유이치를 봤다.

"네. 전 여기서 자랐습니다. 그때 와키사카 선생님은 이곳 보육사셨죠. 신세를 많이 졌어요."

자연스럽게 그런 말이 입에서 나왔다. 딱히 감출 생각이 있었던 건 아니지만 이런 기회가 아니면 내 입으로 과거를 밝힐 일도 없다. 시호는 들고 있는 찻잔을 손으로 감싼 채 말문이 막힌 듯했다.

"하하, 시호 씨가 많이 놀란 듯하군."

와키사카는 천연덕스럽게 미소 지었다. 화과자를 하나 더 집어서 입에 넣는다.

"아, 그게…… 처음 듣는 이야기라서요."

와키사카는 행복한 얼굴로 화과자를 우물거리고 있다.

"여기 처음 왔을 때는 참 외로워 보이는 아이였지. 하나뿐인 가족인 동생이 아직 어려서 영아원에 들어갔으니 불안했을 거야."

그러더니 문득 떠오른 것처럼 유이치를 향해 "순지는 잘 지내나?" 하고 물었다.

"네. 덕분에 잘 지내고 있습니다."

"하나뿐인 가족이요?"

시호가 간신히 입을 열었다.

"그래."

와키사카는 말해도 되는지 묻는 것처럼 유이치에게 눈짓했다. 유이치는 가볍게 고개를 끄덕였다.

"유이치의 부모는 자동차 사고로 세상을 떴지. 바다 옆에 차를 세웠을 때 핸드브레이크를 내리는 걸 잊었는지 그대로 바다에 추락했다고 해. 당시 유이치와 갓난아이였던 동생은 차 밖에 있어서 무사했지만."

지나가던 사람이 아이를 품에 안고 망연자실해 있는 어린 유이치를 발견해 경찰에 신고했다고 한다.

"아무튼 그런 연유로 이곳에 왔는데 이 녀석, 참 손이 많이 가는 아이였어."

"누구에게도 마음을 열지 않았죠. 어른을 믿지 않았어요."

아무렇지 않게 그런 말을 하는 유이치를 시호는 어안이 벙벙한 얼굴로 바라봤다.

"그렇군요……. 그래서 유이치 씨는 아동 상담소에 들어가셨군요. 그런 일을 직접 겪고 이젠 불우한 환경에 있는 아이들을 돕기 위해……."

유이치는 쑥스러운 것처럼 희미하게 미소 지었다. 화과자를 다 먹은 와키사카도 싱긋 웃었다.

"아니야. 이 녀석에게 공무원이 되라고 권한 건 나였어."

"네? 그래요?"

시호는 뜻밖이라는 것처럼 와키사카 쪽으로 눈길을 옮겼다.

"고등학교를 졸업하기 전 진로를 고민하던 유이치에게 공무원이 되면 어떻게든 먹고살 수 있다며 목표로 하라고 했지. 유이치는 내 조언을 충실히 따라 일하면서 야간 대학에 다니다가 현 공무원 채용 시험에 합격했어."

시호는 뭔가 할 말이 있는 것처럼 입을 열었지만 끝내 말하지 않았다. 전에 왜 공무원이 됐느냐는 시호의 질문에 유이치는 '안정적이니까요'라고 대답한 적이 있다. 시호는 아마 그 기억을 떠올렸을 것이다. 왠지 납득한 것 같기도, 아닌 것 같기도 한 복잡한 표정을 짓고 있다.

"저한테는 무엇보다 먹고사는 일이 가장 중요했으니까요."

"그랬는데……."

와키사카는 화과자를 하나 더 먹을지 말지 고민하듯 테이블 위 접시를 보며 말을 이었다.

"공무원이 된 지 몇 년이 지나자 이 녀석이 아동 상담소에 들어가서."

접시로 향하는 손을 스스로 자제할 생각인지 와키사카는 소파 팔걸이를 덥석 잡았다.

"이곳에도 가끔 찾아오게 됐지. 우습지 않나?"

뚱뚱한 원장은 정말로 우습다는 듯이 하하하 하고 호쾌하게 웃었다.

"아동 상담소 일을 하다 보면 어쩔 수 없이 과거가 떠오를 테니 힘들어서 금방 다른 곳으로 옮길 거라 예상했는데 그대로 그곳에 눌러앉더군. 벌써 몇 년째지?"

"11년입니다. 올해로 12년째."

유이치는 선뜻 대답했다.

"뭔가 느낀 바가 있었겠지. 일도 꽤 열심히 하는 듯하고."

그때 누군가 문을 두드렸고 조금 전 도모히코를 안내했던 보육사가 원장실에 들어왔다.

"도모히코는 짐을 잘 풀었습니다. 밖에서 놀고 싶다고 해서 지금은 놀이터에 갔어요."

"그래."

와키사카는 보육사가 가져온 자료를 훑어보기 시작했다. 유이치와 시호는 함께 원장실을 나가 놀이터로 향했다. 도모히코는 정글짐에 들어가 꼭대기를 향해 오르고 있었다. 다른 아이들을 보고도 기죽지 않고 말을 건다. 타고나기를 붙임성이 좋은 아이다. 금세 이곳 생활에도 적응할 것이다.

시호가 상태를 보러 왔다는 여자아이도 모래밭에서 친구들과 놀고 있었다. 유이치와 시호는 아이들의 모습을 잠시 우두커니 바라봤다.

"좀 놀랐어요. 유이치 씨가 설마 이곳 출신이실 줄은……."

"미안합니다. 딱히 숨긴 건 아닌데 그렇다고 내 입으로 먼저 말할 이유도 없으니까요. 누구에게든 마찬가지예요."

"아뇨, 그게 아니라."

도모히코가 정글짐 꼭대기에 다다랐다. 의기양양하게 주위를 둘러보더니 유이치를 발견하고 손을 흔든다. 유이치도 손을 흔들어 화답했다.

"원장 선생님도 물으셨지만 유이치 씨는 왜 아동 상담소 일을 계속하시는 건가요?"

"글쎄요. 왜일까요."

유이치는 느긋하게 대답했다.

"뭐, 거창한 이유나 목표 같은 건 없습니다."

그러면서 풋 하고 웃었다. 유이치의 그런 표정을 처음 봐서인지 시호는 놀란 것처럼 옆얼굴을 힐끗 쳐다봤다.

"아동 상담소로 발령이 났을 때 운명이라고 느꼈을지도 모르겠네요."

"운명……?"

"네. 궁극의 선택을 하지 않고도 살아갈 방법을 아이들에게 알려 줄 수 있을 것 같아서요."

"궁극의…… 선택요?"

시호는 무슨 말인지 모르겠다는 것처럼 고개를 갸웃했다.

"저는 아동 상담소에 잘 왔다고 느낍니다. 궁지에 몰린 아이들의 세계는 좁기 마련이죠. 사소한 계기나 도움으로 그전까지와 전혀 다른 길을 걸을 수도 있어요."

"원장 선생님이 제시해 주신 것 같은 길 말인가요?"

시호는 조심스레 물었다.

"뭐 그렇다고 해야겠죠. 원장 선생님뿐만이 아닙니다. 제 인생을 바로 세울 수 있게 도와준 사람은 그 밖에도 있어요."

시호는 잠시 침묵에 잠겼다.

"그런 사람 중 한 명이 될 수 있다면 좋겠어요, 우리."

한참 지나서 시호는 그렇게 나직이 중얼거렸다.

정글짐 꼭대기에서 도모히코가 하늘을 향해 주먹을 치켜드는 모습이 보였다. 주변에서 환호성이 터진다. 상쾌한 바람이 불어 도모히코의 하얀 티셔츠가 펄럭였다.

그야말로 찌는 듯이 더운 여름이었다. 연일 폭염이 이어졌다. 카이는 결국 작업장에서 열사병에 걸렸다. 수분을 충분히 섭취하지 않고 일을 계속한 것이 원인이었다. 현 밖에 있는 현장이어서 다른 선배들이 쓰러진 카이를 데리고 바로 돌아갈 수도 없었다. 결국 병원에 갈 정도는 아니라고 판단한 상사가 카이를 그늘에 눕힌 후 젖은 수건을 목에 둘러 주는 것으로 끝났다.

아르바이트가 아닌 견습 직원으로 일해도 수입은 미미해서 돈이 잘 모이지 않았다. 도시에서는 경기가 좋아져서 다마가와시에서 함께 놀던 친구들은 도쿄에 상경해 빠르게 돈을 벌 수 있는 직업을 얻었다. 얼굴이 반반한 녀석은 호스트바에 취직했고 약삭빠른 녀석은 사기꾼이 됐으며 배짱 있는 녀석은 폭력 조직에 들어갔다. 수상쩍은 부동산 중개업소의 바람잡이나 경호원이 된 아이도 있었다. 값이 치솟은 땅에 모여드는 부동산 업자들이 경기의 혜택을 가장 많이 본다고 말하는 이도 있었다.

그런 친구들을 곁눈질하면서도 카이는 미장 기술을 배우는 데 몰두했다. 땀을 뻘뻘 흘리며 열사병에 걸려도 일을 계속했다. 시간이 지나자 선배들도 그런 카이를 기특하게 봤다. 카이를 오락실에 자주 데려갔던 선배 미야모토는 일을 관두고 도쿄로 떠났다.

"너 호스트 해 볼 생각 없냐? 내가 소개해 줄 수 있는데."

미야모토는 카이를 만나 그렇게 권유한 적이 있었다. 카이의 일본인스럽지 않은 외모가 장점이 되어 가게에서 A급 자리를 꿰찰 거라고 했다. 그러나 미야모토는 호스트는커녕 가게의 바람잡이가 되어 한결같이 호객행위만 했다. 그가 호스트가 되면 벌 수 있을 거라 호언장담한 금액은 귀를 의심할 정도였다. 진심으로 한번 해 볼까 고민하기도 했다.

카이에게는 돈이 필요했다. 라이자는 결국 가게에서 잘렸고 몸이 좋지 않아 집에 누워 있을 때가 많았다. 그녀의 친한 친구는 필리핀에 돌아가 한몫 벌어 보자고 라이자에게 제안하기도 했다. 일본에서는 거의 폐기물 취급을 받지만 거기서는 아직 살길이 남아 있을 것이고, 자동차 타이어나 건강 보조 기구, 카메라나 시계 등을 팔아 돈을 벌 경로가 아주 많다고 했다. 친구는 사업 자금을 변통할 곳도 있으니 신경 쓰지 않아도 되고 전부 잘 될 거라며 남쪽 섬나라 사람 특유의 느긋하고 대범한 태도로 라이자를 설득했다.

그러나 그런 애매모호한 제안에 응할 생각은 라이자는 물론 카이도 없었다. 카이는 지금이 어머니를 태어난 나라로 돌려보낼 마지막 기회가 아닐까 생각했다. 그러려면 목돈은 물론 필리핀에 가서도 일을 해나갈 수 있는 건강한 몸이 필요했다.

라이자의 몸 상태는 이미 말이 아니었고 건강보험에도 가입되지 않은 탓에 병원비가 줄줄 새 나갔다. 카이의 어려운 사정을 알게 된 건축 사무소 사장이 정직원으로 고용해 주겠다는 말을 꺼냈다. 사람들이 떠나간 갱지에 빌딩이나 아파트를 짓는 곳이 많아 일감은 얼마든지 있다고 했다. 건축업계는 오히려 일손 부족에 시달리고 있었다.

카이는 대답을 망설였다. 정직원이 되면 친구 아버지인 사장에게 목돈을 가불받을 수 있을까. 그럼 우선 어머니를 필리핀에 보내고 싶었다. 이후 빚을 갚으며 나기사와 함께 사는 삶을 계획하는 것이다. 물론 사장이 거절하면 말짱 도루묵이었다. 카이는 바쁘게 일하면서도 틈틈이 스케이트보드를 타며 그런 생각들을 떠올렸다.

"카이. 더 좋은 방법이 있어."

카이의 고민을 듣고 야스나리가 말했다.

"보드 대회에서 우승하면 프로가 돼서 돈을 벌 수 있잖아."

야스나리는 지금 경기가 좋아서 유명 스포츠 브랜드 스폰서도 붙을 거라며 신이 나서 말했다.

"좋아하는 일을 하며 돈도 버는 거야. 어때, 멋지지?"

"헛꿈 그만 꿔. 내 실력으로 우승은 무슨."

카이는 그렇게 웃어넘겼지만 야스나리의 의지를 보며 조금 감탄했다. 요즘 다마가와시 바닷가에서 예전처럼 스케이트보드를 타는 아이는 보기 힘들어졌다. 현실을 깨닫기 시작한 보더들이 돈에 이끌려 하나둘 떠났기 때문이다. 몇 개 있던 크루도 해산됐다.

"조폭들이 이 기회에 한몫 단단히 잡아 보려고 눈에 불을 켜고 있어. 경기가 좋아지니 꿈이나 목표 같은 걸 이루려고 집착하는 사람도 이젠 없는 것 같아."

야스나리는 자학적으로 말하고 웃었다.

"여기도 재미없어졌어. 함께 놀 아이도 없고 너도 일만 하잖아."

한때 함께 스케이트보드를 즐기던 친구들의 이름을 대며 야스나리는 부루퉁한 표정을 지었다.

"나오야랑 같이 다니던 녀석들 중에는 모리나가파에 들어간 사람도 몇 명 있다더라."

근육 바보인 리더 메미다가 스카우트되자 몇 명이 따라서 들어갔다고 했다.

조폭들은 지금 어느 때보다 주머니 사정이 좋다. 그리고 비행 청소년들의 눈에는 그들의 그런 모습이 멋져 보일 것이다. 두 쪽 다 사회의 어두운 외곽을 겉도는 무리들이니 합쳐지는 게 오히려 자연스러운 흐름이라고 할 수 있다. 한가한 시간을 주체하지 못하고 자극적인 일에만 머리를 들이밀고 싶어 하는 바보들은 젠체하거나 여자에게 인기를 얻을 수 있다는 이유로 조폭 세계에 발을 들여놓았다.

모리나가파는 요코하마에 사무실을 두고 있다. 경마장과 경륜장이 있고 유흥가가 발달한 다마가와시는 반사회 세력이 뿌리내릴 만한 토양을 갖췄다. 원래는 다른 조직이 장악하고 있던 곳을 10년쯤 전에 요코하마의 모리나가파가 접수해 이후 서서히 세력 범위를 넓히고 있다는 뒷이야기를 야스나리가 들려줬다.

경기가 좋으면 조폭들끼리의 분쟁도 많아진다. 한창때라는 뜻이다. 조직원이 모자라 누구든 원하면 받아 주기도 한다. 메미다는 요코하마 출신이니 자원해서 말단 조직원으로 들어갔을 것이다.

카이는 다른 지역으로 일하러 갈 때가 많아서 지역 사정에 어두워져 있었다.

나기사는 지금도 여전히 파워스톤 가게에서 일하고 있다. 그곳에 있으면 틈틈이 라이자를 돌볼 수도 있으니 카이에게는 좋았다. 나기사도 라이자를 필리핀에 돌려보내자는 말에 찬성했다. 그러려면 목돈이 필요하다는 것도 잘 알고 있었다.

"가끔 주무시다가 가위에 눌리는 모양이야."

얼마 전 나기사가 슬픈 얼굴로 말했다.

"그때마다 뭐라고 중얼거리시는데 무슨 뜻인지 모르겠어."

꿈속에서 라이자는 아마 고향에 갔을 것이다. 그리운 타갈로그어로 누군가와 수다를 떨었을까. 아버지나 어머니, 아니면 라이자를 귀여워하다가 10대 때 사고로 목숨을 잃었다는 언니일 수도 있다. 그렇게 꿈속에서 죽은 자와 대화하는 어머니를 카이는 잠자코 보고 있기가 힘들었다.

"그럼 난 이만 가 볼게."

카이가 야스나리를 향해 한 손을 들자 그는 스케이트보드를 타고 계단을 내려갔다. 중간에 난간에 올라서려다가 요란하게 넘어진다. 저런 상태로는 프로 같은 건 꿈도 못 꾼다. 카이는 조용히 웃음을 터뜨리고 그곳을 떠났다.

드르륵, 드르륵.

등 뒤에서 야스나리 혼자 스케이트보드를 타는 소리가 쓸쓸하게 들렸다.

파워스톤 가게는 문이 닫혀 있었다. 가게 주인 여자는 내키는 대로 가게를 쉰다. 어차피 손님이 거의 오지 않으니 문을 닫아도 별 지장은 없다. 낮에는 닫고 밤에만 여는 날도 있다. 장사를 잘하는 건지 못하는 건지 구분되지 않았다.

2층 집 문은 열려 있었다. 좁은 현관에 나기사의 샌들과 하레의 신발이 나란히 놓여 있다. 두 사람은 비디오 대여점에서 빌려 온 애니메이션을 보고 있었다. 옆방에 잠들어 있는 라이자를 배려해 소리를 줄여 보고 있었다.

"앗, 카이 왔네."

나기사가 고개를 돌렸다. 하레는 TV 화면만 뚫어지게 보고 있다. 이 녀석의 집에는 TV가 없는 건가 의심될 만큼 하레는 이 집에만 오면 TV 앞에서 진을 쳤다.

"엄마는?"

"주무셔. 아까 죽만 조금 드셨어. 몸이 나른하대."

"그렇구나."

"밥 먹을래?"

"음, 글쎄. 오랜만에 윤 씨 아주머니네 가게 갈까?"

"좋아!"

나기사가 TV를 꺼도 하레는 미련이 남은 것처럼 TV 앞에 그대로 앉아 있었다.

"가자, 하레."

나기사가 재촉하고서야 하레는 마지못해 몸을 일으켰다.

셋이 나란히 거리를 걸으며 사람들 눈에 우리가 어떤 관계로 비칠지 떠올렸다. 아무리 봐도 부모 자식 사이로는 보이지 않을 것이다. 나이 차가 많이 나는 동생을 데리고 나온 소녀와 남자 친구 정도로 보일까.

해가 뉘엿뉘엿 기울지만 바다 쪽은 아직 제법 밝았다. 가게가 잔뜩 밀집해 있는 거리 풍경 너머에 베이뷰 타워가 우뚝 서 있다.

"있지."

나기사가 한 발짝 앞으로 나가더니 몸을 빙글 돌려 두 사람을 봤다. 긴 플레이 스커트가 활짝 펼쳐진다.

"우리, 전망탑에 올라가지 않을래?"

카이는 당황하며 멈춰 섰다.

"베이뷰 타워에?"

"응. 하레는 분명 올라가 본 적이 없을 거야. 그렇지? 하레."

하레는 멍하니 서서 나기사를 올려다보고 있다. 이 녀석의 부모는 아이를 즐겁게 해줄 마음은 티끌만큼도 없는 걸까. 카이는 그렇게 추측했다.

"좋아. 가 볼까!"

나기사가 환호성을 지르며 하레의 손을 잡아끌었다. 고개가 휙 뒤로 젖혀질 만큼 세게 잡아당기자 하레는 영문을 모르겠다는 듯 뛰기 시작했다. 카이는 천천히 그 뒤를 따라갔다.

베이뷰 타워의 입장료는 성인 5백 엔, 아동 3백 엔이었다.

"하레는 아동 요금도 아닐걸. 아직 초등학생도 아니니까."

나기사가 접수대에 앉아 있는 여자에게 "맞죠? 아주머니" 하고 묻자 상대는 누가 봐도 발끈한 목소리로 "필요 없어요"라고 했다.

아크릴판에 뚫린 구멍에서 작은 입장권 두 장이 미끄러져 나왔다. 입장권을 내밀 때 손을 보니 주름이 눈에 띄어서 누가 봐도 아주머니 손이었다. 나기사는 베이뷰 타워의 사진이 인쇄된 티켓을 하레의 손에 쥐어 줬다. 하레는 얇은 종이 두 장을 부랴부랴 반바지 뒷주머니에 넣었다.

여기까지 와서야 하레는 늘 올려다보던 전망탑에 올라간다고 이해한 듯했다. 들뜬 발걸음으로 엘리베이터 앞으로 간다. 기다리던 문이 열리고 남녀 몇 명이 내렸다. 나기사가 하레의 등을 밀어 엘리베이터에 함께 올라탔다. 세 명 외에 다른 사람은 없었다.

전망룸까지 올라가는 데는 불과 십여 초. 하레가 잔뜩 얼어 있어서 카이와 나기사는 웃음을 터뜨렸다.

"너도 처음 올라가 보는 주제에."

나기사가 카이에게 놀리듯 말했다.

"지금 우리가 작업 중인 빌딩이 훨씬 높아."

"정말? 빌딩 안에서도 미장 일을 해?"

"하지. 고급 아파트 같은 곳은 방 안에 마루가 딸려 있기도 하고."

"와, 우린 평생 그런 곳에서 못 살겠지?"

"당연하지. 한 채에 몇 억씩이나 한대."

"꺄아!"

대화하는 동안에 전망룸에 도착했다. 엘리베이터 문이 열리지마자 나기사가 하레의 손을 잡고 뛰어나갔다. 주변이 전면 통유리로 돼 있어서 360도로 경치를 만끽할 수 있다. 나기사가 바다 쪽 난간에 몸을 기댄 채 "엄청 예쁘다!" 하고 목소리를 높였다.

마침 거리 너머로 석양이 지고 있었다. 야트막한 구름에 아랫배를 갖다 댄 것처럼 태양이 붉게 부풀어 있다. 익을 만큼 익어 떨어지기 일보 직전의 달콤한 과일을 연상시키기도 한다. 바다 표면은 오렌지빛으로 물들어 있었다.

오른쪽에는 은빛으로 반짝이는 공장 건물들이 있다. 건물과 굴뚝이 뒤얽혀 있다. 굴뚝 끝에서 불빛이 깜빡이기 시작하고 어지럽게 뻗은 파이프도 아름다워 보였다. 오늘을 마지막으로 비추는 태양이 잠시 마법의 가루를 흩뿌려 더럽혀진 경치를 정화하는 느낌이었다.

황홀하게 석양을 바라보던 나기사가 옆에 선 카이에게 "네가 말한 대로네" 하고 속삭였다.

"잘 알겠어."

"뭐가?"

"오늘의 저녁해는 내일은 지지 않는다, 맞지?"

가만히 서 있는 카이 옆으로 바짝 다가와 팔짱을 낀다.

"해님은 다시 태어난다. 그리고 우리도 다시 태어난다."

그런 말을 흥얼거리며 팔을 흔든다. 나기사가 전에 말한 '오늘 우리는 내일이 되면 없다'라는 말은 그 자신의 소망이었다. 매일매일 다시 태어날 수 있다면. 갓 태어난 아기처럼 순수한 몸과 마음으로 삶을 마주할 수 있다면. 나기사가 몸서리를 칠 정도로 간절히 바라고 또 바랐던 게 무엇인지 지금은 확실히 알 것 같았다.

그리고 카이는 지금 나기사 안에서 싹트는 신비로운 힘을 느꼈다. 모든 것을 참고, 받아들이고, 마음을 죽인 채 살아온 소녀는 사실 가슴속에 힘을 비축하고 있었다. 그 누구도 건드리지 못하는 꺾이지 않는 심지가 나기사 안에 곧게 서 있다.

금빛 알갱이로 그려진 나기사의 옆얼굴이 순간 낯선 소녀처럼 보여서 카이는 나기사의 팔을 세게 끌어당겼다.

"응? 하레는?"

나기사의 갈색 머리가 카이의 어깨 부근에서 한 바퀴 돌았다. 엘리베이터에서 함께 내린 하레의 모습이 보이지 않았다. 두 사람은 전망룸을 한 바퀴 빙 둘러봤다. 엘리베이터를 감싸듯 펼쳐진 전망룸은 그다지 넓지 않다. 문 닫을 시간이 가까워서인지 다른 손님도 없어서 하레의 뒷모습을 발견하기는 쉬웠다.

"하레, 거기서 뭐 하니?"

주변을 두리번거리는 하레는 뭔가를 하소연하는 듯한 눈빛으로 나기사를 봤다.

"아."

카이는 호들갑스럽게 몸을 뒤로 젖혔다.

"응?"

"하레, 설마 너 그 여자를 찾고 있는 거야? 이것 봐. 나기사, 너 때문이야."

카이가 나기사에게 핀잔을 주자 나기사는 입가에 손을 가져갔다.

"라푼젤!"

나기사가 허리를 숙여 하레를 끌어안는다.

"우리 하레, 라푼젤을 찾고 있었어? 누나가 까맣게 잊고 있었네."

"자기가 들려준 이야기도 까먹고 애를 이곳에 데려오다니."

"아아, 미안! 하레. 정말 미안."

어리둥절해하는 하레를 나기사는 더 힘주어 꼭 껴안았다.

"하레, 그건 말이지. 실은 누나의 꿈이었어. 이곳에 긴 금빛 머리카락을 가진 여자가 산다는 이야기. 그런 걸 상상하면서 누나 스스로 위로한 거야. 언젠가 동화 속 라푼젤이 날 구해줄 거라 기대하며."

나기사의 말을 이해했는지 하레는 우, 하는 소리만 냈다. 나기사에게 항의하는 것 같기도 풀이 죽은 것 같기도 하다. 나기사는 하레를 훌쩍 안아 올렸다. 비쩍 마른 아이는 가볍게 허공에 떠올랐다. 그대로 석양이 보이는 곳으로 데려간다. 군청색 하늘과 장밋빛 구름이 눈에 익은 도시 위에 펼쳐져 있었다.

"하레, 저기 좀 봐. 해님이 지고 있어. 이제 두 번 다시 볼 수 없는 오늘의 석양을 잘 기억해 두렴. 비록 라푼젤은 이곳에 없지만, 긴 머리카락으로 우리를 끌어올려 주지 않지만, 그래도……."

"라푼젤 같은 건 이 세상에 없어!"

카이는 두 사람 뒤에 늘어진 그림자를 향해 소리쳤다.

"그리고 없어도 돼. 누가 언젠가 날 구해 주러 올 거라고 생각하지 마."

"그러지 마, 카이."

나기사가 뒤돌아보고 말했다.

하레는 또다시 우, 하고 신음했다. 두 눈동자 속에서 저녁 하늘이 빛나고 있다.

한 번 가라앉기 시작한 태양은 갑자기 무게가 실린 것처럼 빠르게 먼 산 너머로 사라졌다. 마지막으로 쏘아 올린 빛의 화살이 세상을 획 한 번 어루만지고 가는 모습을, 바다가 어두움을 더해 가는 모습을 세 사람은 말없이 지켜봤다.

나기사의 아버지가 느닷없이 돌아왔다. 나기사는 "아마 새로운 여자한테 정나미가 떨어졌겠지"라고 했다. 집에서 아무 의욕도 없이 빈둥거린다고 했다. 원래부터 수동적이었던 아내는 그런 남편을 불만 없이 받아들이는 듯했다.

"근데 오빠는 영 마음에 안 드나 봐. 전에 한번 아빠한테 집에서 나가라고 했다가 큰 싸움이 났어."

집 안이 엉망진창이 됐고 이웃에 사는 주민이 결국 경찰을 불렀다고 했다. 경찰은 부모 자식 사이라는 걸 알고 구두주의만 주고 돌아갔다. 이런 일로 일일이 경찰을 부르지 말라고 속으로 생각했을지 모른다.

"오빠는 그 뒤로 집을 나가서 며칠 동안 안 들어왔어. 가끔 집에 와서도 아빠랑은 얼굴을 안 마주치려고 해."

대신 나기사가 집에 있는 시간이 많아졌다. 메미다가 들어 갔다고 하는 모리나가파는 주로 불량 청소년 무리에서 인원을 추려 채운다고 하는데 나오야는 아직 조폭이 될 정도의 배짱은 없어 보인다고 나기사는 말했다. 나오야는 이따금 얼굴을 보이는 메미다에게 굽실거리며 그를 졸졸 따라다닌다고 하니 여동생을 신경 쓸 겨를이 없을 것이다. 하레는 가끔 나기사의 집을 찾아가는 듯했다. 예전만큼은 아니지만 그래도 몸 이곳저곳에 상처가 난 상태로 올 때가 있다며 나기사는 하레를 걱정했다.

카이는 건축 사무소 사장인 친구 아버지의 지시로 정직원으로 고용됐다.

선배 미장이가 들려준 '이렇게 좋은 경기는 오래 못 간다'라는 말을 꼭 믿어서는 아니지만 꾸준히 돈을 벌고 싶었다. 몸은 바빠도 수입은 꽤 짭짤했다. 도쿄 근방에서 화려한 일을 하며 돈을 버는 녀석들에게 비교하면 발끝에도 못 미치겠지만 그래도 미장 일이 점점 재미있어졌다.

"원래 똑똑한 녀석들은 머리로 돈을 벌지. 그러지 못한 녀석들은 몸으로 돈을 벌고. 어때? 단순하지? 원래 이 세상에 어려운 건 하나도 없어."

미장 감독은 그런 말을 입버릇처럼 했다. 카이는 땡볕 아래에서 머리를 비운 채 일했다. 라이자의 몸 상태는 조금씩 회복돼 갔다. 가게를 그만두고 술을 마실 일이 줄어든 게 영향을 미친 것으로 보였다. 나기사는 편한 파워스톤 가게 아르바이트를 라이자에게 양보하고 유흥가 안에 있는 술집에서 일하기 시작했다.

"둘이 함께 번 돈으로 아주머니를 필리핀에 보내 드리자. 우리 집 빚도 좀 갚고 싶고."

카이에게는 그렇게 말했다. 실제로는 집에 돌아온 아버지가 경륜장과 경마장에 다니기 시작하며 아내에게 돈을 뜯어가기 때문이라는 걸 알았지만 카이는 입을 다물었다. 끝까지 구제할 길이 없는 가족이라고 생각했다.

"그냥 카운터 안쪽에서 손님들 말 상대만 해주면 되는 일이야."

나기사는 자신이 미성년자라 늦은 시간까지 있지도 않을 거라며 카이를 안심시키고 가게에서 받은 드레스를 입고 출근했다. 그래도 역시 예전처럼 둘이서 한가롭게 보내는 시간은 자연스럽게 줄어들었다.

특히 신경 쓰이는 건 한밤의 유흥가를 조폭들이 활개 치며 다닌다는 사실이었는데 그중에는 메미다나 나오야도 가끔 눈에 띄었다. 경기가 좋아지는 만큼 치안은 더 안 좋아졌다. 마약 거래와 불법 카지노, 사기 사건이 늘었고 폭력 조직이 세력을 키워 경찰과 뒷거래를 한다는 소문도 암암리에 돌았다.

아기 다람쥐처럼 재빠른 나기사는 매일매일 그런 험한 곳을 용케 빠져나가 집으로 향했다.

"가끔 어둠 속에서 하레가 불쑥 나타나 깜짝 놀랄 때가 있어. 걔는 그런 식으로 날 지킨다고 생각하나 봐."

나기사는 미소 지으며 말했다.

그래도 안심되지 않았다. 동네에서는 폭력 사건도 늘었다. 간혹 노숙자나 만취한 회사원이 구타당해 크게 다친 채로 발견되곤 했는데, 힘을 주체하지 못한 말단 신입 조폭들의 소행 아니냐는 소문이 돌았다. 카이는 그날 기뻐하던 메미다의 얼굴을 머릿속에 떠올렸다.

야스나리가 당한 것도 그래서였을까. 한밤중의 창고 거리에서 스케이트보드를 타고 있을 때 습격을 당했다. 인적이 드물고 함께 타는 친구도 없었던 탓에 다음 날 아침이 돼서야 그곳을 지나가는 창고 업자에게 발견됐다. 고립되고 힘없는 재일 한국인 소년을 폭행하는 건 그들에게 식은 죽 먹기였을 것이다.

카이는 처음으로 야스나리의 집을 찾았다. 어두컴컴하고 좁은 방 안에 머리에 붕대를 칭칭 감은 야스나리가 집 안 분위기보다 더 어두운 표정으로 앉아 있었다. 카이는 흠칫 놀랐다. 마음씨 좋은 스케이트보더 소년의 표정은 어느새 자취를 감추고 대신 고요한 분노와 억울함, 초조함 같은 감정이 눈에 띄었기 때문이다.

"누구한테 당한 거야?"

야스나리는 고개를 돌려 창밖을 봤다. 덜컹거리는 창틀 너머로 함석판에 둘러싸인 살풍경한 옆집 벽이 보였다. 처마 밑에 빨간 고추가 널려 있다. 앞길에서는 한국말로 큰 소리로 대화를 나누는 소리가 훤히 들렸다.

"대체 무슨 이유로 맞은 건데?"

그렇게 묻자 야스나리가 고개를 휙 돌려 카이를 쏘아봤다.

"내가 한국인이니까."

배 속에서 쥐어짜 내는 듯한 목소리였다.

"평소에 일도 제대로 하지 않고 스케이트보드나 타는 한국인이 거슬렸겠지."

밖에서 요란한 여자 웃음소리가 들렸다. 아이들이 와 하고 환호성을 지르는 소리도 들린다. 퀴퀴한 냄새가 코를 찔렀다. 카이는 침을 꿀꺽 삼켰다.

그렇다면 야스나리를 이렇게 만든 사람은 일본인일 것이다. 불량배나 건달 무리, 아니면 범죄와는 전혀 무관한 고등학생들일 수도 있다. 혼자 스케이트보드를 타는 한국인을 그저 재미 삼아 건드려 본 걸까.

"할아버지는 가서 복수하고 오래."

야스나리의 입에서 처음 나온 '할아버지'라는 한국말이 카이의 귀에 꽂혔다. 무엇인가 바뀌려 하고 있다고 느꼈다. 야스나리 안에 있는 뭔가가.

"그래도 그럼 안 되잖아. 그런다고 해결되는 것도 아니니."

일본인도 한국인도 되지 못한 소년의 어두운 목소리가 방 안에 울려 퍼졌다.

"카이. 난 이제 보드 그만 탈 거야."

"그래?"

야스나리 안에 있는 녹슨 금속 같은 결의가 읽혔다. 카이는 몸을 부르르 떨었다. 바로 얼마 전까지 프로 보더가 되겠다며 호언장담하던 씩씩하고 밝은 소년은 어느덧 사라지고 없었다.

어디에도 속하지 않고 그저 마음껏 스케이트보드를 타는 걸 이 세상은 허락하지 않는다. 그것이 바로 어른이 된다는 걸까. 어딘가에 속할 것, 뚜렷하게 구분되는 누군가가 될 것을 일본 사회는 강요하고 있다.

결국 아무도 야스나리를 구하지 못한다. 카이는 암담한 기분으로 어깨를 축 늘어뜨렸다.

야스나리의 결의를 정확히 알게 된 건 그로부터 약 한 달이 지나서였다. 야스나리는 모리나가파의 문을 두드려 그곳에 들어갔다. 카이의 친구는 결국 조폭이 되는 길을 선택했다.

카이가 미장 일을 열심히 배우는 동안에도 주변 환경은 조금씩 변하고 있었다.

카이도 한동안은 변화를 눈치채지 못했다.

미야모토가 일을 관두는 바람에 선배들의 권유를 뿌리치지 못하고 밤에 열리는 회식 자리에 참석하는 일이 많아졌다. 2차, 3차로 이어지는 술자리에서 겨우 빠져나와 집에 돌아가고 있을 때 카이의 눈에 하레의 모습이 들어왔다. 유흥업소들이 밀집한 지역에 어린아이가 서 있는 건 기이한 광경이었다. 카이는 한숨을 내쉬었다.

"하레."

하레는 어둠에서 화려하게 깜박이는 네온 속으로 한 걸음 내디뎠다.

"거기서 뭐 해?"

하레가 서 있는 곳은 마사지 가게 앞이었다. 카이가 미처 다가가기도 전에 가게 안에서 남자 직원이 나타났다.

"뭐야. 너 아직도 있었냐?"

하레가 몸을 움찔하고 한 걸음 뒤로 물러섰다.

"얼른 가라. 너 같은 애들은."

그때 직원이 하레 쪽으로 다가오는 카이를 눈을 가늘게 뜨고 봤다. 작업복 차림의 10대 남자를 손님인지 아닌지 구분하고 있다.

"어이, 형씨. 잠깐 들러서 놀다 가지? 예쁜 애들 많아."

직원이 그렇게 말을 걸었을 때 왠지 좋지 않은 예감이 들었다. 카이는 직원을 무시하고 가게 안으로 들어갔다. 직원이 서둘러 뒤따라왔고 하레는 길가에 그대로 우두커니 서 있었다.

"누구로 할 거야? 지금 있는 애가……."

대기실 같은 곳 벽에 여자들의 얼굴과 프로필이 적힌 포스터가 여러 장 다닥다닥 붙어 있다. 카이는 사진들을 주의 깊게 관찰했다.

몇 번째인지 모를 사진 속 여자는 틀림없는 나기사였다. 프로필에는 둥글둥글한 분홍색 글씨로 '유카'라고 적혀 있다. '언뜻 보기에 10대 여고생인 유카. 테크닉은 아직 서툴지만 무르익은 몸을 주체할 수 없답니다'라는 문장도 보였다.

"이 여자."

카이가 손가락으로 가리키자 직원은 "아, 유카? 걔는 지금 잠깐 다른 손님이 지명 중이라. 다른 애는 어때?"라고 했다.

"형씨가 처음 보는 얼굴이라서 미리 말해 두는데, 우리 가게에서 삽입은 금지야."

카이는 그의 말을 무시하고 안쪽 통로를 향해 성큼성큼 걸어갔다. 좁은 통로 양옆에 문이 여섯 개씩 있다. 바로 앞에 있는 문부터 하나씩 열었다.

"잠깐만, 형씨. 지금 뭐 하는 거야!"

남자가 거의 고꾸라질 기세로 쫓아왔다. 빈방이 있는가 하면 시술 침대 위에 남자가 누워 있고 상반신이 알몸인 여자가 마사지 중인 방도 있다. 갑자기 문이 열리자 여자가 "꺄악!" 하고 비명을 질렀다. 속이 메스꺼워질 정도로 달콤한 오일 냄새가 났다.

세 번째로 연 방에 나기사가 있었다. 남자가 침대에 벌렁 드러누워 있고 나기사는 옆에서 얇은 캐미솔에 팬티 차림으로 남자의 가슴에 오일을 바르고 있었다. 남자는 하반신에만 목욕 타월을 걸친 알몸 상태다. 보기 흉하게 튀어나온 배에 거무스름하고 짙은 털이 숭숭 돋아 있다. 샤워를 막 마쳤는지 방 안에는 열기가 감돌았다.

"나기사!"

나기사는 순간 소스라치게 놀라 손을 멈췄다.

"카이…… 네가 어떻게……."

나기사의 말이 끝나기도 전에 뒤에서 직원이 뛰어왔다. 손님이 아닌 골칫덩이가 들어왔다고 이제야 깨달은 듯하다. 마른 몸인데도 힘이 세서 카이는 하마터면 떠밀려 쓰러질 뻔했다. 카이는 돌아서서 남자의 얼굴을 팔꿈치로 가격했다.

"큭!"

남자는 정통으로 코를 얻어맞아 코피가 터졌다. 손님이 황급히 침대에서 뛰어 내려오는 모습이 시야 한구석에 비쳤다.

"넌 뭐야?"

통통하게 살이 찌기는 했지만 만만해 보이지는 않는다. 험한 일에 종사하는 사람처럼 보이기도 했다. 한창 즐기기 직전에 방해받아서인지 분노로 얼굴이 벌겋게 상기됐다. 수건이 바닥에 툭 떨어지자 잔뜩 부풀어 오른 추한 물건이 드러났다. 그 모습을 보자마자 카이는 피가 거꾸로 솟았다.

코를 부여잡고 있는 남자의 얼굴을 한 번 더 갈기고 손님을 발로 차 쓰러뜨렸다. 온몸에서 아드레날린이 들끓었다.

"그만해, 카이."

울음을 터뜨리려 하는 나기사의 팔을 잡아끌어 문을 빠져나갔다. 소리를 들은 다른 직원이 대기실에 뛰어 들어왔다.

"야, 너!"

카이는 남자의 평평한 가슴을 힘껏 밀친 후 박치기를 날렸다. 남자는 뒤로 벌러덩 넘어져 벽에 뒤통수를 세게 부딪혔다. 그대로 캐미솔 차림의 나기사를 데리고 밖에 뛰어나간다. 거리를 오가는 사람들이 신기한 듯 멈춰 서서 이쪽을 힐끔거렸다.

"이 새끼가!"

등 뒤에서 목소리가 들렸지만 돌아보지 않았다. 팔을 붙잡힌 나기사가 목놓아 울음을 터뜨렸지만 그래도 전속력으로 달리는 카이에게 필사적으로 발걸음을 맞췄다. 멀리서 가벼운 발자국 소리가 다가왔다. 돌아보니 하레가 힘든 기색도 없이 열심히 두 사람을 쫓아오고 있었다.

나기사는 방 한구석에서 무릎을 끌어안고 있었다. 어깨에는 카이의 데님셔츠가 걸쳐져 있다. 가운데에 카이가 양반다리를 하고 있고 방문 쪽에는 하레가 조용히 앉아 있다.

나기사는 술집을 이미 오래전에 그만두고 마사지 업소에서 일하고 있었다. 아버지의 빚 때문이었다. 고리대금업자에게 빌려 쓴 돈이 손 쓸 도리가 없을 만큼 불어났다고 했다. 어머니의 벌이로는 이자도 내지 못해서 결국 나기사가 마사지 업소에서 일하게 된 듯했다. 나기사는 업소에서 일당으로 돈을 주니 매일 조금씩 빚을 갚을 수 있겠다고 생각했다고 한다.

그 업소에 나기사를 밀어 넣은 사람은 오빠 나오야였다. 아마 폭력 조직 일원이 된 메미다가 중간에 개입했을 것이다. 사채업 역시 폭력 조직 간부가 경영에 관여하곤 하니 어쩌면 처음부터 나기사의 가족을 먹잇감으로 보고 덫에 빠뜨렸을 수도 있다.

"카이. 입 다물고 있어서 미안. 말하면 네가 분명 반대할 것 같아서…….”

“당연하지!”

잔뜩 잠긴 분노의 목소리가 날카롭게 공기를 갈랐다. 하레가 걱정하며 두 사람의 얼굴을 번갈아 봤다. 하레는 알고 있었다. 나기사에게 입막음을 당했겠지만 그 사실을 카이에게 알려야 할지 고민했을 것이다. 이 아이는 누구보다 재빠르게 다른 사람의 마음을 읽을 줄 안다.

“대체 이유를 모르겠어. 왜 너희 아버지 때문에 네가 몸까지 써 가며 돈을 벌어야 해?”

“몸으로 버는 거 없어. 그냥 마사지만 해주면 돼.”

“말도 안 되는 소리. 평범한 마사지가 아니란 거 다 알아. 변태 영감들을 기분 좋게 해주는 일이잖아.”

그곳에 나기사를 보낸 사람은 다른 사람도 아닌 나오야다. 어쩌면 조만간 아무렇지 않게 여동생을 성매매 업소에 팔아넘길 수도 있다. 나기사는 대체 언제까지 가족을 위해 자신을 희생하려는 걸까.

“그냥 내버려 둬. 네가 왜 그런 무책임한 아버지의 빚까지 떠안아야 해? 다른 여자랑 눈 맞아 집도 나간 사람이잖아.”

그러자 나기사는 무릎 위에 파묻고 있던 얼굴을 들었다.

“그래도 가족이야.”

“가족? 너희 아버지가 너한테 뭐 하나라도 해준 게 있어?

그리고 지금껏 그 쓰레기 같은 오빠한테는 또 무슨 짓을 당했는데?"

나기사는 끝내 훌쩍훌쩍 울기 시작했다. 하레는 눈을 부릅뜨고 그런 나기사를 바라봤다.

"그래도 가족은 가족이야……. 가족이 아니라면 이런 짓도 안 했어."

나기사는 흐느껴 울면서도 그런 말을 했다.

도저히 이해할 수 없었다.

가족이라는 게 대체 뭘까. 무슨 일이 있어도 끊지 못하는 핏줄이라는 것이 정말 존재하는 걸까.

이를 꽉 깨물고 주변을 둘러보다가 하레와 눈이 마주쳤다. 사려 깊어 보이는 작은 두 눈이 카이를 향해 있다. 이 녀석도 나와 같은 의문을 품고 있을까.

하레, 넌 가족이라는 게 뭔지 알고 있니? 이제 난 정말 모르겠어.

마사지 업소가 나기사를 순순히 놓아 줄 리는 없었다.

유흥가에 있는 술집과 마사지 업소들은 폭력 조직에 돈을 상납하고 있다. 그 상납금은 가게가 손님이나 다른 조직과 마찰을 빚으면 조직이 직접 중간에 개입해 해결해 주는 일종의 계약료지만 결국 돈을 뜯기는 거나 마찬가지다. 상납하지 않으면 그 일대에서는 가게를 운영할 수 없다.

라이자가 아는 사람의 집에 나기사를 잠시 보내기로 했다.

얼마 후 나오야가 분노에 찬 얼굴로 카이를 찾아왔을 때 카이는 나기사를 미리 다른 곳에 보내 다행이라고 생각하며 가슴을 쓸어내렸다. 그는 어지간히 속이 탔는지 카이가 일하는 건설 현장까지 찾아왔다.

"나기사를 빨리 다시 가게로 보내."

나오야는 일을 마치고 집에 가려는 카이를 다마가와 강둑으로 데려가 거칠게 말했다. 다급한지 눈에는 핏발이 섰다.

"그러지 않으면 나랑 형님이 큰일 나게 생겼어."

카이는 훗 하고 코웃음을 쳤다.

"큰일 난다고? 그거 괜찮네. 너희는 대체 나기사를 얼마나 괴롭혀야 직성이 풀리겠어? 네가 싼 똥은 네가 직접 치우는 게 어때?"

"그럼 나기사를 만나게만 해 줘. 그 정도는 해줄 수 있지 않나? 걔도 걔 나름의 생각이 있을 거라고."

나오야는 카이에게 매달리며 그렇게 애원했다.

그러나 카이가 끝내 나오야의 손을 뿌리치자 나오야는 "자꾸 이러면 너도 위험해질 수 있어" 하고 윽박질렀다.

"모리나가파가 그 가게 뒤를 봐주고 있다는 걸 몰라?"

순간 야스나리의 얼굴이 머릿속을 잠시 스쳤다가 사라졌다.

"아직은 수습할 수 있어."

카이의 마음이 흔들렸다고 착각한 나오야가 말을 이었다.

"나기사를 가게에 보낸 분은 내 지인이 모시는 형님이야. 히아사라는 형님인데 그 일대에서는 거의 모르는 사람이 없는 분이라고. 그래도 말은 통하는 분이니 나기사를 돌려보내고 사죄하면 아직은 어떻게든 될 거야."

"네 지인이라면 메미다 아닌가? 그 자식이 중간에 껴 있나? 그럼 개도 위험하겠네. 재밌어지겠는걸."

나오야는 입술을 깨물고 카이를 매섭게 노려봤다. 카이는 그런 나오야를 아랑곳하지 않고 말했다.

"그럼 난 너희가 어떤 꼴을 당하는지를 보고 나서 결정할게."

나오야가 한 발짝 앞으로 다가왔다. 그가 다가온 거리만큼 카이는 뒤로 물러섰다. 주변은 점점 어두워지고 있지만 넓게 펼쳐진 강물이 아직 밝아서 나오야의 표정은 알아볼 수 있다. 두툼하게 살이 잡힌 홑꺼풀 눈에서 야성과 광기가 엿보였다.

갑자기 주먹이 날아왔다. 아슬아슬하게 피한 후 그가 뻗은 팔을 붙잡고 비틀어 올렸다. 중학생 때 학교에 가지 않고 거리를 돌아다니다 보면 본의 아니게 폭력 사태에 휘말리곤 했다. 그럴 때 친구들은 키가 크고 날렵한 카이에게 많이 의지했다. 주먹다짐을 하면 가끔 기분 전환이 되기도 했지만 싸움은 멍청한 짓이라고 생각해 카이가 먼저 시비를 건 적은 없다. 그때의 감각이 되살아났다. 싸움을 일찍 끝내는 가장 큰 요인은 속도다. 선수를 잡는 쪽이 단연코 유리하고 힘은 별로 중요하지 않다.

뒤로 꺾인 팔을 풀려고 발버둥 치는 나오야의 엉덩이를 걷어찼다. 비틀거리는 상대의 등에 덤벼들자 나오야는 맥없이 바닥에 쓰러졌다. 목덜미를 누르고 팔꿈치로 힘껏 등에 일격을 가한다. 순간적으로 숨을 쉴 수 없을 것이고 예상대로 나오야는 움직임을 멈췄다. 몸이 축 늘어졌지만 만약에 대비해 목덜미를 붙든 손은 놓지 않았다.

이로써 마무리할 생각이었다. 싸움은 오래 이어 갈수록 시간과 체력만 낭비된다. 애초에 나오야가 주먹을 뻗지만 않았다면 이렇게까지 할 마음도 없었다. 땅에 짓눌린 나오야가 고개를 옆으로 돌리자 얼굴에 난 상처에서 피가 배어난 게 보였다. 나오야는 숨을 크게 들이마셨다.

카이는 그제야 그의 목덜미에서 손을 뗐다.

"나기사랑."

나오야는 몸을 일으켜 피 섞인 침을 퉤 뱉었다.

"나기사랑 해 봐야 별 느낌도 안 나지 않나?"

그 말이 귀에 꽂힌 순간 카이는 몸속의 피가 싸늘히 식는 듯했다.

"걔는 거기가 허허벌판이잖아. 남자들이랑 오죽 많이 잤어 야지."

나오야는 입을 다문 카이 앞에서 즐거운 듯 킥킥거렸다.

"화장실이나 마찬가지야, 걔는. 개나 소나 드나드는 화장 실."

"그만해."

"실은 너한테는 이 사실을 꼭 알려 주고 싶었어. 걔는 스스 로 원해서 한 거란 걸. 정말이야. 저항 한 번 안 했다고."

"그건 네가 억지로……."

"걔 눈은 늘 날 유혹하고 있었어. 해 달라고, 계속 해 달라 고 말이야. 타고나기를 문란하게 태어난 아이야, 나기사는."

짐승 같은 포효가 목구멍 깊숙한 곳에서 튀어나온 것을 처음에는 느끼지 못했다. 나오야의 얼굴이 눈앞에서 세차게 흔들리고 있었다. 자신이 멱살을 잡고 흔들고 있기 때문이라는 자각도 없다. 나오야는 그때만 해도 아직 잔인한 웃음을 머금고 있었다.

뒤로 밀어 그를 쓰러뜨리고 주먹으로 얼굴을 갈겼다. 주먹에서 피가 튈 정도로 세게.

정신을 차려 보니 나오야의 얼굴이 피범벅이 돼 있었다. 티셔츠에도 핏방울이 튀어 묘한 추상화 같은 무늬를 그리고 있다.

"제기랄⋯⋯."

카이의 중얼거림을 듣고 나오야는 놀랍게도 웃음을 터뜨렸다. 아니, 터뜨렸을 것이다. 입에서 새어 나온 공기가 핏덩어리를 풍선처럼 부풀리며 '하하'라는 소리가 난 것 같았다. 나오야는 그것 말고 뭔가 할 말이 더 있는 듯했지만 들을 수 없었다. 그저 입술, 아니 입술처럼 보이는 부은 살덩어리를 꿈틀거릴 뿐이었다.

카이는 비틀비틀 일어나 어깻숨을 몰아쉬었다. 그대로 몸을 질질 끌다시피 제방으로 올라간다. 다마가와강의 수면은 이미 빛을 잃고 검게 물들어 있었다. 작은 박쥐가 수면을 스치고 날아갔고, 다시 카이가 고개를 돌렸을 때는 나오야의 모습이 보이지 않았다.

나오야에게 본때를 보여 줘도 소용없었다.

유흥가에는 그곳을 장악한 폭력 조직의 네트워크가 촘촘히 깔려 있다. 그리고 그 안에서 일하던 라이자의 인간관계도 이미 다 공개돼 있었다. 나오야가 카이에게 두들겨 맞은 것으로 모자라 나기사가 사라지면서 나오야를 데리고 다니던 예전 리더 메미다부터 그가 모시는 형님인 히아사까지 체면을 구긴 것을 알게 되자 녀석들은 즉시 행동에 나섰다. 조폭들은 고집스럽게 자신들만의 방식을 관철했다.

나기사는 라이자가 아는 필리핀인의 집에서 결국 끌려 나왔다. 그리고 그대로 철거 예정인 상가 건물 뒤 풀밭에서 젊은 조폭들과 비행 청소년들에게 철저히 능욕당했다. 그 안에 나오야는 없었다. 옷이 갈가리 찢어지고 남자들에게 연이어 몸을 짓눌리는 동안 나기사는 묘하게 싸늘한 눈빛으로 그들을 관찰했다.

슬프지만 이런 상황에서는 뭘 해도 소용없다는 걸 지금까지의 경험으로 알고 있었다. 하물며 상대는 밥 먹듯이 불법을 저지르는 흉악한 집단의 남자들이다. 가냘픈 여자가 저항하는 모습을 보면 더 흥분만 할 뿐이다. 폭풍우가 내 몸 위를 어서 지나가기를 잠자코 기다릴 수밖에 없었다.

"정말 나오야가 말한 대로네. 시체처럼 가만히 있잖아."

땀과 체액 냄새가 뒤범벅된 곳에서 남자들의 대화가 귀에 들어왔다.

"언제 어디서든 자기를 덮쳐 줄 사람을 기다린다는 말이 사실이었나 보네."

"야. 재미없잖아. 소리도 좀 내고 해 봐."

남자들은 서로 상스러운 웃음소리를 주고받았다.

이 순간만 꾹 참고 넘어가면 될 줄 알았지만 상황은 나기사의 생각대로 굴러가지 않았다. 풀밭에서 첫 번째 단계가 끝난 후 다른 곳에 끌려가 또다시 수없이 범해졌다. 어딘지 모를 폐공장 안이었다.

그들은 용도를 알 수 없는 기계 잔해에 나기사의 몸을 꽁꽁 묶었다. 그러더니 밝은 조명 아래에서 알몸으로 다리를 크게 벌린 나기사의 몸을 장난감처럼 다뤘다. 그때만큼은 나기사도 몸부림을 치며 울부짖었다. 그러나 역시 풀어 주지는 않았다.

"친오빠도 허락한 마당에 안 될 게 뭐 있겠어."

남자들은 나기사의 국부를 난폭하게 만지작거리며 흥분한 목소리로 말했다.

"나오야 그 자식도 얘랑 했댔지? 정말인지는 모르겠지만."

"그런데 왠지 했을 것도 같아. 예쁘잖아. 몸매도 괜찮고."

"나오야가 그렇게 얻어터지지만 않았어도 여기서 친오빠와 여동생의 플레이를 볼 수 있었을 텐데."

"오, 그거 좋네. 상상만 해도 꼴린다."

"비켜."

그때 풀밭에서 히죽거리며 구경만 하던 남자가 동료들을 밀치고 나왔다. 그가 히아사라는 건 남자들의 대화를 통해 들었다. 그리고 그 시간부터 아침까지 나기사는 히아사만의 노리개가 되었다. 나기사는 그때 히아사가 자신에게 정확히 어떤 짓을 저질렀는지 나중이 돼서도 말하지 않았다. 등에서 가슴에 걸쳐 새긴 용 문신이 눈앞에서 꿈틀거리고 땀에 젖어

미끈거리는 모습을 보다가 이내 정신을 잃었다고 했다.

아침 해가 비치는 폐공장에서 먼지투성이로 눈을 떴을 때는 주변에 아무도 없었다. 나기사는 당시 몸이 내 것이 아닌 것 같은 느낌이 들었다고 했다. 다리 사이에서는 남자들의 체액이 떨어졌다. 창고 안에 버려져 있는 누구 것인지 모를 트레이닝복을 입고 공장 밖으로 나갔다. 또 언제 그들이 다시 올지 모른다는 생각에 죽을힘을 다해 그곳을 떠났다.

그러나 그리 멀리 가지는 못했다. 체력이 남아 있지 않았다. 나기사는 다른 창고 바깥 계단 아래에 간신히 숨어들었고 그곳에서 출근한 창고 직원에게 발견됐다. 창고 직원은 나기사의 상태를 보자마자 경악하며 즉시 사무실로 달려가 경찰에 신고하려 했다고 한다.

하지만 나기사가 그를 막아 세웠다. 그리고 카이의 집까지 데려다 달라고 부탁했다. 50대의 창고 직원은 너무나 참담한 나기사의 모습을 보고 무슨 일이 있었는지 계속 물었지만 나기사는 대답 없이 고개를 흔들기만 했다.

집 앞에 도착하자 나기사를 발견한 라이자가 부리나케 뛰어와 나기사를 부둥켜안았다. 눈치 빠른 필리핀인은 나기사에게 무슨 일이 있었는지 금세 알아챘다. 지인에게 나기사가 사라졌다는 이야기를 듣고 줄곧 걱정하고 있었다고 했다. 카이가 일을 마치고 집에 돌아왔을 때 나기사는 잠도 못 자고 충혈된 눈을 부릅뜬 채 무릎을 감싸고 있었고, 희미하게 떨리는 나기사의 몸을 라이자가 옆에서 꼭 껴안고 있었다. 어미 새가 새끼의 몸을 따뜻하게 덥혀 주듯 말없이 감싸 주고 있었던 것처럼 보였다.

"무슨 일이야?"

나기사에게 캐묻는 카이를 보며 라이자는 눈을 부라렸다.

"그런 건 묻지 말렴. 아주 괴로운 일이야. 묻지 않아도 알겠지?"

라이자의 머릿속에서는 이미 결론이 난 상태였다. 경찰을 비롯한 공공 기관에 신고해도 도움 되지 않으리라는 걸 이 먼 나라에서 온 여자는 누구보다 잘 알았다. 폭력 조직이 지배하는 세계에서는 그들이 바로 법이었다.

경찰에 신고하려는 창고지기를 멈춰 세운 나기사도 지금은 그 세계를 이해하고 있다. 경찰이 개입하면 머지않아 라이자는 물론 자신이 신세를 졌던 필리핀 여자에게도 폐를 끼칠 수 있다. 또 가족 역시 좋지 않은 일에 휘말릴 거라 생각했다.

그런 뒷골목 세계의 규칙을 배워 버린 나기사를 카이는 그저 비통한 심정으로 바라봤다.

나기사가 제대로 말을 할 수 있게 되기까지 닷새나 걸렸다. 그리고 그제야 카이는 나기사가 어떤 녀석들에게 무슨 짓을 당했는지 알게 됐다. 자신의 충동적인 행동이 비극의 방아쇠를 당겼다는 것도. 카이는 자신의 어리석음과 무력함을 뼈저리게 느꼈다. 시종일관 몸이 부들부들 떨렸다.

카이는 오래전 나기사가 몇 번이고 죽으려고 했다는 말을 떠올렸다. 그때보다 더 참혹한 행위가 또다시 나기사에게 벌어졌다. 중학교 교실 안에서 그 누구와도 어울리지 않고 혼자 있을 때의 나기사가 더 굳센 존재였다는 느낌이 들었다. 나기사를 구해 줬다며 자만하고 있었던 나 자신이 한심하기 그지없었다.

카이는 어깨에 맞닿아 있는 나기사의 머리를 세차게 껴안았다.

"나기사, 다른 곳으로 가자. 조금 더 일찍."

'갔으면 좋았을 텐데'라는 말까지 이어지지는 않았다. 너무 괴롭고 고통스러워 가만있을 수 없었다.

"하지만 그 전에 해 둘 게 있어."

"카이."

나기사는 흠칫 놀라 연인의 얼굴을 봤다. 카이의 속내를 들여다보듯 가만히 응시하고 있다.

"하레 말이야."

카이의 입에서 그 말을 듣고서야 나기사의 몸에서 힘이 풀리는 게 보였다.

"걔를 데려갈 수는 없어."

"그렇겠지."

나기사는 쓸쓸하게 말했다.

"하레 일은 확실히 매듭짓고 가자."

"응. 우리가 사라지면 걔는 갈 데도 없어질 거야. 어쩌지? 부모님을 직접 찾아가서 상의해 볼까?"

카이는 대답하지 않았고 나기사도 그 이상 묻지 않았다. 이곳이 아닌 다른 어딘가를 떠올렸을지 모른다. 둘이서 함께 살아갈 미래도.

나기사는 밤색 머리카락을 손으로 쓸어 올렸다. 가는 손목 위를 파워스톤 팔찌가 미끄러져 내려왔다. 주인을 지키지 못한 팔찌.

카이는 그 팔찌를 뚫어지게 바라봤다.

야스나리와 만난 건 두 달 만이었다. 모리나가파의 일원이 된 친구를 그동안 만나고 싶어도 만나지 못했다. 만날 수 있을 거라 기대하지 않았고 그건 야스나리 역시 마찬가지였을 것이다. 그리고 카이가 복잡한 사건에 휘말리지 않았다면 야스나리가 카이를 찾아올 일도 없었다.

"나기사를 일단 가게에 보내."

야스나리는 나오야와 똑같이 말했다.

"그러면 내가 꽉 형님한테 부탁해서 어떻게든 수습해 볼게."

"조폭이 하는 말은 못 믿어."

야스나리는 카이의 그 말에는 반응하지 않고 카이를 돌아봤다. 두 볼이 움푹 파였고 날카로운 눈빛은 칼날을 연상케했다.

"믿든 안 믿든 상관없어. 너와 나기사가 살려면 이 방법뿐이야."

야스나리는 감정이 담기지 않은 목소리로 말했다. 야스나리를 모리나가파로 끌어들인 사람도 재일 한국인 조폭이었다. '곽'이라는 재일 3세 남자인데 그 역시 오랜 차별에 시달린 끝에 반사회 세력 속에서 자신이 살길을 찾았다. 그리고그를 형님으로 모시는 야스나리도 자신의 거처를 그곳으로정했다. 결국 야스나리가 평소 그토록 싫어하던 '민족'이라는이름의 접점에 의지하게 된 것이다.

"히아사가 무슨 짓을 저질렀는지는 나도 들었어."

야스나리는 목소리를 누그러뜨리고 말했다.

"곽 형님은 그 녀석과 달라. 그런 비열한 수법은 쓰지 않는분이야. 보스의 신임도 받고 있어. 그러니."

"조폭은 다 똑같아."

그때 처음으로 야스나리의 얼굴에서 감정 같은 것이 읽혔다. 아픔일까, 비탄일까, 아니면 전율일까. 미처 구분하기도전에 다시 사라졌다.

"너, 앞으로도 계속 조폭으로 살 거야?"

언젠가 꼭 한번 묻고 싶었다. 한마디 말도 없이 조직에 들어가 버린 친구에게. 어쩌면 이번이 마지막 기회일 수 있다.

"응."

야스나리는 어렴풋이 미소 지었다.

"결심하고 등에 문신도 새기려 했어. 그런데 너무 아파서."

차마 웃을 수 없었다.

"너무 아파서 결국 못 견디고 윤곽만 새겼어. 관음상 문신인데."

"참을성이 없군."

한순간 예전의 두 사람으로 돌아간 기분이 들었다. 그러나 그건 환상이다. 어머니에게 사라진 여동생을 찾아오라는 말을 듣고 이웃집 갓난아이를 훔쳐 올까 고민하던 순진한 재일 한국인 소년과는 이제 거리가 너무도 많이 벌어져 버렸다.

비참한 어린 시절에서 벗어나 어른이 되는 순간만을 줄곧 기다렸다. 시간이 흘러 성장한다는 건 더 나은 방향으로 나아가는 것이라 믿었다. 그러나 그것은 크나큰 착각이었을지 모른다. 나기사, 야스나리, 그리고 나 자신에게도.

야스나리의 표정이 굳었다.

"너, 앞으로 위험해질 거야."

"곧 여기를 뜰 거니 상관없어."

"그렇군. 아무튼 잘 되기를 바랄게."

억수같이 퍼붓는 빗속에서 야스나리는 스카잔*을 머리에 뒤집어쓰고 나갔다. 카이는 멀어지는 그의 뒷모습을 바라보며 머릿속으로 보이지 않는 관음상을 상상했다.

하레는 길가에 쌓인 모래포대 위에 걸터앉아 있었다. 올여름에 접어들었을 때 다마가와시는 호우에 휩쓸렸다. 하수 처리가 원활하지 않은 쪽방촌에서 수많은 가옥이 물에 잠겼다. 물이 밀려들 때 주민들이 부지런히 모래포대를 만들어 쌓았지만 역부족이었다. 그 잔해가 지금도 길가에 그대로 방치돼 있다.

비바람을 맞아 모래포대와 비슷할 만큼 추레한 어린아이의 모습을 카이는 찬찬히 바라봤다. 솔기가 터지고 구멍 난 티셔츠와 엉덩이 부분이 해진 반바지. 계절과 상관없이 늘 신고 다니는 고무 샌들은 원래 색깔을 알아보기 힘들 정도로 더럽혀져 있다. 언제 깎았는지 모를 덥수룩한 머리. 얼굴은 부모에게 또 얻어맞기라도 했는지 오른쪽 귀에서 볼에 걸친 부분이 검붉게 변색된 채 부어 있다. 겉에 드러난 팔과 정강이, 허벅지에도 묵은 상처가 무수히 많았다.

---

* 광택 있는 재질의 야구 점퍼에 복잡한 문양의 일본풍 자수를 새긴 옷.

"하레."

카이가 부르자 하레는 턱을 들어 카이 쪽을 봤다.

"나랑 나기사는 곧 이 동네를 떠날 거야."

하레는 진지한 표정으로 나이 많은 친구의 말에 귀를 기울였다.

"마음 같아서는 널 데려가고 싶지만, 그럴 수 없어."

이 아이가 영리하다는 건 지금까지 함께 지내며 깨달았다. 카이의 말을 전부 이해할 텐데도 표정에 변화가 없었다.

"알겠어? 앞으로는 여기 와도 나랑 나기사는 없을 거야."

그렇게 거듭 말하며 못을 박아도 하레는 고개를 끄덕이지 않았다.

"잘 들어, 하레."

카이는 허리를 숙여 하레와 눈높이를 맞췄다.

"앞으로는 너 혼자 살아가야 해. 알겠어?"

슬픈 표정도 괴로운 표정도 짓지 않는다. 그저 카이의 얼굴을 똑바로 응시하고 있다. 이것이 하레의 의사 표시일지도 모른다고 카이는 생각했다. 울거나 매달리지 않고 떠나는 사람을 묵묵히 보내는 게 하레가 배운 삶의 기술인 것이다. 이 세상에 태어나 고작 몇 년 살지 않은 아이가 자신을 보호하기 위해 고안한 처세술. 그것은 바로 기대하지 않는 것, 감정을 죽이는 것, 그리고 뭔가에 집착하지 않는 것이다.

문득 감정이 끓어올라 하마터면 카이가 무너질 뻔했다. 하레는 앞으로 어떤 어른으로 자랄까. 우리가 한발 앞서 맛본 슬픔을 하레는 느끼지 않기를 바랐다. 그러나 이 아이를 영원히 지켜 줄 수는 없다. 하레에게는 하레의 인생이 있다.

격정의 파도가 사라지기 전까지 카이는 하레와 마주 봤다. 하레의 두 손을 잡았다. 너무 가늘어 툭 치면 부러질 것 같은 손목과 손가락.

"하레. 네 인생을 남에게 맡기지 마. 네 인생은 네 거야."

순간 하레가 아주 짧게 눈을 크게 뜨는 것 같았다.

"부모 역시 마찬가지야. 부모님도 너랑은 달라. 그런 사람들에게 네 삶의 선택지를 내주지 마. 절대."

하레는 역시 아무 반응을 보이지 않았다.

"알겠지? 하레. 도망치지 않는 거다."

그 말에는 가볍게 턱을 움직여 고개를 끄덕인다.

"좋아."

카이는 힘차게 몸을 벌떡 일으켰다.

"그럼 난 이만 가 볼게."

카이는 발걸음을 뗐다. 이후 한 번도 돌아보지 않았지만 하레가 뒤에서 지켜보고 있다는 건 알 수 있었다. 자신이 한 말을 전부 이해했다는 것도.

건축 사무소는 그만두었다. 사장은 화를 내며 이유를 물었지만 카이는 대답 없이 연신 고개만 숙였다. 고집스러운 모습에 사장도 그제야 카이의 가슴에 담긴 결의 같은 것을 느낀 듯했다.

결국 그는 마음대로 하라며 등을 돌렸다. 그러고는 사무실을 나가려는 카이를 향해 "전별금이다" 하고 두꺼운 봉투를 던졌다. 카이는 받아든 봉투를 그대로 나기사에게 갖다줬다. 나기사는 지금쯤 짐을 싸고 있을 것이다. 카이와의 새로운 삶을 꿈꾸며. 라이자는 조금 더 이곳에 남아 있겠다고 했다.

"살 곳이 정해지면 알려 주렴."

라이자는 아들과 아들의 여자 친구를 껴안고 먼저 나갔다. 두 사람이 집을 떠나는 모습을 보고 싶지 않았으리라.

집을 나가 모퉁이를 돌았을 때 남자 두 명이 슬쩍 다가와 양옆에 섰다. 순식간에 그들이 조폭임을 깨달았다.

"잠깐 나 좀 보지."

스스로 놀라울 만큼 아무렇지 않았다. 이미 예측했던 일이다. 이대로 무사히 도망칠 수는 없을 거라 생각했다. 야스나리의 제안을 거절했을 때부터.

두 남자는 카이의 팔을 붙들거나 하지는 않았지만 옆에 찰싹 달라붙어서 걸었다. 죽 늘어선 창고 사이를 지나자 바다 내음이 코를 파고들었다. 걷다 보니 양옆에 창고가 사라지고 바다와 면한 야적장이 나왔다. 콘크리트로 만든 테트라포드가 보이고 인기척은 없다. 테트라포드는 이곳에서 제작된 후 배로 실려 가 어느 먼바다에 가라앉을 것이다. 옆에는 너저분한 폐자재들이 잔뜩 쌓여 있었다. 바닷바람이 을씨년스러운 풍경을 스치고 지나갔다.

그때 커다란 테트라포드 뒤에서 누군가가 불쑥 나타났다. 메미다였다. 흰색 트레이닝복에 목에는 금목걸이를 찼다. 뒤이어 펄럭거리는 재킷에 화려한 셔츠를 입은 남자, 알이 넓적한 선글라스를 낀 남자도 나타났다. 웃음이 터질 만큼 천박한 조폭들의 모습 그 자체였다.

카이 옆에 붙어 있던 두 남자도 떨어져 맞은편에 섰다. 마지막으로 또 한 사람이 테트라포드 뒤에서 나왔다. 얼핏 봐도 그 남자가 히아사임을 깨달았다.

짧은 스포츠머리에 핀스트라이프 정장. 쭉 째진 눈이 날카롭다. 느긋하고 침착한 태도는 어느 정도 지위가 있는 자의 모습이다.

그러나 카이가 두려움을 느낀 건 남자의 외모가 아닌 그에게서 발산되는 사악한 기운 때문이었다. 파괴를 향한 욕구와 비뚤어진 자신감, 상대를 얕잡아보는 태도. 그 모든 게 뒤섞여 고개를 돌리고 싶을 만큼 부정적인 기운을 뿜어대고 있다. 험악한 외모를 더 돋보이게 하는 동시에 마주한 사람을 불안하게 했다.

"날 쪽팔리게 만든 게 너냐?"

그가 내뱉은 말에 카이는 대답하지 않았다.

"거기는 우리가 뒤를 봐주고 있는 가게야. 돈 관리부터 여자 조달까지 다 맡고 있지. 점장은 재미없는 놈이기는 해도 내 친구야. 그리고."

히죽 웃자 볼에 난 칼집 상처가 보였다.

"그날 네가 창피를 준 손님은 우리 조직의 귀한 손님이었어."

"그래서……."

카이는 목소리가 바람에 쓸려 가지 않게 깊숙한 곳에서 목소리를 냈다.

"그래서 나기사에게 복수한 건가?"

"복수라니."

히아사가 또다시 섬뜩하게 웃었다.

"그냥 벌을 좀 준 것일 뿐. 원래 여자들은 가끔 그런 게 필요해."

"나기사를 가게에서 억지로 데려간 건 나야. 나기사한테는 죄가 없어."

"그걸 판단하는 건 나지."

무슨 말을 해도 소용없다. 이런 쓸데없는 대화로 마음이 통할 거라 기대하지 않았다. 조폭이라는 특수한 인종들은 자신들이 만든 특수한 세계에서 살고 있다.

"어쨌든 일이 벌어졌으니 매듭을 확실히 지어야지. 우리의 방식으로."

히아사는 그야말로 즐거운 것처럼 말했다.

"쓸데없는 잔꾀는 부리지 않는 게 좋을 거야."

그가 가볍게 턱을 움직이자 부하 한 명이 테트라포드 뒤로 들어갔다. 그가 그곳에서 끌고 나온 남자를 보고 카이는 숨을 집어삼켰다.

야스나리였다. 누군지 알아보지 못할 만큼 얼굴 전체가 보랏빛으로 부어올라 있다.

"어째서……."

굳이 물을 것도 없었다. 야스나리는 조직 사무소 안에서 집단 폭행을 당했을 것이다. 끌고 나온 남자가 휙 밀치자 야스나리는 힘없이 콘크리트에 엎드린 자세로 쓰러졌다.

"내가 말을 꺼내기도 전에 이 녀석이 널 찾아갔다더군. 네 친구라고 하니 너한테 미리 언질을 주러 갔겠지."

카이는 아무 말도 못 하고 힘없이 신음하는 야스나리를 내려다봤다.

"근데 난 말이지. 그런 게 딱 질색이야. 조직에 들어온 이상 조직의 룰을 따르는 게 도리 아닌가?"

히아사는 끝이 뾰족한 가죽구두를 신은 발로 야스나리를 툭 찼다. 야스나리가 신음을 내뱉었다.

"아무리 조직에 들어온 지 얼마 안 됐다고 해도 그런 경우 없는 짓은 하지 말라는 거다."

카이는 자신이 얼마나 큰 실수를 저질렀는지 깨달았다. 나 기사뿐만 아니라 유일무이한 친구마저 궁지에 몰고 말았다. 입술을 깨물어도 이미 늦었다.

"곽이랑은 이미 이야기를 마쳤어. 이 녀석은 내가 잘 교육 해 주기로. 곽도 그러라더군."

그 말을 듣고 가슴이 찢어질 것처럼 아팠다. 야스나리는 자신을 멸시하는 사회에 염증을 느끼고 민족이라는 유대 관 계에 의지해 조직에 투신했지만 결국 그곳에서도 매몰차게 버림받고 말았다. 야스나리는 대체 어디로 가야 온전한 인간 으로서 제대로 인정받을 수 있는 걸까.

"너한테는 아직 선택할 수 있는 길이 있어."

히아사는 야스나리를 한 번 더 걷어차고 말했다.

"이 멍청한 한국인에게도."

히아사는 등줄기가 서늘해질 만큼 오싹한 미소를 지었다. 뺨에 난 칼집 상처가 또다시 눈에 들어온다.

"난 원래 사람에게 기회를 주는 걸 좋아하거든."

그러자 주변에 있는 부하들이 웃음을 터뜨렸다. 기회라고 해 봐야 그다지 유쾌한 제안은 아닐 것이다.

"메미다랑 결판을 내라. 이 녀석은 너와 붙고 싶어 하더군.

우리는 나서지 않을 테니."

그러자 메미다가 기쁜 듯이 한 걸음 앞으로 나왔다. 히아사를 비롯한 다른 조직원들은 뒤로 물러선다. 게임의 시작일까. 결말이 충분히 예측되지만 카이에게 거부할 권한은 없다. 이런 미치광이를 상대로 이길 수 있을 것 같지 않았다. 그러나 조직의 룰에 따를 수밖에 없다. 알면서도 이런 상황을 만든 건 다른 사람도 아닌 카이 자신이다.

메미다의 몸에서 모락모락 피어오르는 위험하고 섬뜩한 기운. 사나운 야생 짐승이 입맛을 다시고 있다.

"덤벼."

메미다가 여유롭게 미소 지으며 카이에게 다가왔다.

그러더니 카이가 겁도 없이 우두커니 서 있는 게 못마땅한지 메미다는 트레이닝복을 벗어 땅바닥에 거칠게 집어 던지고 파이팅 자세를 취했다. 움켜쥔 주먹에 새겨진 무서운 글자들이 눈에 들어왔지만 너무 연출 같아서 공포는 느껴지지 않았다. 아니, 그걸 떠나 하나부터 열까지 현실감이 없었다.

메미다는 엎드린 채 쓰러져 있는 야스나리의 목덜미를 붙들어 카이 쪽으로 얼굴을 돌렸다. 야스나리는 엉망이 된 얼굴로 카이를 가만히 바라봤다. 무서울 정도로 무표정한 얼굴이다. 모든 것으로부터 버림받고, 모든 것을 체념한 사람의 얼굴.

"네가 옆에 끼고 있는 그년, 참 괜찮더군."

메미다는 말로 카이를 부추겼다.

"밤새도록 다 함께 즐겼지."

카이는 조용히 눈을 감고 버텼다.

"형님도 많이 귀여워해 주셨어. 히아사 형님이 그렇게 오 랫동안 데리고 놀아 주는 여자는 별로 없는데."

주변에서 비열한 웃음이 터진다. 카이는 치밀어 오르는 분 노를 간신히 억눌렀다. 여기서 이성을 잃으면 상대가 원하는 대로 된다.

—도망치지 않는 거다.

조금 전 하레에게 했던 말이 떠올랐다. 도망치려고 이곳을 떠나는 게 아니다. 모든 것을 깨끗이 정리하고 떠나고 싶었다.

"지금까지 대체 몇 명한테 몸을 대준 거야? 실컷 즐기게 해 줬는데도 감사하다거나 고맙다는 말 한마디도 없던데."

공허한 눈빛으로 공장 천장을 올려다보는 나기사의 모습 이 떠올랐다. 카이는 목소리를 낮춰 말했다.

"말 참 많네."

그러자 메미다가 다짜고짜 주먹을 뻗었다. 살기는 느껴지 지 않는다. 그저 공기가 밀려오듯 주먹이 날아왔다. 나오야 때와는 전혀 다르다. 피하려고 하는 움직임조차 상대는 읽 고 있다. 피한 쪽으로 또다시 주먹이 날아왔다. 이번에는 주

343

먹이 정통으로 배에 꽂혔다. 카이가 허리를 숙이자 메미다는 두 손을 깍지 끼고 뒤통수를 내려쳤다. 신음도 내지 못하고 하마터면 쓰러질 뻔했지만 아슬아슬하게 버텼다. 다음으로 아래에서 발차기가 날아왔다. 두 손으로 막았는데도 명치에 정면으로 들어왔다.

카이는 메미다의 무릎에 들러붙듯이 쓰러졌다. 토사물을 흩뿌리며.

"아, 뭐야. 더럽게."

메미다는 지극히 침착한 목소리로 말했다. 냉정하게 행동하면서도 손을 늦추지 않는다. 그는 카이가 땅에 쓰러지기 직전 목덜미를 붙잡아 다시 일으켜 세웠다. 그러자 카이가 키가 작은 메미다에게 기대는 자세가 됐다.

"더럽다고 했지!"

한 손으로 얼굴을 연신 후려갈긴다. 목덜미를 붙잡힌 탓에 피할 수는 없다. 이가 몇 개 부러져 땅에 툭툭 떨어졌다. 피가 눈에 흘러들었다.

"봐줄 거라 생각하지 마."

메미다는 카이에게 얼굴을 바짝 갖다 붙이고 귓가에 속삭였다. 순간 뒤로 끌려 몸이 젖혀졌다. 어떻게든 그 손을 뿌리치고 지근거리에서 한 방을 날렸다. 효과는 있었지만 시야가 흐릿해서 상대에게 어떤 타격을 입혔는지는 알 수 없었다.

"오, 좀 하는데?"

메미다가 진심으로 기쁜 것처럼 포효했다. 말이 끝나기도 전에 주먹을 마구 휘두른다. 어딘가에 맞는 감촉은 있지만 충격은 별로 없다. 카이는 한 번 더 주먹을 뻗었다. 살에 푹 파고드는 느낌이 든다. 어째서인지 메미다가 순순히 맞아 주었다.

"야. 그것밖에 못 해? 좀 더 해 봐."

비웃음 소리가 들리는 쪽으로 카이는 주먹을 휘두르고 발차기를 계속했다. 그사이 피와 땀으로 뒤덮인 눈을 닦는다. 붉은 시야 속에서 메미다의 가슴이 보였다. 그곳을 향해 있는 힘껏 박치기를 했다. 크윽, 하는 신음은 들렸지만 그 직후 웃음소리가 터졌다. 절망적인 기분에 휩싸인 채 무릎에 손을 얹고 숨을 골랐다. 그러는 동안에도 메미다는 가만히 카이의 체력이 회복되기를 기다리는 것처럼 보였다.

"그걸로 끝? 실망이야."

호들갑스럽게 두 팔을 벌려 어깨를 으쓱하는 메미다에게 카이는 마지막 힘을 다해 달려들었다. 왼쪽 어깨 관절 아랫부분에 필사적으로 이를 박아 깨물었다. 두 손으로는 상대의 두꺼운 목을 붙들며 메미다의 어깻살을 물어뜯었다.

"우오!"

마침내 고통에 찬 비명이 메미다의 입에서 나왔다.

카이가 입안에 있는 살점을 퉤 뱉은 순간 옆얼굴을 세게 얻어맞았다. 순간 시야가 새하얘졌다. 메미다는 카이의 두 어깨를 붙잡고 배를 사정없이 무릎으로 찍었다. 리드미컬하게 움직이는 피스톤처럼 메미다의 단단한 무릎이 가슴까지 올라온다. 그러더니 그대로 어깨를 밀쳐 쓰러뜨렸다. 위에서 몸을 짓누르는 남자의 분노에 찬 표정이 눈에 들어왔다.

이 자식, 정말 화내고 있어. 카이는 하하, 하고 웃으려다가 핏덩이를 토했다. 그 순간 메미다가 휘두르려는 주먹을 누군가 뒤에서 붙들었다. 메미다가 천천히 고개를 돌린다. 몸도 방향이 틀어지자 그의 팔에 하레가 매달려 있는 모습이 보였다.

"하레."

그렇게 중얼거렸지만 목소리가 되어 나오지는 않았을 것이다.

"멍청아, 거기서 뭐 하는 거야."

마음속으로 그렇게 중얼거렸을 뿐이다. 하레는 통나무처럼 굵은 메미다에 팔에 필사적으로 매달려 있었다.

"뭐야, 넌?"

순간 영문을 모르고 어안이 벙벙해진 메미다는 벌레 잡듯 하레의 목뒤를 붙들었다. 하레가 허공에 떠올라 발버둥을 친다. 샌들 한쪽이 날아가 메미다의 코에 맞았지만 이미 짐승이 돼 버린 그는 가볍게 비웃을 뿐이었다. 하레는 다른 쪽 샌들도 벗어 있는 힘껏 메미다의 얼굴을 후려쳤다. 주변에 있는 조폭들이 와 하고 웃음을 터뜨린다. 생각지도 못한 침입자의 등장에 박수를 보내는 사람도 있다. 카이도 웃고 싶었지만 웃으면 가슴 어딘가가 찢어지는 것처럼 아팠다. 메미다는 침착하게 하레를 멀리 집어 던졌다. 작은 몸이 고무공처럼 폐자재가 있는 쪽으로 날아갔다.

"악!"

폐자재 위에 떨어진 하레의 오른쪽 팔꿈치에 날카로운 함석 조각이 박혔다. 하레는 상처투성이 팔에 박힌 함석 조각을 스스로 뽑았다.

메미다가 고개를 돌려 하레 쪽을 보고 있을 때 카이는 벌떡 일어섰다. 상대가 주먹을 휘두르기 전에 턱을 아래에서 걷어찬다. 그러자 그림처럼 깔끔하게 메미다의 목이 뒤로 꺾였고 그 반동으로 쓰러져 그는 뒤통수를 지면에 세게 부딪혔다. 카이는 의식이 몽롱해 보이는 메미다에게 달려들었다. 위에 올라타서 몇 대를 후려갈기고 머리채를 붙잡아 들어 올려 쿵, 쿵, 쿵 콘크리트에 내리찧었다. 잠시 후 유리알처럼 변한 메미다의 눈동자가 기이한 방향으로 돌아갔다.

그때였다. 퍽, 하고 등에서 둔탁한 충격이 느껴졌다. 하마터면 메미다 위에 쓰러질 뻔했지만 아슬아슬하게 버텼다. 충격이 느껴진 부분이 불타는 것처럼 뜨겁다. 카이는 천천히 고개를 돌렸다. 누군가의 머리카락이 보였고 그의 떨림이 전해졌다.

야스나리였다. 그가 몸을 뒤로 빼자 새빨갛게 물든 그의 두 손이 보였다. 그 손에 들린 칼도 피범벅이었다.

"히익!"처럼 들린 비명을 지르며 야스나리가 엉덩방아를 찧었다. 손에서 칼을 떨치려 하는데도 손가락이 굳었는지 마구 휘저을 뿐이다. 의미를 알 수 없는 외침이 그의 입에서 터져 나왔다.

그때 메미다가 카이의 몸을 퍽 밀치고 일어섰다. 야스나리는 여전히 바닥에 주저앉아서 허공을 향해 칼을 붕붕 휘두르고 있다. 카이는 주르르 무너져 내리며 야스나리의 공허해 보이는 눈을 똑바로 바라봤다.

칼에 찔렸구나. 카이는 차갑게 얼어붙은 머릿속으로 떠올렸다. 콘크리트에 두 손을 맞대고 서글픈 심정으로 한국인 친구를 봤다. 야스나리는 자신이 살아갈 틈새를 찾기 위해 결국 이런 선택을 내렸다. 이제 이 녀석에게 남은 유일한 장소는 조폭의 세계뿐이다. 어떻게든 그곳에 기생해 살아갈 수밖에 없다.

—난 원래 사람에게 기회를 주는 걸 좋아하거든.

—이 멍청한 한국인에게도.

야스나리는 히아사의 시험에 응했다. 그가 지금 고를 수 있는 최선의 선택이었다.

맥박이 뛸 때마다 피가 콸콸 쏟아져 콘크리트를 검붉게 물들였다.

"좋아! 멋지군. 네 근성을 인정해 주지."

히아사가 그렇게 말하는 것과 동시에 차가 달려와 카이 앞에 섰다. 대형 SUV 차량의 옆문이 열리는가 싶더니 조폭들이 차에 우르르 올라탔다. 마지막으로 망연자실하게 있는 야스나리가 차에 끌려들어 갔다. 야스나리는 이리저리 흔들리며 차 문 너머로 사라졌다. 선팅을 해서 차창 내부는 보이지 않았다. 카이는 그대로 옆으로 쓰러졌다. 차가 배기가스를 뿜으며 출발해 이내 시야에서 사라졌다.

카이는 땅바닥에 가만히 드러누운 채 그 모습을 지켜봤다.

하레가 뛰어왔다. 하레도 팔꿈치의 찢어진 상처에서 피가 줄줄 흘렀다. 그곳을 향해 손을 뻗으려 하지만 손가락 하나도 움직일 수 없다. 하레가 조심스럽게 카이의 얼굴을 들여다봤다. 동그랗게 뜬 눈에 눈물이 그렁그렁하다.

"카이……."

"뭐야. 너, 말할 줄 알았잖아."

그렇게 말하려고 했지만 역시 목소리가 나오지 않았다. 입이 열리자마자 쿨럭하고 믿을 수 없을 정도로 많은 피를 토했다. 숨도 쉬기 힘들다. 아마 부러진 갈비뼈가 폐에 박혔을 것이다. 하레가 천천히 손을 뻗어 카이의 머리를 감싸더니 자신의 무릎 위에 얹었다. 그제야 주변을 둘러볼 수 있었다. 멀리 베이뷰 타워가 보였다.

그때 전망룸의 유리창이 열리더니 뭔가가 스르르 내려왔다. 길고, 금빛으로 빛나는 것.

아아, 라푼젤의 머리카락이다. 하레, 저것 봐. 저게 우리를 끌어올려 줄 거야. 저곳에 가면 우리 모두 행복하게 살 수 있어.

카이는 하레를 향해 미소 지으려고 했지만 이제는 하레의 얼굴을 올려다볼 힘이 남아 있지 않았다.

베란다에 널어 둔 빨래가 아직 조금 축축했다. 가끔 바다에서 안개가 밀려와 이렇게 마을을 뒤덮고 3층 베란다까지 올라온다. 조금 더 고층에 있는 집을 살 걸 그랬나 보다.

아니, 그럼 건너편 집을 살필 수 없다. 매일 이렇게 이시이 씨 집을 감시하는 게 이쿠미의 일과가 되었다. 요가 교실과 요코하마 한의원에는 발길을 끊었다. 인공 수정을 다섯 번 실패하고 불임 치료도 중단했다. 주치의는 시험관 아기 시술을 권했지만 답변을 미루고 있다. 지금까지는 게이고도 어떻게든 협력해 줬지만 시험관 아기 시술만큼은 완강히 거부했다.

"이건 비용 문제가 아니야."

게이고는 딱 잘라 말했다.

"인공 수정까지는 나도 자연의 섭리에 따르는 방법이라고
생각해. 하지만 시험관 아기 시술은 자연에서 절대 일어날
수 없는 걸 인간이 억지로 만들려는 행위잖아. 그렇게까지
해야 할 이유를 모르겠어."

반박은 얼마든 할 수 있었다. 그러나 이쿠미는 묵묵히 남
편의 주장을 받아들였다. 포기한 것은 아니다. 아직 나이도
여유가 있다. 남편의 마음이 돌아올 때까지 잠시 쉴 뿐이다.

너무 급하게 진행해 왔는지도 모른다. 한 단계에서 다음
단계로 나아갈 때는 서두르지 말고 느긋하게 가는 게 좋다.
시험관 아기 시술에서도 남편의 정액을 채취하는 건 필수다.
그가 마지못해 채취한 정액으로는 임신할 가능성이 낮을 수
도 있다.

이쿠미는 거의 자신의 마음을 다스리기 위해 그런 이유를
갖다 붙였다. 불임 치료에서 잠시 떨어져 있는 동안 덜컥 임
신했다는 이야기도 종종 접하지만 어차피 우리 부부와는 상
관없는 이야기다. 남편과의 부부 관계는 인공 수정 초기 단
계부터 끊겼다. 눅눅한 빨래를 거둬들이며 이쿠미는 어깨를
축 늘어뜨렸다. 이유가 뭘까. 시험관 아기 시술은 하지 않겠
다고 그토록 단호히 말했으면서, 왜 게이고는 나를 안지 않는

걸까.

이쿠미는 빨래 바구니를 발밑에 두고 난간에 턱을 괴었다. 물론 남편 면전에서 물어보기도 했다.

"요즘 일이 바빠서 힘들어. 미안하지만 도저히 그럴 기분이 아니야."

남편은 그렇게 변명했다. 아예 납득 못할 이야기는 아니다. 올가을부터 게이고는 건축 사무소에서 팀 하나를 관리하는 직위에 올랐다. 도쿄 이곳저곳에서 재개발이 진행돼 큰 프로젝트들이 들어온다고 남편은 설명했다. 덩달아 귀가 시간도 늦어졌다.

그 말을 듣고 나니 무리하게 부탁할 수 없었다. 이런 상태로는 시험관 아기 시술을 위한 정액도 잘 채취되지 않을 것이다. 한의원과 요가 교실도 그만두는 바람에 이쿠미는 시간이 남아돌았다. 언제 또 시험관 아기 시술을 하게 될지 모르니 직장에 복귀하고 싶지도 않았다.

드르륵하고 유리문이 거칠게 열리는 소리가 들렸다. 이시이 씨 집의 간유리 너머로 잠옷 위에 늘어난 카디건을 걸친 아버지가 나타났다. 한 손으로는 유리문을 열고 다른 손으로 아이의 손을 붙잡고 있다.

"누가 훔쳐먹으래!"

그는 방 안에서 남자아이를 질질 끌어냈다. 아이는 최대한 허리를 숙이며 방에서 나오지 않으려 버티지만 건장한 아버지를 상대로는 소용없어 보인다. 금세 마당으로 끌려 나왔다. 툇마루에 매달리려는 아이의 손가락을 아버지는 무심하게도 짓밟았다.

"내가 함부로 냉장고 열지 말랬지? 다음에 또 그러면 이틀 동안 굶을 줄 알아라."

그 말만 남기고 아버지는 다시 집 안에 들어갔다. 유리문이 탁 닫히고 색 바랜 커튼이 내려온다. 남자아이는 마당에 서서 잠시 닫힌 유리문을 바라봤지만 이내 포기하고 툇마루에 걸터앉았다. 판자가 썩어서 뒤틀린 툇마루에 앉아 허공에서 다리를 흔들고 있다. 요즘 들어 저 아이는 울지 않았다. 아무리 혼나도 그저 참고 견뎠다.

바람이 불었다. 베란다에 있어도 추운 날씨다. 그러나 이쿠미는 집 안에 들어갈 수 없었다. 저 아이는 언제까지 밖에 있을까. 아이 엄마는 뭐 할까. 집 안에 있을까. 아들이 저런 꼴로 있는데도 못 본 척하고 있는 걸까.

고개를 숙여 자신의 맨발을 바라보던 아이가 퍼뜩 고개를 들었다. 순간 이쿠미와 눈이 마주친다. 거리가 먼 데도 눈동자가 맑아 보였다. 이쿠미는 아이와 눈을 마주친 채 계속 그 자리에 서 있었다. 남편은 오늘도 늦을 것이다.

"어떤 건물이야?"

"응?"

게이고가 신문을 보다 말고 고개를 들었다.

"지금 맡고 있는 건물 말이야. 어떤 프로젝트에 집중하고 있다고 했잖아."

"아아."

게이고는 된장국 그릇을 들어서 한 모금 마셨다.

"그냥 평범한 오피스 빌딩. 가메이도 메이지 거리에 있어. 1층과 2층은 세를 줄 예정이고."

"그렇구나."

조금 더 자세히 듣고 싶었지만 남편은 거기까지 말하고 입을 다물었다. 이쿠미가 차려 놓은 아침밥을 말없이 입에 가져간다. 요즘 들어 식단을 일본식으로 바꿨다. 흰 쌀밥과 건어물, 장아찌와 된장국 조합. 장아찌도 TV 방송을 참고해 직접 담갔다. 시간이 남는 만큼 조금 수고가 들더라도 직접 만든 반찬을 식탁에 올려 보고 싶었다.

사소한 일이지만 일본식 아침 식단으로 바뀌면 남편과의 대화도 조금 늘어나지 않을까 기대했다. 그러나 게이고는 달라지지 않았다. 그저 말없이 음식만 입에 가져간다. 그러지 않아도 요즘 매일 집에 늦게 들어오는 탓에 함께 저녁을 먹을 기회도 줄었다. 이런 아침 시간만이 서로 마주 보고 대화를 나눌 수 있는 귀중한 시간인데.

"커피 끓일까?"

"응? 아니. 됐어."

게이고는 급하게 몸을 일으켰다.

"그럼 난 다녀올게."

"응, 잘 다녀와."

현관까지 배웅할 새도 없었다. 이쿠미가 서둘러 젓가락을
내려놓고 몸을 일으켰을 때 이미 남편의 모습은 현관문 너머
로 사라지고 있었다. 이제는 일일이 귀가 시간을 묻지도 않
는다. 귀찮아할 게 뻔하고 대답도 늘 정해져 있다.

"늦을 것 같아. 먼저 밥 먹어."

밖에서 먹고 왔다는 한마디에 이쿠미가 애써 준비한 저녁
이 무용지물이 될 때가 많아졌다. 이쿠미는 접시를 포개 들
고 한숨을 내쉬었다. 혼자 밥을 먹으면 꼭 모래를 씹는 것처
럼 맛이 느껴지지 않았다. 오늘도 이 집에서 점심과 저녁을
혼자 식탁에 앉아 먹어야 한다.

어머니에게 상의해도 "남자들은 원래 다 그래. 그리고 일
이 많은 건 고마운 거 아니니? 세상에 어려운 사람이 얼마나
많은데"라고 할 뿐이었다.

아버지는 작은 인쇄 공장을 운영하고 있다. 대형 인쇄사와
경쟁하면 규모 면에서 이길 수 없다. 예전 단골 거래처들과

거래를 꾸준히 이어 가고 있지만 언제까지 버틸지 모르는 상황이다. 어머니도 옆에서 돕고 있으니 자영업자들이 얼마나 힘든지 몸소 느끼는 것 같았다.

어머니는 "넌 걔 덕에 전업주부를 할 수 있잖니. 복도 많아" 하고 전화를 끊기 전에는 반드시 "아이는 아직이니?"라는 말을 덧붙였다.

그래서 요즘은 어머니에게도 연락을 거의 하지 않았다. 불임 치료 이야기도 자세히 전하지 않았다. 임신이 잘 되지 않아 둘이 함께 검사를 받았지만 둘 다 이상이 없었다고만 했다.

그때 베란다 쪽에서 쾅 하는 소리가 들렸다. 이쿠미는 벽걸이 시계를 올려다봤다. 아침 7시 25분. 이시이 씨 집 초등학생 남자아이가 학교에 갈 시간이다. 그 아이는 늘 문을 세게 여닫아서 나갈 때 소리로 꼭 알 수 있다. 책가방을 달그락거리며 아파트 앞 완만한 언덕길을 뛰어 내려가는 모습이 눈에 띄었다. 책가방 입구가 달그락거리는 건 고리를 제대로 잠그지 않았기 때문이다. 늘 그런 걸 보면 고리가 이미 고장 났을 수도 있다.

이쿠미는 서둘러 설거지를 하고 세탁기를 돌렸다. 빨래를 널기 시작하는 건 보통 8시가 조금 넘은 시간. 그 무렵 베란다에 나가 있으면 엄마가 둘째 아들을 어린이집에 데려가는 모습을 볼 수 있다. 매일 가는 건 아니다. 가는 날도 가지 않는 날도 있다. 부모의 그날그날 기분에 따르는 건지 아니면 준비가 늦어서인지 모르겠지만 아무튼 출석률이 좋지 않다. 초등학생 아이도 스스로 일어나 준비한 후 아침도 먹지 않고 뛰어나가는 것일 수 있다.

이쿠미는 암담한 기분으로 그런 생각들을 떠올렸다.

별로 더럽지도 않은 방바닥에 청소기를 돌리고 있을 때 세탁이 끝났다. 빨래를 꺼내 서둘러 베란다로 나가서 이시이 씨의 집을 힐끗거리며 천천히 빨래를 널었다. 시계는 8시 반을 가리키고 있다. 오늘은 엄마가 아이를 어린이집에 보내지 않을 생각일까. 출근하지 않는 남편과 함께 아직 잠들어 있는 걸까.

아이는 어린이집에 다니는 나이인데도 동네를 자주 혼자 돌아다니고 있다. 이렇게 베란다에서 관찰하는 동안 이쿠미는 어느새 부모에게 미움받는 아이 얼굴을 외워 버렸다. 그 아이는 부모에게 벌로 집에서 쫓겨나도 울지 않고 어디론가 훌쩍 가 버린다. 씩씩하다고 하면 씩씩하지만 이쿠미는 신경 쓰여서 견딜 수 없었다. 그러고는 밤늦게 돌아올 때도 있다. 그 일로 또다시 야단을 맞을 것을 떠올리면 가슴이 답답해졌다.

건너편 집에서 자신을 관찰하는 사람을 그 아이는 신경도 쓰지 않을 것이다. 그러나 이쿠미는 이렇게 나와서 지켜보지 않고는 배길 수 없었다. 이시이 씨 집을 감시하며 뭘 어떻게

할 생각은 없다. 게이고의 말처럼 남의 집 일에 간섭해 봐야 좋은 소리도 못 듣는다. 특히 그 무식하고 난폭해 보이는 아버지에게 충고가 통할 리도 없다. 말을 섞고 싶지 않았고 또 그런 짓을 해 봐야 효과가 없다.

그저 지켜보는 것이다. 이쿠미는 이 행위에서 분명한 의미를 찾기 시작했다. 얼마 전 이쿠미는 남편과 말싸움을 하다가 흥분한 나머지 "차라리 건너편 집 아이를 우리가 입양하는 게 어때?"라는 말을 입에 담아 버렸다. 스스로 생각해도 제정신이 아니었던 것 같다. 정신적으로 궁지에 몰려 있었다. 인공 수정은 잘 되지 않았고, 지푸라기 잡는 심정으로 했던 한의원 치료도 남편의 반대로 포기해야 했다. 이쿠미의 입에서 입양이라는 말을 들었을 때 아니나 다를까 게이고는 겁에 질린 얼굴로 즉시 반대했다. 누가 봐도 뻔한 일이었다. 자기 아이도 별로 바라지 않는 남편이 남의 집 아이를 입양하겠다고 할 리 없는 것이다.

게이고는 그 뒤로 가끔 이상한 생각에 사로잡히는 이쿠미를 경계했다. 그리고 여러 일을 겪으며 이쿠미도 냉정해졌다. 곰곰이 생각하면 입양이 가능할 리 없다. 그러나 그날 이후 이시이 씨 집에서 학대받는 아이의 모습이 줄곧 머릿속을 떠나지 않았다.

직접 개입하지는 않는다. 하지만, 감시한다. 그 아이가 그 누구에게도 상처받지 않도록. 무사히 자라서 자기 힘으로 인생을 헤쳐나갈 수 있도록. 바로 그게 아이를 가지지 못한 나의 책무 같은 느낌이 들었다.

자신이 출근한 후 아내가 이런 일에 빠져 있다는 걸 게이고는 알지 못한다. 몰라도 상관없다. 이건 나만의 비밀스러운 삶의 목표이자 보람, 빛깔, 그리고 일상의 즐거움이다. 언젠가 저 아이는 분명 나에게 감사할 날이 올 것이다. 자신을 지그시 지켜보고 있던 타인인 나에게.

어느 특정 아이에게 어머니와 다른 역할을 맡음으로써 이쿠미는 자신의 존재 이유를 확인했다. 게이고는 아무것도 모르지만 아내의 가슴속에서 뭔가가 조금씩 변해 가는 것은 느낄 것이다. 건너편 집에 사는 남의 아이를 입양하겠다는 광기 어린 말을 들은 이후부터 겉으로는 시치미를 떼지만 아내와 슬며시 거리를 두고 있다. 그리고 그 거리는 날이 갈수록 벌어지는 느낌이었다.

당장 이쿠미의 관심은 건너편 집에 사는 이름도 모르는 남자아이에게 쏠려 있다. 남편과의 관계는 나중에 천천히 생각해도 된다. 지금 남편이 하고 있는 일이 일단락되면 다시 거리를 좁힐 수 있을 것이다. 이쿠미는 빨래 바구니를 베란다에 그대로 내려놓고 집 안에 들어갔다. 물론 밖에서 어떤 소리가 들리면 금세 알아챌 수 있게 유리문을 살짝 열어 두는 건 잊지 않는다. 오늘도 집 밖에 나갈 일은 없다. 눈과 귀를 오직 그 아이에게 집중한다.

그때 식탁 위에 있는 휴대폰이 울렸다. 화면에는 기타니 요코의 이름이 표시됐다.

—여보세요. 이쿠미?

기운찬 목소리가 귀에 꽂혔다. 이쿠미는 곁눈질로 베란다를 한 번 보고 의자에 앉았다.

—지난번에는 네가 안 와서 아쉬웠어.

대학 동창회가 열린다며 요코가 함께 가자고 했지만 이쿠미는 참석하지 않았다. 도쿄까지 나가는 시간이 아까웠고 이집을 벗어나고 싶지 않았다. 요코는 은사와 친구들의 이름을 대며 근황과 이런저런 소문 이야기를 한바탕 전했다. 이쿠미의 반응이 시큰둥해서 동창회 이야기는 어정쩡하게 끝났다.

—요새는 어떻게 지내?

"글쎄. 뭐 그럭저럭."

이쿠미가 무뚝뚝하게 대답하자 요코는 말을 약간 더듬었다. 이후 문득 떠오른 것처럼 이탈리아 여행 선물을 잘 받았다고 했다. 5월 연휴에 떠난 피렌체와 리오마조레 여행이 아득히 먼 과거 일처럼 느껴졌다.

—부럽다. 남편이랑 해외여행도 가고.

요코가 그렇게 말해도 마음은 움직이지 않았다.

—또 계획하고 있어? 다음에는 연말연시쯤에?

"아니. 지금은 남편이 너무 바빠서 여행 갈 상황이 아니야."

게이고가 새 프로젝트의 책임자가 되어 요즘은 일만 하고 있다고 덧붙였다. 이쿠미는 얼른 전화를 끊고 싶었다. 언제 이시이 씨 집의 그 난폭한 아버지가 일어나서 아이를 야단칠지 모른다.

—아, 그렇구나. 그러고 보니…….

친구의 마음을 알지도 못하고 요코는 느긋하게 말했다.

—마요가 게이고 씨를 봤다고 했어. 9월에. 혹시 출장 같은 걸 갔었나?

"응? 가나자와에서?"

이케지리 마요는 가나자와에 사는 동창이다. 고향에 돌아가 결혼했지만 5년 반 만에 이혼해 지금은 초등학생 아이와 친정에서 살고 있다.

—응.

그러더니 요코는 가나자와의 유명 호텔의 이름을 말했다.

—거기 로비에서 봤대. 누군가를 기다리는 것 같았다던데. 말을 걸어 볼까 했는데 업무 중일까 봐 그만뒀대.

"9월…… 언제?"

—그게…….

요코는 기억을 더듬는 것처럼 말을 끊었다.

─9월 경로의 날이었다고 했어. 응, 틀림없어. 마요가 부모님과 아이를 데리고 호텔 레스토랑에서 식사했다고 했으니. 늘 고생만 하는 엄마 아빠한테 좋은 걸 대접하고 싶었대.

　고작 두 달 전에 일어난 일이니 마요의 기억이 잘못됐을 리는 없다. 그러나 그날 게이고가 출장 갔다는 이야기는 못 들었다. 이번에는 이쿠미가 기억을 더듬었다. 남편은 이따금 일이 겹치거나 할 때 도쿄 도내 호텔에 머물곤 한다. 클라이언트의 사정에 맞춰 휴일에 출근하는 날도 있었다. 9월 경로의 날은 일요일이었으니 그다음 월요일이 대체 휴일, 그 이틀간 남편은 도내 호텔에 묵었다. 호텔은 건축 사무소에서 예약해 둔 비즈니스호텔이라고 했다.

　항상 있는 일이라 이쿠미도 별로 신경 쓰지 않았다. 호텔 이름도 묻지 않았다. 출장지가 갑자기 가나자와로 바뀐 걸까. 하지만 연휴를 마치고 돌아와도 남편은 그런 말은 하지 않았다.

　"정말 우리 남편이 확실하대?"

　이쿠미는 그렇게 물으며 속으로는 아마 확실할 거라 생각했다. 결혼하기 전과 결혼 이후에도 마요는 게이고를 몇 번 만났다. 결혼식에도 참석했다. 마주 보며 대화까지 주고받은 상대를 잘못 봤을 리 없다.

　─흐음…….

요코는 갑자기 말을 더듬었다.

―어쩌면 다른 사람이었을지도 몰라.

남편이 가나자와에 갔다는 걸 이쿠미가 알지 못한다고 깨달은 듯했다.

―게이고 씨가 특별히 눈에 띄는 특징이 있는 사람도 아니고 말이지.

그렇게 말을 잇고서 "아, 물론 잘생기지 않았다는 게 아니라" 하고 부랴부랴 덧붙이고 애써 웃는다. 이쿠미는 그 웃음에 맞춰 줄 수 없었다. 결국 얼마 후 요코는 어색하게 전화를 끊었다.

이쿠미는 휴대폰을 손에 들고 멍하니 앉아 있었다. 어떻게 된 일일까. 남편은 나 몰래 가나자와에 갔다. 그날 호텔 로비에서 기다린 상대는 누구일까. 게이고에게 무슨 일이 일어나고 있는 걸까. 내가 이시이 씨 집 아이에게 얽매여 있는 동안, 남편에게도 변화가 일어나고 있었다면……?

"동생을 똑바로 돌보란 말이야!"

순간 베란다 쪽에서 고함소리가 들렸다. 이쿠미는 화들짝 놀라 벌떡 일어섰다. 부랴부랴 베란다로 나간다. 건너편 집에서 아버지가 현관 미닫이문에 손을 얹고 집 안을 향해 소리치고 있었다. 아내는 차 옆에 서 있다. 평상복 차림으로 둘이 함께 어디론가 외출하려는 듯하다.

"잘 들어라! 얼마 전처럼 토한 걸 그대로 두면 용서하지 않을 거야! 기저귀도 잘 갈아! 밤에는 돌아올 테니까!"

그는 미닫이문을 쾅 닫고 차에 올랐다. 아내도 한마디도 없이 조수석에 탄다. 차는 곧장 출발했다.

밤에는 돌아온다……? 설마 밤까지 어린아이들끼리 집을 지키라는 걸까. 아직 아침 9시 반이다. 3시가 지나면 큰애가 학교에서 돌아오겠지만 아무리 그래도 너무 몰상식하다. 밥은 어떡하라는 걸까. 아이 분유는? 설마 그 애가 직접 만들어 먹이는 걸까?

이쿠미는 베란다 난간 위로 몸을 내밀었다. 건너편 집은 쥐 죽은 듯 고요하다. 아이 울음소리도 들리지 않는다. 아이들만 집에 남아 몇 시간 동안 집을 지켜야 하다니, 이건 어엿한 방치 아닐까.

이쿠미는 아직 손에 들고 있는 휴대폰을 내려다봤다. 남편은 나에게 비밀로 하고 다른 여자를 만나고 있는 걸까. 내가 이 집을 벗어나지 않는 상황을 이용해. 그래도 난 어디에도 갈 수 없다. 저 아이를 그대로 두고서는.

게이고에게 묻기가 두려웠다. 태연한 척하면서 물어볼 수도 없다. 만약 분명한 사실이 밝혀지면 나는 어떡해야 할까. 아니, 바람피우는 건 상관없다. 이쿠미가 진정 두려운 건 게이고가 자신과 헤어지고 그 상대를 선택하는 상황이었다. 남편은 말로는 아이가 필요 없다고 하지만 속으로는 아이를 원하는 게 아닐까. 나와의 사이에서 아이를 얻는 걸 포기하고 다른 방법을 시도해 보기로 한 걸까. 상상만으로도 온몸이 얼어붙는 느낌이었다.

이쿠미는 남편의 생활을 넌지시 관찰하기로 했다.

게이고는 여전히 바쁘다. 휴일 출근도 늘었다. 거래처 접대 때문에 밤늦게 올 때가 많은데 어느 날 양복에서 향수 냄새가 풍겨서 일부러 장난스럽게 물어봤다.

"오늘은 롯폰기 술집에서 접대했어. 그 오피스 빌딩을 발주한 사장님이야."

게이고는 아무렇지 않게 말했다. 거짓말처럼 들리지는 않았다. 롯폰기든 긴자든 술집 여자와 충동적으로 잠시 만나는 거라면 왠지 용서할 수도 있을 것 같았다. 물론 기분이 좋지는 않지만 한때의 불장난이라면 눈 감아 주자고 생각했다. 바쁜 일에서 오는 스트레스를 해소하기 위해 약간의 일탈은 필요할 수도 있다. 그 후에도 이쿠미는 여러 가지로 마음 졸였지만 마땅한 해결책은 떠오르지 않았다.

그대로 해를 넘겼다. 연말연시에 게이고는 계속 집에 있었다. 둘이 함께 신사에 갔고 시댁과 친정에도 하루씩 들렀다. 작년과 전혀 다르지 않은 해넘이였다. 단 한 가지 변화를 꼽

자면 줄곧 함께 있는데도 단 한 번도 몸을 섞지 않았다는 점
이다.

이렇게 속절없이 늙어야 하는 걸까. 아니면 바쁜 일만 마
무리되면 남편의 마음도 바뀔까. 지금 같은 상태에서 참다가
나중에 다시 시험관 아기 시술을 이야기를 꺼내면 남편이 호
응해 줄까. 혼자 고민해도 답이 나오지 않았다.

그리고 그 답은 전혀 뜻밖의 방법으로 확인할 수 있었다.
여전히 번민하며 어느덧 2월 하순에 접어들 무렵이었다. 이
쿠미의 휴대폰에 낯선 번호로 전화가 걸려 왔다.

"여보세요?"

—여보세요. 오치아이 게이고 씨의 부인이신가요?

들어본 적 없는 여자 목소리였다.

"네, 그런데요."

—저……

여자는 한 박자 쉬고 말했다.

—전 오치아이 게이고 씨와 사귀는 사람이에요. 시마 마유
미라고 합니다.

순간 무슨 뜻인지 이해하지 못했다.

"사귄다?"

이쿠미는 앵무새처럼 되물었다.

"사귄다니, 그게 무슨……?"

―아, 남녀관계로 교제한다는 뜻이에요.

순식간에 눈앞이 번쩍했다. 그러나 말은 나오지 않았다.

―저, 부인께는 죄송하지만 저희는 헤어질 수 없어요.

여자는 뻔뻔하게 말했다.

―작년 6월부터 사귀기 시작했고 지금도 서로 사랑하고 있답니다.

이쿠미가 침묵하는데도 아랑곳하지 않고 여자는 계속 떠들었다. 게이고와는 지인의 소개로 만나게 됐다는 이야기, 알게 된 지 얼마 안 돼 게이고가 대시해서 사귀기 시작했다는 이야기, 게이고는 자신에게 푹 빠져 일주일에 두 번은 만나고 있다는 이야기, 일을 마치고 피곤해도 만나러 와 준다는 이야기, 가끔 둘이서 1박 여행을 떠난다는 이야기, 처음에는 별 감정 없이 교제를 시작했지만 지금은 자신도 게이고 없이는 살수 없을 거라는 이야기.

귀를 틀어막고 싶은 내용들이었다. 마요가 가나자와 호텔에서 게이고를 봤다고 한 말을 처음 들었을 때부터 어쩌면 이런 날이 올지도 모른다고 막연히 생각하고 있었다. 그러나 실제로 그날이 오고 보니 그야말로 무력하고 속수무책이었다.

"그런 건…… 믿을 수 없어요."

마음속 중얼거림이 그대로 말이 되어 나왔다.

―하지만 사실인걸요.

마유미라고 자칭한 여자는 의기양양하게 말했다.

—얼마 전에도 둘이 함께 온천 여행을 다녀왔답니다. 이즈에 있는 유가시마라는 곳에요.

2월 초순 주말에 게이고는 도쿄 도내 호텔에서 묵는다고 하고 갔다.

—그날 게이고 씨는 일 때문에 집에 못 가니 근처 호텔에서 묵을 거라 했죠?

이쿠미의 속내를 읽은 것처럼 마유미가 물었다.

—그거, 거짓말이에요. 절 만나려고 한 거짓말.

마유미는 이제는 거의 즐기듯 말했다. 순간 벌컥 화가 치밀었다.

"우리 남편이 그럴 리 없어. 허튼소리 하지 마."

이런 여자를 상대할 이유가 없다고 생각했다. 남편을 헐뜯기 위한 계략이 분명하다. 게이고는 일에 너무 몰두한 나머지 주변에 적을 만든 것이 아닐까.

—게이고 씨. 배꼽 밑에 수술 자국이 있죠? 세로로 나란히 두 개. 어렸을 때 복막염에 걸려 수술을 했는데 장폐색이 일어나 또 한 번 쨌다고 하더라고요.

이쿠미는 가만히 서 있을 수 없어서 결국 거실 바닥 위에 쪼그려 앉았다.

—게이고 씨한테 직접 물어보세요. 저에 대해.

굳이 그러지 않아도 이 여자와 남편이 관계가 있는 건 확실했다. 그래도 이쿠미는 배 깊숙한 곳에서 목소리를 쥐어짜 냈다.

"우리 남편은 그런 행동을 할 사람이 아니야."

—아뇨, 그런 행동을 할 사람이에요. 아무리 부정해도 이건 기정사실이에요.

마유미는 그야말로 즐거운 것처럼 말했다. 이쿠미는 처음으로 상대에게서 악의 같은 것을 느꼈다.

—게이고 씨는 저 없으면 못 산다면서 잠깐이라도 짬이 생기면 절 만나러 와요. 정말 화끈하고 남자다운 분이세요.

"그만해!"

왜 전화를 끊지 못하는 걸까. 이 여자의 말에 계속 귀 기울이는 이유가 뭘까. 남편에게 다른 여자가 있었다. 남편은 나를 배신했다. 그 퍼즐 조각을 끼워 맞추면 모든 수수께끼가 풀린다. 게이고가 불임 치료에 급격히 의욕을 잃은 것. 날 더이상 안지 않는 것. 일을 핑계 삼아 나와 함께 있으려 하지 않는 것.

—저기요, 사모님.

마유미가 목소리 톤을 낮췄다.

—게이고 씨가 조만간 아내한테 직접 말할 거라 했어요. 그런데 그 말을 한 지 벌써 한 달이 다 돼 가요. 저도 게이고

씨한테 그냥 맡기려 했는데, 갑자기 그러면 안 될 만한 사정
이 생겨서.

그다음에 올 말은 듣고 싶지 않았다. 온몸의 모든 세포가
여자의 목소리를 거부하고 있다. 그러나 굳어 버린 손은 휴
대폰을 귀에서 떼지 못했다.

—실은 저, 임신했거든요.

마유미는 이쿠미가 가장 두려워했던 말을 꺼냈다.

—낳고 싶어요. 반드시요. 어떻게 해서든 게이고 씨의 아
이를.

바짝 마른 목구멍에서는 숨소리만 새어 나왔다. 외풍과 비
슷한 쉰 소리.

—게이고 씨는 조금만 기다려 달라고 하더라고요. 하지만
전 더 이상 기다릴 수 없어요. 그래서 오늘 이렇게 사모님께
전화 드린 거예요. 전화번호는 게이고 씨의 휴대폰을 몰래
훔쳐보고 알아냈어요. 저번 주 금요일에 호텔에서 게이고 씨
가 잠든 사이에.

"헛소리 그만해."

이쿠미는 감정을 고조시켰다.

"아이를 낳을 거라니. 그런 짓을 하고도 용서받을 것 같
아?"

그렇게 말하고서야 상대의 술수에 넘어갔다는 것을 깨달

왔다. 방금 자신이 내뱉은 말은 남편의 바람과 애인의 임신을 모두 사실로 전제한 말이다.

—사모님. 이건 현실에서 이미 일어난 일이에요. 놀라셨겠지만요.

수화기 너머에서 여자가 숨을 크게 들이마시는 소리가 들렸다.

—게이고 씨와 헤어져 주시겠어요?

하마터면 고함을 지를 뻔했다. 마유미는 계속 말을 이었다.

—게이고 씨는 사모님을 생각해 말을 못 꺼내고 있어요. 착한 사람이니까요. 하지만 그래도 제가 최고래요. 저기요, 사모님. 제발 부탁이니 게이고 씨를 저한테 주세요.

"아니, 거절할게."

머릿속이 뒤죽박죽인 상태에서 말만 흘러나왔다.

"착각하지 마. 우리는 법적으로 부부야. 당신은 지금 당신이 어떤 처지인지 모르고 있어."

말하는 동안 조금씩 마음이 가라앉았다.

"남편과 헤어질 일은 없어."

단호히 선언했다. 그러나 말끝이 살짝 떨렸다.

—게이고 씨의 마음이 이미 멀어졌는데도요?

이쿠미는 이번에야말로 전화를 끊었다.

—게이고 씨의 마음이 이미 멀어졌는데도요?

마유미의 마지막 말이 머릿속에서 계속 메아리쳤다.

이쿠미는 맥없이 고개를 떨구고 있는 남편을 바라봤다. 마유미에게 걸려 온 전화에 대해 전부 이야기했다. 남편이 직장에서 돌아오기 전까지 많은 고민을 했다. 그러나 정면으로 부딪칠 수밖에 없다는 결론에 도달했다.

마유미가 임신했다고 말한 게 결정적이었다. 이제는 시간이 없다.

식사 준비도 하지 않고 늦게까지 기다리고 있던 아내가 추궁하자 게이고는 마유미와 관계를 가진 걸 순순히 고백했다. 아아, 역시. 온몸의 힘이 빠져나갔다. 몇 퍼센트 안 되는 확률이기는 해도 '뭐라고? 지금 그런 소리를 믿는 거야? 마유미라는 여자는 알지도 못해'라는 대답이 돌아오지는 않을까 내심 기대했다.

마유미가 전화로 한 말은 전부 사실이었다. 작년 6월 일 문제로 가게 된 술집에서 마유미를 처음 만났다. 직장 동료가 우연히 그녀와 안면이 있었다. 마유미는 그날 그곳에 손님으로 왔는데 자신도 요코하마의 술집에서 일한다고 했다. 게이고가 호기심을 보이며 "요코하마 어디? 나도 가나가와현에 사는데"라고 물었고 그 뒤로 둘 사이에 이야기가 점차 열기를 띠었다.

마유미가 말한 '지인의 소개'가 바로 그런 경위였던 것이다. 이쿠미는 그 여자에게 더욱더 혐오감을 느꼈다.

"그럼 술집 여자인 거네?"

다시 한번 확인하자 게이고는 힘없이 고개를 끄덕였다.

"그렇기는 한데, 그냥 고모가 하는 술집을 도와주고 있는 거라……."

이쿠미는 이상하게 여자를 감싸려고 하는 남편을 노려봤다.

"술김에 관계를 가졌어. 그 뒤로도 계속……."

일이라고 사칭하며 애인을 만나러 갔다. 다마가와역을 그냥 지나쳐 요코하마까지 가서. 도쿄 호텔에 묵는다고 거짓말하고 1박 여행도 함께 다녀왔다.

"있지, 이것만은 확실히 해 두고 싶은데."

이쿠미는 묘하게 침착한 자신을 보며 놀라고 있었다.

"나랑은 아이가 생기지 않으니 다른 여자에게서 낳으려고 한 거야?"

"말도 안 돼!"

게이고는 즉시 부정했다.

"그런 생각은 한 번도 한 적 없어. 우리가 아이를 못 낳는 것과 그 일은 전혀 관련 없어."

"그 말은…… 진심은 아니었다는 거야?"

"미안해."

게이고는 벌써 몇 번째일지 모를 사과를 입에 담았다.

"결과적으로 당신을 배신하게 돼 버린 건 정말 면목이 없어. 하지만 그 여자는 정말 하룻밤 상대일 뿐이야. 그저……그 여자의 유혹에 넘어갔다고 할까."

목소리가 뒤로 갈수록 기어들듯 작아졌다.

"내가 불임 치료로 고생하는 동안 당신은 다른 여자랑 실컷 즐기고 있었구나."

그 정도 말은 해도 된다고 생각했다. 게이고는 점점 더 움츠러들었다.

"나와 헤어질 생각이야?"

그 말에 게이고는 세차게 고개를 흔들었다. 남편의 어린아이 같은 태도를 보며 한숨이 나왔다. 왜 그런 어리석은 짓을 저지른 걸까. 나에게 들키지만 않으면 괜찮을 줄 알았을까.

"다만……."

게이고가 눈을 위로 뜨며 이쿠미를 봤다.

"조금 짜증이 났던 건 사실이야. 불임 치료 문제로 계속 당신과 의견이 엇갈려서. 난 정말 둘이 살아도 괜찮은데 당신은 모든 것을 제치고 불임 치료에 집착했잖아. 하필 그럴 때 그 여자를 만나서."

"그렇구나."

그랬다. 그때는 아이를 얻지 못하면 살아갈 가치도 희망도 없다고 생각했다. 그러나 이렇게 되자 처음으로 그게 실수였음을 깨달았다. 나는 자신뿐만 아니라 남편도 압박하고 있었다. 뭔가에 씌어 있었을지도 모른다.

"그럼 그 여자랑 헤어질 거야?"

"응, 그럴게. 확실히 정리하고 헤어질게."

"하지만 그 여자는……."

어려운 말을 간신히 꺼냈다.

"임신했다고 했어."

"고개를 숙이고 아이를 지워 달라고 부탁할게."

"그래. 그 방법밖에 없겠네."

"난 정말 바보였어. 당신을 힘들게만 하고."

게이고는 눈물을 글썽이고 있는 것 같았다.

"이번 일을 잘 마무리하면 시험관 아기 시술도 해 보자. 당신이 원하는 대로……."

"아니."

이쿠미는 남편의 말을 차단했다.

"됐어."

그러자 게이고는 아내의 얼굴을 멍하니 쳐다봤다.

"이젠 됐어. 시험관 아기 시술은 안 해. 자연스럽게 아이가 생기기를 기다릴 거야. 그렇게 해서도 안 되면 그냥 당신이랑 둘이 살래. 그래도 괜찮아."

"이쿠미……."

게이고가 일어서서 다가와 이쿠미의 손을 꼭 잡았다.

그렇다. 아이는 갖고 싶지만 전부 다 손에 넣을 수는 없다. 욕심을 부려서는 안 된다. 지금 있는 것에 감사해야 한다. 남편, 그리고 그와의 안정된 삶. 아파트. 가끔 떠나는 해외여행. 모든 것은 남편이 옆에 있기 때문에 비로소 가치가 있다. 그의 아이를 원하는 건 남편을 사랑하기 때문이다. 불임 치료에 지나치게 몰두한 나머지 가장 중요한 것이 내게는 결여돼 있었다.

이시이 씨 집의 가엾은 아이를 떠올렸다. 그 아이에게는 최소한의 생활이 보장되지 않는다. 부모에게 버림받고, 손찌검을 당하고, 부조리한 요구를 받으며 굶주리고 있다. 그 아이에게서 눈을 떼지 말자. 그 아이가 언젠가 행복하게 웃는 날이 오기를 기도하자. 조금이라도 도울 수 있는 일이 생기면 기회를 놓치지 말자.

오늘은 하루 종일 이시이 씨 집 안이 조용했다. 화를 내는 소리도 울음소리도 들리지 않았다. 그런 것들을 떠올리자 이쿠미도 왠지 행복한 기분에 잠겼다.

남편은 마유미와 합의가 잘 되지 않는 듯했다. 게이고가 이야기를 꺼낸 순간 그녀는 감정적으로 돌변해 울부짖었다고 한다. 그래도 게이고의 의지가 확고한 것을 깨닫고 "나도 포기하지 않을 거야"라고 선언했다. 결국 헤어지려는 시도는 실패했고 상황은 점점 더 진흙탕에 빠질 양상을 보였다.

서둘러야 한다. 그 여자는 임신했다. 낙태 가능한 기간이 지나 버릴 수 있다. 합의 과정에서 마유미 뒤에 점차 이상한 무리들의 그림자가 어른거리기 시작했다. 그리고 아무래도 평범한 여자는 아닌 것 같다고 느꼈을 때는 이미 늦은 상태였다. 게이고의 휴대폰에 마유미의 대리인을 자처하는 남자에게서 전화가 걸려 왔다.

─낙태 비용에 코딱지만큼 돈을 얹어 주면 끝날 줄 알았나?

그는 마치 협박이 일상이라도 되는 것처럼 거침없이 으름장을 놓았다.

─그동안 마유미의 몸을 실컷 가지고 놀았잖아? 그렇게 해서 배 속에 아이를 심어 놓고 이제는 다시 버리겠다? 양심이 있나?

한마디로 위로금 명목으로 거하게 한몫 챙기지 못하면 절대 물러설 수 없다는 말이었다.

"얼마면 돼?"

게이고는 마음을 굳게 먹고 물었다.

─마음 같아서는 천만을 부르고 싶지만, 그 절반으로 용서

해 주지.

남자는 마치 미리 준비한 것처럼 금액을 제시했다. 전화를 걸기 전부터 정해 놓았음을 알 수 있었다. 게이고는 물론 거절했다.

—그럼 됐어. 어차피 마유미는 처음부터 아이를 낳을 생각이었다고 하니 아이를 낳고 양육비나 계속 받지 뭐. 그리고 당신이 다니는 회사에도 소식을 좀 알리고.

게이고는 그 말을 듣고 두려움에 떨었을 것이다. 이쿠미에게 남자와의 통화 내용을 전할 때도 얼굴이 창백해져 있었다.

"그런데 정말 당신 아이가 맞아?"

이쿠미는 남편과 비슷할 정도로 창백한 얼굴로 물었다.

"그건…… 확실할 것 같아. 나랑 사귀고 반년쯤 지나 임신 사실을 들었으니."

"그동안 그 여자가 당신과만 관계를 맺었다고 누가 보장해?"

그 여자의 이름을 입에 담기도 왠지 더러운 기분이 들었다. 물론 증명할 방법은 없다는 건 알고 있다. 가장 확실한 방법은 태어난 아이의 DNA를 감정하는 것이겠지만 그것은 아이가 세상에 태어나는 것을 전제로 한 이야기다.

게이고의 피를 나눠 받은 아이가 이 세상에 태어난다……?

불임 치료를 받을 때 상상한 적이 있었다. 만약 시험관 아기 시술도 잘 되지 않는다면 다른 사람의 자궁을 빌려 아이를 낳는 건 어떨지를. 혹은 건강한 젊은 여자의 난자와 게이고의 정자를 수정시켜 내 자궁에 넣는 건 어떨지를. 그 무렵에는 수많은 가능성을 떠올렸지만 이런 사태가 일어날 줄은 꿈에도 예상하지 못했다.

모든 게 현실감이 없었다. 하루하루의 삶은 타성으로 흘러갔지만 실제 살아 있다는 감각이 없다. 천천히 시간만 흘렀다.

그쪽도 아마 초조했으리라. 어느 날 갑자기 마유미가 아파트에 찾아왔다. 일요일 저녁에 게이고가 집에 있을 때를 노린 듯했다. 현관에서 낯선 여자를 처음 보았을 때 이쿠미는 단번에 여자가 마유미임을 깨달았다.

이쿠미의 등 뒤에서 게이고가 숨을 집어삼켰다. 마유미는 당연한 것처럼 현관 안으로 들어왔다. 이쿠미가 그녀를 막아서려다가 놀라서 몸을 휘청인 건 마유미에 이어 집에 들어오는 남자의 얼굴이 눈에 들어왔기 때문이었다.

"여, 형씨. 지난번에는 반가웠어."

남자는 팔을 뒤로 돌려 문을 닫았다.

"계속 전화로 말하기는 뭐해서 직접 만나 상의하려고 왔지."

두 사람은 다짜고짜 나란히 현관에 섰다. 화려하기만 한 싸구려 드레스로 육감적인 몸을 감싼 여자와, 가죽점퍼를 걸친, 누가 봐도 어두운 세계의 남자.

"여기서 말해도 돼? 이야기가 좀 길어질 것 같은데."

이쿠미는 어쩔 수 없이 두 사람을 거실로 들였다.

"오, 좋은 데 사네."

남자는 집 안에 들어가며 말했다. 이쿠미는 구역질이 치미는 것을 필사적으로 참았다. 우선 게이고와 살을 맞대고 몸을 섞은 여자를 실제로 마주한다는 점부터 충격이었다. 또 평범하게 살면 결코 어울릴 일이 없을 무뢰한 같은 남자를 집 안에 들이는 것도 정신적으로 큰 타격이 되었다.

거실 소파에 그들과 마주 보고 앉았다. 마유미는 집에 와서 아직 한마디도 하지 않았다. 겁먹거나 위축된 건 아니다. 맞은편에 앉은 이쿠미의 얼굴을 빤히 쳐다보고 있다. 교활하고 간악한 닳고 닳은 여자. 어느 모로 보나 인간적인 매력을 찾아볼 수 없다. 남편은 왜 하필 이런 여자에게 걸려들었을까. 몸부림을 치고 싶을 만큼 분한 기분이 들었다.

자세히 보니 마유미와 함께 온 남자는 의외로 젊은 것을 알게 됐다. 얼굴이 핼쑥하고 마른 탓에 실제 나이보다 많아 보인다. 광대뼈가 툭 튀어나왔고 반대로 눈은 쑥 들어가 있다. 안색도 몹시 안 좋다. 마약 같은 걸 상습 복용하는 사람이 아닐까 싶어 두려워졌다. 마유미는 입고 온 코트를 벗었지만 남자는 가죽점퍼 앞자락을 바짝 여미었다. 따뜻한 방 안에서도 추위에 견디는 듯한 모습이었다.

"우리가 어떤 일 때문에 왔는지는 알지?"

외모와 달리 목소리에는 힘이 있다.

"우선 이름부터 대는 게 도리 아닌가?"

게이고가 필사적으로 위엄을 갖추려 하는 게 훤히 보였다.

"오, 참, 그렇지."

남자는 붙임성이 있어 보이는 미소를 지었다. 웃을 때 보니 앞니가 하나 빠져 있다.

"난 황태성黃泰成이다. 이 일대에서는 황으로 통하고 있지."

이 일대? 그럼 이 남자는 다마가와시 일대에서 활동하고 있다는 뜻일까. 우리가 사는 이 거주지 근처에서? 이쿠미는 순간 현기증이 일었지만 참고 버텼다. 우리는 대체 얼마나 무시무시한 덫에 걸려든 걸까.

"오늘은 마유미의 부탁으로 같이 왔어."

"이 여자랑 무슨 관곈데요?"

이쿠미는 간신히 허세를 부려 물어봤다. 이런 남자 앞에서 괜히 자신을 낮출 필요는 없다.

"그냥 아는 사이. 어느 날 갑자기 날 찾아와 하소연하길래 오랜 인연이니 직접 발 벗고 나서기로 했지. 뭐 참관인 정도라고 하면 되려나."

황은 요코하마에 사무소가 있는 모리나가파라는 폭력 조

직의 이름을 대고 자신이 그곳의 조직원이라고 했다. 폭력 조직 이름 따위를 알 리 없으니 그저 허세인지 아니면 실제로 존재하는지도 불분명했다.

"오늘 확실히 끝장을 보고 싶은 모양이야."

황은 엄지를 들어 마유미를 가리켰다.

마유미는 입을 다문 채 가방에서 서류 한 장을 꺼내 게이고와 이쿠미 앞에 내밀었다.

"임신 신고서. 산부인과에서 받아 왔어요. 이걸 시청에 제출하면 아기 수첩을 준다고 해요."

아기 수첩. 내 손에는 절대 들어올 리 없는 그것. 이쿠미는 소리 내지 않으려고 입술을 꾹 깨물었다.

"전."

마유미는 서류를 다시 가방에 넣으며 말을 이었다.

"게이고 씨와 진지하게 만났어요. 아, 물론 아내가 있다는 건 알고 있었죠."

귀에 거슬리는 목소리다.

"하지만 여기까지 온 이상 물러설 수 없어요. 아무리 그래도 너무하잖아요. 갑자기 헤어져 달라니."

"그래. 실컷 가지고 놀 때는 언제고 말이야."

황이 소파에서 몸을 뒤로 젖혔다. 빈약한 몸으로 열심히 상대를 위협하려는 것처럼 보인다.

"어쨌든 전 못 헤어져요."

마유미는 단숨에 거기까지 말하고 입을 다물었다. 황이 '어떡할 거야?'라고 묻는 것처럼 한쪽 눈썹을 치켜세웠다.

"그건 당신 생각일 뿐이야."

이쿠미가 분노 섞인 목소리로 말하자 게이고가 퍼뜩 눈을 크게 뜨고 아내를 봤다. 이번만큼은 강하게 나가고 싶었다. 세컨드에게 밀려 허둥대는 본처를 연기하고 싶지 않았다. 또 게이고의 마음은 이미 확인했다. 그는 이 여자가 아닌 나를 택했다.

"남편은 당신과 헤어지겠다고 했어."

"아, 그렇구나."

마유미는 선뜻 고개를 끄덕였다.

"하지만 그렇다고 예, 예 하고 물러설 수는 없죠."

"돈이지? 결국."

최대한 모멸감을 주려고 비아냥거리며 말했지만 마유미도 황도 반응하지 않았다.

"돈은 필요 없어요. 전 이 사람의 아이를 임신했어요. 두 분 사이에는 아이가 없죠? 애를 지워도 정말 괜찮겠어요?"

이쿠미는 눈을 꼭 감았다. 고작 이 정도로 동요해서는 안 된다. 심호흡을 하며 마음을 가라앉힌다. 다시 눈을 번쩍 뜨고 마유미를 봤다. 상대도 이쪽을 쏘아보고 있다. 그렇게 두

383

사람은 잠시 서로를 노려봤다.

"그럼 낳은 아이를 나한테 줄 거야?"

그 한마디로 집 안의 분위기가 순식간에 얼어붙었다.

"이쿠미……."

남편이 가까스로 입을 열었지만 이쿠미는 고개를 돌리지
않았다.

"그래, 우리한테는 아이가 없어. 불임 치료도 오래 받았지
만 결과가 좋지 않고."

"그럼……."

말을 자르고 끼어들려는 마유미를 무시했다.

"아무리 아이를 간절히 원해도 얻을 수 없었어. 그런 걸 당
신은 아주 쉽게 손에 넣기 일보 직전이고. 내 남편의 아이를.
그리고 또 쉽게 '지워도 괜찮겠어요?'라고 묻고 있지. 당신은
그 아이를 돈벌이 수단으로 삼고 있어. 엄연한 하나의 생명
인데."

마유미는 불편한 것처럼 소파 위에서 엉덩이를 조금씩 움
직였다.

"불임 치료에 전념하고 있을 때……."

묘하게 싸늘한 목소리로 이런 말을 꺼내는 자신을 이쿠미
도 믿을 수 없었다. 그저 말이 입에서 줄줄 흘러나왔다.

"거리를 걸을 때도, 레스토랑에서 밥을 먹을 때도 다른 아

이들이 계속 눈에 들어왔어."

황이 소파 등받이에서 천천히 몸을 일으킨다. 이쿠미의 말에 귀 기울이는 모습이다.

"심지어 그 무렵에는 유모차 안에 있는 아이를 훔칠까 생각한 적도 있어."

그때 놀랍게도 갑자기 황이 쿳 하고 짧게 신음했다.

"당신은 아이를 가졌으면서 그 생명의 무게조차 가늠하지 못하고 있어. 당신은 엄마가 될 자격이 없어."

이쿠미는 엄숙히 그렇게 선언했다. 아무도 입을 열지 않았다. 마유미도 할 말을 잃은 모습이었다.

"그러니…… 당신이 낳겠다고 하면 그 아이는 내가 맡을게. 남편의 아이를 당신 같은 사람이 키우게 할 수는 없으니까."

"이쿠미……."

게이고가 다시 입을 열었지만 더 이상 말을 잇지 못했다.

그때 별안간 황이 일어섰다.

"오늘은 이만 가지."

"뭐?"

마유미가 의아하게 되물었다.

"갑자기 그게 무슨……."

황은 그렇게 말하는 마유미의 팔을 잡아끌어 억지로 일으

켜 세웠다. 마른 몸 어디에 그런 힘이 있나 싶을 정도의 기세
로 마유미를 질질 끌고 현관으로 향한다.

"다음에 다시 연락하지."

그는 짧은 말을 남기고 현관문을 쾅 닫았다. 이쿠미와 게
이고 모두 소파에서 움직이지 않았다. 오랫동안 정신이 나간
사람처럼 앉아 있었다.

한동안 소식이 뜸했다. 게이고는 마유미와 연락을 끊었고
만나지도 않는다고 했다. 그 말은 사실일 것이다.

이제 다시는 그 두 사람의 목소리를 듣고 싶지 않았다. 마
유미는 정말 게이고의 아이를 임신했을까. 어쩌면 그저 돈을
뜯어내기 위한 거짓말이고 임신 신고서도 위조된 것일지 모
른다는 생각이 들 무렵, 전혀 다른 사람에게서 연락이 왔다.
게이고가 집에 있을 때 그의 휴대폰으로 전화가 걸려 왔다.

전화를 건 사람은 자신이 모리나가파의 히아사라고 했다.

—마유미는 우리 조직과 관련 있는 여자야.

히아사는 낮은 목소리로 또박또박하게 말했다.

—울면서 매달리길래 상담해 줬지. 그래서 황을 옆에 붙여
그곳에 보냈고.

남편의 휴대폰에서 흘러나오는 소리에 이쿠미는 귀를 기
울였다. 목소리만 듣고도 상대가 냉혹하고 잔인한 인간인 것

이 느껴졌다. 아마 황의 위에 군림한 남자일 것이다.

　—그런데 듣고 보니 이야기가 잘 안 풀린 것 같더군.

　남자의 불길한 목소리가 들렸다. 모든 것을 썩히고 말라비틀어지게 하는 독기를 품고 있다.

　—마유미는 결국 아이를 낙태했어.

　게이고는 한마디도 하지 않고 그저 휴대폰을 귀에 대고 있다. 상대는 초조한 것처럼 "여보세요. 듣고 있나?"라고 확인했다.

　게이고가 대답하자 그는 서둘러 말을 이었다.

　—그런데 말이지. 수술 이후 지금 몸이 안 좋아.

　이쿠미는 순간 온몸에서 핏기가 가시는 듯했다. 마유미가 아이를 낙태했다는 사실 때문인지 아니면 다음으로 이어질 말을 예측해서인지는 알 수 없다. 역시나 상대는 마유미의 낙태 비용과 위로금을 요구했다.

　—이런 일은 말이지. 빨리 끝내는 게 좋아.

　히아사는 주저 없이 말했다.

　—일이 커질수록 당신의 사회적 지위도 흔들릴 수 있으니까. 안 그런가? 마유미와 실컷 즐긴 사람은 당신이잖아.

　이쿠미는 속으로 탄식했다. 이렇게 될 것을 예상했다. 하지만 어째서인지 어제만 해도 이대로 끝날 거라 믿었다. 아니, 믿고 싶었다.

"얼마를 원해?"

— 얼마 줄 수 있는데?

히아사는 정말 일을 빨리 끝내고 싶은 것처럼 물었다.

"2백만."

전에 황과 마유미가 5백만 엔을 요구하고 떠났을 때 게이고와 이쿠미는 지금 형편에서 얼마까지 줄 수 있을지를 계산한 적이 있다. 게이고는 그 액수를 입에 담았다.

— 그래. 그거면 됐어.

히아사는 돈을 넘겨받을 장소와 시간을 정했다.

— 우리가 가도록 하지. 황이 그쪽 구역을 맡고 있으니.

그가 지정한 장소는 다마가와 시내 역에서 남쪽에 있는 유흥가. 그것도 한참 떨어진 거리에 있는 위험한 곳이다. 불법 성매매 업소가 밀집한 거리와도 가깝다. 이쿠미와 게이고는 살면서 한 번도 발을 들여 본 적이 없는 장소였다.

"나도 갈게."

이쿠미가 그렇게 말하자 게이고는 극구 반대했다. 자신이 매듭지어야 할 일이라고 주장했다. 그러나 이쿠미도 물러서지 않았다.

"당신 문제는 곧 우리 부부의 문제이기도 해. 당신 혼자 보낼 수는 없어."

결국 이쿠미의 기세에 눌려 남편은 마지못해 받아들였다.

사흘 뒤 밤늦은 시간에 두 사람은 히아사가 지정한 가게로 향했다. 게이고의 재킷 안주머니에는 봉투에 담긴 2백만 엔이 들어 있었다. 조심스럽게 문을 열고 들어간 가게는 당구대가 있는 바였다. 뭉게뭉게 피어오르는 담배 연기 속에서 사내들이 당구를 치고 있다. 카운터 자리에 앉아 있던 황이 몸을 일으키자 옆에 앉은 남자가 고개를 돌렸다. 값나가 보이는 양복을 입었지만 어디를 봐도 정직한 사람처럼 보이지는 않는다. 전화상 목소리와 어울리는 사납고 간악한 분위기를 발산하고 있다. 뺨에는 보기 흉한 칼집 흉터도 있었다.

난방이 너무 세서인지 이쿠미는 벌써부터 땀이 배어나기 시작했다. 그러나 코트를 벗을 엄두는 내지 못했다. 히아사는 부부가 함께 와서 조금 놀란 듯했다. 황은 무표정했다. 혈색 좋은 히아사 옆에 있으니 더욱더 병적이고 위축돼 보였다.

게이고와 이쿠미가 가만히 서 있어서 히아사도 어쩔 수 없다는 듯 의자에서 내려와 다가왔다.

"돈은 가져왔겠지? 마유미는 수술 이후 무슨 바이러스에 감염됐대. 미열이 있고 몸이 나른하다더군."

부부는 둘 다 대답하지 않았다. 그때 와 하는 요란한 환호성이 들렸다. 당구대에 모여 있는 이들은 누가 봐도 10대처럼 보이는 청소년들이다. 서로에게 욕설을 내뱉고 시끄럽게 낄낄거린다. 담배를 입에 물고 있는 아이도 있었다.

"일단 좀 앉지. 뭐 마실래?"

히아사의 말에 두 사람은 단호히 고개를 흔들었다.

"그럼 받아야 할 것부터 받고……."

"그전에 이걸로 확실히 끝이라고 약속해 줘."

이쿠미와 미리 상의한 말을 게이고가 입에 담았다.

"그건 상황을 봐서."

히아사의 반응은 예상대로였다.

"우리로서는 그럴 수밖에 없어."

또다시 소년들이 시끄럽게 떠드는 소리가 들렸다. 동시에 가게에 흐르는 노래 음량도 커진다.

히아사는 혀를 쯧 찼다.

"잠깐 밖으로 나가지."

이쿠미는 싸늘한 밤공기를 마시며 안도했다. 여기서 확실히 매듭지어야 한다. 앞으로는 국물도 없으리란 것을 이 남자와 마유미에게 알려야 한다. 마음이 조급했다. 히아사는 가게 옆 골목으로 들어섰다. 뒤따라오는 황에게는 "넌 여기 있어라"라고 지시한다. 황은 말없이 지시에 따랐다. 이쿠미와 게이고는 골목 안쪽으로 성큼성큼 걸어가는 히아사를 뒤쫓았다. 오늘 밤 안에 모든 것을 끝내고 싶은 초조함 때문에 인적 없는 곳으로 들어가고 있다는 걸 눈치채지 못했다.

순간 히아사가 고개를 휙 돌렸다. 음흉하고 섬뜩한 미소를 보고서야 비로소 본능이 경고음을 알렸다. 이쿠미는 게이고 옆에 살며시 다가섰다. 골목 한쪽은 무너지기 일보 직전인 담장이고 다른 한쪽은 폐점한 지 오래된 황폐한 점포다. 입구 문의 유리가 깨져 있다.

"그런데 말이야."

히아사는 그 자리에 서서 주머니에 두 손을 찔러 넣었다.

"당신들이 아직 모르는 것 같아 알려 주는데, 마유미는 우리 보스의 여자였어. 지금은 헤어졌지만 보스는 아직도 미련이 많이 남은 것 같더군. 만약 그 여자에게 무슨 짓을 했는지 보스가 알게 되면 당신들은 어떤 험한 꼴을 당할지 몰라."

순간 이쿠미는 눈앞의 땅이 흔들리는 것 같았다. 게이고의 재킷 자락을 붙잡는다.

"그래서 말이지. 그런 일이 벌어지지 않게 내가 중간에서 잘 중재하고 있어. 그래도 한때는 사랑했던 사이니 마유미도 그런 상황은 바라지 않는 것 같고. 어이, 오치아이 게이고 씨. 그런 의미에서 앞으로 내가 가끔 푼돈을 받으러 가도 참아 줘. 경비라고 생각하고. 자신의 안전을 위한 경비."

이제는 끝이라고 생각했다. 이런 남자에게 한번 붙잡히면 평생을 피 빨리며 살아갈 것이다. 구덩이 속에 떨어진 사냥감의 체액을 빨아들이는 개미귀신. 우리는 거대한 개미지옥에 떨어져 버렸다.

"아니, 거절하겠어."

남편의 결연한 목소리가 조용한 골목 안에 메아리쳤다. 히아사는 매섭게 눈살을 찌푸렸다.

"뭐라고?"

"너희가 어떤 속셈인지 알겠어. 하지만 이제 더 이상 너희가 원하는 대로는 안 될 거야. 오늘 역시 한 푼도 안 줄 거고. 마유미한테 가서 전해. 앞으로 할 이야기가 있으면 변호사를 통해서 하라고."

게이고는 아연실색하게 서 있는 이쿠미의 팔을 붙들었다.

"가자."

둘이 함께 발길을 돌린다. 황이 서서 감시하는 곳과 반대 방향으로 향했다. 멀리 골목 출구가 보인다. 화려한 네온사인이 비추는 출구. 이세계異世界에서 빠져나가는 탈출구처럼 반짝이고 있다. 그쪽으로 시선을 향했을 때, 옆을 걷고 있던 게이고가 앞으로 고꾸라졌다. 순간적으로 쓰러지는 몸을 따라잡지 못하고 고개가 뒤로 젖혀졌다. 하마터면 이쿠미도 쓰러질 뻔했다.

"앗!"

히아사가 뒤에서 돌진해 온 것을 깨달았다. 그는 쓰러진 게이고의 등을 짓밟았다. 게이고는 몸부림을 치며 일어서려 하지만 뜻대로 되지 않는다. 쓰레기가 널린 골목 바닥에 얼굴을 갖다 붙이고 신음한다. 히아사가 입술을 일그러뜨리며 웃었다.

"이쪽 세계와는 연이 없겠지만 배짱 하나는 두둑한 것 같으니 특별히 내가 직접 상대해 주지."

말이 끝나기도 전에 히아사는 게이고의 머리를 옆으로 걷어찼다. 게이고는 잠시도 버티지 못하고 골목길 위를 데굴데굴 굴렀다. 히아사는 엎드린 게이고의 등을 짓누르더니 목에 팔을 감고 힘껏 졸랐다. 게이고는 신음하지도 못했다. 시간이 흐를수록 입술이 보랏빛으로 바뀌어 간다.

그제야 이쿠미가 움직였다. 사나운 남자의 어깨를 붙들고 어떻게든 남편에게서 떼어내려 한다. 그러나 맹수 우리에서 막 해방된 짐승처럼 포악한 행위에 골몰하고 있는 남자의 몸은 꿈쩍도 하지 않았다. 이쿠미는 머리에 대번에 피가 쏠리고 맥박이 격렬히 뛰었다. 버티고 있던 게이고는 사지가 축 늘어지며 점차 힘을 잃어 갔다.

"그만!"

이대로 두었다가 남편은 죽고 만다. 어떻게든 해야 한다.

문득 정신이 들었을 때는 손에 뭔가가 쥐어져 있었다. 단단하고 차가운 것. 이쿠미는 그게 뭔지 미처 확인할 새도 없이 머리 위로 들어 세게 내려쳤다.

퍼억!

둔탁한 소리. 히아사가 고개를 들려 한다. 그 얼굴을 보기가 두려워서 이쿠미는 미친 듯이 그의 뒤통수를 때렸다. 한 번, 두 번, 세 번, 네 번.

그때 골목 입구에서 누군가 뛰어오는 소리가 들렸다. 황이 소란을 눈치챈 듯했다.

"으아!"

비틀비틀 일어서려고 하는 히아사는 머리가 온통 피투성이였다. 이쿠미는 그의 목 뒤를 향해 마지막 일격을 내리쳤다. 충격 때문에 손에 든 것이 허공으로 날아갔다. 그때서야 그것이 담장에서 떨어진 콘크리트 덩어리임을 깨달았다. 게이고가 콜록거리며 숨을 가다듬고 있다. 이쿠미가 부축하자 게이고는 생각보다 어렵지 않게 몸을 일으켰다. 콘크리트 덩어리 너머에서 남자가 멈춰 섰다.

"황……."

그토록 얻어맞았는데도 히아사는 부하의 얼굴을 보고 목소리를 쥐어짰다. 머리를 흔들며 일어서려 하고 있다.

"형님."

황은 꼼짝도 하지 않고 서 있었다.

"처리해라. 이 녀석들을……."

히아사는 가냘프지만 강한 명령조로 말했다. 이제는 정말 끝이다.

히아사를 내려다보던 황이 천천히 고개를 들었다. 이쿠미와 눈이 마주친다. 형님이 이런 꼴을 당해 분노하며 날뛸 거라 예상했지만 이상하게도 그의 눈에서는 서글픈 기운이 읽혔다.

"가라."

황이 나직이 중얼거렸다. 무슨 뜻인지 이해 못 하고 게이고와 이쿠미는 둘 다 움직이지 않았다.

"황……."

히아사가 의아한 것처럼 입을 열었다.

"그냥 가."

순간 게이고가 손을 잡아당겨서 이쿠미는 홱 돌아섰다. 서둘러 그 자리를 떠난다. 달리고 싶어도 다리가 떨려서 달릴 수 없었다.

와장창!

등 뒤에서 요란한 소리가 들렸다. 무심코 고개를 돌린다. 황이 히아사의 몸을 폐점한 점포를 향해 거세게 집어 던지자 유리가 산산이 깨졌다. 황은 히아사의 옷깃을 움켜쥐더니 머리를 몇 번이고 몇 번이고 유리에 들이받았다. 게이고와 이쿠미는 서로 부둥켜안고 시야 속에서 붉은 피가 허공에 튀는 모습을 망연자실하게 바라봤다. 눈을 뗄 수 없었다.

잠시 후 축 늘어진 히아사를 황은 점포 안에 던져 넣었다.

그러더니 문득 두 사람 쪽을 돌아본다. 가죽점퍼 아래에 입은 그의 흰색 셔츠가 새빨갛게 물들어 있다. 멍하니 자신을 바라보는 부부를 멀리서 알아봤을 텐데 황은 침착하게 가죽점퍼와 셔츠를 벗었다. 빨갛게 물든 셔츠를 구겨서 점포 안에 던지더니 다시 가죽점퍼를 입고 두 사람과는 반대 방향으로 뛰어가 이내 사라졌다.

부부는 꿈에서 막 깬 것처럼 정처 없이 걷기 시작했다. 골목 출구 위 밤하늘에 조명이 켜진 베이뷰 타워가 보였다. 반짝이는 전망탑이 두 사람을 이끌고 있었다.

이쿠미의 눈꺼풀 안쪽에는 조금 전 황의 등에서 본 문신이 잔상처럼 새겨졌다. 관음상 같았다. 가느다란 선으로 새겨넣은 그림을 확실히 알아볼 수는 없었다. 그래도 자비로운 얼굴이었다고 이쿠미는 생각했다.

성적 학대를 받는 것으로 의심됐던 사카모토 리미는 결국 제 발로 산부인과를 찾아가 검사를 받았다. 그 결과 아이는 상당히 오랫동안 성폭력을 당한 것으로 밝혀졌다. 경찰이 개입해 수사를 펼친 결과 학대를 저지른 사람은 리미의 아버지로 판명됐고 아버지는 곧 체포됐다.

어머니도 조사 대상이 되어 결국 리미와 동생은 한동안 조부모의 집에서 지내게 됐다. 현재 가정 법원에서 절차를 진행 중이며 아버지의 친권 상실이 인정될 전망이다.

시호에게 연락이 온 건 정확히 그럴 때였다.

— 이시이 소타가 벌써 2주째 어린이집에 오지 않는다고 해요.

목소리가 절박했다.

— 어린이집에서 지금껏 연락도 안 줬어요.

시호는 어린이집을 향해서도 분개했다.

바로 근처 시청 앞에서 시호를 만나 이시이 씨 집으로 달려갔다. 부모는 둘 다 집에 있었다. 낮 시간에 아버지가 집 안에 있는 걸 보니 또 일을 그만둔 것으로 보인다. 그러나 지금은 그런 걸 신경 쓸 때가 아니었다.

"소타를 만날 수 있을까요?"

"없어, 지금은."

아버지가 무뚝뚝한 얼굴로 귀찮은 듯 반응했다.

"어디 있죠?"

"그런 걸 왜 일일이 당신들한테 알려 줘야 해?"

지금까지는 소타가 있는 곳을 물어보면 이리저리 얼버무렸는데 오늘은 태도가 왠지 수상했다. 짜증 뒤에 숨겨진 당혹감이 엿보였다.

"어린이집에 벌써 2주 넘게 오지 않았다던데요."

시호의 목소리가 살짝 떨리고 있다. 최악의 사태를 상상하고 있는 걸까.

"어머님과 대화할 수 있을까요?"

"집사람은 또 왜?"

아버지는 어떻게든 이야기를 끝내고 싶어서 안달이었다. 그가 갑자기 현관 미닫이문을 닫으려 해서 유이치가 손을 뻗어 막았다. 아버지가 흠칫 놀라 움직임을 멈춘 틈을 타 유이치는 미닫이문을 활짝 열어젖혔다. 멍하니 서 있는 남자를 밀치자 그는 잠시 비틀거리다가 다시 유이치를 막아섰고 두 사람은 현관 앞에서 실랑이를 벌였다. 팔을 잘못 휘두르는 바람에 미닫이문의 유리가 깨지자 집 안쪽에서 겁먹은 듯한 아이 울음소리가 들렸다. 유이치는 혼신의 힘을 다해 아버지를 밀쳤다.

"자, 잠깐만요! 유이치 씨!"

시호가 뒤에서 당황한 것처럼 소리쳤다. 지금 상황이 아동 상담소에 인정되는 조사 범주에 들어갈지 아니면 법원의 허락이 필요한 현장 검증에 해당하는지 판단하려는 듯 보였다. 유이치에게 떠밀려 등을 세게 벽에 부딪힌 아버지가 낮게 신음했다. 유이치는 개의치 않고 현관에서 신발을 벗어 성큼성큼 집 안에 들어갔다. 시호도 마음을 굳히고 그 뒤를 따랐다.

복도를 지나 모퉁이에 부엌과 거실이 보였다. 그곳에 갓난 아이를 안은 어머니가 눈을 휘둥그레 뜬 채 서 있었다. 아이는 세상이 떠나가라 울고 있다. 유이치는 한마디도 없이 거실 옆으로 이어지는 문을 열었다. 침실로 사용하는 듯한 그 방에는 바닥에 이불 세 장이 난잡하게 깔려 있었다. 유이치가 이불을 밟고 지나가 안쪽 장지문에 손을 대자 어머니가 "앗" 하게 나직이 소리쳤다. 뒤에서 따라오던 시호도 깜짝 놀라 숨을 집어삼켰다.

두꺼운 커튼이 창문을 뒤덮은 방. 어두운 그곳은 퀴퀴한 냄새로 가득 차 있었다. 썩은 음식물과 분뇨가 발산하는 악취. 거실 바닥은 벗겨지고 찌그러진 부분도 있다. 가구는 하나도 없다. 구석 기둥에 밧줄이 걸려 있고 그 끝에는 개 목걸이가 달렸다. 아래에 있는 접시 두 장에는 먹다 남긴 밥과 빵이 보였다.

"소타를…… 이곳에 감금한 겁니까?"

유이치의 질문에 대답하는 사람은 없었다. 어느새 현관을 지나 집에 들어온 아버지도 고개를 푹 숙이고만 있다.

"이봐!"

유이치가 그의 멱살을 움켜쥐었다.

"대답해! 아이를 얻다 뒀어!"

아버지는 저항하지 않고 유이치가 흔드는 대로 가만히 있었다.

"그만하세요. 유이치 씨!"

시호가 중간에 끼어들어서 유이치의 손을 붙들었다.

"사라졌어……."

아버지는 힘없이 말하고 허락 없이 집에 들어온 아동 상담소 직원을 바라봤다.

"하도 제멋대로 돌아다녀서 이곳에 가뒀는데…… 닷새 전에 도망쳤고…… 어디 갔는지는 우리도 몰라."

뒤로 갈수록 목소리가 점점 작아진다.

"여기서 아이를 폭행했죠?"

"아니야! 난 그저 집 밖에 못 나가게 했을 뿐이야."

"정말이에요! 저희는 아이를 잘 돌봤어요!"

침실에 들어온 아내가 남편을 거들었다.

시호는 그녀를 날카롭게 째려봤다.

"이게 돌봤다고 할 수 있어요? 밧줄과 개 목걸이로 아이를 묶어 놓고, 밥도 이렇게……."

시호는 말을 잇지 못하더니 잠시 후 한쪽 눈에서 눈물이 주르르 흘러내렸다.

"우리도 아이를 찾아봤는데, 아직……."

"왜 처음 사라졌을 때 알리지 않은 겁니까?"

그렇게 묻는 유이치는 목소리가 차분히 가라앉아 있었다.

시호는 손등으로 눈물을 쓱 닦았다. 유이치는 발길을 돌려 빠르게 현관으로 향했다.

"경찰에 신고해서 함께 찾아요."

쫓아오면서 그렇게 말하는 시호에게 대답하지 않고 유이치는 집 밖에 나갔다. 이시이 씨 부부는 아연실색한 듯 그저 두 사람을 우두커니 바라봤다. 시호가 차 쪽으로 걸으며 스마트폰을 꺼내 번호를 누르려고 하자 유이치가 손을 붙들었다. 그가 올려다본 곳에는 '빌라 캄파넬라Ⅱ'가 있었다. 3층 베란다에 나와 있던 여자가 황급히 집 안에 들어가는 모습이 보였다. 차로 향하던 유이치는 그 아파트 쪽으로 발길을 돌렸다.

"어디 가시게요?"

"저분한테 물어보는 게 좋을 것 같습니다."

"지금 그럴 시간이 있나요? 아이가 닷새나 행방불명 상태예요."

항의를 무시하고 도로를 건너는 유이치를 보며 시호는 한숨을 푹 내쉬었다.

303호 문은 이번에도 아주 조금만 열렸다. 꼼꼼하게 도어 체인도 그대로 걸어 두었다.

"몇 가지 여쭙고 싶은 게 있습니다."

그렇게 말해도 문 너머의 여자는 묵묵부답이었다.

"건너편 이시이 씨 집의 소타라는 일곱 살 아이가 사라져서 현재 찾고 있습니다. 닷새 전 집을 나갔다고 하는데 혹시 못 보셨나요?"

"전 몰라요."

힘없는 목소리가 되돌아왔다.

"혹시 무슨 소리 같은 건 못 들으셨습니까?"

"못 들었어요."

"뭐든 좋으니 알려 주셨으면 합니다."

유이치는 끈질기게 물고 늘어졌다.

"유이치 씨. 그 정도만 하셔도 될 것 같아요."

시호가 초조해하며 말했다.

"소타! 소타! 너, 그 안에 있지?"

유이치가 느닷없이 문 틈새에 얼굴을 갖다 붙이고 소리쳤다. 시호가 깜짝 놀라 유이치의 재킷 옷자락을 잡아당겼다.

"뭐 하시는 거예요? 유이치 씨!"

어둠 속에 서 있는 여자는 겁먹은 얼굴로 문을 닫으려 했다. 유이치는 그 틈새에 손을 찔러 넣었다.

"그만하세요! 경찰 부를 거예요!"

여자가 분노와 두려움 섞인 목소리로 외쳤다.

"상관없습니다. 경찰에게 집 안을 수색해 달라고 하겠습니다."

402

"유이치 씨! 지금 제정신이에요?"

시호가 더 당황했다. 유이치를 문에서 떨어뜨리려 필사적으로 팔을 잡아당겼고 유이치는 뿌리치려고 했다. 시끄러운 집 밖과 달리 집 안은 쥐 죽은 듯 고요하다. 얼마 후 도어체인을 푸는 소리가 들리더니 끼익하고 문이 활짝 열렸다. 현관에 선 여자가 옆으로 물러섰다. 유이치가 서슴없이 집 안에 들어가자 시호도 잠시 주저하다가 결국 신발을 벗었다. 여자는 뒤에서 그런 두 사람을 응시했다.

"소타……."

먼저 뛰어간 사람은 시호였다. 소타는 새 옷을 입고 소파에 앉아 푸딩을 먹고 있었다. 유이치는 거실 입구에서 뒤를 돌아봤다. 현관 신발장 앞에 선 여자는 슬픈 눈빛으로 두 사람을 바라봤다.

"그 집에 소타가 있는 걸 어떻게 아셨어요?"

소타를 보호해 아동 상담소로 데려간 후 시호는 유이치에게 물었다.

"처음에는 정말 그저 뭔가 본 게 없는지 물으려 했습니다. 그런데 문을 사이에 두고 이야기를 주고받는 동안 보이더군요."

"뭐가요?"

"현관 신발장에 거울이 달려 있었죠? 그 안에 아이의 손이 보였어요. 딱 소타 정도 되는 아이의 손이."

"말도 안 돼! 고작 그걸 보고 이쿠미 씨를 그렇게 위협한 거예요? 만약 유이치 씨가 잘못 보기라도 했으면 큰일 났을 거예요."

소타는 일시 보호소에 보호 조치됐다. 아동 상담소가 경찰에 통보해서 이시이 씨 부부는 강도 높은 조사를 받고 있다. 오치아이 이쿠미라는 빌라 캄파넬라Ⅱ 주민 여자도 함께 조사받고 있을 것이다. 남편이 출장 때문에 집을 비운 동안 그녀는 도망쳐 온 소타를 집에서 보호하고 있었다고 했다.

어린아이를 집에 데려와 닷새 동안 어디에도 알리지 않고 집에 있게 한 건 무슨 생각이었을까. 그러나 그녀는 오래전부터 학대받는 소타를 눈여겨보고 있었던 듯했고 소타도 이쿠미 씨 집에서 극진한 대접을 받았다고 하니 경찰은 그런 점들을 헤아려 줄 것이다.

오치아이 이쿠미는 놀랍게도 유이치와 시호에게 이렇게 말했다.

"소타의 아버지를 너무 질책 말아 주세요. 그분도 어렸을 때 부모에게 학대를 당했어요. 전 계속 그 집을 지켜봐 와서 잘 알아요."

유이치는 이쿠미의 얼굴을 물끄러미 바라봤다. 눈꼬리에

새겨진 잔주름, 약간 늘어진 볼, 흰머리가 드문드문 섞인 머리카락. 어디에나 있을 법한 50대 후반의 여자다.

"유이치 씨는 대체 정체가 뭐예요?"

시호의 목소리를 듣고 퍼뜩 정신이 들었다.

"전 유이치 씨를 점점 더 모르겠어요."

시청까지 걸어가겠다는 시호를 배웅하려고 유이치는 아동 상담소 복도로 나갔다. 천천히 현관을 향해 걷는다.

"처음 만났을 때만 해도 유이치 씨는 이 일에 별로 열성적으로 보이지 않았어요. 그냥 어쩔 수 없이 아동 상담소에 들어왔다고 의심하기도 했죠."

유이치가 대답하지 않아서 시호는 혼자 떠들었다.

"그랬는데 오늘은 소타를 구하려고 이시이 씨 집과 이쿠미 씨 집에 그렇게 무리해서 들어가시지를 않나."

시호는 여전히 대답 없는 유이치를 힐끗 곁눈질하고 "정말 무슨 일이 벌어질까 봐 조마조마했다고요"라고 덧붙였다. 두 사람이 도착한 넓은 현관 로비는 한산했다.

"그날 이후 와키사카 원장 선생님께 유이치 씨 이야기를 들었어요."

유이치는 그제야 시호의 말에 흥미를 느낀 것처럼 시호를 돌아봤다.

"유이치 씨도 와카타케원에 처음 왔을 때 말을 한마디도 안 했다고 하시더라고요."

"네. 그랬죠. 분명."

시호는 아주 잠깐 망설이듯 허공으로 시선을 향했다. 그러나 이내 마음을 굳혔는지 말을 이었다.

"원장 선생님은 이렇게 말씀하셨어요. 예전에 유이치 씨의 부모님이 가족 동반 자살을 계획했던 것 같았다고요. 차를 타고 바다에 뛰어드는 방법으로. 그 직전 부모의 마음이 바뀌었는지 아슬아슬하게 도망친 유이치 씨는 그때부터 마음을 닫아 버린 게 아닐까 추측하셨어요."

"거참. 원장 선생님은 뭐 하러 그런 이야기를."

"제가 궁금해했으니까요."

두 사람은 말없이 서로를 바라봤다. 시호가 가볍게 탄식하고 말을 이었다.

"쇼지 나나에 씨가 딸과 동반 자살을 기도했을 때 유이치 씨는 바다에 뛰어들어 모녀를 구하셨죠. 그건……."

유이치는 고개를 획 돌려 앞을 봤다. 현관 앞에서 시의 상징수인 측백나무가 바람에 흔들리고 있다.

"그때 '자기가 힘들다고 아이를 함께 저세상에 데려가는 게 어딨냐' 같은 말을 해서 죄송해요."

시호는 깊숙이 고개를 숙이고 현관을 나갔다. 허리를 꼿꼿이 세우고 걷는 뒷모습을 유이치는 말없이 지켜봤다.

이시이 소타의 아버지는 아동 학대 혐의로 체포됐다. 학대 사실을 알고 있었는데도 묵인한 어머니는 기소 유예 처분을 받았다. 남편에게 묵종하도록 심리적 통제를 받은 점, 집안에 갓난아이가 있는 점 등이 고려됐다. 그러나 나머지 아이 세 명은 전부 보호돼 와카타케원에 들어갔다. 그녀가 다시 아이들과 함께 살 수 있도록 아동 상담소에서 지원해 나가기로 했다.

소타는 형제들과 살며 안정을 되찾았다. 아동 심리사가 성심성의껏 옆에서 도운 덕에 조금씩 말도 하게 됐다고 한다.

소타를 보호하고 있던 오치아이 이쿠미는 온당한 처분만 받고 끝난 듯했다. 그녀는 출장길에서 급히 돌아온 남편과 다시 예전의 삶으로 돌아갔다.

유이치와 시호는 여전히 매일 일에 쫓겼다. 잇달아 쏟아지는 새로운 케이스에 차근차근 대응해야 했다. 가끔은 서로 협력해 문제 가정을 방문하고 어린이집과 학교, 병원을 찾았다.

그날도 할머니에게 맡겨진 여자아이의 양육 상태가 좋지 않다고 해서 함께 가정 방문을 갔다. 할머니라고 들었지만 실제로는 증조모였고 다리가 불편해 아이를 키우기에 부적합하다고 판단했다. 이른 시일 안에 케이스 검토 회의 의제에 올리기로 했다.

"그 아이는 건강하더라고요. 다리가 불편한 할머니를 도우며 씩씩하게 살고 있었어요. 두 사람을 떨어뜨리는 게 정말 좋은 선택일지 고민돼요."

"네. 최대한 지금 상태에서 생활을 개선해 갈 수 있을지 회의에서 논의해 보도록 하죠."

"그런데 심각하지 않아서 정말 다행이에요!"

시호는 조수석에서 긴장을 풀고 말했다.

"그런 생각을 하니 갑자기 배가 고파지네요."

"어디서 점심 먹고 갈까요?"

"네, 장소와 메뉴는 유이치 씨에게 맡길게요."

유이치는 바다 쪽으로 핸들을 확 꺾었다. 정면에 베이뷰 타워가 눈에 들어온다.

"뉴스에서 저 전망탑의 외벽이 벗겨져 떨어졌다고 하더라고요."

"네."

"지은 지 오래됐으니 어쩔 수 없겠죠. 작년을 끝으로 폐쇄돼서 안에도 못 들어가게 됐고요. 그전에 한번 꼭대기에 올라가 볼 걸 그랬어요."

유이치가 대답하지 않아도 시호는 이미 익숙한 듯했다.

그가 차를 댄 곳은 어느 아담한 식당 앞이었다. '해님 부엌'이라는 작은 간판이 걸려 있다. 넓지 않은 가게에는 손님이 꽉 차 있었다. 동네에 잘 뿌리내린 식당 같은 느낌이다. 젊은 부부가 카운터 안에서 활기차게 일하고 있다. 빈자리가 없어 결국 입구 근처에 서서 기다렸다. 카운터 안에서 부부 중 남편으로 보이는 사람이 두 사람을 알아보고 미소 지었다.

"잠깐만 기다려. 이제 곧 구쓰나 씨가 일어설 테니."

"뭐야. 날 내쫓는 거야? 너무한 가게네."

이쑤시개를 입에 문 남자 손님이 농담조로 투덜거렸다. 컵에 담긴 물을 벌컥벌컥 마시고 의젓하게 일어선다. 계산하며 "오늘 마마는?" 하고 부부 중 아내를 향해 물었다.

"마마는 오늘 어린이 식당이 있어서 그쪽에 준비하러 가셨어요."

그녀는 거스름돈을 받고 나가는 구쓰나에게 "감사합니다" 하고 고개를 숙였다.

"응? 어린이 식당? 설마 그 마마라는 분이 후쿠주마치에서 아이들에게 무료로 식사를 제공하는 분이세요?"

"네. 일주일에 한 번뿐이지만."

카운터 안에서 남편이 프라이팬을 움직이며 말했다.

"그렇군요! 항상 도움받고 있거든요. 그 어린이 식당에."

"이분은 다마가와시 아동 가정 지원 센터의 마에조노 시호 씨."

유이치가 시호를 소개했다. 남편이 고개를 꾸벅 숙였다.

"처음 뵙겠습니다. 형님이 신세를 지고 있네요."

"형님요?"

시호가 눈을 휘둥그레 떴다.

"네. 저희 남편은 마쓰모토 슌지, 전 아내 지나쓰라고 해요. 그런데 아주버님이 여자분과 함께 오신 건 처음이네요."

계산대에서 돌아온 아내가 미소 지었다.

유이치는 시호를 빈 카운터석 자리에 앉히더니 자신은 카운터에 들어가 싱크대 앞에 서서 팔을 걷어붙이고 설거지를 시작했다. 슌지와 지나쓰도 몸을 쓱 돌려 자연스럽게 받아들인다. 유이치는 설거지가 익숙해 보였다. 걷어붙인 오른팔 팔꿈치 위에 있는 뭔가에 찔린 듯한 흉터를 시호는 놀란 얼굴로 바라봤다.

'해님 부엌'의 주 손님층은 지역 노동자와 자영업자들이다. 모두 빠르게 식사를 마치고 자리를 뜨자 불과 20분 정도 만에 가게 안이 조용해졌다. 유이치는 시호 옆에 앉아 지나쓰가 준 동남아풍 볶음국수를 함께 먹었다.

"와! 정말 맛있어요!"

"감사합니다."

지나쓰는 기뻐하며 말했다.

"이거, 마마께 전수받은 거예요. 판싯 칸톤이라는 필리핀 정통 볶음국수예요."

"두 분은 여기서 직원으로 일하시는 건가요?"

"네. 마마께 실컷 부려 먹히고 있죠."

지나쓰가 그렇게 대답하더니 갑자기 표정이 환해졌다.

"아, 마마가 오시네요."

"미안! 바쁠 때 자리를 비워서!"

쾌활한 목소리가 가게 안에 울려 퍼진다.

"아이들에게 영양 만점 밥을 주려면 나도 모르게 열중하게 돼서."

여자는 단골손님들에게 한두 마디 건네고 카운터 안으로 들어갔다. 마른 몸에서 에너지가 넘치는 50대 전후의 여자다. 그녀는 카운터에 있는 두 사람을 발견하고 깔깔 웃음을 터뜨렸다.

"유이치, 너 무슨 일이니? 이런 낮 시간에. 그리고 여자랑 함께 오다니. 뭐야, 데이트야? 그럼 좀 더 분위기 있는 곳에 가야지."

유이치가 당황하며 고개를 흔들자 순지와 지나쓰도 웃음을 터뜨렸다.

"마마, 이분은 아주버님의 직장 동료래요. 속단하시면 안 돼요."

"어머! 미안해요."

마마가 혀를 날름 내밀었다.

"전 오마사 나기사라고 해요. 이 가게랑, 그리고……."

그녀는 시호 쪽으로 고개를 돌려 빤히 쳐다보더니 "응? 우리 전에 어디서 만난 적이 있었나?"라고 묻는다.

"네. 맞아요. 저, 시에서 운영하는 아동 가정 지원 센터에서 어린이 식당에 한 번 시찰 나간 적이 있거든요. 참, 그 어린이 식당 이름이 '나기사 식당'이었죠? 항상 감사합니다. 아이들을 위해 따뜻한 밥에 보금자리까지 마련해 주셔서."

유이치가 시호를 다시 한번 소개했고 두 여자는 얼마간 어린이 식당 이야기로 한껏 달아올랐다. 그 뒤로 약 한 시간이 지나 시호는 시청에서 호출을 받고 유이치와 함께 서둘러 가게를 나갔다.

"다음에는 나기사 식당으로 찾아뵐게요."

유이치는 나기사에게 한 손을 들었다.

시호는 차에 올라타자마자 곧장 운전석에 있는 유이치에게 말을 걸었다.

"어린이 식당을 만들기 위해 고다 과장님께 나기사 씨를 소개해 준 분이 유이치 씨 맞죠?"

"네."

유이치가 무뚝뚝하게 대답하자 시호는 조수석에서 몸을 틀어 유이치를 바라봤다.

"유이치 씨는 항상 조금 무리하면서 어떨 때는 합법적이지 않은 수단까지 동원해 아이들을 구하려 했어요. 자신의 삶을 돌이키며 비슷한 환경에 있는 아이를 한 명이라도 줄이고 싶은, 그런 일념으로 아동 상담소에서 일하시는 건가요?"

"그렇게 거창하고 훌륭한 이유 같은 건 없습니다."

유이치가 부인해도 시호는 계속 물었다.

"정말 아닌가요? 아이들을 위해 일하는 나기사 씨와 친하시기도 하잖아요. 유이치 씨가 꿈꾸시는 이상이……."

"아뇨. 시호 씨가 생각하는 그런 건 없습니다."

차갑게 부인하자 시호는 눈에 띄게 상처받은 표정을 지었다. 이것으로 이 이야기는 끝이라는 것처럼 유이치는 입을 다물고 그대로 시청 앞까지 가서 차를 세웠다. 차에서 내릴 때 시호는 뭔가 할 말이 더 있어 보였지만 결국 적당한 말을 못 찾았는지 고개를 숙이고 돌아섰다.

그 후 유이치는 아동 상담소 집무실에 돌아가 가정 방문 보고서 작성에 몰두했다. 두어 통 걸려 온 전화에 응대했지만 긴급 통보가 없어 비교적 평화로운 오후였다. 변호사 사무소에 상담하러 갔다가 돌아오는 길에 유이치는 나기사 식당에 들렀다.

마침 준비를 거의 다 마치고 나기사는 멍하니 마루턱에 앉아 있었다. 나기사 식당은 폐업한 작은 식당을 빌려 운영하고 있다. '해님 부엌'에서 남은 식재료를 조달하고 유통기한이 임박한 식자재를 무료로 제공하는 동업자나 현지 슈퍼마

켓도 있다. 적지만 기부금을 받고 자원봉사자들의 도움에도
의지한다. 늘 빠듯하지만 나기사는 어린이 식당을 그만둘 마
음이 없어 보였다. 이것이 그녀가 사는 보람인 것이다.

"잠깐 바다 보러 가자."

나기사는 유이치의 얼굴을 보고 말했다. 두 사람은 바다
쪽으로 나란히 걸었다. 창고 거리를 지나 바닷바람을 맞으며
나기사는 어린아이처럼 환호성을 질렀다. 혼자 먼저 뛰어가
더니 고개를 휙 돌린다.

"하레!"

나기사는 바람에 나부끼는 머리카락을 손으로 누르며 크
게 외쳤다.

"너랑 단둘이 있으면 나도 모르게 이렇게 부르고 싶어져!"

베이뷰 타워를 등지고 환하게 웃는가 싶더니 또다시 달려
와 유이치에게 팔짱을 꼈다.

"그래, 저기."

낡은 창고를 가리켜 말한다.

"저기가 널 처음 발견한 곳이야."

유이치는 고개를 들어 폐창고 옆 계단을 올려다봤다.

"카이랑 쌍안경을 보다가 저기서 널 발견했어. 빼빼 말라
서 떨고 있는 아이를."

나기사는 웃음을 머금으며 층계참을 한참 동안 바라봤다.

분명 카이를 떠올리고 있을 거라고 유이치는 짐작했다. 유이치는 카이가 목숨을 잃을 때 옆에 있었다. 나기사와 함께 이 동네를 떠나기 직전에 카이는 살해됐다. 그와 친했던 야스나리라는 남자에게.

야스나리는 폭력단 조직원이 되었다. 전에는 카이와 함께 스케이트보드를 타던 마음씨 좋은 친구였지만 결국 자신이 있을 곳을 조직으로 정했다. 그리고 그 세계에서 살아가기 위해 카이를 죽여야 했다. 야스나리는 이후 흉기로 쓴 칼을 들고 경찰에 자수했고 소년원에서 몇 년 복역 후 출소해 다시 조직으로 돌아갔다. 돌아갈 곳이 거기밖에 없었다고 생각하면 측은하기도 하지만 카이를 죽인 사람은 엄연히 야스나리다. 그 사실은 변하지 않는다.

그리고 20여 년 전 그는 어두운 골목 안쪽에서 또다시 사람을 죽였다. 상대는 같은 조직의 단원이었다. 사람들은 그가 아마 오래전 카이를 찌르라고 지시한 형님이었을 거라 추측했다. 그런 사실이 무엇을 의미하는지 유이치는 알 수 없었다. 야스나리는 복역 중에 병을 얻어 사망했다. 카이는 그의 등에 문신이 있다고 말한 적이 있었다. 그 무렵에는 문신에 쓰는 바늘을 여러 사람이 돌려썼고 그래서 조폭들 사이에서 C형 간염이 만연했다. 야스나리가 사망한 것도 아마 그 때문이었을지 모른다.

나기사의 그 쓰레기 같았던 오빠도 어딘가 다른 곳으로 떠났다. 가족이 모두 뿔뿔이 흩어졌다.

그러나 나기사는 이곳에 남았다. 카이가 떠나려고 한 동네에 억척스럽게 매달려 결국 뿌리를 내렸다. 식당을 열고 성장한 순지를 직원으로 고용했다. 순지가 지나쓰와 함께 살기 시작했을 때는 마치 자기 일처럼 기뻐하며 그들에게 가게를 맡기고 자신은 따로 어린이 식당을 열었다. 그리고 쉰 살이 될 때까지 계속 독신으로 살고 있다.

"저기, 하레."

나기사가 고개를 돌려 유이치를 봤다.

"그 당시에 말이야. 카이가 살던 집 1층에 파워스톤 가게가 있었어. 기억나니?"

유이치는 고개를 살짝 끄덕였다. 잊었을 리 없다. 카이의 집은 유이치가 마음을 의지할 수 있는 유일한 곳이었다. 그곳이 없었다면 분명 일찍 길을 잘못 들어 야스나리와 별반 다르지 않은 삶을 살았을 것이다.

"그곳 여주인이 점을 볼 줄 알았는데 어느 날 내 점을 봐 준 적이 있어."

나기사는 고개를 숙이고 킥킥 웃었다. 복사뼈까지 오는 긴 무명 스커트가 바람에 펄럭인다.

"그때 뭐라고 했는지 아니?"

유이치는 대답 대신 어깨를 으쓱했다.

"나더러 넌 좋은 엄마가 될 거래. 그 말을 들었을 때 '아아, 이 사람 엉터리구나'라고 생각했지. 그때 난 이미 아이를 낳을 수 없는 몸이었으니까."

나기사의 오빠가 저지른 최악의 소행.

나기사는 하늘을 올려다보며 후훗 하고 웃음을 터뜨렸다. 팔에 힘을 주어 유이치를 끌어당긴다.

"그런데 말이지. 그 말이 결국 맞았던 것 같아. 난 지금 손님들, 그리고 아이들에게도 '마마'라고 불리잖아."

나기사는 비록 자신의 아이를 낳지 못했지만 나기사 식당에 모이는 아이들에게 사랑받고 있다. 영업하지 않는 날에도 나기사 식당을 개방해 갈 곳 없는 아이들에게 쉼터를 제공하고 있다. 오래전 그녀는 유이치를 '하레'라 부르며 친동생처럼 돌봐줬다. 카이와 함께. 그 경험이 지금의 나기사를 만들었는지도 모른다. 카이가 사랑했던 장소에 남아서.

나기사는 헝클어진 머리카락을 손으로 쓸어 올렸다. 가는 팔에 그 파워스톤 가게에서 받았던 팔찌가 끼워져 있다.

"아 참. 어제 라이자 씨한테 엽서가 왔어. 잘 지내고 계시대. 너한테도 안부 전해 달라고 적혀 있었어."

라이자는 아들이 죽고 나서 필리핀으로 돌아갔다. 그곳에서 친구들과 일본 중고품을 파는 장사를 시작해 제법 번창하고 있다고 들었다. 나이가 일흔이 넘은 지금도 왕성하게 활동하고 있다. 일본에서의 삶은 그녀에게 어떤 의미였을까. 하나뿐인 아들을 잃은 땅에 대한 생각은 어떨까. 늘 밝았던 필리핀인의 진의는 지금도 여전히 오리무중이다.

"있지, 하레. 저 라멘 타워에 올라갔던 날 기억하니? 카이랑 나, 너까지 셋이서."

"응."

"그때 네 표정이 참 걸작이었는데."

나기사는 웃음을 풋 터뜨렸다.

"저기 라푼젤이 산다고 생각했겠지. 내가 그런 이야기를 들려줬으니."

"아직 어렸으니까. 그래도 꽤 효과가 있었어."

"뭐가? 라푼젤이 언젠가 긴 머리카락을 늘어뜨려 구해 줄 거라는, 내가 지어낸 이야기가?"

유이치는 진지한 얼굴로 고개를 끄덕였다.

"난 그 이야기를 정말 믿었어. 그래서 할 수 있었던 것도 있고."

"그래? 그럼 내가 꼭 나쁜 짓을 한 건 아니네."

나기사는 안도한 것처럼 말하고 베이뷰 타워를 봤다.

"저 타워, 위험하다며 다마가와시에서 곧 철거할 거래. 시청에서 일하는 손님이 그랬어."

"그렇구나."

지은 지 벌써 40년이 넘은 전망탑은 심하게 노후화됐다. 타워를 지은 지역 출신 사업가는 이미 오래전 세상을 떴고 자식들도 물려받은 재산을 전부 탕진했다고 들었다. 아무도 저런 건축물을 인수하려 들지 않아서 결국 철거 비용을 받을 곳도 없다. 처음 지어졌을 때만 해도 다마가와시의 관광 자원으로 평가받던 전망탑은 지금은 시의 골칫거리가 돼 버렸다. 그러다 마침내 세금을 투입해 철거하기로 한 걸까.

"1986년."

나기사가 중얼거렸다.

"너와 우리가 처음 만났던 해야."

두 사람은 바닷가 옆에 서서 베이뷰 타워를 올려다봤다.

"그때 카이와 난 저 창고 계단에서 핼리 혜성을 찾고 있었어."

1986년. 핼리 혜성이 지구에 가까이 접근했던 해.

"그런데 혜성은 찾지도 못하고 널 찾았지 뭐야. 부모에게 학대받고 집에서 도망쳐 나온 널. 말도 못하고 겁먹어 있던 널. 이름도 몰라서 결국 카이가 '하레'라는 이름을 붙여 줬지. 핼리 혜성*에서 따와서."

---

* 일본어로 '핼리'와 '하레'는 발음이 같다.

"맑은 바다의 모래사장……."

"맞아. 카이는 처음에는 별로 내키지 않아 했지만 난 널 그냥 내버려 둘 수 없었어. 이 험한 곳에는 당시 너 같은 아이가 발에 채일 만큼 많았지만, 그래도 자격 미달 부모에게서 널 꼭 구해 주고 싶었어……. 아마 한 아이에게 그럴 수 있는 나 자신에게 도취돼 있었을 거야."

자신도 이루 말할 수 없는 참담한 환경에 있었으면서 다른 누군가를 구함으로써 자신도 구할 수 있다고 굳게 믿은 열여덟 살 소녀. 유이치는 아픔을 느껴 눈을 꼭 감았다. 그 모습을 힐끗 곁눈질하고 나기사는 말을 이었다.

"있지, 하레. 넌 그런 가혹한 환경에서 자란 탓에 가정을 꾸리는 게 두려울 거야. 부모가 될 자신이 없을지도 몰라. 하지만 말이지. 그대로 혼자 살아가는 건 틀린 선택이라고 생각해."

나기사는 자신의 말에 스스로 응, 하고 고개를 끄덕였다.

"틀렸어."

그렇게 다시 한번 반복해 말했다.

"넌 나처럼 아이를 낳을 수 없는 몸도 아니잖아. 왜 다른 사람과 함께 인생을 걸으려 하지 않는 거니? 왜 가족을 만들지 않는 거야?"

유이치의 머릿속에 오치아이 이쿠미의 얼굴이 떠올랐다. 그 여자는 오랫동안 불임 치료를 받았음에도 좋은 결과를 얻지 못했고, 그래서 이시이 집안의 아이를 눈여겨보게 됐다고 했다.

"그 여자는 어때? 그, 오늘 데려온 시청 여자 직원. 그 여자는 분명 너한테 관심이 있어."

확신하듯 하는 말을 듣고 유이치는 쓴웃음을 지었다.

"아아, 이제 곧 아이들이 올 시간이네. 슬슬 가야겠어."

나기사는 "그럼 난 가 볼게! 다음에 또 들르렴, 하레!"라고 외치고 창고로 뛰어갔다. 나기사가 달려가는 곳 끝에서 왠지 아이들이 스케이트보드를 타는 소리가 들리는 것 같았다. 창고와 창고 사이에 있는 콘크리트 통로에서 스케이트보드를 타고 카이가 나타나지는 않을까 유이치는 주시했다. 야구모자를 뒤집어쓰고 허리를 숙인 채 바람을 가르는 카이가.

그러나 나기사가 사라진 통로에는 갈색 종잇조각이 바람을 타고 허무하게 날아오를 뿐이었다.

나기사가 떠나고 유이치는 홀로 암벽에 서 있었다. 다리 밑으로 보이는 콘크리트 블록을 검은 파도가 씻고 있다.

1986년 일곱 살 때 유이치는 그야말로 비참한 환경에 처해 있었다. 그리고 카이와 나기사가 그런 유이치를 구했다. 분명한 사실이다. 그 두 사람이 바로 유이치에게는 라푼젤이었다.

어머니인 노리코는 싱글맘이었다. 이 지역 출신으로 그녀도 부모에게 사랑받으며 자랐다고 말하기 어려운 처지였다. 원치 않는 임신을 했을 때 유이치의 조부모는 불같이 화를 냈다고 한다. 둘 다 음주 문제로 고생한 분들이었다. 할아버지는 술을 너무 많이 마셔서 건강을 해쳤고 할머니는 대낮부터 집 근처 술집에 틀어박혀 지냈다. 노리코는 결국 본가(라고 하지만 거의 허물어 가는 판잣집 같은 곳)에서 쫓겨났다. 거기까지의 경위를 유이치는 나중에 어머니에게 직접 들었다.

노리코는 아이를 품고 거리를 방황했다. 애초에 생활력이 없는 여자였다. 일단 일을 구하기는 했지만 열의를 가지고 일하지는 않았다. 늘 가난했고 먹을 것이 부족했다. 유이치는 유치원에도 다니지 않았다. 아이를 제대로 된 시설에 보낸다는 사회적 통념이 전무한 어머니였다.

틈만 나면 자기 부모를 욕하는 것치고 정작 그녀 자신도 자기 부모와 별반 다르지 않았다. 술버릇이 없는 것만이 유일한 위안이었다. 아이를 돌보지 않았고 흐트러진 생활을 했다. 유이치는 항상 방치 상태였다.

일을 제대로 하는 것보다 더 빠르고 쉽게 생활을 영위하는 방법은 다른 남자와 함께 사는 것. 그 기술만은 터득했는지 끊임없이 남자가 바뀌었다. 유이치와 함께 남자가 있는 곳에 찾아가는가 하면, 남자 쪽에서 모자가 있는 집으로 들이닥칠 때도 있었다. 사는 곳도 좁은 다세대 주택일 때가 있고 술집

위 단칸방이었을 때도 있었다. 창백하고 통통한 어머니가 남자 밑에 깔린 채 누워 있는 곳 옆에서 유이치는 잠들었다.

당시 세상은 한창 버블기여서 곳곳마다 경기가 좋다는 뉴스가 넘쳐났지만 그런 것과 전혀 무관한 삶이었다.

그리고 그런 생활도 남자가 바뀔 때마다 수준이 떨어졌다. 간이 숙박업소를 전전하기도 했다. 자기 기분에 따라 유이치에게 주먹을 휘두르거나 음흉하게 괴롭히며 시름을 달래는 남자도 있었지만 노리코는 모르는 척했다. 아이보다 함께 사는 남자를 더 소중히 여겼다. 유이치의 말이 늦어져도 개의치 않았다. 그리고 얼마 안 돼 다른 남자와의 사이에서 둘째를 낳았다. 그 아이가 바로 슌지다.

슌지의 아버지인 남자와 노리코는 얼마 안 돼 헤어졌다. 아이가 태어나자 남자의 마음이 급속도로 식어 버린 듯 보였다. 슌지의 양육 환경은 더 가혹했다. 노리코는 슌지를 어린 유이치에게 맡기고 남자와 놀러 다녔다. 방탕하고 제멋대로인 성격은 아이를 몇 명 낳아도 변하지 않았다.

그리고 그 무렵 노리코가 만난 사람이 하필 최악의 남자였다. 노리코보다 더 생활력이 없었고 도박을 좋아해 늘 돈에 쪼들렸다. 그는 마쓰모토 구니오라는 남자였는데, 어떤 사정인지 몰라도 마쓰모토와 노리코는 혼인신고를 해서 정식 부부가 되었다. 그런 탓에 유이치의 성은 마쓰모토가 되었다.

부부가 되어도 물론 생활은 전혀 달라지지 않았다. 급기야 마쓰모토는 월세를 못 내게 되어 결국 집에서 쫓겨났다. 그 뒤로는 그의 하나뿐인 재산이었던 차 안에서 먹고 잘 수밖에 없었다. 마쓰모토가 날품팔이를 하거나 노리코가 음식점 아르바이트를 해서 돈이 들어오면 두 사람은 곧장 파친코 가게에 틀어박혔다.

그동안 유이치는 차 안에서 슌지를 돌봤다. 노리코는 젖이 잘 나오지 않았고 분유 살 돈을 전부 파친코에 갖다 바친 탓에 슌지는 빼빼 말라 울음소리에도 힘이 없었다. 파친코에서 돈을 잃고 돌아온 날에는 마쓰모토는 분풀이로 유이치를 때렸다. 내 아이가 피를 토할 만큼 얻어맞고 걷어차여도 노리코는 멍하니 그 모습을 지켜보기만 했다. 정착하는 곳이 없었기에 학대는 다른 사람들 눈에 띄지 않았다. 차는 대부분 인적이 드문 바다 옆에 세워져 있었다.

유이치는 점점 더 자신만의 고치 속에 틀어박혔다. 말없이 슌지를 돌보며 하루를 보냈다. 돈이 다 떨어져 좁은 차 안에서 가족이 함께 있는 동안 마쓰모토의 분풀이 대상이 될까 봐 유이치는 차에서 도망쳐 나와 마을 안을 돌아다녔다.

그러던 도중에 카이와 나기사를 만났다. 그곳은 유이치에게 별세계였다. 태어나서 처음으로 배부르게 음식을 먹는 경험을 했다. 두 사람과 함께 있는 시간은 늘 즐거웠다. 말은 안 나왔지만 그들이 하는 말은 이해했다. 나기사는 유이치를 아껴 줬고, 카이도 유이치에게 이런저런 놀이를 알려 줬다. 어린 자신을 대등하게 대해 준 진짜 친구였다.

그래도 두 사람과 헤어져 마쓰모토의 차에 돌아간 건 슌지가 신경 쓰였기 때문이다. 자취를 감췄다가 돌아오면 마쓰모토는 화를 내며 또다시 주먹을 휘둘렀다. 이대로 가다가 죽을 수도 있겠다 생각했다. 자신도 그렇지만 슌지에게 생명의 위험이 다가오고 있다고 느꼈다. 차에 돌아갈 때마다 슌지는 점점 더 허약해졌고 이제는 울 힘도 없어 보였다. 더러운 옷과 갈아 주지 않는 기저귀. 피부에 염증이 생긴 부분은 하도 긁어서 짓무르고 피가 배어났다.

"이 새끼는 왜 이리 더러워?"

마쓰모토는 마침내 슌지에게까지 손을 뻗쳤다. 소리도 못 내고 당하는 동생을 감싸면 유이치가 얻어맞았다. 말을 할 줄 모르는 유이치는 다른 사람 앞에서 자신의 처지를 호소할 수도 없었다. 가끔 노리코가 젖을 물려도 슌지는 젖을 빨 힘도 남아 있지 않았다.

"얘, 곧 죽는 거 아니야?"

마쓰모토의 장난기 섞인 말에 노리코가 "아, 그럴지도" 하고 고개를 끄덕이는 모습을 보고 유이치는 슌지를 안고 카이가 있는 곳으로 가야겠다고 결심했다. 이들에게는 아이를 키울 능력이 아예 없었다. 아니, 그걸 넘어 인간이 아니었다. 그동안 노리코를 엄마라고 생각했던 게 착각이었다.

마침내 그런 사실을 깨달을 무렵, 카이가 죽었다. 유이치의 눈앞에서 야스나리의 칼에 찔렸다. 유이치는 결국 자기 힘으로 자신과 동생을 구할 수밖에 없게 됐다.

카이가 죽은 날 밤, 바다 옆에 세워진 차에 돌아갔다. 마쓰모토와 노리코는 후텁지근한 날씨 때문에 차에 에어컨을 켜두고 잠들어 있었다. 유이치는 차에 몰래 숨어들어 축 늘어져 있는 슌지를 먼저 차에서 끌어냈다. 뿌연 차내등 속에서 슌지는 눈을 크게 뜨고 형의 얼굴을 봤다.

조금 떨어진 곳에 동생을 눕힌 후 차로 돌아간 슌지는 있는 힘껏 다리를 뻗어 차의 브레이크를 밟고 기어를 중립에 넣었다. 운전하는 마쓰모토를 옆에서 지켜봐서 대략적인 방법은 알고 있었다. 자신이 무슨 짓을 하는지도 명확히 자각했다. 그리고 천천히 핸드브레이크를 내린 후 문을 살며시 닫고 슌지가 있는 곳으로 뛰어갔다. 동생을 꼭 끌어안고 조금씩 움직이기 시작하는 차를 함께 바라봤다. 차는 바다를 향해 완만하게 경사진 콘크리트 위를 서서히 미끄러져 갔다.

—네 인생을 남에게 맡기지 마. 네 인생은 네 거야.

카이에게 들은 말이 머릿속에서 메아리쳤다.

—알겠지? 하레. 도망치지 않는 거다.

마쓰모토의 차는 앞부분부터 바다에 떨어졌다. 유이치는 순지를 품에 안은 채 암벽 쪽으로 다가갔다. 어두운 바닷물에 차가 떠올라 있었다. 차는 꽤 오랜 시간 떠 있었고 그 안에서는 아무 소리도 들리지 않았다. 무서울 정도의 침묵이었다. 그러다 갑자기 차가 앞부분부터 물에 잠기기 시작했다. 거꾸로 뒤집힌 채 일직선으로 가라앉는 차의 모습이 사라지고 커다랗고 검은 소용돌이가 일어났다. 그것이 사라질 때까지 눈을 떼지 않았다. 오직 그 소용돌이만이 어린아이가 저지른 죄를 알고 있었다.

그날 이후 유이치는 물이 두려워졌다.

유이치는 바다를 등지고 걷기 시작했다.

이런 내가 왜 아동 상담소 일을 계속하고 있는 걸까. 이미 여러 차례 자문했지만 해답은 나오지 않았다. 키워준 부모라 할 수 있는 와키사카 원장의 말에 따라 안정적인 공무원이 됐다고 생각했는데 어느 날 아동 상담소에 배치됐다. 눈앞에는 오래전 자신과 꼭 닮은 아이들이 속속 나타났다. 공포와 두려움, 자책을 느끼면서도 어째서인지 이 일에서 손을 뗄 수 없었다.

그런 곳에 있는 것 자체가 속죄가 된다고 생각하는 걸까. 아니, 그런 것과는 다르다. 조금 더 음습하고 비겁한 감정이 밑바탕에 깔려 있다는 건 알고 있다. 자신은 그 시절에 이루지 못한 복수를 하고 있다. 상대가 누구라고 정해진 것은 아니다. 그 무렵 나를 둘러싼 환경을 향한 복수다. 눈앞에 있는 아이를 구하는 행위 이면에는 오래전 도움을 호소하며 소리 없는 비명을 지른 자신을 계속해서 무시한 주변 환경에 대한 복수심이 있었다.

카이와 나기사 같은 존재는 결코 될 수 없을 것이다. 나는 그렇게 때 묻지 않고 보상을 바라지 않는 사랑을 쏟을 수 없다. 그러니 최대한 감정을 자제하며 기계적으로 느껴질 만큼 일을 계속했다. 그런 탓에 다른 워커들처럼 지치거나 번아웃 증후군에 걸려 직장을 그만두지도 않았다.

—전에도 말했지만 유이치 씨는 가끔 참 냉정해. 오싹할 만큼.

고다에게 언젠가 그런 말을 들은 적이 있다. 그 말은 정곡을 찔렀다. 운명이 이끌어 준 이 아동 상담소에 계속 머무르며 담담히 일을 해 가는 것이 자신에게 주어진 책무라 생각했다. 아무것도 생각하지 않고, 미래를 떠올리지도 않고, 그저 눈앞에 있는 사안들에 맞서 나가는 것이.

아동 상담소에서 워커로 계속 일하는 이유를 또 하나 들자면, 바로 가족이라는 신기한 집단에 대한 관심 때문이다. 내 손으로 직접 묻어 버린 가족. 그건 대체 뭐였을까. 유이치는 세상에 있는 수많은 가족의 형태를 보며 탐구를 이어 갔다. 비참한 상황에 처한 아이들이 그럼에도 돌아가고 싶어 하는 곳은 대체 어떤 곳일까.

—그래도 가족이야.

아버지의 빚을 갚으려고 마사지 업소에서 일하던 나기사가 했던 말. 그 말은 지금도 유이치의 머릿속에 남아 있다. 옆에서 함께 이야기를 들은 카이도 충격받은 듯했지만 그 말은 누구보다 유이치의 가슴에 깊숙이 꽂혔다. 핏줄이라는 게 그토록 중요한 걸까. 단지 낳기만 하고 아이를 제대로 키우지 않는 어머니와, 연이어 바뀌던 그녀의 파트너들에게서는 그런 깊은 유대감을 느끼지 못했다.

결국 명확한 해답을 얻지 못한 채 되도록 아이들을 원래 가정으로 돌려보내는 일에 집중했다. 그것이 곧 자신이 했던 일을 잘못으로 인정하는 것이 될지언정. 오래전 자신이 취했던 그 궁극의 선택지가.

하나뿐인 가족인 슌지가 가정을 꾸렸을 때 그걸로 이미 만족했다. 자신에게는 행복해질 자격이 없다고 생각했다. 그리고 지금껏 그 신념을 고집스럽게 지켜 왔다.

유이치는 문득 발걸음을 멈췄다. 천천히 고개를 돌린다. 바다 옆에 서 있는 베이뷰 타워를 바라봤다.

조만간 철거될 운명에 놓인 전망탑. 저곳에서 금빛의 긴 머리카락이 스르르 내려오는 모습을 상상하던 어린 시절의 자신을 떠올린다. 단지 상상만으로도 크나큰 의지가 되었다. 나기사가 지어낸 동화가 어디에도 갈 곳 없던 아이를 지탱해 준 것이다.

재킷 안주머니에서 지갑을 꺼냈다. 안에서 구깃구깃한 종이를 집어 든다. 베이뷰 타워의 입장권 두 장. 카이, 나기사와 함께 전망탑에 올라갔을 때 받은 것. 부적처럼 지금까지 소중히 간직해 왔다. 유이치는 지갑을 닫고 색 바랜 티켓을 물끄러미 바라봤다.

바뀔 수 있다. 문득 그런 생각에 사로잡혔다. 나 자신을 벌하고 괴롭히는 인생에서 벗어나, 조금 더 인생을 즐기는…… 그런 삶이 내게 허락된다면…….

―오늘 우리는 내일이 되면 없어.

나기사는 바뀌었다. 자신의 힘으로 삶을 되찾고 자신의 다리로 걷기 시작했다. 카이는 연인에게서 싹트는 굳건한 힘을 느꼈을지도 모른다.

이 암벽에서, 베이뷰 타워 전망대에서 바라본 석양은 그날 이후 하루가 다르게 바뀌고 있다. 그런 사실을 외면하며 지금껏 완강히 변화를 거부해 온 나 자신이 작디작게 느껴졌다. 그때의 석양은 먼 미래인 '지금'을 향해 빛을 발산하며 한곳에 머물러 있는 어리석은 남자를 비웃고 있다.

그때 주머니에서 스마트폰이 울렸다. 반사적으로 꺼내 귀에 갖다 댄다.

—여보세요.

시호의 목소리가 들렸다.

—조금 전에는 죄송했어요. 유이치 씨를 잘 알지도 못하면서 건방진 소리나 하고.

"아뇨, 괜찮습니다. 그렇게 말해 줘서 오히려 기뻤어요."

—정말요?

유이치는 스마트폰을 귀에 댄 채 베이뷰 타워로 시선을 옮겼다. 이제는 아무도 올라가지 않게 된 텅 빈 전망탑. 유이치에게 저 탑은 구원이었지만, 저런 것에 의지하지 않고도 살아갈 방법을 아이들에게 제시해 줄 수 있을지 모른다.

"혹시 라푼젤 이야기 알아요?"

—네?

손가락으로 집은 두 장의 티켓이 바람에 휩쓸려 날아갔다.

이쿠미는 베란다에 의자를 꺼내 와서 앉아 있었다. 뒤에 있는 유리문이 드르륵 열리며 게이고가 나왔다. 한 손에 위스키 잔을 들고 있다.

"춥지 않아?"

"아니, 전혀."

게이고는 옆에 있는 의자에 앉았다. 위스키를 한 모금 마신다. 이제는 나잇살 때문에 불룩한 남편의 배를 보며 이쿠미는 미소 지었다.

부드러운 바람이 불었다. 어딘가에 핀 꽃향기를 머금고 있다.

우리는 결국 아이를 가질 수 없었다. 이쿠미는 느긋한 기분으로 그런 것들을 떠올렸다. 미친 사람처럼 불임 치료에 매달린 적도 있지만 그것도 이미 먼 옛날이야기다. 부부는 환갑에 가까워져 이제는 아이 없는 생활에 익숙해졌다. 그 무렵 게이고가 했던 말처럼 아이 없이 둘만의 생활도 나쁘지 않았다. 왜 그렇게 아이를 갖는 것에 집착했는지 지금으로서는 잘 이해되지 않는다.

게이고가 바람을 피우고 나서야 처음으로 소중한 것이 뭔지 깨달았다. 부부의 위기를 둘이 함께 극복했다. 상대 여자 뒤에 있던 폭력 조직에 협박을 당했고, 조직원에게서 도망치려다 결국 한 남자의 목숨을 빼앗고 말았다. 무서운 죄를 지었지만 그것도 이제는 과거 일이다.

그날 이후 단 한 번도 그날에 대해 게이고와 이야기를 나눈 적은 없다. 지은 죄가 사라지지는 않지만 그것에 계속 끌려다니며 겁에 질린 채 살고 싶지는 않았다. 남자를 향해 콘크리트 덩어리를 휘두른 순간 이쿠미는 자신 속에 있었던 무엇인가를 내버렸다.

다음 날 신문에 난 남자의 죽음을 알리는 작은 기사도 놀라울 만큼 냉정한 마음으로 봤다. 남자는 골목에 있는 가게 유리문 안쪽에서 숨져 있었다고 했다. 유리로 경동맥이 절단된 것에 따른 과다 출혈사였다.

범인이 자수했다는 소식이 그날 저녁 뉴스로 보도됐다. '황태성'이라는 사람의 이름과 사진이 나왔다. 등에 관음상 문신을 한 남자. 이쿠미가 콘크리트 덩어리로 후려치는 바람에 의식이 몽롱해진 형님을 황은 구하지 않고 도리어 숨통을 끊었다. 같은 조직에 있던 폭력배들 사이에 무슨 일이 있었는지 이쿠미와 게이고는 알 길이 없었다.

마음을 굳게 먹고 앞으로 들이닥칠 모든 상황을 받아들이기로 했지만 이쿠미와 게이고에게는 수사의 손길이 뻗어 오지 않았다. 그 사건은 결국 폭력 조직 안에서 일어난 내분으로 처리된 듯했다. 황이 우리 부부에 대해 한마디도 하지 않고 모든 죄를 덮어쓰고 감옥에 들어간 이유는 뭘까. 그것 역시 지금도 알지 못한다. 해당 사건은 이미 기억 깊숙한 곳에 가라앉아 있다.

1997년에 일어난 일. 아무라*라고 불리는 여자아이들이 거리를 활보하고, 원조 교제로 이름을 바꾼 매춘 행위에 여고생들이 가담하던 시절.

이쿠미는 고개를 들어 건너편에 있는 대지를 내려다봤다. 이제 저곳에 집은 없다. 이시이 씨 집안은 막대한 빚을 안고 있었고 아버지가 아동학대죄로 체포된 후 법원에 집이 압류됐다. 지금은 어느 부동산 회사가 사들이고 지난달 집이 철거돼 공터가 되었다.

저 집에서 도망쳐 나와 이쿠미가 숨겨 줬던 아이는 지금쯤 어디서 뭘 하고 있을까. 아동 양육 시설에 형제가 함께 들어갔다고 했는데 지금도 행복하게 잘 지내고 있을까. 체포된 아버지는 어떤 심정으로 살아갈까.

이시이 씨 집안의 아버지도 학대받던 아이였다. 이쿠미가 불임 치료로 고생하고 있을 때 건너편 집에서는 당시 아이였던 아버지가 심각한 환경에 놓여 있었다. 그 모습을 지켜보는 게 견디기 힘들었다. 나는 아무리 노력해도 아이를 얻지 못하는데 저 집에서는 기껏 낳은 아이를 학대하고 있었던 것이다.

그로부터 20여 년이 지나 당시 학대받던 아이가 아버지가 됐고, 그가 같은 집에서 또다시 자기 아이에게 같은 짓을 저지르는 걸 봤을 때는 가슴이 미어졌다. 전에는 도저히 도와

* 1990년대 말 인기 가수 아무로 나미에의 스타일을 따라 하던 팬들을 일컫는 말.

줄 수 없었다. 불임 치료에 전념하던 시기였으니 차라리 저 아이를 입양하면 어떨까 하는 엉뚱한 생각에 사로잡히기도 했다. 아이를 구할 만한 구체적인 묘안을 찾지 못해 실행에 옮기지도 못했다.

그러나 이제는 나이를 먹었고 아이에 대한 집착도 사라졌다. 이시이 씨 집안을 객관적으로 관찰할 수 있게 됐다. 그래서 몇 번인가 시에서 운영하는 아동 가정 지원 센터와 아동 상담소에 익명 신고도 했다. 그러나 이시이 집안의 환경이 나아진다고 하기는 어려웠다.

게이고가 출장을 떠난 어느 날 한밤중에 아이가 집에서 뛰쳐나왔다. 무심코 아이를 집 안에 들였다. 충동적인 행동이었다. 뒤늦게 아이의 이름이 소타라는 사실을 알게 되었다. 아이는 덜덜 떨기만 하고 말을 하지 못했다. 야위었고 몸에 걸친 옷도 더러웠다.

플래시백처럼 과거 영상이 떠올랐다. 똑같다고 생각했다. 22년 전에 겪은 일을, 성장해서 아이를 가진 남자는 자신의 아이에게 또다시 저지르고 있다. 그런 방법밖에 몰랐던 불행한 아이. 내가 구해 주지 못했던 아이.

소타를 부둥켜안았다. 팔 안에서 사라져 버릴 만큼 미약한 아이의 반응이 느껴졌다.

소타에게 맛있는 걸 먹이고 목욕을 시키고 새 옷을 입혔다. 짓무른 피부에는 연고를 발라 주었다. 이런 건 잘못된 방법이라는 건 알고 있었다. 언제까지 남의 집 아이를 집에 둘 수는 없고 마땅한 기관에 연락해야 한다. 그렇게 생각하며 닷새를 보냈다.

소타도 돌아가고 싶어 하지 않았다. 말도 조금씩 입에 담았다. 맛있는 음식을 먹고 미소 지으며 안도한 얼굴로 쌔근 쌔근 잠드는 어린아이. 이쿠미는 한 번도 경험하지 못했던 행복한 시간을 보냈다. 어머니라는 이름이 주는 기쁨과 고양감을 잠시 동안 맛보았다.

아동 상담소 직원이 집에 찾아왔을 때는 끝이 왔음을 직감했다. 아니, 오히려 와 줘서 다행이었다. 내 손으로는 아이를 놓을 수 없었다.

"다음번에는 저곳에 어떤 사람이 집을 지어서 살까?"

게이고가 느긋한 목소리로 말했다. 이제 이런 대화도 아무렇지 않게 나눌 수 있게 됐다.

어떤 가족이 와도 이제는 동요하지 않는다. 이웃은 이웃이다. 남편과 나는 이곳에서 평화로운 시간을 새겨 나가면 된다. 옆집 마당에 피는 꽃은 옆집의 것이다. 절대 손을 뻗어서는 안 된다. 소중한 건 내가 지금 있는 곳에 있다는 걸 이제는 안다.

또다시 산들바람이 불어 이쿠미의 앞머리를 흔들었다.

게이고가 손에 든 위스키 잔에서 얼음이 달칵 소리를 내며 녹았다.

　부부는 얼굴을 마주 보고 살포시 웃었다.

옛날 옛적 어느 곳에 아이 없는 부부가 살았습니다.

부부는 아이를 한 명이라도 가지고 싶었습니다.

부부의 집에는 작은 정원이 있었고

두 사람은 저녁이 되면 정원 테라스에 나가

저무는 하늘을 바라봤습니다.

그곳에서는 옆집의 넓은 마당이 보였고

그 마당에는 늘 예쁜 꽃과

신선한 채소가 듬뿍 자랐습니다.

〈긴 머리의 라푼젤〉 그림 동화
세타 데이지 번역
후쿠인칸쇼텐

참고 문헌

『르포 아동 상담소』. 오쿠보 마키 (아사히신쇼)

『아동 상담소는 지금-아동 복지사가 직접 들려주는 현장 보고』. 사이토 유키요시, 후지이 쓰네후미 편저 (미네르바쇼보)

『르포 아동 상담소-일시 보호부터 생각하는 아동 지원』. 신태준 (지쿠마선쇼)

『죽이지 마-아동 학대라는 이름의 범죄』. 마이니치신문 아동학대 취재반 (주오 호키출판)

『소셜 워커의 일과 삶-복지 현장에서 일한다는 것』. 스기모토 기요에, 스토 야치요, 오카다 도모코 편저 (가쿠요쇼보)

『메디컬 노트』 https://medicalnote.jp

그 밖의 불임 치료 외래 병동이 있는 병원 홈페이지를 참고했습니다.

끝 모를 수렁 속
작은 디딤돌 하나

학대당한 아이들을 돕기 위해 불철주야 뛰는 두 사람이 있습니다. 아동 학대 문제를 전담하는 아동 상담소 직원 마쓰모토 유이치와 시에서 운영하는 아동 지원 센터 직원에서 일하는 마에조노 시호입니다. 두 사람은 학대 신고가 자주 들어오는 이시이 소타라는 아이의 안위를 확인하기 위해 어느 집을 찾아가지만, 아직 어린이집에 다니는 아이는 혼자 동네를 이리저리 돌아다니는 바람에 만나기 어렵고 부모는 그런 사실을 대수롭지 않게 여깁니다. 오히려 집안일에 간섭하려 드는 두 사람을 매몰차게 대하고 일을 숨기고 축소하는 데 급급합니다. 이 집에는 대체 무슨 일이 있는 걸까요.

또 어느 폐창고 계단에서 쌍안경으로 하늘을 보다가 우연히 거리에 앉아 덜덜 떨고 있는 왜소한 어린아이를 발견한 소

년과 소녀가 있습니다. 소년은 얼굴도 모르는 일본인 아버지
와 필리핀인 어머니 사이에서 태어난 카이, 소녀는 지독한 가
정환경 속에서 어릴 때부터 친오빠에게서 성적 학대를 당해
온 나기사입니다. 자신들도 불우하게 살아온 소년 소녀는 어
디서 온 지 모르는 걸 넘어 말도 못 하는 아이에게 하레라는
이름을 붙여 주고 따뜻하게 보살핍니다. 세 아이의 우연한
만남 이후 그들 사이에서 피어나는 사랑과 우정은 아이들을
어떤 세상으로 이끌까요.

마지막으로 불임 문제로 힘들어하는 부부가 있습니다. 아
내 이쿠미와 남편 게이고는 불임 치료를 받으며 갖은 노력을
기울이지만 결과가 나오지 않아 늘 칼날 위를 걷는 것처럼 아
슬아슬한 관계 속에서 살아갑니다. 그런 상황에서 이쿠미는
우연히도 옆집에서 학대가 벌어지는 모습을 목격하고 나 자
신이 할 수 있는 일이 없는지를 고민합니다.

이렇듯 서로 다른 세계 속에서 고통에 맞서 살아가는 이들
의 세 가지 사연. 같은 지역 안에서 펼쳐지는 것 같기는 하지
만 언뜻 보기에 무슨 접점이 있을지 모를 이 세 가지 이야기

는, 그러나 작품 후반부의 노도와 같은 전개와 함께 기적처럼 하나로 이어집니다. 늘 '인간을 향한 관심'을 에너지 삼아 글을 쓴다는 작가 우사미 마코토가 이번 작품을 통해 선보이는 그 기적과도 같은 트릭은 무엇일까요. 그리고 그 끝에서 등장인물들을 깊디깊은 수렁에서 구할 디딤돌은 과연 무엇일까요.

본 작품 『전망탑의 라푼젤』은 2016년 일본 출간, 2020년 국내에 출간돼 많은 독자들에게 깊은 인상을 남기며 지금껏 순수한 입소문 하나로 관심을 모으고 있는 작품 『어리석은 자의 독』에 이어 우사미 마코토를 본격적인 현대 일본 미스터리의 여자 기수 작가 반열에 올린 또 하나의 대표작입니다. 2017년 제70회 일본 추리작가 협회상을 수상하며 작가 우사미 마코토를 본격적으로 알리는 시발점이 된 작품 『어리석은 자의 독』이 50년의 시간을 관통해 시대의 조류에 어쩔 수 없이 휩쓸려 흔들리는 인간 군상들의 이야기와 그들의 선택이 주는 의미를 다루었다면, 『전망탑의 라푼젤』은 현대 사회의 어두운 단면을 더욱 적극적으로, 깊숙이 파고 들어가는 작품입니다. 이번 작품에서는 아동 학대, 방치, 가정 내 폭력, 차별, 빈곤, 불임으로 인한 사회의 선입견과 치료에 수반되는 고통 등 현대 사회의 수많은 문제를 소재로 다루며 독자로 하여금 감정적으로 책장을 펼쳐 나가기가 어려울 정도로 모질고 참담한 세계가 그려집니다. 그 어둠에 압도돼 잠시 호흡을 고르기도 하지만, 우리는 작품 속에서 작가가 보여 주는 풍경이 꼭 픽션 속 터무니없는 이야기가 아니라는 것을 알고 있습니다. 아니, 현실은 더 혹독할 수 있고, 어쩌면 그래서 우리는 더욱 그런 것들로부터 고개를 돌리고 싶은 것인지도 모릅니다.

그러나 그런 비참한 사건과 소식을 접할 때마다 여러분은 눈을 질끈 감고 나 자신의 무력함에 탄식을 내뱉으면서도 한편으로는 '내가 할 수 있는 건 없을까?'라고 한 번쯤 생각해 보신 적이 없으신지요. 『전망탑의 라푼젤』은 그런 참담한 현실을 일깨우는 걸 넘어, 혼자서 살아가지 못하고 늘 다른 누

군가와 얽혀 살아가야 하는 우리가 관계 속에서 아주 사소한
'관심'으로 '구원'을 낳을 수 있음을 이야기하는 작품입니다.
내 옆에 있는 힘든 누군가가 수렁 속에서 빠져나오지는 못할
지라도 적어도 발돋움할 수 있는 작은 디딤돌 하나를 놓아 주
는 것. 작품에서는 수많은 절망과 어둠이 묘사되지만, 결국
마지막에는 타인과 부대끼며 살아가면서 우리가 알게 모르
게 그런 소소한 기적들을 만들어 왔고 앞으로도 선사해 갈 수
있을지도 모른다는 희망을 품게 합니다. 작가 우사미 마코토
는 『전망탑의 라푼젤』이 2019년 '책의 잡지가 선정한 베스트
10' 1위 작품에 오른 소회로 내놓은 짧은 에세이에서 그 힘을
'상상력'이라 추측했습니다. 상상을 통한 찰나의 번뜩임을 통
해 전혀 모르는 다른 사람과 우연히 마음이 이어지고, 그것이
또다시 생각지도 못한 형태의 구원을 낳는 이야기. 작가는
이 작품을 통해 독자들에게 그런 이야기를 들려주고 싶었다
고 합니다.

작가는 이 작품 『전망탑의 라푼젤』을 두고 한마디로 '살아

가는 것을 포기하지 않는 이야기'라고 정의하기도 했습니다. 무조건 사랑받아야 마땅한 아이들이 학대당하는 부조리한 일들이 지금도 현실에서 엄연히 벌어지고 있다는 것을 새삼 일깨우고, 다른 한편으로는 소설이 주는 힘, 그리고 '우사미 마코토류' 미스터리의 진면목을 느낄 수 있는 마술과도 같은 트릭을 통해 그런 상황에서도 우리는 늘 뭔가를 할 수 있는 존재라는 걸 알려 주는 작품입니다. 인간의 어두운 정념과 뒤틀린 심리로부터 파생되는 미스터리를 주로 써 온 1957년생인 작가는 50세의 늦깎이 데뷔 후 이런 깊은 감정의 격류를 자아내는 작품을 왕성하게 내놓고 있습니다. 소설이라는 매체를 통해 끝이 보이지 않는 깊은 밑바닥에서 밝고 환한 수면까지 독자를 자유자재로 끌고 다닐 수 있는 건 그동안 인간을 주의 깊게 관찰해 온 작가의 관록 덕분일 것입니다. 작가는 또 다른 인터뷰에서 "데뷔 전 50년 동안 아무것도 쓰지 못해서인지 앞으로 쓰고 싶은 이야기가 너무나도 많다"라고 밝히며 매일매일 취침 전 세 시간은 반드시 작품 집필에 투자한다고 밝혔습니다. 무한한 상상력과 식지 않는 인간을 향한 관심, 그리고 희망 한소끔을 밑바탕 삼아 앞으로도 꾸준히 출간될 작가의 역작들을 저 역시 독자의 한 사람으로 여러분과 함께 감정을 계속 공유하며 읽고 소개해 갈 수 있기를 바라봅니다.

2022년 여름

이연승

전망탑의라푼젤

1판 1쇄 인쇄 2022년 6월 30일
1판 1쇄 발행 2022년 7월 15일

지은이 우사미 마코토 **옮긴이** 이연승

책임편집 민현주 **디자인** 알음알음 **제작** 송승욱 **발행인** 송호준
발행처 블루홀식스 **출판등록** 2016년 4월 5일 제 2016-000100호
주소 경기도 파주시 회동길 483-1 **전화** 031-955-9777 **팩스** 031-955-9779
이메일 blueholesix@naver.com

ISBN 979-11-89571-76-4 03830

인스타그램 @blueholesix **유튜브** blueholesix

네이버 스마트 스토어
PC http://smartstore.naver.com/blueholesix **MOBILE** m.smartstore.naver.com/blueholesix